DE ESTE LIBRO HAN DICHO

«La dama azul narra la mágica y evocadora historia del triunfo del espíritu y la ciencia sobre una conspiración que dura ya más de cuatrocientos años. La sobresaliente investigación de Javier Sierra nos despierta a un mundo que creíamos conocer, y nos sorprende con la devastadora confrontación que existió entre la vieja Europa católica y la fe nativa del suroeste americano».

—Katherine Neville, autora del bestseller *El Ocho*

«Esta fascinante novela nos ofrece esa visión alternativa y más amplia de la Historia que no encontraremos en otros libros políticamente correctos. Javier Sierra lo consigue con su obra más reciente, *La dama azul.* Léala antes de que sea adaptada al cine. Se alegrará de haberlo hecho».

—Skip Atwater, presidente de *The Monroe Institute*

«¡Javier Sierra lo ha logrado de nuevo! Si *La cena secreta* dejó a sus lectores ansiosos por leer más, *La dama azul* pone fin a esa espera. Cada uno de sus capítulos lo mantendrá tan en vilo que a veces creerá ver el espíritu de la monja española de esta obra junto a usted. Estoy enamorada de este libro. ¡Nadie podrá dejar de leerlo!»

—Mary Rose Occhino, presentadora del programa
"Angels on Call" de la emisora Sirius Stars 102

OPINIONES SOBRE JAVIER SIERRA

«Una historia fascinante y muy bien escrita».

—*San Francisco Chronicle*

«El estilo de Javier Sierra derrocha uniformidad y fluidez».

—*Los Angleles Times*

La
DAMA
AZUL

Novela

JAVIER SIERRA

ATRIA BOOKS

New York   London   Toronto   Sydney

ATRIA BOOKS

A Division of Simon & Schuster, Inc.
1230 Avenue of the Americas
New York, NY 10020

Primera edición en rústica de Atria Books, junio 2007

ATRIA BOOKS y colofón son sellos editoriales registrados
de Simon & Schuster, Inc.

Para obtener información respecto a descuentos especiales
en ventas al por mayor, diríjase a *Simon & Schuster Special Sales* al
1-800-456-6798 o a la siguiente dirección electrónica:
business@simonandschuster.com.

Diseñado por Dana Sloan
Mapas © 2007 por handmademaps.com

Impreso en los Estados Unidos de América

1   3   5   7   9   10   8   6   4   2

Library of Congress Cataloging-in-Publication Data

Sierra, Javier, 1971–
La dama azul : novela / Javier Sierra.
p.   cm.
I. Title.
PQ6719.I54D36   2007
863'.7—dc22   2007015741

ISBN-13: 978-1-4165-4948-2
ISBN-10:   1-4165-4948-X

A las monjas del
monasterio de la Concepción de Ágreda
en recuerdo de aquel providencial encuentro
del 14 de abril de 1991.

Y a Carol Sabick y J. J. Benítez, oportunas
«herramientas» del Programador.

Le hasard, c'est peut–être le pseudonyme de
Dieu, quant il ne veut pas signer.

(La casualidad es, quizá, el pseudónimo de
Dios cuando no quiere firmar.)

—THÉOPHILE GAUTIER, *LA CROIX DE BERNY*

Bilocación. f. Acción y efecto de bilocarse.
Bilocarse (De *bi-* y el lat. *locāre*, de *locus*,
lugar). prnl. [Según ciertas creencias,] hallarse
[alguien] en dos lugares distintos a la vez.

—DICCIONARIO DE LA LENGUA ESPAÑOLA,
REAL ACADEMIA ESPAÑOLA,
VIGÉSIMA SEGUNDA EDICIÓN, 2001

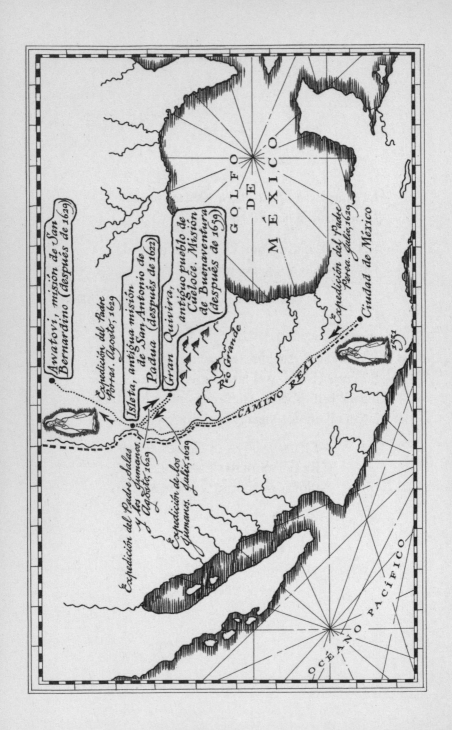

Awatovi, misión de San Bernardino (después de 1629)

Expedición del Padre Porras. Agosto, 1629

Isleta, antigua misión de San Antonio de Padua (después de 1622)

Gran Quivira, antiguo pueblo de Cueloce. Misión de Buenaventura (después de 1659)

Expedición del Padre Perea. Julio, 1629

GOLFO DE MÉXICO

Ciudad de México

Río Grande

CAMINO REAL

Expedición del Padre Salas á los Jumanos. Agosto, 1629

Expedición de los Jumanos. Julio, 1629

OCÉANO PACÍFICO

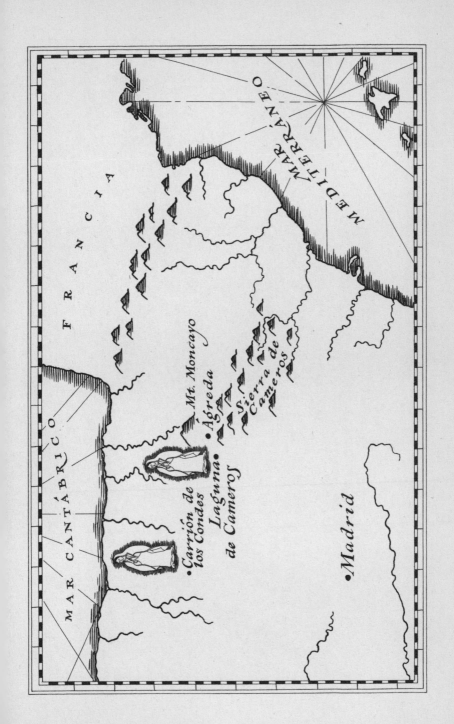

UNO

VENECIA, ITALIA
PRIMAVERA DE 1991

Con paso ligero, el padre Giuseppe Baldi dejó atrás la plaza de San Marcos con las últimas luces del día.

Como de costumbre, caminó en dirección a la orilla de los Schiavoni donde tomó el primer vaporetto con destino a San Giorgio Maggiore. La isla que aparece en todas las postales de Venecia fue en otro tiempo propiedad de su orden y el viejo sacerdote siempre la contemplaba con nostalgia. Las cosas estaban cambiando muy deprisa. Todo parecía sujeto a mutación en aquellos tiempos inestables. Incluso una fe, la suya, que casi tenía dos mil años de historia a sus espaldas.

Baldi consultó su reloj de pulsera, aflojó el último botón de su hábito y, mientras buscaba un asiento libre junto a la ventana, aprovechó para limpiar los cristales de sus diminutas gafas de alambre.

—*Pater noster qui es in coelis...* —murmuró en latín.

Tras ajustarse las lentes, el benedictino comprobó que el hermoso horizonte de la ciudad de los cuatrocientos puentes se teñía de tonos naranjas.

—*...sanctificetur nomen tuum...*

Sin dejar de recitar su letanía, el padre admiró el crepúsculo al tiempo que echaba un discreto vistazo a su alrededor.

«Todo en orden», pensó.

El vaporetto, el familiar autobús acuático blanco de los venecianos, estaba casi vacío a esa hora. Sólo una pareja de japoneses y tres becarios de la Fundación Giorgio Cini a los que Baldi conocía de vista, parecían interesados en su servicio.

«¿Por qué seguía haciendo aquello?», se preguntó. «¿Por qué seguía mirando de reojo a los pasajeros del barco de las seis, como si fuera a descubrir entre ellos las cámaras de un periodista? ¿No llevaba ya suficientes años refugiado en la isla, a salvo de todos ellos?»

Catorce minutos más tarde, su transporte lo apeó en un feo embarcadero de hormigón. Al abrirse la compuerta, el bofetón de aire frío los despabiló a todos. Ninguno le prestó atención al bajar.

En el fondo, Baldi adoraba que su vida en la isla fuera tan tranquila. Cuando llegara a su celda se asearía, se cambiaría de calzado, cenaría con la comunidad y se encerraría a leer o a corregir algunos exámenes pendientes. Había seguido aquel rito desde su llegada a la abadía diecinueve años atrás. Diecinueve años de paz, cierto. Pero siempre en guardia, a la espera de una llamada, una carta o una visita indiscreta. Esa era su condena. La clase de carga que jamás se quitaría de encima.

Pero Baldi se esforzaba por no caer en la obsesión.

¿Existía una vida más placentera que la entregada al estudio? El buen religioso no albergaba dudas al respecto. Sus ocupaciones en el conservatorio Benedetto Marcello como profesor de prepolifonía le proporcionaban la calma que jamás conoció en su juventud. Sus alumnos eran aplicados. Acudían a sus clases con moderado entusiasmo y él les explicaba

cómo era la música anterior al año mil, salpicando sus lecciones con curiosas anécdotas. El claustro de profesores lo
admiraba, incluso cuando dejaba de impartir sus clases abs-
traído en alguna investigación. Y los estudiantes lo respeta-
ban. En consecuencia, sus horarios habían terminado por
convertirse en los más flexibles del centro. Y sus lecciones, las
más solicitadas.

Pero tantas facilidades nunca lograron distraerlo de sus
otros intereses. Eran tan discretos y antiguos que rara vez
hablaba de ellos con nadie.

Baldi llegó a la isla de San Giorgio en 1972, exiliado por
culpa de la música. Allí, la Fundación Cini le ofreció más de
lo que se hubiera atrevido a pedir a su obispo: una de las mejores bibliotecas de Europa, un centro de convenciones que
había sido varias veces sede de conferencias de la UNESCO,
y dos institutos consagrados a la música veneciana y a la
etnomusicología que lo embriagaron. Hasta cierto punto era
lógico que los benedictinos hubieran creado aquel paraíso
para musicólogos en San Giorgio. ¿Quién si no los hermanos
de la *Ordo Sancti Benedicti* podrían ocuparse con tanta devoción de tan antiguo arte? ¿Acaso no fue el propio San Benito
quien, al fundar su Orden en el siglo VI, sentó las bases de la
moderna ciencia musical?

Baldi era un experto en la materia. Él, por ejemplo, fue
el primero en darse cuenta de que la regla de San Benito, la
única que obligaba a ocho servicios religiosos diarios, se ba-
saba por entero en la música. Era un secreto fascinante. De
hecho, cada uno de los «modos» que todavía hoy se emplean
en la composición de las melodías musicales había inspirado
las oraciones que sus hermanos recitaban a diario. Baldi de-
mostró que la oración de maitines (la de las 2 de la madrugada, en invierno) se correspondía con la nota *do*. Que los

laudes, al amanecer, equivalían a *re*. Los oficios de la hora primera, la tercia y la sexta —las 6, 9 y 12 de la mañana— a *mi*, *fa* y *sol*. Que la hora de mayor luz, la nona, a las 3 de la tarde, «sonaba» como *la*, y las vísperas, a la puesta del sol, como *si*.

Esa era la clase de lecciones que lo habían hecho famoso. «¡Horas y notas están relacionadas!» —decía con vehemencia a sus alumnos—. «¡Rezar y componer son actividades paralelas! ¡La música es el verdadero lenguaje de Dios!»

Pero el veterano Baldi guardaba más hallazgos bajo los hábitos. Sus tesis eran deslumbrantes. Creía, por ejemplo, que los antiguos no sólo conocían la armonía y la aplicaban matemáticamente a su música, sino que ésta era capaz de provocar estados alterados de conciencia que permitían a sacerdotes e iniciados del mundo clásico acceder a parcelas «superiores» de la realidad. Su idea polemizó durante décadas con otras que defendían que esas sensaciones de elevación espiritual siempre se consiguieron gracias a drogas alucinógenas, hongos sagrados o substancias psicotrópicas.

¿Y cómo usaban la música? Baldi lo explicaba cuando la conversación se animaba. Admitía que a los sabios del pasado les bastaba desarrollar una sintonía mental adecuada para recibir información del «más allá». Decía que en ese estado, brujos y místicos podían revivir cualquier momento del pasado, por remoto que fuera. Dicho de otro modo, según él, la música modulaba la frecuencia de las ondas del cerebro y estimulaba centros de percepción capaces de navegar en el tiempo.

«Pero ese conocimiento —explicaba resignado— se perdió.»

Muchos cuestionaban las ideas vanguardistas del padre Baldi. Sin embargo, las polémicas jamás avinagraron su rostro jovial y amigable. Su melena de plata, su porte atlético y su mirada franca le conferían un halo de conquistador irresistible. Casi nadie reparaba nunca en sus sesenta y cinco años. De hecho, de no haber sido por su voto de castidad, Baldi habría roto los corazones de muchas alumnas. Y los de sus madres.

Aquel día, ajeno a lo que estaba a punto de sucederle, Baldi entró en su residencia con la sonrisa y la prisa de siempre. Apenas se fijó en que el hermano Roberto le esperaba en la puerta con cara de querer decirle algo.

DOS

GRAN QUIVIRA, NUEVO MÉXICO
TRESCIENTOS SESENTA Y DOS AÑOS ANTES

Sakmo cayó de rodillas, preso del espanto. Su cuerpo bien torneado se desplomó en cuanto las tinieblas se adueñaron de su ser. Por más que abriera los ojos y se los frotara, el guerrero era incapaz de captar una sola brizna de luz. Una visión indescriptible acababa de dejarlo ciego. Ahora estaba a oscuras, solo, a las puertas de la roca sagrada de su tribu. Y ese terror íntimo que había apagado su mirada, le impedía también gritar.

Jamás en todas sus noches de guardia se había enfrentado a nada semejante.

A nada.

A tientas, sin atreverse a dar la espalda al fulgor que acababa de ofuscarlo, Sakmo trató de huir de la embocadura del cañón de la serpiente. Nunca debió acercarse a él. El nicho que hacía de puerta al corazón del cerro estaba maldito. Todo su clan lo sabía. En su vientre habían sido enterradas cinco generaciones de chamanes, de brujos, de hombres-medicina que decían que aquel era el único lugar de la región en el que era posible comunicarse con los espíritus. Era, pues, un lugar temible. «¿Por qué se había dejado llevar hasta allí?», pensaba

6

ahora. «¿Qué diablos lo había atraído hasta la media luna de piedra de los iniciados, si sabía los peligros que lo aguardaban? Además, ¿no quedaba esa roca lejos del perímetro que debía vigilar?»

Aún faltaban tres horas para el amanecer. Tres horas para que lo relevaran de su puesto. O para que lo encontraran muerto. Pero Sakmo todavía jadeaba. Respiraba con dificultad. Nervioso. Impresionado. Vivo. Y con un torrente de preguntas inundando su mente.

«¿Qué clase de luz es capaz de derribar de un golpe a un guerrero jumano? ¿Un rayo? ¿Acaso puede una centella ocultarse en la piedra y atacar a un adulto? ¿Y después qué? ¿Se abalanzaría sobre él y lo devoraría?»

El centinela no podía dejar de pensar. Sólo dejó de hacerlo cuando, en medio de su torpe huída, se dio cuenta de que la pradera se había quedado muda. No era un buen presagio, se dijo. Fue entonces cuando su mente entró en el peligroso terreno de la irracionalidad. ¿Estaría acercándosele aquella luz? Su fresco recuerdo lo intimidó. El fuego que lo había dejado a oscuras parecía salido de las fauces de un monstruo. Una alimaña mágica capaz de arrasar la pradera con sólo respirar sobre ella. Las profecías de su tribu hablaban de un fin del mundo así. Decían que su universo pronto sería destruido por las llamas y que un inmenso fulgor precedería a la destrucción de toda forma de vida. Al catastrófico colapso del Cuarto Mundo.

Si aquello que se había descolgado en el desfiladero era la señal del fin, nada ni nadie iba a poder impedírselo.

¿Qué iba a hacer él?

¿Valía la pena correr a dar la alarma?

¿Y cómo?

¿Ciego?

Sakmo se sorprendió al barruntar tan cobardes pensamientos. Un segundo más tarde, su cerebro los interpretó: el intruso no se parecía a nada de lo que hubiera oído hablar antes. La burbuja iridiscente que había abrasado sus ojos surgió de la brecha maldita sin avisar. Su luz quemaba y era muy veloz. ¿Qué podía hacerse contra un enemigo así? ¿Qué otro guerrero iba a lograr detenerla? ¿Acaso no era mejor que su mujer, su hija Ankti, y su gente, murieran sin despertarse siquiera? ¿...Y él?

—Ankti —susurró.

En tinieblas, ahogado por aquel silencio absoluto, el guerrero detuvo sus pasos y se giró hacia la roca que acababa de dejar atrás. Si iba a morir, meditó en una fracción de segundo, al menos lo haría como un hombre de honor. En pie. Plantándole cara al verdugo. Tal vez alguien lo recordara en el futuro como la primera víctima del Monstruo del Final de los Tiempos.

Fue justo entonces cuando ocurrió.

El guerrero no lo esperaba.

Cinco sílabas —sólo cinco—, pronunciadas muy despacio, rompieron el espeso mutismo de la llanura. Procedían de una garganta dulce, amiga. Su murmullo parecía brotar junto al oído mismo del guerrero. Inexplicablemente, aquel chorro de voz, aquella fuerza de la naturaleza, lo llamó por su nombre:

—¿Es-tás bien, Sak-mo?

La pregunta, entrecortada, pero formulada en perfecta lengua tanoan, lo paralizó. El oteador arrugó su entrecejo y por instinto echó mano al hacha de obsidiana que llevaba a la cintura. ¿Lo había mentado *aquello*?

Sakmo había sido adiestrado por su padre, Gran Walpi, el jefe del asentamiento de Cueloce, para cuidarse de los vivos. No de los muertos.

—Sak-mo...

La voz lo increpó ahora con más fuerza.

¿Muertos?

El recuerdo de su anciano progenitor le hizo apretar los dientes y aprestarse a defender su vida con las armas. Fuera de este mundo o del otro, la luz parlante no acabaría con él sin dejarse algo de su ser sobre aquella arena roja.

—Sa-kmo...

Mientras oía la voz trémula por tercera vez, su hacha rasgó el aire trazando un círculo defensivo entorno a sí. Seguía ciego. «Adiós Ankti. Te quiero.» Fuera quien fuese quien lo llamaba, se encontraba ya junto a él. Podía sentir su respiración. Su insoportable calor. Y muerto de miedo, con su arma temblando en la mano izquierda, el único varón de guardia del poblado levantó el rostro al cielo aguardando la llegada de lo inevitable. Abrió sus ojos enrojecidos, y al forzar la vista hacia la oscuridad del cielo, adivinó una figura, grande como un tótem, que se echaba sobre él. Un oscuro pensamiento cruzó por su mente: ¡Era una mujer! ¡Un maldito espíritu femenino iba a terminar con su vida!

Por una de esas ironías de la vida, años atrás, en aquel preciso lugar, junto al pozo de Cueloce, su padre lo había preparado para morir. Morir luchando.

TRES

LOS ÁNGELES, CALIFORNIA
PRIMAVERA DE 1991

—*¿Y* dice usted que ese sueño se repite una y otra vez?

La doctora Meyers se inclinó sobre el diván en el que descansaba su paciente, buscando la mirada de ésta. Jennifer Norady llevaba sólo dos días acudiendo a su lujosa consulta de la calle Broadway, en el distrito financiero de la ciudad, aquejada de un cuadro de ansiedad que no remitía. Linda Meyers estaba desconcertada: en su expediente, la señorita Norady aparecía como una mujer de treinta y cuatro años, sana, aficionada a los deportes, sin antecedentes familiares de enfermedades psiquiátricas, equilibrada, de buena posición económica y además atractiva. Nunca había estado casada, no tenía relación estable alguna ni parecía necesitarla y se llevaba bien con sus padres. Era, en apariencia, una mujer sin graves problemas.

—He tenido ese mismo sueño dos veces en tres días, sí —susurró Jennifer, mientras evitaba los ojos inquisitivos de la psiquiatra y se echaba hacia atrás su melena morena—. No es una pesadilla, ¿sabe? Pero cada vez que voy a dormir pienso que va a volver a repetirse. Y me preocupa.

—¿Cuándo lo tuvo por última vez?

—¡Anoche! Por eso he venido a verla tan temprano. Aún puedo verlo…

—¿Está tomando lo que le receté?

—Por supuesto. Pero el valium no me hace efecto. Lo que no entiendo, doctora, es por qué la imagen de esa mujer luminosa no deja de obsesionarme. ¿Sabe a qué me refiero? La veo por todas partes. ¡Necesito quitármela de la cabeza!

—¿Ha soñado más veces con ella?

—Sí.

—Está bien. No se preocupe —la tranquilizó mientras garabateaba con sus grandes manos negras algo en una libreta—. Encontraremos el modo de vencer ese sueño recurrente. ¿Está asustada?

—Sí, doctora. Y preocupada.

—Dígame: ¿ha tenido alguna experiencia traumática reciente, como un accidente de tráfico, la pérdida de un ser querido…? ¿Algo que pueda haberle creado ansiedad o depresión?

Jennifer cerró los ojos, hinchó el pecho y espiró todo el aire de sus pulmones como si tratara de buscar la respuesta correcta en su interior. Ahora notaba un doloroso vacío en el estómago. Aún no había desayunado.

—¿Ansiedad? —repitió—. Bueno: regresé de una larga temporada en Europa hace sólo unas semanas. Fue nada más llegar a Los Ángeles cuando volvieron estos sueños. Y esta vez lo han hecho con tanta claridad e insistencia que no he dudado en venir a verla. Al principio creí que era cosa del cambio de horario, de hábitos, ya sabe.

—¿Volvieron? ¿Quiere decir que ya había tenido antes sueños parecidos?

—Ya se lo he dicho, doctora. Hace años que sueño con esos indios y esa misteriosa señora de luz. ¡Y no sé por qué!

—Dígame, Jennifer, ¿en qué parte de Europa estuvo usted?

—En Roma. ¿Conoce la ciudad?

—¿Roma? ¿La Roma de César, de los Papas, de la pasta, del vino frascati? ¡Qué más quisiera! Es uno de mis sueños, ¿sabe?

—¿Ah, sí?

—Ya lo creo. Pero mi marido es argentino, de antepasados gallegos, y cada vez que viajamos a Europa siempre nos quedamos en España. En La Coruña. Sus abuelos eran de allá. ¡Un drama!

—¿Y nunca han podido volar a Italia? ¿Estando tan cerca?

—¡No! —rió Linda Meyers—. ¡Si hasta me ha obligado a aprender español para que pueda comunicarme con su familia!

Jennifer no le siguió la gracia. En lugar de contagiarse de la franca risa de la doctora, una profunda melancolía se apoderó de ella.

—Pues es una verdadera lástima —dijo—. Roma es una ciudad maravillosa. Sus plazas, sus mercados, sus calles estrechas y adoquinadas, sus *capuccinos* humeantes, su *dolce farniente*…

Meyers apreció aquel súbito cambio de ánimo. Con discreción, anotó «Roma» en su bloc de notas y se tomó un segundo antes de formular su siguiente pregunta. A veces un recuerdo, un paisaje, servían para abrir una brecha en el *yo profundo* de un paciente. Tal vez en esos recuerdos, en alguna experiencia vivida en esa etapa recién terminada, estaría la clave que la ayudaría a resolver aquel caso. Y así, con suavidad exquisita, decidió avanzar por ese camino.

—¿Le ocurrió algo allí que quiera contarme, Jennifer?

—¿Algo? ¿A qué se refiere?

Los acuosos ojos verdes de su paciente se abrieron de par en par.

—No lo sé —respondió la doctora—. Dígamelo usted. A veces, los sueños repetitivos nacen de pequeñas obsesiones, tareas que dejó inconclusas; en suma, de preocupaciones que su cerebro trata de superar por todos los medios a su alcance.

—Ocurrieron muchas cosas de ese tipo en Roma, doctora. Dejé muchas cosas sin concluir en Italia.

—Cuéntemelas.

Jennifer buscó entonces los ojos oscuros de su psiquiatra. Su mirada franca, enmarcada en un gran rostro de piel tostada y salpicado por un pelo rizado recogido en una primorosa coleta, le había transmitido confianza desde el primer día. De hecho, sólo mirándola, sin articular palabra, fue capaz de transmitirle que aquella iba a ser una larga historia.

—No tenemos prisa, Jennifer —sonrió—. ¡Adoro Italia!

CUATRO

—*Buona sera*, padre Baldi.

La sonrisa melindre del portero de San Giorgio le previno nada más cruzar la cancela del convento. No había un fraile tan empalagoso en toda Venecia.

—Le he dejado la correspondencia en su celda —anunció el hermano Roberto—. Está de suerte. Tres sobres. Y gruesos.

—¿Nada más?

El portero se encogió de hombros.

—¿Le parece poco, padre? Son de esos que usted siempre espera. Ya sabe, los que le envían los santos.

Baldi arqueó incrédulo sus cejas, reprochando la malsana curiosidad del hermano Roberto, y se precipitó escaleras arriba sin decir palabra. «De esos que usted siempre espera.» El viejo musicólogo tembló. «Los que le envían los santos.»

—¡Espere! —el joven fraile de rostro rollizo, de querubín de Rubens, agitaba un papel al aire—. También le han llamado esta tarde dos veces.

—¿Quién? —preguntó Baldi desde el descansillo de las escaleras, con prisa.

—No lo han dicho, padre. Era una conferencia. De Roma.

—Entonces, que vuelvan a telefonear…

Al llegar al cuarto, Giuseppe Baldi había olvidado ya la llamada. Comprobó satisfecho que el correo estaba exactamente donde le había dicho el hermano Roberto. Entre sus cartas despuntaban, en efecto, tres sobres voluminosos: dos venían de Roma, y el tercero de una ciudad industrial del norte de España. Habían sido remitidos por «San Mateo», «San Juan» y «San Marcos». Eran, en efecto, la clase de paquetes que siempre esperaba. Las cartas de «los santos».

El benedictino los acarició satisfecho.

Aquellos sobres eran el único vínculo que aún le unía a su vida anterior. A esa que nadie en San Giorgio conocía. Llegaban irregularmente, rara vez en grupos de dos, y nunca antes tres al mismo tiempo. Por eso, el ver que sus colegas habían coincidido en la necesidad de escribirle, le llevó de la alegría a la alarma en un suspiro.

Pero allí había algo más. Otra poderosa razón para sobresaltarse. Era una carta de color sepia con el inconfundible escudo en relieve de la Secretaría de Estado de Su Santidad. Lo habían matasellado dos días antes en la Ciudad del Vaticano y llevaba franqueo urgente. Baldi apartó los envíos de los santos a un lado, y se concentró en aquella misiva.

—¿La Santa Sede? —murmuró, recordando ahora las dos llamadas de Roma.

Temiéndose lo peor, el padre Baldi tanteó el sobre antes de abrirlo. Cuando lo hizo, un grueso papel oficial cayó en sus manos:

«*Caro San Lucca* —leyó—. Debe usted interrumpir de inmediato toda investigación. Los asesores científicos de nuestro Pontífice reclaman su presencia en Roma para aclarar los pormenores de su última indiscreción. No demore su visita más allá del próximo domingo. Póngase en contacto con la secretaría de la Congregación para la Doctrina de la Fe, o en su defecto con el Instituto de Obras Exteriores. Ellos le darán más detalles.» Firmaba un imposible: «Cardinale Zsidiv».

A punto estuvo de cortársele la respiración. ¡Era jueves! ¡Y querían verlo en Roma antes del domingo!

Pero había algo peor que las prisas. Si su memoria no le fallaba —y no lo hacía—, aquella era la segunda vez en diecinueve años que lo amonestaban por una «indiscreción». La primera le había costado su exilio a aquella isla veneciana. ¿Qué precio pagaría ahora por la segunda?

CINCO

En ese momento, Sakmo decidió atacar.

Pero antes de que el guerrero pudiera encararse a su perseguidora y le hincara el arma en el entrecejo, un nuevo destello volvió a deslumbrarlo. Sus ojos apenas habían tenido tiempo de identificar la silueta alta y extraña que ahora lo contemplaba. Y un golpe de viento, duro como la madera seca, lo tumbó boca arriba.

—Sak… mo —repitió la voz.

Su final estaba cerca. Ahora lo sabía. La vida se le escaparía en un suspiro.

¿Qué sería de su familia?

¿Y de su tribu?

¿Qué le aguardaría en la otra orilla de la vida?

El valle se había llenado otra vez de aquella misteriosa claridad, casi tangible, al tiempo que el centinela ahogaba sus lamentos en el brillo que caía sobre él. Las cercanas casas de piedra de Cueloce, el cementerio de los ancianos, la gran kiva, el recinto subterráneo de las ceremonias de su clan, y hasta la ribera de los tres lagos también quedaron bañados por aquel fulgor azul. Pero Sakmo no apreció el milagro y a su ceguera pronto le sobrevino un nuevo y doloroso síntoma. Un sonido vibrante, mil veces mayor que el que produciría un enjambre de langostas, acababa de colarse en sus oídos, sumiéndolo en la desesperación. ¿Así lo llamaba la muerte?

El indio se revolcó en el suelo, con las manos en las sienes. Saltó. Gritó y se golpeó la cabeza con los puños. Pero el ruido lo llenó todo. Lo llenó a él.

Segundos más tarde, su mente no pudo resistirlo más. Había olvidado lo cerca que sentía la presencia de su atacante. Y derrengado, el cazador perdió las escasas fuerzas que le quedaban, desplomándose contra el suelo cuan largo era.

Después, la oscuridad se adueñó de su mente.

Y el silencio.

Para cuando ruido y luz se atenuaron, el joven indio se encontraba tumbado de bruces, con la pintura de su rostro deshecha, y su cráneo cruzado de arañazos. No sabía cuánto tiempo había pasado. Le dolía la cabeza, sentía náuseas y se encontraba desarmado. Su hacha había rodado a varios pasos de donde se encontraba, y no se sentía con energía para tantear el suelo y recuperarla.

—Que-rido Sa-kmo…

La voz que lo había aterrorizado tronó sobre él; parecía venir de todas partes. Ignoraba cuánto tiempo había estado allí, esperándolo. Pero estaba vivo, ¡vivo!

—¿Por qué hu-yes de mí?

El hijo de Gran Walpi, desorientado, se cuidó bien de no responder. Todavía con la cara pegada al suelo, reunió el coraje suficiente para examinar sus posibilidades. No tardó en descubrir una. Su pequeño cuchillo de piedra, el mismo que empleaba para desollar a sus piezas, se le estaba clavando en la cintura.

El instinto del guerrero recorrió de nuevo sus venas.

—He he-cho un largo viaje para encon-trarme contigo —dijo la voz, cada vez menos entrecortada—. No tie-nes nada qué temer. No voy a ha-certe daño.

El tono del espíritu era sereno. Limpio. Hablaba el mismo dialecto que él. Y lo hacía con elegancia, sin prisas. Cuando Sakmo quiso prestar más atención, notó que las langostas habían dejado de zumbar y que la luz se había suavizado, dejándole un margen razonable para entreabrir los ojos y retomar, poco a poco, el control de su situación.

Primero fueron manchas, luego sombras de perfiles borrosos y al cabo de unos instantes, Sakmo se sorprendió al distinguir una hilera de hormigas rojas caminando bajo su rostro.

¡Volvía a ver!

Fue entonces, al ponerse boca arriba, cuando contempló por primera vez, nítido, el rostro de su atacante.

—Por todos los antepasados… —susurró atónito.

Lo que tenía frente a sí era difícil de describir: a dos palmos de él, un rostro afilado, de mujer, tal y como había intuido, no le perdía de vista. Parecía un junco. Tieso. Recto. Tenía los ojos grandes y claros. Jamás había visto una piel tan blanca como aquella. Sus manos eran alargadas, de dedos finos y suaves. Y sus ropas eran las más raras que hubiera contemplado jamás. Le llamó poderosamente la atención el manto azul celeste con el que cubría unos cabellos que Sakmo intuyó oscuros, y aún más la gruesa maroma con la que su perseguidora se ceñía el vestido. La mujer sonrió, como si se compadeciera de él.

—¿Sa-bes qué día es?

La pregunta terminó de confundir a Sakmo. El espíritu la había pronunciado sin mover los labios.

—¿Recor-darás la fe-cha de hoy?

El indio la contempló otra vez estupefacto, pero no respondió. No sabía qué quería decirle.

—Año del Señor de mil seis-cientos y veinte-nueve. He tarda-do mucho en encontrar-te, Sakmo. A-hora me ayuda-rás.

—¿Ayudarte…?

—Mil seis-cientos y veinte-nueve —repitió.

Aquella cifra no le decía nada.

Sakmo se incorporó poco a poco, hasta que logró mantenerse en pie. Palpó su cintura en busca del cuchillo, lo extrajo con suavidad y lo ocultó detrás de su muñeca. Mientras, la mujer cuya piel exhalaba luz parecía haberse elevado unos palmos del suelo. Vista desde su nueva posición, su perfil afilado no resultaba agresivo, sino dulce. Y ya no le cabía duda alguna: Sakmo estaba ante el espíritu azul de los llanos. En alguna ocasión, su padre le había hablado de él.

—¿Ha llegado el fin de este mundo, señora?

La dama, sin mover los labios, se iluminó al escuchar la pregunta del centinela.

—To-davía no, hijo. He ve-nido a anunciar al-go a las gentes de tu pue-blo. Pero ne-cesitaba a alguien co-mo tú. ¿Sabes? Falta poco. Muy poco, Sak-mo.

—¿Poco? ¿Poco para qué?

—Para la lle-gada del Dios verda-dero. Debes prepa-rar a tu gen-te. De-bes impedir que corra la san-gre.

El indio se frotó los ojos, esforzándose por tener una visión más clara de su interlocutora. Aún le escocían.

—¿Vas a matarme? —preguntó, apretando su arma.

—No.

—¿Y por qué me has escogido, entonces?

—Por tu se-ñal, Sak-mo.

—¿Mi señal?

—Mi-ra tu brazo.

Hasta ese momento, el centinela no le había dado importancia: una marca granate del tamaño de un mordisco de serpiente, con aspecto de rosa, llevaba años dibujada en la cara anterior de su antebrazo izquierdo.

—Es la se-ñal de los que pue-den ver.

La mujer se inclinó sobre el indio y extendió su mano hasta rozar su cráneo rapado. Un escalofrío recorrió la columna vertebral de Sakmo de arriba abajo, obligándolo a relajar sus brazos y a dejar caer su cuchillo de piedra.

—No me agre-dirás. Antes, hijo mío, he de entregar-te algo —prosiguió—. Es al-go que sólo compren-derán los nietos de tus nietos, den-tro de no me-nos de trescien-tos años.

—¿Trescientos años?

—Casi cua-tro mil lunas… —asintió—. Y tú lo custo-diarás.

—¿Qué es?

—Pronto, cuando vol-vamos a encon-trarnos, lo reci-bi-rás.

Y diciendo eso, dejó que la oscuridad se adueñara otra vez de los llanos.

SEIS

MADRID, ESPAÑA
PRIMAVERA DE 1991

—*¿Y* adónde se supone que vamos hoy?

Txema Jiménez formuló la pregunta con sorna, acostumbrado a las excentricidades de su compañero. Por si acaso, se había enfundado ya su chaleco de explorador y llenado sus bolsillos de carretes fotográficos. Su silueta redonda, de buen comer y poco deporte, se transformaba cada vez que se calzaba aquel equipo. En cuanto al recién llegado —se dijo nada más ver a Carlos caminar hacia él—, no iba a jugársela de nuevo. No como la semana anterior en Sevilla, cuando ese malnacido lo dejó a su suerte, perdido en el barrio de Santa Cruz, mientras buscaba una tienda en la que comprar un filtro para el teleobjetivo. Nunca había trabajado con alguien tan nervioso. Ni que perdiera tanto la cordura cada vez que se tropezaba con algo inexplicable.

La bolsa de las cámaras, una raída mochila de nylon compañera de mil y una aventuras, descansaba ya perfectamente equipada a sus pies. Esta vez no le fallarían ni las pilas del flash ni la provisión de película.

Cuando lo tuvo a dos palmos de él, Carlos sonrió de oreja a oreja, respondiéndole con otra pregunta:

22

—¿Preparado para un nuevo misterio?

Txema asintió:

—No me falta de nada —dijo exhibiéndose—. Esta vez no va a serte tan fácil darme esquinazo. Lo de Sevilla no volverá a ocurrir.

—¡Vamos, hombre! Tampoco te perdiste nada del otro mundo. Además, aquel joyero no te hubiera dejado tomarle una sola foto. Creo que mintió cuando me dijo que había hecho trescientos kilómetros en media hora, después de que su auto entrara en una niebla a la altura del Castillo de las Guardas.

—¿Una teleportación?

Carlos asintió:

—Y si hubiera visto tu cámara, no habría abierto la boca. ¡No sabes cómo son en esa ciudad!

—Ya, ya… —Txema se quejó—. ¿Y nuestro próximo destino?

—Hoy toca cazar sábanas santas, amigo —Carlos fijó su rumbo mientras apuraba a grandes sorbos el segundo café de la mañana, que acababa de servirse de la máquina que estaba junto a los servicios.

—¿Sábanas santas? ¿Y desde cuándo te interesan las reliquias? ¿No eras tú quien decías que eso eran cosas de viejas?

Carlos no contestó.

—Creí que eso se lo dejábamos a los becarios…

«Es curioso», pensó. Carlos Albert llevaba ocho semanas haciéndose aquellas mismas preguntas. ¿Por qué sentía de repente esa fatal atracción hacia lo religioso, si él no lo era? Aunque agnóstico declarado, desde que regresara de su último viaje a Italia la sombra de lo piadoso no había dejado de perseguirlo. Al principio no le dio importancia: unas veces era una estampa de la Virgen de Guadalupe, idéntica a la que de niño viera en la mesilla de noche de su abuela, la que aparecía de repente entre las páginas de un libro. Eso bastaba para que sus recuerdos lo arrastraran al tiempo en el que tuvo fe. Otras, el estímulo era un *Avemaría* de Schubert en el hilo musical de la redacción o una *Inmaculada* de Murillo en un sello de correos. ¿Qué quería decir aquello? ¿Eran señales? Y en ese caso, ¿de qué? ¿Debía preocuparse porque su atención sólo se fijara en las noticias religiosas de los periódicos?

Carlos era, en verdad, un tipo singular. A los veintitrés, poco tiempo después de terminar sus estudios, una temprana crisis de fe lo alejó del catolicismo de comunión y misa de domingo. Su conflicto, como todos los grandes, se fue larvando poco a poco. Y estalló el día que casi perdió la vida en un accidente de moto. Cuando su flamante BMW K75 metalizada se empotró a noventa por hora contra un taxi que se saltó un semáforo en rojo, supo que su vida ya no volvería a ser la misma. De repente, todo se quedó negro, vacío. Su mente se apagó durante quince horas, y en la UVI su memoria fue incapaz de retener ni un solo estímulo. Nada. Al despertar, por primera vez, Carlos se sintió estafado. Parecía disgustado por haber vuelto a la vida. Enfadado por todo y con todos. Luego, en casa, fue capaz de explicárselo a sus padres: después de la vida… no había luz, ni ángeles tocando el arpa, ni un paraíso lleno de seres queridos. Lo habían engañado. En aquellas quince horas que estuvo muerto sólo halló oscuridad. Ausencia. Frío. Un espacio en blanco infranqueable.

Pero de aquello hacía ya una década. Pasó seis meses aprendiendo a andar de nuevo, y para cuando superó todas las etapas de su rehabilitación algo muy profundo había mutado en él para siempre.

No era un secreto que a partir de entonces Carlos desarrolló una curiosa visión de la existencia. Comenzó a interesarse por lo fronterizo, por los fenómenos psíquicos. Creía que buena parte de los «milagros religiosos» obedecían a experiencias mentales mal entendidas. A espejismos de la mente que algún día la Ciencia sabría interpretar.

Pero en su visión cada vez más mecánica de la realidad, también desarrolló una extraña certeza: la vida atrae vida, decía. Y como si no quisiera desprenderse otra vez de ésta, empezó a coleccionar existencias ajenas. Su trabajo era la coartada perfecta. Ser periodista le permitía empaparse de lo que otros respiraban, soñaban o hacían. Y su incorporación al equipo de aquella revista mensual le dio unas alas que no imaginaba. *Misterios* era una publicación rigurosa pero abierta, que llevaba años recogiendo experiencias cercanas a lo sobrenatural. A menudo escribían en ella científicos con pretensiones de explicarlo todo, o teólogos convencidos de que sólo la fe puede mitigar los dolores de nuestra sociedad. Y entre teoría y teoría, el director de *Misterios* disfrutaba publicando los escépticos reportajes «de campo» de Carlos.

A su regreso de Italia, el reportero conoció a un viejo profesor de matemáticas, inventor jubilado, que aseguraba haber descubierto cómo funcionaba el universo. Cuando fue a entrevistarlo, le explicó que la realidad que vivimos forma parte de una máquina de precisión enorme e invisible, en la que toda acción provoca una reacción. «Nada ocurre por azar», le dijo. «Y si alguna vez se suceden a tu alrededor acontecimientos misteriosamente encadenados entre sí, como si algo o alguien los hubiera diseñado para ti, no lo dudes ni un minuto: ¡estúdialos! Si lograras dar con su causa, habrás encontrado al Dios verdadero, sea éste lo que sea. Entenderás que Dios es una especie de superordenador, un *Programador*, y no el anciano barbudo que imaginabas. Ese día, además, habrás dado con la razón de tu existencia. ¿Qué mejor cosa podrías pedirle a la vida?»

Por extraño que parezca, a Carlos aquel mensaje lo convenció.

De hecho, aquella mañana, una hora antes de su cita con Txema, se había producido un suceso de ese tipo. Una sucesión de inofensivas anécdotas conectadas entre sí, llamadas a cambiar el rumbo de la jornada, habían atrapado su atención.

Sucedió así: justo antes de llegar al trabajo, Carlos se tropezó en la calle con una curiosa medallita de oro. Alguien la había perdido, y por azar su cadena había terminado enredándose en uno de los zapatos del periodista. Cuando, con fastidio, logró separarla de sus cordones, le extrañó ver que una de sus caras mostraba un icono inequívoco que él conocía bien: allí estaba el rostro de Jesús muerto, inscrito en un paño, aguardando su resurrección. Alguien la había extraviado a pocos pasos de la redacción. ¿Pero quién?

La medalla no tenía un nombre grabado, ni fecha ni nada que permitiera identificar a su propietario. Carlos se la echó al bolsillo, y cuando minutos más tarde se sentó en su mesa y examinó los teletipos del día, tuvo la certeza absoluta de que su hallazgo no había sido fruto del azar. «Hallan en un pueblo de la Sierra de Cameros una de las mejores copias de la Sábana Santa de Turín», decía uno de los titulares.

¿La Sábana Santa?

¿No estaba el rostro de aquella medalla inspirado precisamente en el «Hombre de la Síndone»?

No. Aquello no podía ser una casualidad.

Carlos, muy serio, recordó entonces al viejo matemático: ¿Iba a dejar pasar una oportunidad así para atrapar a Dios?

Poco imaginaba entonces lo lejos que, esta vez, lo llevaría su instinto.

—¿Y bien? —insistió Txema, disfrazado de reportero de guerra, firme frente a él, encogiendo el estómago—. ¿A dónde nos dirigimos, entonces?

—Al norte. A Logroño. ¿Conoces las montañas de Cameros?

—¿Cameros? —dijo el fotógrafo incrédulo— ¿Con este tiempo?

Txema echó un vistazo preocupado por la ventana de la redacción. Un cielo lleno de nubes, negro como un mal presagio, empezaba a cubrir Madrid empapando la ciudad de una lluvia fina y gélida. Luego, en tono sombrío, continuó:

—Supongo que habrás escuchado la radio, ¿verdad? El parte meteorológico es funesto…

Carlos no le dio importancia. También él llevaba consigo su pequeña bolsa de viaje, con lo imprescindible, y bajaba ya las escaleras del aparcamiento seguido de su compañero.

—Tengo una corazonada. Hoy conseguiremos un gran reportaje.

—¿Una corazonada? ¿Hoy? —Txema protestó—. Por lo menos, sabrás que tu auto necesitará cadenas, como todos, por encima de los mil metros. No conduces precisamente un todoterreno…

El redactor, mudo, abrió el maletero del Seat Ibiza para dejar sus cosas. Aquel auto le caía simpático. Había atravesado media Europa con él, y nunca le había dejado tirado. ¿Por qué iba a hacerlo ante un poco de nieve?

—No tienes de qué preocuparte —murmuró Carlos al fin—. Disfruta de tu día incierto. ¡Son los mejores!

Su director les permitía de vez en cuando escapadas como aquella. Sabía que aquellos dos siempre se las ingeniaban para traerse una buena historia bajo el brazo. Una de esas que suavizaban sus páginas de tanto rabino, maestro sufí o cabalista cargado de verdades absolutas. Pero, ¿qué iban a conseguir en la lóbrega sacristía de un pueblo remoto que mereciera la pena?

—¿Llevas cadenas? —insistió Txema.

Carlos lo miró de reojo:

—¿Qué pasa? ¿Es que ya no te fías de mí? ¿De veras crees que en pleno mes de abril un poco de nieve va a poder con nosotros?

Su tono sonó a reproche.

—Tú lo has dicho… —refunfuñó. Su fotógrafo era un mozarrón corpulento, de Bilbao, amigo de pocas bromas. Cuando gruñía lo hacía como un oso herido—. Te conozco bien, Carlos. Podemos acabar en la cima de cualquier monte buscando una reliquia falsa, muertos de frío, a la intemperie a las dos de la madrugada, ¡y sin cadenas!

—Ya sé lo que te pasa —un gesto burlón se dibujó en el rostro del periodista—. Crees que vamos a perder el tiempo. ¿No es eso?

Txema no respondió.

—Está bien —suspiró Carlos mientras accionaba la llave de contacto—. Déjame que te cuente mi plan.

SIETE

Los ojos del padre Baldi se humedecieron de rabia.

—*Un'altra volta lo stesso errore* —murmuró conteniendo las lágrimas—. ¿Cómo he podido ser tan ingenuo?

Irritado, Baldi se guardó la carta en la sotana. Debía de haber supuesto que aquella entrevista concedida hacía dos meses a un redactor de una conocida revista española volvería a darle problemas. Porque, ¿qué otra cosa, sino hablar con un periodista extranjero, podía considerarse «una indiscreción» en el Vaticano?

El viejo musicólogo tenía fresco aquel recuerdo en su memoria: un joven que debía rondar la treintena, extranjero, acompañado de un fotógrafo que hablaba un deficiente italiano, se presentó en la abadía con la excusa de entrevistarle sobre su peculiar actividad pastoral de los miércoles. Su coartada —eso lo descubriría después— funcionó y Baldi aceptó que grabara su conversación. A fin de cuentas, su trabajo con presuntos poseídos por el Diablo había adquirido cierta notoriedad en los medios de comunicación del país, y no eran pocos los que le pedían declaraciones o entrevistas al respecto. En 1991 el diablo estaba de moda en Italia.

El benedictino era un hombre cauto con ese tema. Consciente de que la mayoría de sus poseídos no pasaban de ser enfermos mentales o, en el mejor de los casos, histéricos dignos de compasión, trataba de que sus sermones reivindicaran, al menos, el poder curativo de la fe.

De hecho, tanta publicidad le habían regalado los semanarios *Gente Mese* u *Oggi* en las semanas anteriores a la visita de aquellos españoles, y tanto eco había recibido su libro *La Catechesi de Satana* en la prensa, que no le extrañó demasiado que una revista extranjera hubiera terminado interesándose por sus exorcismos... Y, claro, su pequeña vanidad lo llevó a aceptar la entrevista.

Baldi se dio cuenta tarde de que al reportero no le preocupaba su trabajo como «expulsador de demonios». Aquel periodista era distinto a los demás. Casi sin querer, poco a poco, su interlocutor lo tanteó sobre otro asunto que él mismo había cometido el error de destapar en 1972, y que lo convirtió, durante unos ya casi olvidados días, en toda una celebridad en Italia.

Un asunto que al oírselo nombrar a su entrevistador, le produjo una extraña desazón...

«Su última indiscreción», pensó, no podía ser otra.

En efecto: hacía diecinueve años que su nombre había aparecido en letras de molde al admitir que, por aquel entonces, llevaba más de una década trabajando en un ingenio que obtenía imágenes y sonidos del pasado. El musicólogo reveló que se trataba de un proyecto de la máxima envergadura en el que trabajaba un equipo de doce físicos internacionales y que contaba con la aprobación de la Santa Sede. De hecho, fue el *Domenica del Corriere* el primero en glosar los logros de esa máquina del tiempo. Según ese suplemento dominical, el grupo del padre Baldi había sido ya capaz de recuperar piezas musicales perdidas, como el *Thiestes* de Quinto Ennio, compuesta hacia el año 169 d.C., o la transcripción exacta de las últimas palabras de Jesús en la cruz.

Aquellas revelaciones —que Baldi creía perdidas en las hemerotecas— estremecieron a muchos y aunque la «exclusiva» corrió como la pólvora entre las agencias de noticias de medio mundo, el hecho de que aquel periodista le preguntara de nuevo por la Cronovisión, lo dejó estupefacto.

—¡La Cronovisión! —Baldi ahogó un nuevo lamento—. ¿Pero cómo demonios…?

Sus recuerdos le hicieron apretar los puños. Estaba seguro de no haber dado ninguna información relevante a los reporteros. De hecho, recordaba haberles señalado la puerta de salida nada más sacar a colación el tema.

¿Pero entonces?

Por más que se esforzaba, Baldi no conseguía dar con las razones de su «última indiscreción». ¿Habría hablado al redactor de los «cuatro evangelistas»? ¿O acaso de sus últimos y sorprendentes avances en la Cronovisión? No. No lo creía. Su resbalón de 1972 le había dado una lección inolvidable. En aquella época, el columnista del *Corriere*, un tal Vincenzo Maddaloni, había optado por mezclar sus declaraciones con mentiras tan estrepitosas como una supuesta fotografía de Jesús que ni él ni su equipo obtuvieron jamás, pero que aquel tipo había conseguido de sabe Dios dónde. En 1972 su máquina era capaz de obtener sonidos aceptables del pasado, pero las imágenes dejaban aún mucho que desear.

¿Había vuelto a exagerar las cosas otro periodista? ¿Y en qué términos?

—*Maledizzione!* —se encolerizó.

Como si en ello le fuera la vida, el benedictino se arrancó las gafas, se frotó con fuerza los ojos y se enjugó el rostro en el pequeño lavabo de su celda. «¡Estúpido!», se reprochó. «¡Cómo no lo pensé antes!»

Baldi guardó los tres sobres de los santos en el único cajón con llave de su escritorio y regresó deprisa al recibidor del monasterio. Una vez allí, dejó atrás el mostrador del hermano Roberto, tratando de no distraerlo de su programa favorito de televisión, y a tientas giró hacia la única puerta de caoba de la planta. Penetró en aquella estancia con determinación. Necesitaba un teléfono y el despacho del abad, desierto a esa hora, le ofrecía el más discreto de todos.

—*Pronto*, ¿puedo hablar con el padre Corso? —susurró apenas marcó los nueve dígitos de un abonado de Roma.

—*Luigi Corso? In un attimo, prego* —contestó una voz masculina al otro lado.

Baldi aguardó. Al minuto, una voz familiar ocupó la línea.

—Sí, ¿dígame? Habla el padre Corso.

—«Mateo»… —gimió Baldi con voz entrecortada—. Soy yo.

—¡«Lucas»! ¿Qué horas son éstas de llamar?

—Ha ocurrido algo, hermano. He recibido una carta del cardenal Zsidiv, recriminándome por nuestras indiscreciones. Y esta tarde han llamado dos veces de Roma preguntando por mí…

—¿De Zsidiv? ¿Estás seguro?

—Sí, hermano.

—¿Y de qué indiscreciones te acusa? —Baldi percibió cómo la voz del padre Corso vacilaba.

—¿Recuerdas al periodista español del que te hablé? ¿El que vino con un fotógrafo que no dejó de dispararme fotos todo el tiempo?

—Claro. Aquel que quiso sonsacarte sobre la Cronovisión, ¿no?

—El mismo. ¡Es lo único que se me ocurre! Que haya publicado algo que ha irritado a los asesores del Santo Padre.

—En ese caso —Corso se animó—, la carta se refiere a *tus* indiscreciones, no a las nuestras. *Capito?*

El tono de su interlocutor se había endurecido. El profesor de música se sintió amonestado. Sabía que llamándolo sin el permiso expreso del coordinador del proyecto, Baldi estaba comprometiendo a aquel hombre.

—Está bien, Corso —admitió—, mis indiscreciones... La mala noticia es que me han citado en la *Città* para rendir cuentas antes del domingo. Y verás —continuó—, no me gustaría que cancelasen ahora nuestro proyecto.

—Tampoco creo que Zsidiv lo quiera.

—Sin embargo, si deciden abrirme un expediente temo que pueda sufrir un nuevo retraso. Nadie en Roma conoce a fondo tu implicación en esta investigación; todos los informes se han enviado en clave, y creo que podrías seguir con el proyecto aunque no volvieras a informarme de tus progresos. Ahora sería peligroso que lo hicieras.

Corso —o mejor, «San Mateo»— enmudeció.

—¿Me has escuchado?

—Lo he hecho, «Lucas»... Pero ya es tarde para lo que propones —musitó su interlocutor con voz cansina.

—¿Qué quieres decir?

—Un *gorila* del Santo Oficio me llamó anoche. Me puso al corriente de lo que piensan hacer con nosotros y me advirtió que ya hemos perdido el control sobre nuestros descubrimientos. Necesitan nuestros avances para aplicarlos a asuntos de Iglesia. Y no parece que tengamos elección.

El padre Baldi se derrumbó.

—¿Te llamaron del IOE? ¿De la Congregación para la Doctrina de la Fe? —susurró.

El IOE, o Instituto para las Obras Exteriores era la «agen-

cia vaticana» que coordinaba los Servicios Secretos del Papa
con el antiguo Santo Oficio. Sus tentáculos llegaban a todas
partes. Cuando Luigi Corso asintió, Baldi sabía que habían
perdido la batalla.

—Entonces sí, hermano. Ya es tarde…

El benedictino se dejó caer sobre los codos, sujetando con
su mano izquierda el auricular.

—*Mio Dio!* —gimió—. ¿Y no hay nada que podamos
hacer?

—Ven a Roma, «Lucas» —dijo el padre Corso, tratando de
animar a su colega—y resuelve este asunto en persona. Además, si quieres un buen consejo, no vuelvas a hablar de este
proyecto en público. Recuerda lo que pasó la primera vez que
te fuiste de la lengua: Pío XII clasificó la Cronovisión como *ri-
servattisima*, y aunque el papa Juan aflojara más tarde la mor-
daza, las cosas ya no han vuelto a ser las mismas para nosotros.

—Lo recordaré… —asintió—, gracias. Por cierto, todavía
no he abierto el sobre que me has mandado. ¿Qué contiene?

—Mi último informe. En él detallo cómo hemos depurado
nuestro sistema de acceso al pasado. El doctor Alberto obtuvo
la semana pasada las frecuencias que faltaban para lograr vencer la barrera de los tres siglos. ¿Recuerdas?

—Lo recuerdo. Me has hablado mucho del trabajo de ese
doctor Alberto. ¿Y…?

—Un éxito rotundo, «Lucas». Rotundo.

OCHO

Durante las siguientes cinco horas, Carlos y su compañero condujeron desde Madrid hasta las faldas de la sierra de Cameros, sin prestar demasiada atención al tráfico o a una lluvia que poco a poco fue convirtiéndose en nieve. La patria del vino de Rioja, áspera en sus cumbres y suave en sus valles, les aguardaba con un enigma incierto. Carlos aprovechó sus horas de conducción para explicar a su fotógrafo el curioso hallazgo de la medalla, y cómo aquello le había hecho recordar lo mucho que sabía de la Sábana Santa. Su periodo de prácticas en una revista católica de Madrid no había sido en vano. «Lo peor fue cuando en 1988 un equipo de científicos fechó la supuesta mortaja de Cristo entre los siglos trece y catorce», le explicó. «¡No puedes imaginar la conmoción que causó aquel anuncio! El carbono-14 no dejó lugar a dudas: la Sábana Santa era un fraude». Txema lo miraba sin decir nada. «Recuerdo cómo nuestro director buscó desesperado argumentos para convencer a sus lectores de que el diagnóstico científico era un error. Y uno de ellos fue que, mucho antes del siglo XIV, ya circulaban copias de la Sábana de Turín con esa imagen grabada. Así que, ¿cómo podría nadie copiar algo que no existía desde mucho antes? Si había copias antiguas, era porque el modelo debía ser anterior a todas ellas. Lógico, ¿verdad?»

Antes de parar a repostar, el fotógrafo ya había comprendido qué se traía Carlos entre manos. «Corazonada», «increíble coincidencia» entre el hallazgo de la medalla y la noticia de una Sábana Santa en los Cameros… Pero algo, pese a todo, no terminaba de encajarle. Fue justo antes de llegar a tierras riojanas cuando Txema rompió por primera vez su silencio.

—¿Y se puede saber por qué has dejado tus otras investigaciones por una tontería así? —saltó—. Perseguir copias, ¡copias de una reliquia! Y lo de la medalla, la verdad, no me lo trago.

El fotógrafo consiguió enfurecer a su compañero.

—¿A qué te refieres?

—Ya sabes… Desde que te conozco, has esquivado las noticias religiosas, espirituales, místicas. Sencillamente, se las dejabas a otros. ¿Por qué ésta no? ¿Te pasa algo? ¿Algo que deba saber?

Carlos mantuvo su rictus serio, sin apartar la vista de la carretera.

—No lo sé.

—¿Y en qué quedó ese asunto de las teleportaciones? —el fotógrafo siguió a lo suyo—. ¿Recuerdas a esos tipos que me llevaste a ver, que decían que entraron en una niebla espesa y aparecieron a no sé cuántos kilómetros de distancia? No el de Sevilla, que me perdí. Los de Salamanca. ¿Y la noche que pasamos en Alicante, arriba y abajo por la nacional 340, tratando de que «algo» teleportara nuestro auto? ¿O lo de aquel cura de Venecia que hace unos meses nos dijo que conocía a personas capaces de trasladarse al pasado, a cientos de kilómetros de donde se encontraban, y echarle un vistazo a cualquier acontecimiento histórico? ¡Aún recuerdo lo que te costó arrancarle una pequeña declaración!

—Son cosas distintas, Txema —lo corrigió cansino.

—A lo mejor no. Y en cualquier caso, ¡eso es más interesante que buscar sábanas falsas!

Carlos torció el gesto. En efecto, llevaba algún tiempo huyendo de esa otra investigación: durante los últimos meses se había empeñado en entrevistar testigos que aseguraban haber sufrido teleportaciones. Gentes que hablaban de cómo, mientras se encontraban viajando por alguna zona poco transitada, algo había alterado su ruta. Las mayoría de las veces era una súbita pared de niebla en la carretera, pero otras ese «algo» se reducía a un escalofrío, un golpe de luz, como el flash de una cámara. Y a continuación todo cambiaba: la carretera, el paisaje, la ruta… ¡Todo!

En menos de un año localizó a una veintena de personas que le narraron prácticamente lo mismo. Habló con pilotos de aviación, sacerdotes, viajantes de comercio, camioneros y hasta con el ex marido de una famosa cantante. Incluso, muy propio de él, llegó a establecer las *leyes* que suponía regían el comportamiento de esos incidentes. Carlos sabía que ésa era la mejor vía de escape a su crisis: si lograba acercarse a lo sobrenatural y encapsularlo en una visión racional, científica, tal vez encontrara a ese evasivo *Programador* y consiguiera entrevistarlo. Algún día… decía.

Pero el periodista calculó mal sus fuerzas. Pronto la investigación le quedó grande. Los fondos provistos por la revista se agotaron, y su trabajo llegó a punto muerto.

Se sintió fracasado. Había fallado. Y Txema lo sabía:

—Si estabas tan entusiasmado por aquello, ¿por qué lo dejaste?

Carlos lo miró por el rabillo del ojo, aminoró la marcha, metió tercera y contestó de mala gana:

—Te lo diré para que me dejes en paz. La culpa la tuvieron dos casos históricos. Pensé que tenía algo importante entre manos. Eran dos referencias antiguas de incidentes parecidos a los que estaba recogiendo. Pero no hallé ni rastro de ellas durante mi investigación. Al final, me veía recogiendo leyendas urbanas sin sentido, y lo dejé. ¿Eso te basta?

—¡Oh, vamos! Nunca me lo contaste. ¿Qué casos fueron los que te vencieron?

—¡No me vencieron! —protestó—. El primero lo vivió un soldado español en el siglo XVI. La leyenda dice que mientras estaba destacado en Manila, Filipinas, se trasladó en un abrir y cerrar de ojos a la plaza mayor de la Ciudad de México...

—¿Y cuándo ocurrió eso?

—La fecha es casi lo único que determiné con precisión: el 25 de octubre de 1593.

Txema se removió en su asiento. El muchacho tenía una memoria extraordinaria para nombres, cifras y lugares.

—¿Te imaginas? Ese lancero cruzó quince mil kilómetros de tierra y océanos en cuestión de segundos y se plantó en el otro extremo del mundo sin que jamás le pudiera explicar a nadie cómo lo hizo.

—¿Y el segundo caso?

—Ése fue más espectacular: sólo cuarenta años después del «vuelo» del soldado, una monja española llamada María Jesús de Ágreda fue interrogada por la Inquisición como consecuencia de sus repetidas visitas a Nuevo México. La acusaban de haber cristianizado a varias tribus indígenas del Río Grande, volando misteriosamente entre España y América. Lo grave es que nunca la echaron de menos en su monasterio.

—¿Iba y volvía a América cuando quería? ¿Cómo si tomara un puente aéreo? —preguntó Txema incrédulo.

—Eso parece. Lo curioso es que una sencilla monja de clausura fuera capaz de controlar esa capacidad de «vuelo» y burlara a los tribunales del Santo Oficio sin que la condenaran por brujería.

—¿Diste con ella?

—Ni con ella ni con el soldado —su voz sonó resignada—. En el caso de la monja, tenía su nombre, pero no un lugar o un monasterio por el que empezar a buscar. En cuanto al soldado, conocía sus puntos de partida y de llegada, también la fecha de su «viaje», pero ni rastro de sus apellidos o de un documento de la época que recogiera su hazaña... De hecho, dejé el asunto. Si lo recuerdas, en mi último reportaje citaba esos dos incidentes, pero sin darles demasiada importancia, y lo archivé todo porque no veía cómo enfocarlo. Por eso decidí dedicarme a otras cosas.

—A la religión, por lo que veo —rió Txema por lo bajo.

—No sólo la religión.

—Bueno: También publicaste lo del cura de Venecia... —insistió.

—¡Ah, sí! Tienes razón. Mencioné ese extraño invento que, según él, podía rescatar imágenes del pasado. ¿Cómo lo llamaba? ¡El cronovisor! Pero tampoco eso me llevó a ninguna parte.

—Ya.

El motor diesel del Ibiza renqueaba cada vez más. Tal como había vaticinado el fotógrafo, el paisaje de los Cameros se había ido recrudeciendo. La ruta hasta el pueblo de Laguna, donde se encontraba la copia de la Sábana Santa, se había ido estrechando y haciendo más empinada. Las temperaturas llevaban ya un rato bajo cero. Los viñedos no asomaban por encima de la nieve. Y para colmo, la pequeña emisora de onda corta que llevaban atornillada al salpicadero había dejado de funcionar. Txema la llevaba siempre consigo. Había sido radioaficionado durante años, y la sola idea de viajar desconectado se le hacía insufrible. De hecho, fue él quien se apeó del auto en un par de ocasiones para revisar la antena y tratar de contactar con alguien.

—Nada —cedió al fin—. Ni ruido de estática siquiera. La emisora ha muerto.

—No es tan grave. Esta tarde, con suerte, dormiremos en Logroño y la llevaremos al técnico.

—Dime una cosa, ¿falta mucho para que lleguemos a tu dichosa Sábana?

—Una hora, quizá.

—¡Ay, si nos teleportáramos! —bromeó.

NUEVE

—¿*H*a oído usted hablar alguna vez del síndrome de Stendhal?

La pregunta de la doctora Meyers sorprendió a Jennifer Narody, que se apresuró a negar con la cabeza. Se habían tomado un descanso en la terapia, y ahora acariciaban dos grandes vasos de café mientras conversaban animadamente. El líquido caliente reconfortó el estómago vacío de Jennifer. Ya estaba más tranquila. El estudio de Linda Meyers invitaba a la charla. Desde sus grandes ventanales se dominaba el bullicio de la ciudad. El tráfico de la calle Broadway, la imponente fachada de piedra del Palacio de Justicia, la inmaculada torre del Ayuntamiento, los ejecutivos corriendo de arriba abajo. Y allá adentro, tan en silencio. En paz. El estudio de la psiquiatra más cara de Los Ángeles transmitía también una extraña sensación de poder. De dominio sobre el tiempo. Como si el tráfago de la ciudad fuera algo externo a la condición de quienes lo miraban desde su privilegiado mirador. La habitación en la que se encontraban estaba decorada con cuadros de vivos colores, de evidente factura africana. Meyers se enorgullecía de sus orígenes. De hecho, toda su consulta emanaba el exótico aroma del continente negro. Como ese café de importación.

—¿El síndrome de Stendhal, dice?

Jennifer apuró un trago.

—En realidad, es una alteración psíquica muy habitual entre los turistas que visitan Europa, sobre todo Italia.

Meyers sonrió dejando que su dentadura blanca contrastara con su piel de ébano. Parecía haber esperado a aquel momento para hacerle una confidencia.

—¡No me mire así! —rió—. ¡Stendahl no es ningún virus peligroso! En realidad es una enfermedad bastante común y fácil de tratar. Recibe su nombre de un escritor francés del siglo XIX que, después de pasar un día entero visitando las maravillas de Florencia, comenzó a sufrir palpitaciones, vértigo, desmayos e incluso alucinaciones. Parece que la causa estaba en una sobredosis de belleza. ¡No todos aguantan ese exceso de historia y arte que desprenden las calles italianas!

—¿A dónde quiere ir a parar, doctora? —la miró Jennifer divertida.

—Bueno, usted comenzó a tener esos sueños justo al regresar de Roma. Esa misteriosa dama que se aparece a los indios tiene todo el aspecto de una *Madonna* italiana, y me preguntaba si...

—¿Si tengo esos sueños por una especie de atracón de belleza romana? ¡Vamos, doctora! ¡No lo dirá en serio! Viví dos años en plena Vía Augusta, cerca del Vaticano. Tuve tiempo suficiente para acostumbrarme a las bellezas de esa ciudad: sus arcos historiados, sus puentes sobre el Tíber, sus iglesias, basílicas, conventos, estatuas, obeliscos, frescos. Créame: nada de eso me impresionó cuando decidí dejar la ciudad.

—¿Sabe una cosa? En el fondo la envidio, Jennifer —dijo

la doctora sorbiendo otro trago de café—. Dígame, ¿por qué decidió pasar una temporada en Roma?

—Necesitaba poner tierra de por medio.

—¿Un desencanto amoroso?

—¡Oh, no! ¡Nada de eso! Los hombres nunca han sido lo mío —sacudió la cabeza, nostálgica—. La culpa la tuvo, como siempre, mi trabajo. Aunque de eso no puedo hablar demasiado.

—¿No puede hablar de su trabajo? —la doctora Meyers depositó su vaso de poliestireno sobre una fina bandeja decorada con cebras—. ¿Qué quiere decir?

—Bueno… Ya le dije que era una larga historia. Además, me debo a un juramento de confidencialidad con el ejército. No estoy segura de poder contárselo todo.

—¿Es usted militar?

La cara de asombro de la psiquiatra hizo gracia a Jennifer. Era la misma que puso su madre cuando lo supo. O su confesor. Quizá por eso, Jennifer había evitado mencionar ese dato al rellenar su ficha personal. Se limitó a decir que era artista, sin especificar ningún otro detalle. Y en el fondo esa era su verdad: desde que regresara de Italia, tenía planes para abrir un pequeño estudio de pintura y exponer en él sus obras.

—¿Militar? No exactamente. Colaboré con el Departamento de Defensa en un proyecto que terminó afectándome más de la cuenta. Ya sabe cómo son esas cosas, doctora: me hicieron firmar un juramento para que no revelara nunca detalles sobre mi actividad. «Alta traición», dijeron.

—Pero responder a mis preguntas no es dar detalles, querida —el rictus de ébano de Linda Meyers se afiló. Su tono se volvió severo—. También yo tengo mi compromiso de confidencialidad con los pacientes. Nada de lo que hablemos en esta sala saldrá jamás de aquí.

—Tal vez no sea importante para resolver lo de mis sueños...

—Eso debería juzgarlo yo. ¿No cree? Y ahora, por favor, explíqueme por qué su trabajo la obligó a irse de los Estados Unidos.

DIEZ

ROMA

A poco más de diez mil kilómetros de Los Ángeles, en ese mismo momento, la Ciudad Eterna sufría su habitual colapso circulatorio vespertino. Allí, la primavera traía ya las primeras tardes templadas del año y cada nueva jornada estiraba perezosamente su luz diurna.

Giuseppe Baldi ni siquiera se fijó. Había tomado el tren a Roma en la estación de Santa Lucía, y ahora, seis horas más tarde, cruzaba la plaza de San Pedro a toda prisa, sin disfrutar del impagable espectáculo romano. No tenía un minuto que perder.

El plan del veneciano era sencillo. Nadie sospecharía que allí, bajo el impresionante obelisco egipcio levantado por Domenico Fontana en el corazón del Estado Vaticano, iba a transgredirse el principal protocolo de «los cuatro evangelistas». O «los santos», como diría el portero de San Giorgio.

La norma de aquel equipo científico de elite era inequívoca: nunca, bajo ninguna circunstancia, dos «evangelistas» —esto es, los responsables de los cuatro grupos que integraban su programa de trabajo— podrían reunirse sin la presencia del coordinador, «San Juan», de los asesores científicos del Santo Padre o en el marco de un comité especial constituido al efecto. Se pretendía garantizar así la fidelidad al proyecto y dificultar camarillas o grupos de presión internos.

¿No reunirse bajo ninguna circunstancia?

A Baldi, escrupuloso amante del orden, su inminente «pecado» no parecía remorderle la conciencia. Se había hecho más fuerte su necesidad de encontrarse con el padre Luigi Corso que la férrea disciplina vaticana. Sentía que aún estaba a tiempo. Que podía aclarar con el «primer evangelista» ciertas cosas antes de acudir a la audiencia a la que había sido convocado con carácter de urgencia. Baldi estaba seguro de que «San Mateo» disponía de información privilegiada sobre la Cronovisión; datos que, por alguna razón, nadie había querido o podido compartir con él desde su tropiezo con el periodista español, y que quizá lo ayudarían a salir airoso de la sanción disciplinaria que se cernía sobre su cabeza.

Mientras dejaba atrás la columnata de Bernini, una turbia sensación empañó sus pensamientos: ¿Por qué así, de un día para otro, el Santo Oficio se había interesado por las investigaciones del padre Corso, del equipo de Roma, y había decidido interrumpirlas? ¿Qué había descubierto «San Mateo» en sus laboratorios que mereciera un cambio tan repentino?

En el tren que lo llevó a Roma, Baldi trató de obtener las respuestas releyendo el último informe de «San Mateo». En vano. Ni allí, ni en las cartas de «San Marcos» y «San Juan», halló las claves del conflicto. Cuando aquellos textos le fueron enviados, ni el padre Corso ni el resto de los «evangelistas» podían siquiera intuir el inminente secuestro del proyecto por parte del IOE.

Se imponía, por tanto, transgredir la norma de no reunión.

Mientras sorteaba los puestos de postales, refrescos, monedas conmemorativas y helados, y se abría camino en dirección al obelisco, Baldi abrió bien los ojos. No quería que nadie dificultara su encuentro con «San Mateo». Había cuidado hasta el mínimo detalle: incluso el telegrama en el que Baldi emplazó a Corso había sido cifrado con exquisita minuciosidad.

«Tranquilo —se repetía—. Todo saldrá bien».

No podía negar lo evidente: estaba muy nervioso. Empezaba a creer, no sin cierta razón, que la carta que recibió de la Secretaría de Estado citándole en Roma y la intervención del trabajo del padre Corso, podían ser los primeros pasos de una caza de brujas contra los «evangelistas». ¿Paranoia?

Tampoco pudo evitarlo. Al situarse a pocos pasos del obelisco, un escalofrío le recorrió la espalda. Ése era el lugar fijado y aquélla la hora prevista. Ya no podía fallar nada.

¿O sí?

¿Habría recibido «San Mateo» su telegrama? Y sobre todo, ¿lo habría comprendido? ¿Estaría también él dispuesto a violar la ley número uno del proyecto? Y aún quedaba una posibilidad peor: ¿lo habría delatado Corso en un intento de congraciarse con los nuevos responsables de la Cronovisión?

Circunspecto, «San Lucas» aminoró la marcha según se acercó al lugar. Decidió sentarse a esperar apoyado en uno de los pilones de piedra que flanquean el obelisco. Corso debía de estar al caer.

Tragó saliva.

Con cada segundo de retraso, nuevas incógnitas sacudían la mente del padre Baldi: ¿Reconocería a «San Mateo» después de tantos años? ¿Sería él alguno de los curas que a esa hora transitaban por la plaza de San Pedro, rumbo a la basílica?

—¡Jesucristo!

Impaciente, echó un vistazo a su reloj: las 18,30. «Es la hora —pensó—. Cuestión de minutos».

Desde donde se encontraba, el benedictino era capaz de distinguir a cualquier persona que cruzase el atrio y descendiera por las escaleras. Allí estaban cuatro carilargos *sampietrini* con sus vistosos uniformes de época, armados con lanzas de acero y madera. Custodiaban el llamado Arco de las Campanas, el principal acceso al Estado Vaticano. «¡Ah! La fiel guardia Suiza de la que no ha querido desprenderse ningún Papa», murmuró el «tercer evangelista» para sí.

También detectó la presencia de patrullas de *carabinieri* entre los turistas y hasta se distrajo observando a los grupos de estudiantes extranjeros que se admiraban de la belleza de la columnata o de la solidez del obelisco.

Pero ni rastro de «San Mateo».

—¡Maldito tráfico romano! —estalló.

La situación era ridícula: él, que venía de Venecia, había llegado puntual a su cita y su colega, que residía en un barrio céntrico de Roma, llegaba con retraso. Corso también era escritor. ¿Se le habría ido el santo al cielo delante de su máquina de escribir?

A las 18,43 horas Baldi seguía allí, en pie y sin novedad.

La espera empezaba a hacérsele insoportable.

—Si no podía quedar a esta hora, debió decírmelo —refunfuñó—. A no ser que…

La impuntualidad era para «San Lucas» peor que cualquier pecado capital. No se la perdonaba a nadie: ni a sus alumnos en el conservatorio, ni a sus hermanos en el monasterio… y mucho menos a los amigos. Creía que Dios nos mandaba al mundo con un cronómetro que contaba hacia atrás nuestro tiempo de vida y que, por tanto, era un insulto al Altísimo desaprovecharlo en esperas.

«Si los bastardos del servicio secreto hubieran interceptado mi telegrama... a estas alturas ya me habrían detenido —se consoló planteándose la peor de las opciones—. Debe de haber otra razón para el retraso.»

Su alivio duró lo que un suspiro.

A las 18,55 en punto, el «tercer evangelista» no resistió más. Se levantó de un brinco y, sin mirar más que al frente, dirigió sus pasos hacia una de las salidas de la plaza. Cruzó la Vía de Porta Angélica en dirección a la Galería Savelli, la gran tienda de recuerdos de la manzana que estaba a punto de cerrar sus puertas, y buscó el discreto teléfono público de su interior. Baldi estaba dispuesto a salir de dudas.

Fue cuestión de un minuto. El tiempo necesario para buscar algunas liras y marcar el número del «primer evangelista».

—Por favor, ¿podría hablar con el padre Corso?

La voz masculina y agria que siempre atendía el teléfono le pidió que esperara. Tras desviar la llamada a otra extensión, el aparato fue descolgado con rapidez.

—Dígame... ¿Con quién hablo? —respondió una voz ronca, desconocida.

—Uh... Usted no es el padre Corso, creo que se han equivocado.

—No, no se han equivocado. El padre Corso... —dudó— no puede ponerse ahora. ¿Quién es usted?

—Un amigo.

Baldi decidió probar suerte y forzó a su escueto interlocutor.

—¿Sabe si ha salido?

—No, no. Él está aquí. Pero, ¿quién le llama? —repitió el «ronco».

El veneciano se extrañó. Su insistencia por saber de quién se trataba no era habitual.

—¿Y usted? ¿Quién es usted? ¿Y por qué no le pasa el auricular al padre Corso?

—Le digo que no puede ponerse.

—Está bien, llamaré más tarde —respondió airado—. Después de la hora de la cena.

—¿Quiere que le deje algún recado?

—Sólo dígale que le llamó… —recapacitó— el tercer evangelista.

—¿El tercer evangeli…?

«San Lucas» colgó y abandonó la tienda sin esperar a que el teléfono le devolviera las monedas sobrantes; necesitaba tomar aire y despejarse del sofoco. «¡Será cretino!», pensó.

Pero Baldi, de repente, comprendió que allí había algo que no encajaba. Si Corso había quedado con él a las seis y media bajo el obelisco de San Pedro, debía haber salido hacía un buen rato de su residencia… y allí no sólo no le respondieron con un lacónico «ha salido», sino que un extraño insistía en afirmar que Corso no podía ponerse al teléfono y trataba de identificarlo a toda costa. ¿Estaba enfermo? ¿Quizá retenido? Y en ese caso, ¿por quién?

¿Otra paranoia más?

¿O, sencillamente, un nuevo indicativo de que la «caza», como se temía, ya había comenzado?

La cabeza de Baldi iba a estallar.

No tenía alternativa: por su propia salud mental debía resolver aquel asunto en persona. Y de inmediato. En mitad de la calle rebuscó algo en la pequeña cartera que llevaba consigo. Hurgó casi como si la acabara de robar, hasta dar con un pequeño fajo de cartas atadas con una goma elástica. En uno de los sobres, el de su último informe, figuraba en letras de molde la dirección de «San Mateo»:

> S. Matteo
> *Via dei Sediari, 10*
> *Roma*

—¿Sediari? Eso no está lejos de aquí —le indicó un *carabinieri*.

—¿Puedo ir caminando?

—Tardará media hora, pero puede hacerlo —sonrió el agente—. Siga por la Vía della Conciliazione hasta el final, allí gire a la derecha y continúe hasta el puente de Vittorio Emanuele II. Crúcelo y tome esa gran avenida hasta el final. Cuando llegue a la plaza de Largo Torre Argentina verá las ruinas de unos antiguos templos de la República, pregunte usted allá; está al lado.

—Perfecto. Gracias.

El paseo le tomó al padre Baldi cuarenta y tres minutos. Se detuvo un par de veces por el camino para confirmar que llevaba el rumbo correcto, al tiempo la belleza serena de las fuentes de la plaza Navona, ya iluminadas a aquella hora, y los olores a pasta fresca que despedían las *trattorias* lo empapaban de Roma.

Todavía no podía comprender la falta de noticias de «San Mateo»… aunque empezaba a temerse lo peor: si no era cosa del IOE, ni del tráfico romano, entraba dentro de lo razonable que hubiera eludido su cita ateniéndose al maldito voto de obediencia. Lo que explicaría su indisposición para coger el teléfono.

Pronto saldría de dudas.

ONCE

SIERRA DE CAMEROS, ESPAÑA

La visita a la Sábana Santa de Laguna de Cameros fue un completo desastre. El pueblo, siempre vacío en esa época del año, recibió a Txema Jiménez y Carlos Albert con total indiferencia. Seguramente ninguno de sus vecinos sabía que el nombre de su pueblo había aparecido en letras de molde esa misma mañana, en un despacho de una importante agencia de noticias. Qué podía importar algo así en ese rincón perdido del mundo. Allí, la única noticia digna de interés era que había empezado a nevar fuerte, que estábamos a mediados de abril y que la primavera todavía se resistía a hacer acto de presencia. Era lógico, pues, que la cuenca del río Leza estuviera desierta, y que la única señal de vida que recibió a los extranjeros fuera el humo de cuatro o cinco chimeneas caracoleando hacia un imperturbable cielo de plomo.

Por suerte, los periodistas localizaron al párroco enseguida. Se llamaba don Félix Arrondo. Y lo encontraron a la salida de la iglesia de la Asunción, un rústico edificio de piedra plantado en el promontorio más alto de la villa. De hecho, no tardaron en hacer buenas migas con el sacerdote. Don Félix era hombre recio, frisaba la cincuentena, cordial, de estampa bonachona, boina calada hasta las orejas y un humor excelente.

Como era de esperar, accedió enseguida a la solicitud de sus visitantes. «¿Que quieren ver la reliquia? ¡Pues claro, hombre! Aunque no sé de dónde habrán sacado los periódicos que acaba de descubrirse», refunfuñó al intimar un poco más con ellos. «Llevo veinte años en esta comarca, y sé de su existencia desde el mismo día que llegué. Lo que ocurre es que no solemos mostrarla nunca, y esta Semana Santa ha sido la primera vez que la hemos exhibido. Ya verán: es una sábana preciosa».

Los periodistas se miraron de reojo. Estaban a punto de descubrir que las horas empleadas en el viaje, las curvas y el mal tiempo habían sido en balde: la caja de terciopelo rojo que custodiaba el lienzo fechaba con toda exactitud la copia. «Mil setecientos noventa», leyó el cura orgulloso, al extraer el estuche de un viejo armario en la sacristía. «¿Qué les parece? ¿No está mal, verdad? ¡Es del siglo dieciocho!»

A Carlos se le vino el mundo encima.

Ahora lo sabía: habían hecho seiscientos kilómetros de un tirón para nada. Aquella tela pintada con el perfil del crucificado era muy posterior a las fechas de la supuesta falsificación de la Sábana de Turín, en el siglo catorce. Y por muchas fotos que tomara Txema, allí no había una buena historia que llevarse a Madrid. Además, por culpa de sus prisas, seguían sin cadenas para la nieve, y ésta había terminado por sepultar las carreteras bajo un espeso y a esas horas ya congelado manto albo. Desde la atalaya que brindaba la iglesia el único paisaje que se veía tenía ese temible color.

—Y seguirá nevando toda la tarde —profetizó don Félix, con cara de preocupación, mientras empaquetaba cuidadosamente su sábana—. Tendrán que quedarse a dormir aquí. Mañana, cuando deshiele, ya continuarán su camino.

Así sucedió.

Aquella noche, don Félix les buscó un modesto refugio en una de las casas del pueblo. Cenaron sopas de ajo y embutidos, y cuando se cansaron de charlar y beber el buen vino de la tierra, su anfitriona, una anciana de ochenta y cinco años, que vivía sola pero que destilaba una energía envidiable, los acompañó a su dormitorio. Allí, acurrucado en un cuarto frío de paredes de piedra bruta y colchones de paja, Carlos se acostó acariciando la medalla que le había metido en aquel pequeño lío.

—¿Qué? ¿Aún crees en las corazonadas, amigo? —se burló el fotógrafo, tapado hasta las orejas en la cama de al lado, con los mofletes coloreados por la cena y los buenos caldos.

—¡Vete al diablo, Txema!

DOCE

A esa misma hora, pero en la costa del Pacífico, la sesión de la doctora Meyers se prolongaba más de la cuenta. De hecho se extendió hasta la hora de comer. La intensidad del relato de su paciente la obligó a buscarle un hueco al final de la jornada. A las siete. No solía pasar consulta tan tarde. Ese era el momento del día que ella empleaba para revisar sus expedientes y preparar las sesiones del día siguiente. Sin embargo, Jennifer Narody quería soltar lastre rápido; se había presentado en su despacho locuaz, con ganas de hablar, y eso era algo muy poco habitual.

La puesta de sol que se veía desde su mesa de trabajo era espectacular. Tonos amarillos y ocres bañaron por unos minutos las piezas de marfil y madera de la salita africana. Allí, sentada frente a ella y bien pertrechada de zumo y agua mineral, Jennifer se deleitaba viendo cómo el distrito financiero empezaba a apagarse poco a poco.

Su paciente agradeció la excepción. Ansiaba poder abrir sus sentimientos a alguien por primera vez en mucho tiempo.

Aquella mujer de ojos verdes profundos y aspecto frágil había llevado una existencia interior agitada, de la que muy pocos habían participado. Una vida marcada por emociones que la habían aislado del mundo, pero que, a la vez, habían forjado en ella un carácter muy especial.

Jennifer Narody nació en Washington. Sus padres, un pastor evangelista de origen alemán y una mexicana de la frontera, nieta de un brujo navajo de Arizona, le dieron una infancia sin sobresaltos hasta que cumplió los dieciséis años. A esa edad, cuando pensaba en qué universidad ingresar, se estrenaron sus problemas: comenzó a tener intuiciones que concernían a sus compañeros de instituto o a familiares cercanos. Intuiciones certeras, precisas, que jamás logró dominar. Con frecuencia se anticipaba a accidentes domésticos, peleas o pequeños dramas de personas que le importaban. Los «veía» cada vez que cerraba los ojos. O cuando dormitaba después de comer. Al principio no tenía reparo en comunicar sus visiones a los implicados, pero cuando éstas empezaron a cumplirse inexorables, se fue ganando una desagradable reputación de bruja. Sus amigos empezaron a rechazarla, a no invitarla a fiestas o a acompañarla al cine. Y, poco a poco, su personalidad se fue haciendo taciturna y solitaria. Pronto el sueño de la universidad pasó a un segundo plano, y Jennifer terminó concentrándose en buscar respuestas a lo que estaba pasándole. Sin éxito.

Todo cambió a peor el día que soñó con el asesinato de Clive Brown, su profesor de matemáticas del último curso. Brown era su favorito. Aquel irlandés de pelo cobrizo y modales exquisitos siempre acudía a clase vestido con pajarita y americana a rayas. Era un hombre severo pero amable. La noche anterior a los exámenes finales, Jennifer tuvo una pesadilla horrible: vio cómo el lazo azul de su profesor le era arrancado del cuello con un objeto punzante. Estaba muy oscuro. El lugar parecía un aparcamiento desierto, cerca de una cancha de baloncesto. Pero los detalles no eran tan claros como para identificarlo. Lo cierto es que tras la imagen de su pajarita saltando por los aires, vio a un hombre de hombros anchos y pelo ralo propinar un golpe seco al estómago de Brown. Se asustó al ver caer de rodillas a su profesor, rabiando de dolor, y recibir, sin aviso alguno, un disparo en la nuca. Brown no tuvo tiempo siquiera de ver el arma. Simplemente recibió el tiro por la espalda mientras el sueño de Jennifer se apagaba.

La visión la espantó. Dudó mucho si debía contarle o no aquello a su profesor, pero al acabar su examen esperó a que Brown recogiera las cosas del aula y lo abordó camino del claustro de profesores. Maggie Seymour, la jefa de estudios, escuchó la conversación, aunque ninguno de los dos prestó demasiada atención a su sueño. «Es sólo una pesadilla», dijeron. «Los exámenes a veces juegan malas pasadas, Jenny».

Cuando al día siguiente el cadáver de Clive Brown apareció tendido en el aparcamiento de un supermercado de Alexandria cerca de su casa, la señora Seymour dio los detalles del sueño premonitorio de su alumna a la policía de Washington. Todo encajaba con su relato: el disparo en la nuca, la pajarita fuera de lugar y hasta la sombría cancha de baloncesto.

Y desde aquella jornada la vida de Jennifer Narody cambió para siempre.

Por alguna extraña razón, su declaración terminó en un despacho de las cercanas instalaciones de la Armada, en Fort Meade. Y en septiembre de 1984, un coronel de inteligencia llamado Liam Stubbelbine la reclutó para participar en un programa secreto «del máximo interés para la seguridad nacional», dijo. El proyecto, de nombre clave *Stargate* (o Puerta de las Estrellas), era una iniciativa de espionaje que pretendía usar a personas con claras dotes de videncia para adelantarse a maniobras militares o de terrorismo de los enemigos de los Estados Unidos. Ellos jamás usaron el término «videncia», sino un eufemismo más acorde con los tiempos: «visión remota».

Fort Meade había recibido un generoso presupuesto de los fondos reservados para desarrollar ese proyecto, y parte de sus esfuerzos se habían concentrado en buscar a sujetos con «potenciales psíquicos» interesantes. Como el de Jennifer. Y así, durante casi seis años, la sometieron a todo tipo de pruebas y experimentos para probar sus capacidades extrasensoriales. De hecho, gracias a esos exámenes lograron identificar al asesino de Clive Brown, juzgarlo y condenarlo.

Pero aquel éxito también significó su propia condena. Ya nunca más podría Jennifer Narody quitarse de encima la sombra de la *National Security Agency* y del Departamento de Defensa. Se graduó como teniente. Pero sentirse vigilada por su propio gobierno la debilitó, sumiéndola en una depresión que pronto desembocó en una serie de sueños extraños en los que aparecía esa misteriosa «dama azul» en parajes de los que nunca había oído hablar.

Eran sueños extraordinarios. Como si de algún modo su mente fuera capaz de viajar hacia atrás en el tiempo y asistiera en persona a hechos remotos que siempre empezaban por una ubicación geográfica específica y una fecha...

TRECE

GRAN QUIVIRA, NUEVO MÉXICO
VERANO DE 1629

Cuando *hotomkam*, las tres estrellas en fila de la constelación de Orión, se situaron encima del poblado, Gran Walpi, el jefe del clan de la Niebla, convocó a los líderes de su grupo a una reunión secreta en la kiva. Nunca aquella habitación circular, semienterrada y cubierta por un techo de madera sostenido por las «cuatro columnas en las que descansa el mundo», había estado tan concurrida.

Antes de descender al vientre del recinto, los asistentes echaron un último vistazo al horizonte, allá donde quedaba el cañón de la serpiente. Habían oído rumores de lo que había ocurrido en el lugar. De hecho, Gran Walpi los había convocado para darles algunas explicaciones. Pero también para pedirles que lo ayudaran en algo.

A la hora prevista, los diez jefes del clan se acomodaron sobre la arena del recinto. Gran Walpi parecía dispuesto a hablarles. Tenía un semblante serio y su porte hacía justicia como nunca al nombre que su madre le dio al nacer: Gran Walpi significaba «montaña grande». Y grande como un tótem era aquel viejo guerrero. Ese día, además, las arrugas que cruzaban su rostro parecían más profundas que de costumbre. Como los surcos del temido cañón.

—El mundo está cambiando a gran velocidad, hermanos de la Niebla —susurró con voz gutural poco después de que la puerta de la kiva se cerrara sobre sus cabezas.

Sus hombres asintieron unánimes. El familiar olor a cerrado de la kiva había dado paso a una densa expectación.

—Hoy se cumplen treinta inviernos desde la recepción de la primera señal de ese cambio —continuó—. Fue otro día *hotomkam* como este cuando nuestras llanuras recibieron la visita de los hombres de fuego. Quedamos ya pocos de los que vimos el horror del que eran capaces.

Gran Walpi alzó uno de sus temblorosos brazos hacia un agujero redondo, perfecto, que se abría en el techo y que permitía ver las tres luminarias del «cinturón» de Orión.

—Aquellos hombres de piel clara, que trajeron consigo brazos que escupían truenos y caparazones como los de las tortugas que les hacían inmunes a nuestras flechas, causaron un gran dolor a nuestro orgulloso pueblo. Incendiaron nuestros campos, mataron a nuestros animales, secuestraron a nuestras mujeres y envenenaron los pozos lanzando a ellos sus cadáveres.

El anciano tosió.

El recuerdo de aquellos días crueles embargó a los congregados. El relato de los esporádicos encuentros que mantuvieron sus antepasados con un grupo de expedicionarios españoles entre 1598 y 1601*, todavía causaba pavor en las llanuras. El mismo Gran Walpi los combatió. De hecho, el guerrero fue de los pocos que sostuvo la mirada a don Juan

---

* Para comodidad del lector, facilitamos los años en el calendario occidental.

de Oñate —un nombre que jamás pronunciaron bien los indios—, y el único que sobrevivió a sus requerimientos. Por fortuna, cuando Gran Walpi lo convenció de que en aquellas tierras no había oro que buscar, no sólo ganó la paz para su pueblo sino el lugar de líder que ahora ocupaba.

Pero el temor al regreso de los españoles nunca había desaparecido de su mente.

—¡Asesinos! ¡Los extranjeros mataron a nuestros hermanos usando su magia! —exclamó uno de los reunidos desde el otro lado del fuego.

—Perdimos tres batallas en tres temporadas —murmuró otro—. Nada pudo hacerse.

Gran Walpi clavó sus ojos en los rostros de aquellos valientes. Ninguno había visto las corazas plateadas de los invasores. Ninguno había sentido el miedo visceral que experimentó él la primera vez que vio los caballos de los españoles. No sabían a qué olía el auténtico terror. Ni cuál era su sabor. Pero eso podía cambiar en cualquier momento.

Gran Walpi miró fijamente el fuego de la kiva antes de proseguir:

—Deben saber que esos extranjeros están a punto de regresar.

La sentencia los dejó mudos.

—Anoche —continuó—, se produjo la señal que llevaba tanto tiempo temiendo. Ya no tengo dudas de que el fin de nuestro mundo se acerca. Y quiero que preparen a sus familias para ello.

Ahora el murmullo se extendió entre los presentes.

—¿Vuelve Juan de Oñate? —preguntó uno.

Gran Walpi asintió con la cabeza. El sólo recuerdo de aquel nombre le produjo náuseas.

—¿Y qué señal ha convencido a nuestro jefe?

Nikvaya, al que contaban entre los guerreros más diestros del clan, se puso en pie antes de formular la pregunta. Sus ojos estaban inyectados de pánico. Sabía que sus armas no podrían hacer nada contra las de los extranjeros. Su padre había muerto de una descarga de arcabuz cuando él sólo tenía un año. Gran Walpi, que lo vio morir, giró su rostro hacia él:

—Sakmo, el menor de mis hijos, el padre de mi única nieta, se encontró con alguien en el cañón de la serpiente, cerca del cementerio.

—¿Alguien? ¿Quién, maestro?

—Fue una «madre del maíz», una *Chóchmingure*. Bajó del cielo envuelta en luz azul y le hizo un anuncio funesto: que pronto llegarán extranjeros de piel blanca a nuestras tierras, trayéndonos a un nuevo Dios.

—¡Los espíritus lo impedirán! —gritó otro guerrero, al fondo de la kiva.

—No, hijo. Ya no. Nuestros espíritus llevan años anunciándonos esa llegada. Lo que debe preocuparnos ahora es que no se derrame la sangre de nuestras familias.

—¿Y podemos fiarnos de Sakmo?

Gran Walpi alzó severo su mirada y la clavó en el guerrero que seguía allí de pie.

—Es sangre de mi sangre, Nikvaya. Ha heredado mi capacidad para vislumbrar el mundo de los espíritus. Además, no les he dicho aún que su encuentro coincidió con un extraño presentimiento que yo mismo tuve antes del anochecer —el guerrero se detuvo a tomar aire, y luego continuó—: Meditaba frente a nuestro espíritu *kachina*, en este mismo lugar, cuando escuché dentro de mí, clara como el canto del mirlo, una voz que me habló.

—¿Una voz?

Uno de los jefes del clan, un indio menudo, con los ojos quemados por las tormentas de arena, ahogó sin éxito sus palabras. Gran Walpi asintió.

—La voz me advirtió de que pronto nuestro poblado iba a ser visitado por un gran espíritu. Una presencia del más allá que no sólo verían los iniciados, sino todo aquel que pasara una noche de *hotomkam* a la intemperie. ¡Y ha ocurrido! ¡Lo ha visto mi hijo!

El hombre de los ojos quemados se sintió obligado a preguntar:

—¿Dijo a qué viene ese espíritu?

—No —Gran Walpi arrastró su mano derecha sobre la arena, en un gesto rápido y violento—. Por eso los he convocado: como jefe del Clan de la Niebla debo hacer lo imposible por comunicarme con él. Debo recibir su mensaje e informar a la comunidad de la suerte que nos espera.

—¿Nos has llamado, maestro, para que invoquemos a ese espíritu?

A la nueva pregunta de Nikvaya se sumaron todas las miradas de los presentes en la kiva.

—Así es, hijo. *Hotomkam* brillará sobre nosotros durante ocho días más. Tenemos el tiempo justo para preparar el ritual y esperar a que ese espíritu azul se manifieste.

—El último que condujo una ceremonia de contacto fue Pavati, el guerrero que te precedió en la jefatura del Clan. Y murió. Invocar a una criatura así puede costarte la vida.

La advertencia surgió desde el fondo de la kiva. Otro anciano, el único cuya edad y experiencia rivalizaba con la de Gran Walpi, se levantó y caminó hacia el centro de la estancia.

—Conozco bien esa historia, Zeno —replicó—. Y no tengo miedo a morir. ¿Lo tienes tú?

Zeno tampoco tenía nada que perder. Se aproximó al pequeño fuego que crepitaba en el centro de la kiva, y dijo en voz alta, para que todos pudieran escucharlo:

—Los espíritus no nos dejan elección, viejo testarudo. Te ayudaremos en tu propósito hasta donde nos sea posible.

CATORCE

Cuando el padre Baldi, o «San Lucas», llegó a la Vía de Sediari, extremó su cautela. Sediari es una de las pequeñas calles cercanas al Panteón de Agripa, junto al palacio Madama, casi siempre atestada de turistas y amigos de lo ajeno. Y pese a que nadie lo había visto por allí nunca, quería asegurarse de que pasaría desapercibido. La conversación con el «ronco» lo había llenado de dudas.

Mal día, sí señor.

Treinta segundos más tarde, Baldi estaba delante de su objetivo. El número 10 era un edificio macizo de aspecto gris, con fachada de piedra, amplias cornisas de madera y pequeñas ventanas, provisto de una puerta enorme que conducía a un lóbrego patio interior.

A simple vista era difícil distinguir si se trataba de un bloque de apartamentos, una residencia de estudiantes o un albergue para religiosos. Y más aún si se tenía en cuenta que dos Fiat Tipo de la *Polizia* romana bloqueaban el portón de acceso.

El rostro del padre Baldi se ensombreció. ¿Policías? «Bueno, al menos no es uno de los *Citröen* negros del servicio secreto —se dijo aliviado—. Pueden estar ahí por cualquier cosa. Tranquilo.»

«San Lucas» trató de serenarse.

Tras reunir la poca sangre fría que le quedaba cruzó la calle y, en cuestión de segundos, atajó los escasos metros que lo separaban de los autos patrulla y el inmueble. Un vistazo le bastó para descubrir, empotrada en el corredor, una ventanilla de la que escapaba un fino hilo de luz. «Residencia Santa Gemma», rezaba el cartel clavado sobre ella.

—*Buona sera…* ¡Cuánto movimiento! ¿Ha pasado algo?

El padre Baldi, forzando un gesto inocente, carraspeó antes de formular su pregunta. Se había asomado a la portería, descubriendo en el interior a un hombre de mediana edad, cabellos rubios y escasos, arrugas prominentes en la frente y una dentadura destrozada, vestido con el hábito pardo de los franciscanos. El fraile mataba su tiempo escuchando un destartalado transistor.

—Sí… —contestó después de bajar el volumen del aparato—. Si lo dice por la policía, es porque esta tarde uno de nuestros residentes se ha suicidado. Al parecer, se arrojó al patio desde el cuarto piso.

El «tercer evangelista» identificó aquella dicción. Era el hombre de la voz agria que solía contestar el teléfono cada vez que llamaba a «San Mateo». Jamás se lo hubiera imaginado así.

—¿Un suicidio? —se inquietó Baldi—. *Santa Madonna!* ¿Y a qué hora fue eso?

—Alrededor de las cinco de la tarde —contestó compungido—. Lo están dando ahora mismo en las noticias de la radio.

—¿Y usted… lo vio?

—Bueno —sonrió el fraile dejando ver sus encías podridas—, yo sólo oí un golpe seco y al asomarme lo vi con la cabeza abierta, en medio de un charco de sangre. Creo que murió en el acto.

—Dios lo tenga en su gloria —se persignó—. Y dígame, ¿puede decirme quién era?

—Claro, padre: Luigi Corso. Sacerdote, profesor y escritor. Una persona brillante. ¿Lo conocía usted?

Baldi palideció.

—Somos… éramos viejos amigos —rectificó.

«San Lucas» se alisó sus cabellos de plata, como si aquel gesto lo ayudara a reflexionar.

—¿Está seguro de que el padre se suicidó?

El portero mudó de expresión. Lo interrogó en silencio con aquellos ojos oscuros, casi de íncubo, tratando de encajar la sugerencia del desconocido. Estaba seguro de que Corso estaba solo en su habitación cuando se precipitó por el hueco del patio. Su última visita lo había dejado no menos de un cuarto de hora antes. Sí. Él creía que había sido un suicidio.

—¡Hombre! —añadió—, la policía está allá arriba, en su habitación, tratando de reconstruir los hechos. Les puede preguntar a ellos si quiere. Llevan aquí más de una hora registrando sus pertenencias, y me han pedido que les pase todas las llamadas que se reciban para el padre. Podría avisarlos ahora mismo y…

—No será necesario —lo interrumpió Baldi—. Era sólo curiosidad… Pero dígame, ¿le han explicado por qué les tiene que pasar las llamadas?

—Simple rutina, dicen.

—Ah, claro.

—Padre —lo abordó ahora el portero con cierta solemnidad—, usted debe saber si suicidarse es pecado mortal…

—En principio, lo es.

—Entonces, ¿cree usted que Dios salvará al padre Corso?

Aquello lo pilló desprevenido.

—Eso sólo Él lo sabe, hijo mío.

El veneciano se despidió como pudo, dio media vuelta, se acomodó las gafas en la nariz y se alejó caminando calle arriba. Si en ese momento le hubieran propinado un puñetazo en el estómago, no habría sentido nada. La noticia lo había aturdido por completo. El «primer evangelista» había muerto una hora y media antes de su cita. Y lo que era peor: con él acababa de esfumarse su único punto de apoyo en Roma antes de la audiencia. O casi. El difunto «santo» era su único amigo en la Cronovisión. Del otro, «San Juan», no podía fiarse. Además, el fallecimiento de Corso se había producido justo cuando alguien en el Vaticano había decidido echar cerrojo a su proyecto. Alguien que tal vez sabía lo mucho que Baldi y Corso se apreciaban.

¿Su enésima paranoia del día?

QUINCE

La jornada siguiente, 14 de abril, amaneció entre nubes y claros.

Eran las diez menos diez de la mañana. De eso daba fe el cuaderno de campo de Carlos, una libreta con tapas de corcho en la que garabateaba las incidencias de su ruta. Txema y él habían dejado atrás Laguna de Cameros con la intención de regresar cuanto antes a Madrid. Con un buen desayuno en el estómago y el par de cafés cargados que les preparó su anfitriona, aguantarían lo suficiente para salir de aquel dédalo de carreteras secundarias y puertos de montaña. O eso creían. A esa hora ignoraban que el destino tenía preparados otros planes para ellos. Planes que no tardarían mucho en conocer.

Carlos y Txema se dieron cuenta de que algo iba mal una hora después de haber abandonado el pueblo. Esta vez le echaron la culpa a la niebla. Don Félix se lo advirtió. Les dijo que cuando las nubes bajas cubren las crestas de los Cameros, orientarse en los valles inferiores era una tarea compleja. Por si fuera poco, la estrecha lengua de asfalto por la que circulaban seguía siendo una maldita pista de hielo. Y superar los veinte kilómetros por hora en tales circunstancias era una temeridad.

De tanto en tanto, Carlos se veía obligado a detener el vehículo, abrir el capó para enfriar el motor, y propinar un par de buenas patadas a cada neumático para librarlos de los pegotes de nieve.

—¿Qué? ¿Dónde has dejado hoy tus corazonadas?

Txema bajó tranquilamente la ventanilla antes de escupir su pregunta. Desde la noche anterior no se le había quitado aquella sonrisa pícara del rostro. Nunca se había visto en la obligación de pernoctar en un pueblo de menos de cien habitantes, sin hotel, ni restaurante, con un bar que sólo abre en verano y en la casa particular de una vecina octogenaria. Parecía divertirle que a esa hora, detenidos en medio de una pista desierta y con el eco de sus palabras rebotando en las peñas cercanas, su situación siguiera sin estar clara.

—¡No me tomes el pelo, Txema! La suerte es como el tiempo: cambia de repente. Para bien o para mal.

Un nuevo puntapié zarandeó el auto.

—Pues hoy para mal…

Carlos no contestó.

¿Qué iba a decirle? ¿Que se había equivocado? ¿Que su decisión de viajar hasta allí había sido el fruto de un disparatado impulso, poco profesional? ¿Iba a darle ese gusto a Txema para que siguiera burlándose de él todo el viaje?

No. Nada de eso.

Por fortuna, su pronóstico sobre la suerte estaba a punto de cumplirse: un claro en la bruma, justo frente a ellos, dejó entrever el perfil de una señal indicadora. Era como si se hubiera acercado sigilosamente a saludarlos. A echarles una mano. Estaba allí plantada, a escasos cien metros de donde se encontraban, indicándoles un cruce que no habían sido capaces de ver hasta ese preciso momento. Parecía una escena de película.

Una aparición. Pero era real. Quizá lo más real que habían visto en toda la mañana.

—¿Y si…?

El fotógrafo no terminó la frase.

Carlos saltó al volante, deslizó con cuidado el Ibiza hasta el pie del indicador, y allí, con la calefacción bombeando calor a plena potencia, pudieron leer el mensaje a través del parabrisas. Era una lacónica señal con forma de flecha que decía: «Carretera N-122. Tarazona».

Ya no lo dudó. El periodista giró a la izquierda, tomó la pista que se abría ante él y pisó alegre el acelerador.

Pronto la niebla le dejaría vislumbrar algo más.

En realidad, fue cuestión de un segundo. Una visión fugaz. El tiempo suficiente para que el cerebro de Carlos procesara el contenido de otra señal. Ésta se encontraba casi enterrada por la nieve, doblada a un lado de la cuneta, pero erguida aún sobre sus patas de aluminio. Su contenido, simple, lo electrizó: eran seis grandes letras negras, gruesas, que le resultaron extrañamente familiares.

—¿Has visto eso?

Su frenazo secó el asfalto bajo las ruedas y empotró a Txema en su asiento.

—¿Estás loco? —gritó—. ¿Qué haces?

—¿Que si lo has visto? —insistió Carlos, con el pulso golpeándole la garganta.

—¿Ver? ¿Ver qué? ¿El cartel?

—El cartel, sí. ¿Lo has leído?

—¿A qué viene esto? —el fotógrafo protestó mientras se aflojaba el cinturón de seguridad y tanteaba su bolsa de cámaras buscando algún desperfecto—. Claro que lo he leído: «Ágreda».

—¡Santo Dios! —Carlos sacudió la cabeza, incrédulo—. ¿Y no te has dado cuenta? ¿No te suena ese nombre de nada?

Txema puso cara de no entender.

—¡Por Dios! ¡Es el apellido de la monja!

—¿De la monja?

La cara redonda y sin afeitar del fotógrafo era todo un poema.

—¿La que viajaba a América siempre que quería? —preguntó casi en voz baja.

—¡Esa misma!

—Tranquilízate, ¿quieres? Que nos vas a matar. Y sujeta el volante, ¡coño! Tiene que ser una maldita casualidad.

—¡Cómo que una casualidad! ¿Es que no lo ves?—sus ojos estaban ahora abiertos como platos, sin prestar atención a nada, excepto a la reacción de su compañero—. ¿Cómo he podido ser tan estúpido? En el siglo XVII, y antes, a mucha gente célebre se la conocía por su lugar de nacimiento... En el caso de sor María Jesús de Ágreda, ése «de Ágreda» podría indicar un apellido... ¡pero también su pueblo natal!

—¡Demonios del infierno! —protestó Txema—. Hace frío. Te has parado en seco en medio de una carretera principal. Haz lo que quieras, Carlos. Nos desviamos, entramos en el pueblo y le preguntamos a quien te apetezca. ¡Pero mueve el auto de aquí!

—¿Cómo no me habré dado cuenta antes?

Txema lo miró severo. Su compañero estaba como ido.

—¿Cómo? —añadió—. Esto no puede ser una casualidad. No puede serlo. ¿Sabes cuántos pueblos hay en España?

El fotógrafo dudó si le hacía aquella pregunta en serio.

—¿Lo sabes? —insistió.

Txema rebuscó en la guantera el mapa de carreteras que

siempre llevaban encima y hojeó las tablas geográficas que figuraban al final del mismo. El dato debía de estar allí.

—¡Ya lo tengo! —su dedo se había detenido en una de las páginas—. ¿Quieres saberlo?

—¡Claro! ¿Cuántos?

—35.618 —dijo al fin.

—¿Lo ves? ¡Una posibilidad entre treinta y cinco mil no es una casualidad! ¿Ahora qué dices?

—¡Que muevas el auto de la carretera!

DIECISÉIS

Dígame, Jennifer: ¿alguna vez le costó distinguir si esos sueños eran realidad o no?

La doctora Meyers había permanecido en silencio, atendiendo a cada una de las explicaciones de su paciente. Su relato era tan vívido, que a duras penas podría clasificarlo como una simple fabulación.

—No sé a qué se refiere, doctora.

—Es fácil, Jennifer. ¿Alguna vez pensó, al despertar, que lo que había visto era un recuerdo? ¿Qué usted había estado realmente allí, entre esos indios?

—Vamos, doctora —protestó—. ¿No irá a decirme que cree usted en la reencarnación? Aunque tenga antepasados nativos americanos, nunca he leído nada sobre ellos, ni sobre sus ritos, ni…

—No. No se trata de eso. ¿Le cuesta distinguir entre sueño y realidad? ¿Sí o no?

La insistencia de la psiquiatra intimidó a su paciente.

—¿Sabe? De pequeña era capaz de recordar todo lo que soñaba por la noche.

—Continúe.

—A menudo, antes de que me llevara al colegio, se lo contaba todo a mi madre. Le explicaba mi sensación de volar, o de atravesar una pared. Incluso la de cantar bajo el agua. Mi

74

abuela, que vivió muchos años a las afueras de México D.F., junto al santuario de la Virgen de Guadalupe, me puso un mote. Me llamaba «Gran Soñadora».

—¿«Gran Soñadora»?

Jennifer asintió, con una mueca dulce en los labios:

—Sí. Fue ella la que me enseñó a discernir entre el mundo de los sueños y el real. Gracias a ella, ahora sé que todas esas escenas de Nuevo México son un sueño. ¡Deben de serlo!

La doctora Meyers se acarició el mentón pensativa. Las ventanas de cristal aislante no dejaron que el ruido de la sirena de un auto patrulla la distrajera. El vehículo cruzó en un suspiro la calle Broadway y torció en la calle Temple, rumbo al oscuro corazón de la ciudad. La noche era ya la dueña de Los Ángeles.

—Hábleme de su abuela —dijo al apagarse el último destello de luz roja y azul.

Narody no titubeó:

—Se llamaba Ankti, que en lengua de los indios quiere decir «baile». Todas las mujeres de mi familia se llamaron así, desde tiempos remotos, hasta que yo llegué al mundo a este lado de la frontera, en los Estados Unidos, y me llamaron Jennifer.

—Prosiga… ¿Qué recuerda de ella?

—La conocí poco. Mis padres me dejaron un verano entero con ella, mientras se iban de vacaciones a Europa. Y aquel año me llevó cada día a la basílica de la Virgen de Guadalupe. Me contó su historia mil veces. ¿Y sabe lo más curioso? Que me enseñó a imaginármela como una dama azul, una mujer brillante, que se dejaba caer de tanto en tanto en tierras de los antiguos mexicanos.

—¿Cómo la mujer que usted ve en sus sueños?

—Exacto, doctora. Mi abuela me contó el cuento de esa aparición. ¿Lo conoce usted?

La doctora Meyers asintió.

—Es muy hermoso. Juan Diego, un indio de la misma raza que mi abuela, tuvo varios encuentros con una misteriosa mujer bañada en luz azul, en un cerro llamado del Tepeyac. Aquella dama le pidió que erigieran una basílica en aquel lugar para honrarla, pero los españoles que entonces dominaban México no le hicieron caso. El obispo de la ciudad le pidió pruebas de aquello, y Juan Diego, desesperado, terminó trasladándole la exigencia del español a la propia mujer azul.

—¿Y qué ocurrió?

—Ésa era la parte que más le gustaba a mi abuela —sonrió—. La dama le dio esa prueba en su cuarta aparición: le pidió a Juan Diego que llevara un ramo de rosas al obispo, que ni eran de aquella región ni se daban en esa época del año. Y el indito, obediente, cargó las flores en su poncho y las bajó al palacio arzobispal. La Virgen se las había preparado en una mata cercana.

Jennifer tomó aire antes de continuar:

—Cuando el obispo lo recibió y Juan Diego abrió su poncho, ¿sabe lo que ocurrió? ¡Las flores habían desaparecido! El español cayó de rodillas maravillado ante el prodigio: en lugar de las flores, en aquel humilde manto de campesino se había grabado la misteriosa efigie de la mujer azul.

—¿Un retrato de la dama?

Jennifer asintió.

—¿No es emocionante? Vi aquella tilma, aquel poncho, todos los días de ese verano. De hecho, si cierro los ojos y me concentro, aún puedo recrearla en mi imaginación. Siempre me acompaña.

—Eso es interesante, Jennifer —los ojos oscuros de la doctora chispearon—. ¿Se siente usted acompañada?

La paciente no supo qué responder.

—Se lo preguntaré de otro modo. Más duro. Por favor, no me lo tome a mal: ¿Alguna vez, bien en su vida civil o durante su trabajo para los militares, le fue diagnosticada alguna clase de enfermedad psiquiátrica?

—Bueno... Como usted supondrá, antes de integrarme en aquel programa de visión remota, me sometieron a todo tipo de pruebas médicas.

—¿Y?

—Nada, doctora. No encontraron nada.

Linda Meyers garabateó algo en su portafolios, y luego suspiró.

—Está bien, Jennifer. Antes de recetarle un ansiolítico para controlar esos sueños, déjeme explicarle lo que creo que le sucede.

«Gran Soñadora» se removió en su diván.

—Entre los muchos trastornos del sueño que tenemos catalogados, hay uno especialmente raro, que afecta a menos de un uno por ciento de la población. Lo llamamos somnimnesia. Es una palabra latina que procede de *somnium*, sueño, y *mnesia*, memoria. En resumen, se trata de la dificultad que tienen algunos sujetos para discernir los sueños de los recuerdos reales.

—Pero ya le dije que mi abuela me enseñó a...

—Déjeme continuar, por favor —la atajó la doctora—. Al principio muchos de mis colegas creyeron que era una variante de la esquizofrenia. Imagínese: recuerdos «falsos», muy reales, fabricados por la mente. Algunos pacientes creían que sabían conducir o nadar, porque habían soñado que lo habían hecho, y corrían el riesgo de ahogarse o de tener un accidente en la vida real por culpa de esas falsas memorias. Necesito saber si ése es su caso. Necesito que busque el origen de esas experiencias oníricas, que descubramos qué las justifica. Por qué son tan coherentes. Y por qué tienen una estructura interna tan sólida. Me entiende, ¿verdad?

Jennifer asintió.

—¿Buscará el origen de sus sueños?

—Claro... —titubeó.

—Tómese su tiempo. Y averigüe si su madre, su abuela o alguno de sus antepasados, tuvo también esa clase de experiencias. Y cuando encuentre algo, regrese. Mientras no le causen ningún otro tipo de trastorno, no le impondré un tratamiento farmacológico.

DIECISIETE

odo siguió los cauces previstos por Gran Walpi.

Durante ocho jornadas, los diez hombres que gobernaban el Clan de la Niebla permanecieron encerrados en su kiva preparando el ritual de contacto. Dos veces al día, sus esposas se acercaban al pequeño orificio practicado en la parte superior del recinto, y sin apenas asomarse a su interior, deslizaban cestas con mazorcas de maíz hervido, cactus, hojas de agave con su pulpa azucarada intacta, y agua.

Ni ellas, ni ninguno de los integrantes de los otros clanes, estaban al corriente de la clase de ceremonia que se estaba celebrando allá adentro. Cada partido de Cueloce tenía sus ritos, sus formas ancestrales de comunicación con los espíritus, y su conservación era el secreto que mejor guardaban. Sólo se sabía que las sustancias fermentadas que preparaban en la kiva, favorecían el contacto con «lo supremo».

En su interior se quemó leña todo el tiempo. Fuera de día o de noche, Gran Walpi y sus hombres permanecieron en penumbra, entonando lánguidas melodías, mascando las plantas recibidas y golpeando los tambores de tripa de bisonte que habían logrado reunir. A medida que transcurrían los días, el ambiente iba espesándose. Sólo el anciano líder llevaba la cuenta de las jornadas transcurridas y administraba los quehaceres en las horas de silencio: durante las largas esperas entre ritual y ritual los hombres dormitaban, repasaban sus tatuajes o limpiaban las viejas máscaras de sus antepasados. Eran cabezas horrendas, de afilados dientes y ojos enormes, a veces coronadas con plumas y otras con pinchos que imitaban el rostro de sus espíritus protectores. También tensaban los tambores o rezaban junto al *sipapu*, un pequeño agujero horadado en el centro de la kiva, que creían comunicaba su poblado con los seres del inframundo.

Pero aquellas actividades eran tan sólo el preludio a su verdadero trabajo: soñar. Tras la ingestión de las plantas sagradas y del caldo de yuca fermentado que llevaban elaborando desde su primer día de encierro, sus mentes estaban ya preparadas para buscar al espíritu azul. Gran Walpi estaba ansioso por encontrarlo.

Y durante un tiempo, como es natural, nada sucedió.

Era como si el gran espíritu que estaba por venir no hubiera escuchado todavía sus invocaciones.

Fuera de la kiva, de noche, cuatro hombres se apostaban en el exterior para cuidar de la privacidad del clan. Eran los kékelt o halconcitos, jóvenes no iniciados aún en los secretos de sus adultos, pero perfectamente adiestrados como guerreros. El responsable de su formación era Sakmo, el guerrero de más temple de la tribu, aún impresionado por lo que había vivido días atrás.

Él enseñó a los kékelt que durante una ceremonia así nadie, salvo un espíritu benigno, podía acercarse a la kiva. Si cualquiera transgredía esa norma y no respondía al santo y seña fijado, ellos mismos le darían muerte, lo despedazarían en cuatro partes iguales y las enterrarían fuera del pueblo, lo más lejos posible las unas de las otras.

Nadie en su sano juicio osaría profanar la kiva de la niebla.

• • •

La octava noche, cuando *hotomkam* brillaba más fuerte que nunca, algo se agitó en el sagrado cubículo de los jumanos. Gran Walpi tenía el rostro empapado en sudor cuando asomó su cabeza por encima de la cubierta. Los ojos se le salían de las órbitas y parecía muy alterado. Todos en la kiva dormían; la ceremonia de esa noche los había dejado exhaustos. Pero no así al jefe del clan. De un brinco, saltó fuera del lugar y tras comprobar que no había nadie cerca, se alejó maleza adentro.

Actuaba como si estuviera poseído. Como si fuera tras los pasos de alguien capaz de guiarlo en la oscuridad. Como si, por fin, los signos geométricos que se tatuara en su juventud sobre el pecho, a modo de protección, estuvieran cumpliendo su cometido.

Algo o alguien había establecido contacto con él.

Justo antes de su huida, un extraño relámpago azul había descendido cerca de la grieta con forma de media luna, junto al cementerio de los antepasados. Esta vez Sakmo no lo vio. Nadie en Cueloce percibió su presencia. Si alguien hubiese podido observar aquella escena desde afuera, hubiera creído que entre aquel resplandor y el anciano existía cierta complicidad. Mientras el rescoldo del primero todavía refulgía en el vientre del cañón, el segundo corría como un antílope hacia él.

Al aproximarse, la pradera empezó a cambiar de aspecto.

El extraño silencio que tanto había impresionado a Sakmo se adueñó otra vez de los alrededores del poblado. Y con él, el océano de hierba que rodeaba la montaña detuvo su balanceo. Los grillos dejaron de cantar. Y hasta el inconfundible gorgoteo del manantial del zorro, que el anciano atravesó como una exhalación, apagó su monótona canción.

Gran Walpi no se apercibió de ninguno de estos prodigios; sus sentidos estaban ausentes de aquel mundo, concentrados en el otro.

—¡Madre! —exclamó—. ¡Al fin!

Fue entonces cuando el anciano la encontró.

Al principio sólo distinguió luz. Pero cuando sus ojos se acostumbraron, no le costó ver el contorno de una bella joven, de rostro pálido y refulgente, que descansaba a escasos metros de él. «¡Espíritus protectores!», murmuró. Aquella dama irradiaba luz por los cuatro costados, iluminando parcialmente el suelo sobre el que se bamboleaba. Vestía una larga túnica blanca, disimulada bajo una capa celeste que no llegaba a tocar la arena.

Cuando descubrió que Gran Walpi se acercaba, la joven sonrió.

—Me has lla-mado y he ve-nido. ¿Qué de-seas, anciano?

La dama azul no llegó a mover los labios. Ni siquiera mudó el gesto. Sin embargo, sus palabras sonaron tan limpias y transparentes como las que Sakmo escuchara hacía sólo nueve noches.

—Madre, deseo preguntaros algo…

La aparición asintió con la cabeza. Gran Walpi tragó saliva antes de continuar:

—¿Por qué os dejasteis ver a mi hijo y no a mí? ¿Habéis perdido la confianza en quien ha guardado el secreto de vuestras visitas todo este tiempo? Siempre he mantenido silencio sobre nuestros encuentros, he instruido a mi pueblo acerca de la próxima llegada de los hombres blancos y vos… vos…

—Ya no es nece-sario guar-dar silencio por más tiem-po

—lo interrumpió—. El momen-to del que tanto te ha-blé ha lle-gado. Ya has cumpli-do con tu ta-rea. Dentro de po-co, tu hijo te sus-ti-tuirá.

—¿Sakmo? ¡Aún es inexperto! —protestó Gran Walpi.

—Nece-sito a al-guien como él. Tie-ne la se-ñal del que ve grabada en su piel. Como tú. Él es el úni-co de tu fami-lia que ha hereda-do tu don. Y aho-ra hereda-rá también tu mi-sión.

—¿Y qué ocurrirá con nuestro pueblo?

—Dios lo guia-rá.

—¿Dios? ¿Qué Dios?

La dama no respondió. En su lugar, dejó caer algo al suelo. Una tosca cruz de madera, que el indio miró incrédulo.

Gran Walpi sabía bien lo que iba a suceder a continua-ción: la luz azulada subiría de intensidad al tiempo que un zumbido agudo, como el chillido de cien roedores, penetraría en sus oídos y lo derrumbaría. Siempre ocurría así. La dama enmudecía y él sabía que ya era la hora de irse. Y que su ex-traña madre azul desaparecería después de verlo caer desma-yado.

Pero en aquella ocasión, el «espíritu» aún tendría tiempo de darle una última instrucción.

DIECIOCHO

ÁGREDA, ESPAÑA

Carlos inspiró tres grandes bocanadas de aire antes de arrancar de nuevo el motor del auto. Siguiendo las súplicas de Txema, se había echado a un lado de la carretera para reponerse de la impresión que le había causado su descubrimiento. «Ágreda», repetía como un zombi. «Ágreda». Le resultaba difícil aceptar que existiera un pueblo con el mismo «apellido» de la monja, y ahora se reprochaba no haber confirmado antes aquel extremo. «Un pueblo entre 35.618 localidades censadas en España», se dijo. «¡Debí haberlo comprobado»!

—Los hallazgos llegan cuando uno está preparado para entenderlos… —susurró Txema, con el tono de un viejo maestro oriental. Carlos no sabía si aún se burlaba de él.

—¿Qué quieres decir?

—Que tal vez cuando empezaste tu trabajo sobre las teleportaciones, aún no estabas preparado para entender.

—¿Entender qué? ¡Eso es filosofía barata! —protestó Carlos.

—Tú piensa lo que quieras. Sé que eres un descreído, pero yo estoy convencido de que existe un destino para cada uno de nosotros. Y a veces su fuerza nos empuja con el ímpetu de un huracán.

Las palabras del fotógrafo le parecieron extrañas, demasiado profundas, como si no las hubiera pronunciado él sino un antiguo y olvidado oráculo que lo hubiera poseído. Carlos nunca había oído hablar a Txema de aquel modo —en realidad, dudaba incluso de que fuera capaz de albergar esa clase de sentimientos—; sin embargo sintió que aquellas frases agitaban algo en su interior. Fue curioso: allí mismo, al dejar atrás la cuneta helada de la carretera N-122, supo que no tenía elección, que debía abandonar aquella estúpida persecución de sábanas santas, alterar el orden de prioridades en su lista de asuntos pendientes y hacer algunas averiguaciones en aquel pueblo llamado Ágreda. Al notar el tacto liso de la medallita con la «santa faz» en el pecho, sonrió. Quién sabe —pensó— si aquel extraño giro de los acontecimientos no resucitaría del letargo su investigación sobre teleportaciones y regresaría a Madrid con un buen reportaje después de todo.

El rugido del motor lo devolvió a la realidad. Cerró el cuaderno de notas, le pidió a Txema que plegase el mapa de carreteras, volvió a situar su mirada sobre el asfalto y se adentró con decisión por la única calle que conducía al centro del pueblo.

Ágreda resultó ser todo un descubrimiento: ubicada a los pies del Moncayo (una impresionante mole montañosa de 2.315 metros de altura, que los miraba desafiante entre brumas), su casco urbano era el vivo reflejo de las cicatrices de su historia. Cristianos, judíos y musulmanes habían compartido sus calles y mercados hasta bien entrado el siglo XV. Escenario de bodas reales, las aguas de su río, el Queiles, fueron veneradas por los herreros romanos que forjaron en ellas sus mejores armas. Naturalmente, aún tardarían un tiempo en aprender todo aquello.

Esa mañana, las calles de Ágreda estaban tan húmedas y vacías como las de Laguna de Cameros. Los parabrisas de los autos aparcados a ambos lados de la Avenida de Madrid estaban cubiertos por una gruesa capa de hielo, y sus algo más de tres mil habitantes se escondían del frío tras los gruesos muros de sus casas.

—¿Adónde piensas dirigirte? —tanteó Txema con suavidad. Su compañero todavía estaba impresionado por su *imposible* tropiezo geográfico.

—A la iglesia principal, ¿adónde si no? Si alguna vez hubo una monja en este pueblo, que volara a América sabe Dios cómo, el cura debe saberlo.

—Debería —matizó Txema—. Debería.

El Ibiza culebreó resuelto por las calles desiertas. Resultó un pueblo más grande de lo que aparentaba desde la carretera. Por fortuna, la iglesia que buscaban, levantada junto a un edificio que parecía el ayuntamiento y empotrada en el lado oeste de una gran plaza rectangular, apareció antes de lo esperado. Carlos la rodeó sigiloso y aparcó a apenas una decena de metros de su gran portón.

—¡Cerrada! —anunció Txema, mientras su propio vaho le tapaba la visión.

—Quizás haya otra abierta…

—¿Otra?

—Sí, mira allí.

Justo a sus espaldas, detrás de un edificio de cuatro plantas, se alzaba la inconfundible silueta de otro gran campanario barroco. Sin prisa, atravesaron a pie la plaza y empujaron en vano el magnífico pórtico.

—También cerrado —volvió a lamentarse el fotógrafo—. Aquí no hay nadie. Y hace un frío de mil demonios...

—Es raro, ¿verdad? Hasta los bares están cerrados.

—¡Hombre! En el norte, no es raro. Es domingo y con esta temperatura yo también me quedaría en casa. Quizá a las doce, cuando toquen a misa mayor...

La insinuación de Txema hizo saltar a Carlos.

—¿Las doce? ¡No podemos quedarnos aquí parados tanto rato!

—Estoy de acuerdo —el fotógrafo daba ya saltitos para entrar en calor—. ¿Regresamos al auto?

Una vez dentro, con la calefacción en marcha y el limpiaparabrisas barriendo unos copos cada vez más escasos, Txema murmuró:

—A lo mejor te precipitaste.

—Quizá —Carlos respondió lacónico—. En cualquier caso, no me negarás que es mucha casualidad haber dado con este pueblo...

—Y a ti ese tipo de casualidades te sacan de quicio, ¿no es eso?

—¿Te he hablado alguna vez del viejo profesor de matemáticas que creía que el azar era un disfraz de Dios?

—¡Cientos de veces! ¡Llevas dos semanas sin hablar de otra cosa! —rió Txema—. Lo que no entiendo es por qué te resistes a aceptar que haya situaciones en la vida que estén programadas, no importa por qué ni por quién, y que puedan escaparse a tu control. ¿Es que aún esperas «cazar» a Dios *in fraganti* detrás de una de tus casualidades?

Carlos sujetó el volante con fuerza, haciendo equilibrios para no rozar los vehículos mal aparcados. Una mala placa de hielo podría empotrarlos contra cualquiera de ellos.

—¡Vaya pregunta! —respondió al fin—. Admitir lo que propones es como aceptar que en alguna parte vive alguien que ha trazado las líneas maestras de nuestras vidas. Y de ahí a aceptar la existencia de la predestinación y de Dios, sólo va un paso.

—¿Y por qué no lo crees, sin más? —presionó el fotógrafo.

—Porque tengo la impresión de que Dios es la etiqueta que se aplica a todo aquello que no se entiende. Creer en Dios nos evita el esfuerzo de pensar...

—¿Y si tras todos tus esfuerzos concluyes que existe?

Carlos no contestó. De repente, sus brazos se habían quedado rígidos sobre el volante y su mirada volvía a ser vidriosa. Detuvo el Ibiza, manteniendo el motor al ralentí.

—¿Qué pasa ahora?

—Nos... hemos equivocado de carretera —contestó en voz baja. Txema se preocupó. Algo no iba bien.

—¿Es grave?

—No... No creo.

Cuando las extremidades de Carlos recuperaron su flexibilidad, hizo avanzar el auto hasta otro indicador que marcaba el límite del término municipal de Ágreda. Allí, ceremonioso, sacó la llave del contacto y se desabrochó el cinturón de seguridad. Un simple vistazo bastó a Txema para darse cuenta de que, en efecto, aquélla no era la N-122. Se trataba de un camino mal asfaltado, lleno de socavones y demasiado estrecho para permitir una circulación de doble sentido.

El fotógrafo seguía sin entender.

Ido, Carlos descendió del vehículo, lo cerró de un portazo y cruzó la calzada rumbo a un edificio de piedra que descansaba junto a un pequeño campanario. «Quizás necesite tomar aire», dedujo su compañero. Desde el interior del auto, Txema observó sus pasos vacilantes.

—¡Es aquí! ¡Baja! —lo oyó gritar de repente, alzando los brazos por encima de su cabeza.

El fotógrafo se estremeció. Sacó la bolsa de sus cámaras de debajo del asiento, y saltó fuera del auto.

—¿Qué ocurre?

—¡Mira!

Txema tembló. Su compañero, que resoplaba vaho como un dragón en su caverna, señalaba entusiasmado al edificio que tenía a sus espaldas. O para ser más exactos, a una especie de foso que se abría entre la carretera y el inmueble, en cuyo fondo se adivinaban un par de puertas de roble. Una de madera, con un extraño escudo de piedra sobre él, y otra resguardada por cuatro arcos de medio punto, protegida por fuertes barrotes de hierro.

—¿Qué quieres que mire?

—Ahí abajo. ¿No lo ves?

Txema paseó otra vez la vista por el foso. La estatua de piedra de una monja con los brazos abiertos y una cruz en una de sus manos, lo sobresaltó. Era como si acabara de aparecer. Como si no hubiera estado ahí sólo un segundo antes.

—¡Es un monasterio! ¿Lo ves? ¿Qué mejor sitio para preguntar por una monja?

—Sí..., desde luego —susurró Txema—. ¿Bajamos?

Los dos descendieron por una rampa cubierta de nieve hasta el centro del foso y se plantaron frente a aquellas puertas. Pronto se percataron de que el edificio era mucho más grande de lo que habían calculado. En realidad, tenía aspecto de fortaleza. Su fachada estaba salpicada de minúsculas ventanas de madera y de un paupérrimo vía crucis ennegrecido por el tiempo.

—Tienes razón, debe de ser un monasterio —murmuró Txema.

Carlos no lo escuchó. Estaba de rodillas, frente al pedestal de cemento sobre el que descansaba la estatua que tanto le había llamado la atención. Transcribía en su cuaderno la leyenda que acababa de descubrir cincelada en la peana.

—¿Lo ves? —exclamó al fin—. Mira lo que han escrito aquí.

Txema forzó su mirada y descubrió la inscripción:

A la venerable Madre Ágreda,
con santo orgullo.
Sus paisanos.

—¿Crees que se trata de *tu* monja?

Su pregunta encerraba cierta trampa.

—¿Y quién si no?

—¿Sabes? —dijo Txema acariciando su cámara—, olvídate de lo que antes te dije del destino. Debemos conservar la sangre fría.

Carlos asintió, sin pronunciar palabra.

—Tú mismo me explicaste que era costumbre poner el nombre del pueblo a las personas célebres que nacieron en él. Sería mucha casualidad que esta monja fuera la tuya…

—Mucha casualidad —repitió.

—Una más.

Carlos miró al fotógrafo de reojo. Txema continuó.

—Además, si se trata de la monja que acabó con tu paciencia cuando lo de las teleportaciones, pronto saldremos de dudas. Pero si no lo fuera, me harás un favor: nos olvidaremos de este asunto y regresaremos derechitos a Madrid, sin decir ni una palabra a nadie de todo esto. ¿Está bien?

—Sí.

Carlos se incorporó, y con paso firme se dirigió a la puerta que tenían más cerca. Estaba abierta.

—¡Entra! —lo animó Txema.

Tras cruzar el umbral y acostumbrar sus ojos a la penumbra, vieron confirmadas sus primeras sospechas. Se encontraban en un pequeño recibidor con las paredes cubiertas por listones de madera, adornado con motivos religiosos. El torno, empotrado en la pared derecha, no dejaba lugar a dudas: aquello era un monasterio.

Una pequeña mesa cubierta por un mantel de ganchillo y algunas hojas parroquiales antiguas, una campanilla, un viejo interruptor atornillado a un baldosín a la altura de los ojos, y el inconfundible cilindro de madera que conectaba la clausura con el mundo exterior, completaban la austera decoración de aquella antesala.

—¿Llamas tú? —preguntó Txema en voz baja, impresionado por el silencio y el frío del recibidor.

—Claro.

Al tocar el timbre, un chirrido retumbó por todo el edificio.

Instantes después, los goznes de una puerta crujieron en algún punto detrás de aquel tiovivo de madera. Alguien se aproximaba.

—Ave María Purísima —rompió el silencio una voz. Su eco llenó la salita de espera.

—Sin pecado concebida, hermana… —Carlos dudó.

—¿Dígame? ¿Qué desea?

Su invisible interlocutora lo interrogó con extraordinaria suavidad. Por un momento, Carlos barajó la posibilidad de improvisar una historia inocente que justificara su visita y enmascarara lo que empezaba a ser ya una indigerible secuenca de azares, pero se dejó llevar explicándole *parte* de la verdad.

—Verá usted, madre: somos dos periodistas de Madrid que estamos haciendo un reportaje sobre las reliquias que se guardan en algunas parroquias de los Cameros, y el temporal de nieve y el mal estado de las carreteras nos han arrastrado hasta aquí...

—¡Qué nos va a decir usted de la nieve! —replicó espontánea aquella mujer.

—Bueno... Lo que nos gustaría es saber si aquí vivió una monja llamada María Jesús de Ágreda. ¿Sabe? Fue una religiosa que vivió en el siglo XVII, y no sé si guardarán memoria de ella. Hace unas semanas la mencioné por casualidad en un reportaje sin saber si...

Un codazo del fotógrafo lo dejó con la frase a medias...

—¡Cómo no vamos a haber oído hablar de ella! ¡Si es nuestra fundadora!

La voz del torno los sorprendió de veras. Txema y Carlos se miraron mudos de asombro. Pálidos. Y la monja, ajena a su reacción, añadió:

—Y si ustedes están aquí es porque ella los ha llamado. No les quepa ninguna duda —una risita alegre salió del torno—. Tiene fama de milagrosa, y seguro que algo de ustedes debe de haberle interesado. Con la nevada que está cayendo, la Venerable debe quererles para algo importante. ¡Es muy persuasiva!

—¿Es? —preguntó Carlos alarmado.

—Bueno, *era*... —admitió la religiosa.

—¿Y qué quiere usted decir con eso de que nos «ha llamado», hermana?

—Nada, nada... —volvió a reír entre dientes—. Coja la llave que les dejo en el torno; abra la puerta pequeña de la derecha y atraviese el pasillo hasta el fondo. Llegará a una puerta de cristal que tiene otra llave puesta; ábrala y encienda la estufa, que ahora mismo bajará alguna hermana para atenderlos.

Las suaves órdenes fueron tan precisas que no les cupo otra que obedecer. De hecho, antes de que se dieran cuenta, el torno ya giraba mostrándoles una pequeña llave de acero cosida a un llavero amarillo. Era su pasaporte al interior del monasterio.

DIECINUEVE

ROMA

Al filo de las 20,30 horas el padre Baldi regresaba a la plaza de San Pedro. Allí se sentía razonablemente seguro. Un taxi acaba de dejarlo en la esquina del Burgo de Pío IV con la Vía de Porta Angélica, frente a una de las más concurridas «entradas de servicio» de los funcionarios pontificios al recinto vaticano. A esa hora, la mayoría abandonaba sus despachos tras una agotadora jornada de trabajo.

Tras pensárselo un poco, había decidido jugar fuerte. Comprendió que esa sería su única oportunidad para no regresar a Venecia con las manos vacías.

La inoportuna muerte de «San Mateo» lo había dejado en una situación tan comprometida que debía aclararla a la mayor brevedad posible. Y allá dentro, en la Fortaleza de Dios, intuía que encontraría el modo de hacerlo.

Decidido, el santo se mezcló con el torrente de empleados, atravesó las garitas de seguridad de los *sampietrini* y se adentró en aquel dédalo de oficinas, rumbo a los despachos de la Secretaría de Estado. Su fachada, un pequeño bloque provisto de contraventanas grises y tejas negras, acababa de ser restaurada. El inmueble presentaba un aspecto impecable. La placa de cobre, con la tiara y las llaves de Pedro grabadas en negro, brillaba más que nunca bajo la luz eléctrica de las farolas cercanas.

El interior del edificio era otro cantar: pasillos de color plomo y puertas contrachapadas con los nombres de cardenales y otros miembros de la curia pegados con celo, daban a entender que su puesta a punto había sido sólo superficial. El inmueble estaba ya prácticamente vacío.

—¿En qué puedo ayudarlo, padre?

Una hermana de cara redonda, vestida con hábito azul oscuro y toca de ganchillo, lo abordó desde detrás de un viejo mostrador.

—Desearía ver a Su Eminencia Stanislaw Zsidiv.

—¿Tiene cita con él? —indagó diligente la religiosa.

—No. Pero monseñor me conoce bien. Dígale que Giuseppe Baldi, de Venecia, está aquí. Es urgente. Además —dijo blandiendo la carta que recibiera de él dos días atrás—, sé que estará encantado de reunirse conmigo.

Aquello dio resultado. El sobre con las armas de la Secretaría de Estado actuó de llave maestra.

La monja apenas tardó unos segundos en oprimir las teclas oportunas para transmitir el mensaje al otro lado de la línea. Tras un estudiado «está bien, lo atenderá», que Baldi recibió con satisfacción, la religiosa lo guió por los corredores que llevaban al despacho del cardenal polaco.

—Es aquí —dijo frente a otra puerta anodina—. Entre sin llamar.

Nada más cruzar el umbral, al cura le llamó la atención que desde los ventanales se distinguiera la cúpula de San Pedro iluminada e incluso buena parte de las ciento cuarenta estatuas de la columnata de Bernini. Las vistas se completaban con los espléndidos tapices renacentistas, llenos de motivos paganos, que daban vida a la esquina más oscura de la estancia.

—¡Giusseppe! *Mio Dio!* ¡Cuánto tiempo!

Zsidiv era un tipo de mediana estatura. Lucía la relumbrosa sotana morada de su cargo. Tenía ese rostro de leñador polaco bien afeitado que lo hacía parecer frío como una tumba y unos ojos azules que, escondidos tras los gruesos cristales de sus gafas, lo escrutaban todo. El cardenal se levantó de su butaca de cuero negro y a grandes zancadas salvó los escasos metros que lo separaban de su huésped. La habitación olía a perfume caro y al desinfectante de los servicios de limpieza vaticanos.

Baldi, sumiso, besó el anillo y la cruz que el cardenal llevaba al cuello, para después fundirse en un abrazo fraterno. Luego tomó asiento frente a su mesa. Estiró su sotana antes de cruzar las piernas y echó un rápido vistazo a las carpetas y sobres que se interponían entre él y el cardenal. La verdad es que no hicieron falta demasiados preámbulos. Su Eminencia y el benedictino se conocían desde hacía años, desde sus tiempos de seminaristas en Florencia. Allí habían compartido su interés por la prepolifonía y los ideales más nobles de sus carreras. Es más, había sido monseñor Zsidiv, nacido en Cracovia y amigo personal del Papa, quien presentó a Baldi a los coordinadores del proyecto de la Cronovisión allá por los años cincuenta, cuando éste daba sus primeros pasos.

Más tarde supo que Zsidiv, además, era «San Juan». El místico. El responsable último de que la Cronovisión no abandonara jamás los muros del Vaticano. El coordinador que debía auditar cada uno de los movimientos del equipo. Pero también el hombre que contribuyó a que Baldi se incorporara como miembro de pleno derecho en su seno. Entre aquellos varones no debía de haber secretos. Pero existían.

—Es una suerte que hayas venido a verme, Giusseppe —dijo monseñor—. No sabía cómo ponerte al corriente de lo que le ha ocurrido a «San Mateo», al padre Corso, esta misma tarde…

El cardenal bajó el tono de voz.

—De eso precisamente quería hablaros.

—¿Ah sí? —se sorprendió. El tono de su subordinado era de obediencia absoluta—. ¿Ya lo sabes?

—Lo he descubierto hace una hora. He visto a la policía aparcada delante de su casa.

—¿Has pasado por su casa? —Zsidiv cambió la expresión de su cara. Aquello violaba claramente el código ético de los «cuatro evangelistas».

—Bueno… En cierta medida vuestra carta ha tenido la culpa. Y esa orden seca para que viniese a Roma a rendiros cuentas por lo que me sucedió con el periodista español. Porque es eso ¿no?

—Me temo que sí, Giusseppe. Otra vez.

—Pues os juro que yo no…

El cardenal lo paró en seco.

—¡No te excuses! —dijo, para luego bajar la voz e inclinarse sobre su escritorio—: las paredes tienen oídos.

Zsidiv se incorporó de nuevo, retomando su tono habitual. El veneciano entendió la razón. Aunque coordinador de la Cronovisión, y aliado suyo, el cardenal jugaba un importante papel entre los guardianes de la ortodoxia. El suyo era el papel de un agente doble. Difícil. Ambiguo. Por eso nunca confió en él.

—No he sido yo quien os ha convocado —añadió—. Tus verdugos están en la Congregación para la Doctrina de la Fe. En el Santo Oficio. Pero, ¿sabes?: nada de eso importa ahora, amigo mío. Con la muerte del «primer evangelista» las cosas van a cambiar mucho. El Papa está preocupado por la Cronovisión. Teme que se escape de nuestro control y que se descubran cosas que es mejor que sigan enterradas. ¿Lo entiendes?

Monseñor se agarró a los brazos de su butaca, impulsándose por encima de los papeles que los separaban.

—Lo peor de este incidente —prosiguió— es que aún no sabemos si su muerte ha sido accidental o provocada. La policía no ha tenido tiempo de concluir su informe, y la autopsia no se le practicará hasta esta noche. Sin embargo... —Zsidiv juntó las manos, pensativo—, lo que más me preocupa es que él estaba al corriente de ciertos asuntos relacionados con la Cronovisión que tú ignoras, y que podrían haberse filtrado fuera de nuestro círculo.

—¿Filtrado? —el rostro del padre Baldi se desencajó.

—Eso nos tememos. Alguien ha borrado de su ordenador todos los ficheros. Un técnico de la Santa Sede ha estudiado ya el disco duro, y dice que fue formateado veinte minutos antes de su muerte. Luego copió su contenido en otro disco. Tenemos, pues, fundadas razones para suponer que ha desaparecido de su estudio documentación de gran valor.

—¿Qué clase de documentación?

—Papeles antiguos, aunque también los apuntes que recogían sus experimentos.

Ante la mirada de incredulidad del padre Baldi, Zsidiv cambió de tono.

—Te teníamos en cuarentena, ¿entiendes? No podíamos correr el riesgo de que filtraras información a la prensa, aún menos la de «San Mateo», y que delataras por accidente nuestro proyecto.

—¿Sospecháis de alguien, eminencia?

—Manejo varios candidatos. Los chicos de la Congregación para la Doctrina de la Fe echan chispas con este asunto. Como sabrás, desde que Pablo VI, con sus ánimos reformistas, les quitó competencias, andan a la caza de cualquier investigación que les suene a «herética». Han intentado echar tierra a la Cronovisión desde que se enteraron de su existencia, y la publicación de tus declaraciones en la prensa les ha venido como anillo al dedo… Aunque ignoro hasta dónde habrán llegado.

—¿La publicación? Yo no…

Zsidiv se inclinó sobre su escritorio y extrajo un ejemplar de la revista española *Misterios*, que dejó sobre la mesa.

—No te será difícil entender el titular en español, ¿verdad?

Baldi abrió la revista por el centro y leyó, espantado, el título de un reportaje que descansaba sobre su foto: «Se ha fotografiado el pasado con una máquina del tiempo».

—Pero eminencia, ¿no creeréis que yo…?

Zsidiv lo interrumpió:

—Ya te he dicho que este problema no importa ya. Lo que urge es atrapar a la persona que robó los archivos de «San Mateo». Hay que impedir que nuestro proyecto se convierta en otro escándalo.

El padre Baldi asintió.

—Lo que temo, Giusseppe, es que esto haya sido obra de nuestros socios. Pero en el estado actual de nuestras relaciones diplomáticas, no podemos siquiera insinuar esa posibilidad.

—¿Socios? ¿Qué socios? —la sorpresa se dibujó en el rostro del sacerdote. Nunca había oído que la Cronovisión contara con aliados fuera del vaticano.

—Eso es parte de lo que los evangelistas hemos evitado que supieras. Ahora, en cambio, la urgencia por recuperar la documentación robada me obliga a restituirte la confianza.

Monseñor alzó su mirada por encima de las gafas.

—Espero no equivocarme al contar contigo de nuevo.

Las palabras del cardenal sonaron graves. Baldi se limitó a condescender. Se quedó allí, clavado en su silla, aguardando a que su interlocutor explicara qué había estado ocultándole durante esos últimos meses.

VEINTE

Jennifer condujo de regreso a su casa en Venice Beach, dándole vueltas a todo lo que había conversado con la doctora Meyers. Creía que la suave brisa nocturna del Pacífico, un cigarrillo y un buen paseo hasta el *Sidewalk Café* para degustar unos palitos de mozzarella y un cóctel de champán le aclararían las ideas.

Pero se equivocaba. Por mucho que se sincerara con la doctora Meyers, había cosas de las que no podía hablar. ¿Cómo iba a contarle que había estado trabajando hasta hacía unas semanas en Italia, en un proyecto de máximo secreto en el que se sometió a la ingestión de fármacos hipnóticos? ¿Y cómo podría obtener un diagnóstico claro de la doctora si no le revelaba cierta información clasificada bajo un protocolo de «seguridad nacional»? Por otra parte, ¿estaba todo aquello ligado a su abuela? ¿Era casualidad que la dama de sus sueños se pareciera tanto a la Guadalupana que había recordado esa misma tarde?

En realidad, fue la presencia de esos sueños lo que la obligó a apartarse del proyecto. Enturbiaban su mente, le dijeron. Y ahora, en efecto, se sentía realmente confusa.

La primera vez que consultó aquello con un médico fue en Roma, después de que un informe clínico de Fort Meade tratara de inhabilitarla: «La paciente padece una extraña variante de epilepsia que se conoce como epilepsia extática o de Dostoievski. Debe someterse a observación y extremar las precauciones en su trabajo para el INSCOM, *Intelligence and Security Command*».

¿Epilepsia extática? ¿Dostoievski? ¿No le había hablado la doctora Meyers de Stendahl? ¿Qué clase de jerga científica era aquella?

Jennifer aparcó su Toyota a pocos pasos de la verja que daba entrada a su casa. Adoraba aquel lugar. De niña, sus padres la traían para que jugara en la playa y pasara los veranos cerca de sus primos. Por eso, en cuanto dejó Washington con la intención de no volver jamás, la había convertido en su hogar. Era un inmueble de madera, de esos que crujen al caminar sobre él, y en el que aún podía oler el pastel de arándanos que su madre preparaba cada verano.

Antes de entrar, contempló nostálgica la fachada blanqueada. La casa era un verdadero baúl de los recuerdos. Un depósito en el que almacenar sus cachivaches, los suvenires de sus viajes y sus fotos. Allí estaba todo. Incluso algo que acababa de venirle a la mente. Jennifer sonrió. ¿Cómo no se le había ocurrido antes? Había anotado en una libreta de tapas azules los detalles de su conversación con el doctor italiano que le «descifró» el diagnóstico de Fort Meade. Recordaba haberlo hecho para estudiar con calma sus apreciaciones y asegurarse de que entendería sus conclusiones. Y ese tesoro descansaba allí mismo, en esa preciosa casita de playa.

Cuando la encontró y hojeó sus páginas, le pareció estar escuchando otra vez la voz quebrada del doctor Buonviso. Tenía gracia. El recuerdo de su divertido acento italiano logró situarla de nuevo en medio de la charla informal que mantuvieron en la cafetería del *Ospedale Generale di Zona Cristo Re*. De eso hacía algo más de un año.

—La enfermedad por la que me pregunta no es nada común, señorita —le dijo.

—Lo supongo, doctor —ahora creía verse a sí misma, llevada por la impaciencia—. Pero podrá contarme algo, ¿no?

—Bien... El paciente que padece epilepsia de Dostoievski suele tener sueños o visiones muy vívidas. Se inician con una luz deslumbrante, que precede a un súbito bajón del nivel de atención del paciente a los estímulos que lo rodean. Después, por lo general, el cuerpo se queda inmóvil, rígido como una tabla, y termina sumergiéndose en alucinaciones muy reales que desembocan en un estado de bienestar. Más tarde llega la extenuación física absoluta.

—Conozco los síntomas... Pero ¿puede tratarse?

—En realidad no sabemos cómo. Considere que sólo tenemos una docena de casos documentados en todo el mundo.

—¿Tan pocos?

Jennifer tomó aire, mientras sus notas seguían trayéndole recuerdos de aquella charla.

—Ya le he dicho que es una enfermedad muy rara, señorita. Rebuscando en los archivos históricos, algunos especialistas han creído descubrir sus síntomas en personajes como san Pablo (¿recuerda la luz que le asaltó camino de Damasco?), Mahoma o Juana de Arco...

—¿Y Dostoievski?

—Claro, él también. De hecho se la llama así porque en su novela *El idiota* describió sus síntomas con una precisión extraordinaria. Los atribuyó a uno de sus protagonistas, el príncipe Mishkin. Ahí están explicadas todas las características de esta epilepsia...

—En resumen, doctor, que no sabría qué tratamiento aplicar si tuviera un paciente con esos síntomas —lo atajó.

—Si tengo que serle sincero, no.

—¿Y sabe si es una enfermedad hereditaria?

—¡Ajá! Sin duda lo es, señorita. Aunque tampoco la llamaría enfermedad. En el pasado era tenida casi como un don divino. Incluso se llegó a decir que santa Teresa de Jesús la padeció, y que fue esa dolencia la que le abrió su camino hacia la comunión extática con Dios.

—Comprendo, doctor... Gracias.

—*Prego*.

Ahora recordaba perfectamente lo que pensó de aquel doctor: que los europeos se dejan llevar a menudo por sus fantasías históricas, sus relatos de místicos y santos, y rara vez se centran en lo práctico.

¿Había heredado ella esa enfermedad? Y en ese caso, ¿de quién? Su madre jamás la padeció. Su padre, seco y severo hasta el día de su muerte, tampoco.

Haciendo memoria frente a sus álbumes familiares, Jennifer pasó un buen tiempo repasando sus últimos años de vida. No quería irse a la cama. Sus problemas para acabar los estudios en la Universidad de Georgetown, su reclutamiento para el proyecto *Stargate* bajo el respetable paraguas del *Stanford Research Institute* (SRI), y hasta el encuentro con aquel coronel Stubbelbine que la convenció para presentarse voluntaria a los experimentos de telepatía que la llevaron a los oscuros pasillos del Departamento de Defensa, la mantenían razonablemente despierta.

Todas parecían imágenes recientes.

Recordaba también como si fuera ayer que fue un hombre excepcional, un «psíquico» llamado Ingo Swann, quien la convenció para que aceptara aquel trabajo. Nadie como Swann era capaz de describir un lugar lejano sólo concentrándose en unas coordenadas predeterminadas. Jamás había visto a nadie influir en los semáforos de una calle para cambiarlos de color a voluntad como él, e incluso deshacer cúmulos nubosos a su antojo con sólo fijar en ellos su mirada. Aquel «atleta mental» insistía que el mérito no era suyo, que había heredado sus poderes de una bisabuela, una «mujer medicina» sioux que se los había transferido desde el más allá.

«¿Y si a mí...?»

Una sonrisa afloró a su rostro. Su encuentro con Swann, aquellas fotos, la hacían sentirse otra vez joven. Volvían a sus oídos los animados debates en el seno del INSCOM, entre los diferentes equipos de visión remota. Todos ellos, sin excepción, estaban entonces convencidos de que el comportamiento psíquico obedece a causas genéticas. De hecho, aseguraban que en familias de personas predispuestas a los «viajes astrales», los sueños premonitorios o la telepatía, el «psíquico» siempre destacaba por su comportamiento inestable, neurótico o histérico. Lo paranormal era un «mal» que saltaba de una generación a otra.

«Y así soy yo, sí señor».

Jennifer cerró de golpe el álbum de fotos. Debía hacer una llamada a Phoenix. Acababa de tener una corazonada... Una de esas raras ideas «inyectadas» de las que tan a menudo le habló Swann. Eran ya las diez de la noche; una hora más en Arizona, pero a ella no le importaría. Nunca le importaba.

—¿Mamá?

Una voz indiferente contestó al otro lado del teléfono.

—¡Vaya! Me alegra que llames por fin de noche —la aplaudió—. Al fin has descubierto que la tarifa nocturna es mucho más barata, ¿verdad?...

—Sí, sí. Lo sé, mamá. El caso es que necesito preguntarte algo de la familia.

—¿Otra vez?

—No te preocupes —suspiró—. No tiene nada que ver con papá.

—Menos mal.

—¿Tú no sabrás si alguien de la familia ha padecido alguna vez de epilepsia?

—¡Pero qué cosas preguntas, Jennifer! ¿Epilepsia? ¿Estás bien, cariño?

—Responde sí o no.

Un segundo de silencio ocupó la línea.

—Bueno… cuando era niña, a mi madre le preocupaban los ataques que sufría la abuela. Pero ella murió antes de que yo cumpliera los diez años y no estoy segura de qué clase de ataques hablaban.

—¿Tu abuela? ¿Mi bisabuela?

—Sí. ¡Uf! ¡Hace ya mucho de eso! Fue una pena que no la conocieras: debió de ser una mujer de carácter. Como tú. Sus antepasados vivieron cerca del Río Grande, en Nuevo México, aunque después, en la época de la fiebre del oro, decidieron emigrar al sur y se instalaron al otro lado de la frontera. Cerca de Guadalupe.

—Eso ya lo sé. ¿Pero por qué no me hablaste nunca de mi bisabuela? ¿Es verdad que se llamaba Ankti, como tú?

El tono de Jennifer sonó a reproche.

—Y como tu abuela, sí. Pero todo eso son historias muy antiguas, poco interesantes —se excusó—. Vosotros, los jóvenes, siempre tenéis cosas más importantes de qué ocuparos que los viejos cuentos de la familia.

—¿Cuentos? ¿Qué cuentos?

—Bueno… Tu abuela Ankti los contaba siempre.

—¿Qué cuentos? —insistió.

—Soy muy mala para esas cosas, cariño. Además, eran

cuentos increíbles. De espíritus protectores, visitas de los dioses *kachinas* y ese tipo de historias… ¡Te habrías asustado!

—Eres un desastre, mamá. Yo me acuerdo de los cuentos de la abuela. Del indio Juan Diego. De la Virgen. De las flores del poncho.

—Sí. Yo también.

—¿Y no sabrás de qué tribu descendía la bisabuela?

—Eso no. Lo siento. Sé que fue una especie de hechicera, y que la familia emigró porque tuvieron muchos problemas con su parroquia. Pero tampoco creo que hablara mucho de eso con sus nietos.

—¿Te suena algo Cueloce? ¿O la Gran Quivira?

—No —titubeó.

La voz al otro lado del teléfono soltó un profundo suspiro antes de continuar.

—¿Por qué te interesa ahora tanto la abuela Ankti, niña?

—Por nada mamá.

—Ya… Quiero que sepas —rió— que ella, cuando naciste, lo primero que dijo es que te parecías mucho a la «bruja».

—¿A la bisabuela?

—Sí.

—¿Estás segura de eso?

—¡Claro hija! ¿Qué pasa? ¿No irás a decirme que has vuelto a tener sueños premonitorios, verdad? ¡Ya pasamos una vez por eso! —la alarma se hizo patente en su voz—. Y fue horrible.

—Tranquila mamá. No es nada de eso. Estoy bien. La próxima vez que nos veamos te lo contaré todo.

—¿Lo prometes?

—Lo prometo, mamá.

Jennifer colgó el teléfono con un extraño sabor en la boca.

Acababa de descubrir, así, casi sin querer, que tenía más en común con su admirado Ingo Swann de lo que nunca hubiera imaginado. Ambos compartían un pasado indio... ¡y una abuela bruja! ¿Pero explicaba eso sus extraños sueños? ¿Y su diagnóstico de «epilepsia de Dostoievski»?

¿Qué pensaría de esto la doctora Meyers?

VEINTIUNO

—¡Padre! ¡Respóndame! ¿Me oye?

El zarandeo de Sakmo lo devolvió poco a poco a la vida.

Gran Walpi estaba aturdido. Sus músculos acalambrados se negaban a reaccionar. Jamás supo cuánto tiempo había transcurrido desde que la dama lo dejara abandonado a su suerte junto al cañón de la serpiente. Pero en cuanto oyó la imperiosa voz de su vástago llamándole, recordó todo lo que había pasado. «El ritual de invocación ha tenido éxito» —se dijo sonriendo.

Poco a poco, con esfuerzo, el viejo fue recobrando la movilidad en brazos y piernas. Al incorporarse, descubrió al fin el rostro redondo de su hijo.

—Sakmo... ¿La has visto?

El anciano agarró por los hombros al joven, tratando de disimular su turbación.

—Sí. Otra vez, padre.

—Era una mujer, ¿verdad? —insistió nervioso.

—La dama azul... Ha estado aquí todas las noches que el clan de la niebla lleva encerrado en la kiva. Todos los vigilantes la hemos visto merodear.

Gran Walpi se estremeció.

—¿Y ha hablado contigo?

—Me llamó y vine, padre. Ya le he perdido el miedo. La dama prometió que regresaría a enseñarnos una nueva religión.

—Sí —suspiró—. Eso lo sé. Me ha dejado esto.

Sakmo tomó entre sus manos el objeto que su visitante había dejado caer frente a su padre. El diseño no le resultó extraño. Era una cruz de madera, atada toscamente, que a él no le dijo nada.

—¿Qué está ocurriendo, padre?

El guerrero recabó sus últimas fuerzas para terminar de ponerse en pie. Cuando lo hizo, sostuvo a su hijo por el brazo y, mirándole a los ojos, lo obligó a bajar la vista hasta la mancha con forma de rosa que tenía en su antebrazo. El joven la había visto allí siempre.

—¿Ves esa señal?

Sakmo asintió.

—Yo he llevado una igual, en el mismo lugar que tú, desde que nací. Pero hoy, hijo mío, la he perdido.

—¿Qué quiere decir?

Gran Walpi se arremangó la camisola para dejar ver su brazo izquierdo. Estaba limpio. Sin mancha. Como si allí nunca hubiera llevado impresa la rosa que brillaba en la piel de su hijo.

—Es muy fácil, Sakmo: la dama ha dicho que pronto ocuparás mi lugar en el clan. Mi misión está cercana a su fin.

—¡Pero no puede dejarnos! ¡No ahora, padre!

Gran Walpi no se inmutó:

—También ha dicho —prosiguió— que mañana sin falta, al amanecer, tú y un grupo de guerreros jumanos saldréis al encuentro de los portadores del nuevo Dios.

—¿Los portadores de…?

Gran Walpi lo hizo callar.

—Caminarás hacia el sur, día y noche si es necesario, y antes de que la luna llena vuelva a iluminar estas praderas, les habrás presentado tus respetos. Sean quienes sean. Digan lo que digan.

—¿Cómo los reconoceré? Yo no, no…

—Llévate esta cruz. Te ayudará.

—Pero padre…

—No hay peros, hijo. Nuestro mundo ha acabado ya. ¿Es que aún no lo ves?

VEINTIDÓS

Carlos siguió al pie de la letra las instrucciones recibidas en el torno del monasterio. Detrás, con paso más vacilante, Txema se preguntaba si tras todo aquello no habría algo milagroso... A fin de cuentas, él era un hombre de fe. Discreta, eso sí, pero fe al fin y al cabo.

Enseguida llegaron a un saloncito con un amplio vano enrejado por el que se vislumbraba otra estancia del interior de la clausura. Aquel modesto recinto estaba decorado con lienzos antiguos. En uno se apreciaba la imagen oscurecida de una religiosa que sostenía en su mano derecha una pluma, mientras que la izquierda descansaba sobre un libro abierto. Les llamó la atención una Inmaculada como las que pintara Bartolomé Murillo por decenas en el siglo diecisiete, y un curioso tapiz que representaba la aparición de la Virgen de Guadalupe, en México, al indio Juan Diego, cien años antes. Pero, sobre todo, los cautivó una tela moderna, de colores vivos y estilo *naïf*, que mostraba a una monja vestida de azul, rodeada de indios y animales domésticos.

—¿Tú crees que...? —murmuró Txema.

—¿Y qué puede ser si no?

—Parece un cuadro muy reciente —dijo como excusándose.

—¡Y lo es!

112

Una voz femenina sonó a sus espaldas. Procedía del otro lado del enrejado, que ahora abierto dejaba ver a dos monjas vestidas con hábitos blancos.

—Fue pintado por una hermana de Nuevo México que estuvo dos años viviendo con nosotras —aclaró una de ellas, de inmediato.

Las religiosas se presentaron como sor Ana María y sor María Margarita. Parecían recién caídas de otro mundo, como si pertenecieran a otra época. Miraban risueñas a sus inesperados huéspedes, escondiendo las manos en las mangas de sus holgados hábitos.

—¿Y en qué podemos ayudarlos? —terció una de ellas, tras invitar a los periodistas a tomar asiento.

—Queremos saber algo sobre sor María Jesús de Ágreda.

—¡Ah! ¡La Venerable!

En el rostro de la hermana María Margarita se dibujó una amplia sonrisa, pero fue la otra quien, desde el principio, tomó las riendas de la conversación.

Sor Ana María daba la impresión de ser una mujer pausada, serena. Como una madre paciente que vigila desde el banco de un parque a sus retoños. Su mirada amable y su porte elegante los cautivaron de inmediato. Por el contrario, la hermana María Margarita se reveló enseguida como su polo opuesto. Menuda, inquieta, con ojos vivaces y voz saltarina y punzante, tenía todo el aspecto de una muchacha revoltosa y espontánea.

Las dos los miraban con curiosidad y ternura, ajenas al entusiasmo que comenzaba a anidar dentro de ellos.

—¿Y qué les interesa saber exactamente de la madre Ágreda? —los interrogó sor Ana María, tras atender a las presentaciones de sus visitantes.

Carlos se incorporó en su silla, y la miró fijamente.

—Bueno —titubeó—... Nos gustaría confirmar si realmente la madre Ágreda estuvo en América, como dicen algunas leyendas.

La monja serena lo miró de hito en hito:

—No son leyendas, hijo. La hermana fundadora tuvo el don de la bilocación. Podía estar en dos lugares a la vez; viajaba a América sin dejar su celda o desatender sus obligaciones en este monasterio.

—¿Se bilocó?

Sagaz, el fotógrafo volvió la mirada hacia el cuadro donde se veía a la monja rodeada de indios. Las religiosas lo miraron divertidas.

—¡Naturalmente! ¡Y muchas veces! Esa fue una de sus primeras «exterioridades» místicas, y la vivió cuando era muy joven. Fue poco después de profesar como religiosa en este monasterio —se apresuró a explicar sor María Margarita señalando el cuadro que examinaba Txema—. Debe usted saber que fue un caso muy bien estudiado en su época, y que incluso superó un juicio de la Inquisición.

—¿Ah, sí? —Carlos no daba crédito a la situación. Sin querer, habían dado con la casa en la que había vivido «su» monja.

—Desde luego.

—¿Y cómo fue? Quiero decir, ¿dónde se apareció más veces la madre Ágreda?

—Bueno, en realidad, como le hemos dicho, se bilocaba —precisó sor Ana María—. Creemos que se dejó ver en Nuevo México, donde visitó algunas tribus a lo largo del Río Grande. Existe un informe publicado en 1630 que recoge los hechos tal y como ocurrieron.

Carlos la interrogó con la mirada. La monja continuó.

—Lo redactó un franciscano llamado fray Alonso de Benavides, que predicó en aquellas tierras en el siglo XVII y se encontró con la sorpresa de que muchos de los poblados indios que visitó ya habían sido catequizados por una misteriosa mujer que se había dejado ver a aquellos indios.

—¿Que se había dejado ver? —repitió Txema sorprendido.

—¡Imagíneselo! —interrumpió la monja, más exaltada que antes—. ¡Una mujer sola, entre indios salvajes, enseñando la doctrina de Nuestro Señor!

Los cuatro sonrieron ante aquel arrebato pasional. Cuando su entusiasmo remitió, la hermana Ana María, dulce, tomó el hilo de las explicaciones:

—Lo que el padre Benavides consignó por escrito fue que muchas noches se presentaba ante los indios una mujer vestida con un hábito azul, que les hablaba del hijo de Dios que murió en la cruz y que prometió la vida eterna a cuantos creyesen en él. Eran indios sin bautizar. Que jamás habían visto un hombre blanco. Y aquella mujer les anunció también la llegada de representantes de ese Salvador para traerles la buena noticia.

—¿Dice usted que ese informe se publicó?

—Sí, claro. Fue impreso en 1630 en Madrid, en los talleres del rey Felipe IV. Se rumorea, incluso, que llegó a interesar al mismísimo Rey.

—Hermana —Txema, que acariciaba su bolsa de las cámaras en el regazo, mientras entraba en calor junto a la estufa, saltó—. Antes dijo que lo de las bilocaciones fue sólo la primera «exteriorización» de la madre Ágreda…

—Exterioridad —matizó. Y continuó—: Bueno, la madre pidió en sus oraciones que Dios la librara de aquellos fenómenos. No crean ustedes que la vida de un místico es agradable. Los fenómenos de la vida contemplativa siempre acaban dando problemas. Por su culpa estaban corriendo rumores por toda la provincia y ya acudían curiosos a verla entrar en éxtasis.

—¡Ah! ¿También entraba en trance? —Carlos iba de sorpresa en sorpresa.

—Desde luego que sí. Y no crea que sus visiones desaparecieron cuando cesaron las bilocaciones. Años más tarde, se le apareció Nuestra Señora para dictarle su vida, de la que hasta ese momento apenas sabíamos nada por los Evangelios.

—Prosiga, por favor.

—La Venerable la redactó en ocho gruesos volúmenes escritos a mano que todavía conservamos en nuestra biblioteca, y que después se editaron bajo el título de *Mística Ciudad de Dios*.

—¿Mística Ciudad de Dios?

La mano de Carlos no daba abasto para tomar nota con tanta información.

—Así es —asintió sor Ana María—. En ese libro revela que Nuestra Señora es, en realidad, la ciudad donde mora el propio Padre Celestial. Se trata de un misterio tan grande como el de la Trinidad.

—Ya... —Carlos levantó la vista del cuaderno, con la mirada encendida—. Perdone hermana, pero hay algo que no encaja. Cuando intenté obtener información sobre su fundadora, consulté diversas bases de datos y catálogos de libros antiguos para ver si hallaba alguna obra suya y, la verdad, no encontré ninguna... salvo que cometiese alguna torpeza o error.

La monja sonrió.

—Tiene usted mucha suerte. El libro del que le hablo acaba de ser reeditado, aunque seguramente le interesará más uno de los tomos de su edición antigua, en el que se da cuenta de la vida de nuestra hermana, ¿verdad?

—Si fuera posible…

—¡Claro! —sonrió la monja de nuevo—. No se preocupe; nosotras buscaremos ese tomo y se lo enviaremos adonde nos diga.

Carlos agradeció el ofrecimiento y tras anotar en un papel el número de su apartado de correos, disparó una última e inocente pregunta.

—Aclárenme otra cosa, hermanas. No recuerdo haber encontrado su nombre en ningún santoral. ¿Cuándo fue declarada santa sor María Jesús?

Para qué formularía aquella cuestión.

Los ojos de sus interlocutoras se ensombrecieron de repente. Como si las negras nubes de los Cameros descargaran su tormenta sobre el valle, las dos bajaron la cabeza, ocultaron de nuevo las manos bajo sus hábitos y dejaron pasar un interminable segundo en silencio antes de responder.

Finalmente, fue sor María Margarita quien habló:

—Verá usted —carraspeó—. La madre Ágreda reveló en su libro que la Virgen concibió inmaculada a Nuestro Señor y, como sabrá, ése era un tema muy discutido entre los teólogos de la época. Fue, incluso, una idea herética. Además, la hermana se inmiscuyó en los asuntos políticos de Felipe IV, con quien se escribió con frecuencia y de quien llegó a ser su asesora espiritual.

—¿Y…? —preguntó Carlos intrigado.

—Pues que esas cosas no gustaron en Roma. El Vaticano lleva tres siglos reteniendo su proceso de beatificación. Lo único que conseguimos fue que el papa Clemente X permitiera su culto privado, concediéndole el título de Venerable pocos años después de su muerte. Fue, déjeme ver —dijo hojeando un folleto que tenía a mano—, el 28 de enero de 1673. Y desde entonces, nada. Ni un solo reconocimiento eclesiástico.

—¿Es cosa de Roma?

—Del Vaticano.

—¿Y no se puede hacer nada para corregir ese error?

—Bueno —contestó sor Ana María, algo más animada—, hay un sacerdote de Bilbao, el padre Amadeo Tejada, que está llevando el papeleo de la Causa de Beatificación para rehabilitar a la Venerable.

—Entonces, no está todo perdido.

—No, no. Gracias a Dios el padre Tejada tiene mucha fuerza de voluntad. Es un hombre virtuoso, inteligente, que ha trabajado en la reedición de los textos de nuestra madre; también es un hombre santo.

Los ojos de Carlos se encendieron. «¡Un experto!», pensó. Su fotógrafo rió para sus adentros cuando le vio preguntar con voz trémula:

—¿Creen ustedes que podría entrevistarme con él?

—Por supuesto. Vive en la residencia de los padres pasionistas de Bilbao, junto a un colegio de enseñanza primaria.

—¿Un colegio?

—Sí. Aunque él es profesor universitario —aclaró sor María Margarita con su voz cantarina.

—Si fuera a verlo, llévele nuestro recuerdo y anímelo a seguir adelante —rogó su compañera—. Las causas de los santos son cosas difíciles en las que Dios pone a prueba la paciencia de los hombres...

—Lo haré, pierdan cuidado.

—Que Dios lo bendiga —murmuró la monja mientras se santiguaba.

VEINTITRÉS

MISIÓN DE SAN ANTONIO, NUEVO MÉXICO
VERANO DE 1629

*U*n viento tórrido sacudió el *camino real* de Santa Fe arrastrando consigo una densa nube de polvo y arena. Era mediodía. Los primeros rizos de la tolvanera atravesaron los juníperos del borde de la vía, asustando a dos lagartos que descansaban sobre una gran roca gris. Fray Esteban de Perea sabía leer aquellas señales. Conocía bien aquel desierto. Se detuvo un instante a echar un vistazo, y antes de que el inconfundible olor a polvo llegara a su nariz, dio la orden:

—¡Cubríos! ¡Rápido!

Como un solo hombre, la decena de frailes de la orden de San Francisco que lo seguía, alzó sus mangas y se cubrió el rostro como él les había enseñado. Vestían gruesos hábitos de lana, capucho, cuerda al cinto y sandalias de cuero. Una indumentaria a todas luces insuficiente para resistir los envites de un sílice fino, mortal como una lluvia de alfileres de acero.

—¡Aguantad! —los exhortó la misma voz, mientras el entorno se sumergía en penumbra.

La tormenta, negra como una plaga de langostas, se cebó sobre los frailes sólo durante unos minutos más. Sin embargo, de repente, alguien desde uno de los extremos de la caravana, exclamó:

—¡Jesús santísimo! ¡Oigo música! ¡Oigo música!

—¡Yo también! —se sumó otra voz.

—¡Y yo!

—¿Quién dijo eso? —fray Esteban, con los ojos casi cerrados, trató de ubicar a los hermanos que habían gritado. El rugido de la tormenta los hacía parecer lejanos. Casi en el otro extremo del mundo.

—¡Yo! ¡Fray Bartolomé! ¿No la escucháis, padre Esteban? ¡Es música sacra!

El inquisidor responsable del grupo hizo un nuevo esfuerzo por encontrar la silueta esférica de Bartolomé.

—¿De dónde viene la música, hermano? —gritó para hacerse entender.

—¡Del sur! ¡Viene del sur!

Aunque apenas le llegó el tímido eco de sus palabras, todos los frailes, sin excepción, aguzaron sus tímpanos.

—¿Aún no la oís? ¡Viene de allá atrás! —insistió a gritos fray Bartolomé.

Todos los misioneros, al fin, percibieron la melodía. Era una cancioncilla suave, casi imperceptible, como si saliera de una delicada caja de música. De no encontrarse en medio del desierto, a cinco jornadas a pie de Santa Fe, hubieran jurado que se trataba de un coro entonando el *Aleluya*. Pero allí, eso era imposible.

El fenómeno duró poco.

Antes de que pudieran distinguir una sola frase inteligible en aquel galimatías de zumbidos, arena y cánticos, la tormenta cambió de dirección, llevándoselo todo con ella. Después, un silencio mortal rodeó a los religiosos.

Fray Bartolomé, con aquella cara de pan que le había dado Dios, se encogió de hombros.

—¿No será una señal?

Pero el padre Perea, molesto por la interrupción, quiso ignorar el asunto. Los frailes decidieron no tentar las burlas del demonio. Ni las del inquisidor. Avergonzados, como si acabaran de ser testigos de un espejismo, se sacudieron los hábitos, cargaron de nuevo sus petates sobre los hombros, y reanudaron la marcha.

Querían alcanzar cuanto antes la misión de San Antonio de Padua, uno de los asentamientos más antiguos de la región. Fray Esteban deseaba establecerse allí durante unos días para comprobar por sí mismo algo que en México le había dejado perplejo: sólo en ese lugar, en los últimos veinte años, y según datos de fiar manejados por el arzobispo, se habían bautizado acerca de ochenta mil indios. Es decir, la casi totalidad de sus habitantes.

El caso era único en América. Ni en México, ni en los reinos del Perú, ni en Brasil, se había producido una cristianización tan rápida y limpia como aquella.

Ninguna razón mundana explicaba la docilidad de los indios. Más bien todo lo contrario. Pues a las cifras de conversos les acompañaba el persistente rumor de que una «fuerza sobrenatural» había instado a los nativos a aceptar la fe en Cristo.

A Perea, hombre del Santo Oficio, tales historias no le complacían. Sentía una propensión natural a recelar de lo milagroso. Nacido en Villanueva del Fresno, en la raya entre España y Portugal, su visión de frontera le había dado una mente aferrada al dogma. Necesitaba una regla que explicara el mundo, y la fe le proporcionó ese consuelo cuando tan sólo era un niño. Alto, enjuto, de perfil escueto y gran cabeza, su sola presencia intimidaba. Su padre, soldado de fortuna, lo había preparado para la lucha. Era fuerte y severo como él. Su madre lo orientó hacia la fe. Y como ella, odiaba toda forma de superchería.

—¡Escuchadme! —gritó, sin frenar el paso y blandiendo en alto un pedazo de pergamino—. Si mi mapa es exacto, debemos estar a punto de llegar a la misión de San Antonio.

El júbilo recorrió la formación.

—A partir de este momento —continuó— quiero que estéis atentos a cualquier comentario que escuchéis de los indios. No importa lo extraño que os parezca. Quiero saber por qué se hicieron cristianos, si alguien los obligó o instruyó, y si vieron algo fuera de lo normal que los empujara a convertirse a nuestra fe.

—¿Qué queréis decir con «algo fuera de lo normal», padre Esteban?

La pregunta de fray Tomás de San Diego, agudo lector de teología de la Universidad de Salamanca, alivió las inquietudes de la mayoría. El inquisidor no titubeó.

—Prefiero no explicároslo, hermano Tomé. En el Arzobispado de México escuché cosas absurdas. Decían que los espíritus de las praderas habían empujado a los clanes de esta región a pedirnos el bautismo…

—¿Espíritus? ¿Qué clase de espíritus?

—¡Hombre de Dios! —fray Esteban pareció disgustado por la insistencia de aquel frailuco—. Vos deberíais saber que las gentes de estas tierras no han recibido educación alguna. Os explicarán con sus pobres palabras lo que han visto, pero seréis vosotros quienes las interpretaréis.

—Entiendo. Queréis decir que cuando nos hablen de espíritus, nosotros les explicaremos que son nuestros ángeles. ¿No es eso?

El fraile empleó un tono que irritó definitivamente al inquisidor.

—A ver, hermano Tomé: ¿qué diríais que acaba de suceder aquí?

Fray Tomás de San Diego pareció encoger de tamaño cuando Esteban de Perea lo sujetó entre sus potentes brazos.

—¿Aquí? —titubeó—. ¿Os referís a los coros que hemos oído?

El inquisidor asintió con la cabeza, aguardando una respuesta.

—¿Música celestial? ¿Un regalo de la Virgen para que perseveremos en nuestra misión y reforcemos nuestra fe?

Fray Esteban resopló. Soltó los hombros del pequeño Tomé y gritó para que todos pudieran oírlo:

—¡No! ¡No, hermanos!

Hasta el último de los frailes se estremeció.

—¡Estáis entrando en el desierto! ¡En el mismo lugar en el que Cristo fue tentado por Satanás durante cuarenta días y cuarenta noches! ¡Cuidaos de los falsos estímulos, de los espejismos y las sombras! ¡Enseñad la luz a las gentes que nos encontremos! ¡A eso hemos venido!

VEINTICUATRO

Stanislaw Zsidiv se acercó a las impresionantes ventanas de su despacho y, de espaldas al padre Baldi, armó un sorprendente relato sobre lo que acababa de ocurrir en Roma.

La tarde en la que había muerto Luigi Corso le contó que el Vaticano llevaba más de cuarenta años colaborando con los servicios de inteligencia norteamericanos a través de una organización de la CIA conocida como El Comité. O, para ser más precisos, el *American Committee for a United Europe* (ACUE). Según él se trataba de una organización fundada en 1949 en Estados Unidos y dirigida por hombres de la antigua *Office of Strategic Services* (OSS), precursora de la CIA, con la intención de consolidar unos Estados Unidos de Europa tras la guerra.

Al principio, recalcó Zsidiv, El Comité intentó controlar a todos los curas de tendencia comunista que pudieran encubrir actividades pro-soviéticas en el Viejo Continente. Sin embargo, en los últimos años se había ganado la confianza del Sumo Pontífice al destapar un par de operaciones de alto nivel que planeaban atentar contra él.

Baldi abrió los ojos de par en par:

—¿Y esto qué tiene que ver con «San Mateo»?

—Mucho —lo atajó Zsidiv—. En estos años El Comité no se ha limitado sólo a actividades políticas, sino que se ha interesado por algunos de nuestros programas de investigación, en especial por el de la Cronovisión. Nos pusieron al corriente de que una de sus organizaciones, el INSCOM, había creado hacía años una sección destinada a preparar a personas con habilidades extrasensoriales muy desarrolladas, capaces de atravesar con su mente las barreras del espacio y del tiempo. Querían integrarlas en una división que llamaron «espionaje psíquico». De alguna forma descubrieron que nosotros trabajábamos en algo parecido con la ayuda de música sacra y de tus estudios de prepolifonía, y nos asignaron un colaborador, un delegado con el que intercambiar puntos de vista sobre nuestros avances mutuos...

—Uno de sus hombres. Un espía.

—Llámalo como quieras. Pero lo destinaron a la cabeza de nuestro equipo en Roma para que trabajara codo con codo con «San Mateo», con el padre Corso. Y hace sólo un mes ambos desempolvaron el dossier de la «dama azul». Creyeron que habían dado con algo importante.

—¿La dama azul?

Baldi no había escuchado jamás aquel nombre.

—¡Ah! ¡Es cierto! ¡Tú no conoces esa historia!

Monseñor Zsidiv se volvió, miró con benevolencia al padre Baldi, y con las manos cruzadas a la altura de la gran cruz pectoral de oro que iluminaba su pecho, regresó a la mesa de trabajo.

—Déjame explicártelo bien, Giusseppe. En los archivos del Santo Oficio, el padre Luigi Corso y el americano descubrieron unas actas que hablaban de una monja española que experimentó varias experiencias de bilocación espectaculares.

—¿Unas actas? ¿Qué actas?

—Se las conoce como *Memorial de Benavides*. Se refieren a

unos episodios ocurridos en 1629, en Nuevo México, y fueron redactadas por un franciscano del mismo nombre. En ellas se asegura, entre otras cosas, que esa mujer se trasladaba *físicamente* de un lugar a otro del mundo con la misteriosa ayuda de Dios. En su informe, el padre Benavides le atribuyó la evangelización de varias tribus indias del suroeste de los Estados Unidos, donde sus apariciones le valieron ese sobrenombre: dama azul... Eso fue lo que interesó a los americanos.

—¿Eso? ¿Desde cuando la CIA se interesa por la historia de su país?

—No fue la historia lo que les interesó —una sonrisa maliciosa se dibujó en el rostro afilado del polaco—. No creo que en Langley sepan discernir entre 1629 y 1929. Todo eso les queda muy lejos.

—¿Entonces?

—Lo que despertó su codicia fue la posibilidad de poder enviar hombres instantáneamente a cualquier rincón del mundo, siguiendo el camino abierto por aquella religiosa. ¿Puedes imaginarlo? Con una habilidad así, un ejército podría acceder a secretos de Estado, robar documentos comprometedores, eliminar enemigos potenciales o cambiar cosas de lugar, sin dejar huella alguna. En suma, si conseguían reproducir lo que explicó el bueno de Benavides en su informe, tendrían en sus manos el arma perfecta: discreta e indetectable.

—¿Quieren militarizar un don divino?

Baldi estaba perplejo.

—Sí. Con la ayuda de la música que provocó los éxtasis y bilocaciones de aquella dama azul. ¿O acaso no es eso lo que tú llevas tanto tiempo estudiando, viejo amigo?

—¡Pero no existe ninguna frecuencia acústica conocida que permita semejante cosa! —protestó Baldi.

—Eso mismo dijeron los otros dos «evangelistas». De

hecho, los documentos relativos a esa monja no arrojan ni una sola prueba convincente de que fuera ella la responsable de esas visitas a los indios.

—¿Entonces?

—No lo sé.

—¿No lo sabe, eminencia?

—Tal vez lo que vieron los indios fue algo más importante.

—¿Más importante? ¿Qué queréis decir?

—Que tal vez la dama azul no fue una monja de clausura con don de bilocación. Tal vez estamos ante algo mayor, más sublime: una manifestación de Nuestra Señora, por ejemplo. Una aparición de la Virgen. El Papa considera seriamente esa posibilidad; cree que nadie más que ella pudo aparecerse en gloria y majestad a aquellos indios, preparando la evangeliza-ción de América.

—Una aparición... —la idea dejó pensativo a Baldi.

—No obstante, «San Mateo» y su ayudante americano nunca estuvieron de acuerdo con la hipótesis mariana, y se empecinaron en reunir toda la información posible para salir de dudas.

—¿Crees que esa obsesión ha tenido que ver con la muerte del padre Corso?

—Estoy convencido de ello. Sobre todo después de que desaparecieran sus archivos. Es como si alguien se hubiera en-terado de sus avances y estuviera interesado en borrar del mapa todo el dossier. Tal vez descubrió algo. Algo que preci-pitó su muerte.

—¿Y el ayudante del padre Corso? ¿Es que el delegado de los americanos no ha podido dar ninguna pista a la policía?

Monseñor Zsidiv comenzó a jugar con su abrecartas de plata.

—No. Pero tampoco me sorprende. Mira Giusseppe, ese

hombre no es trigo limpio. Creo que el INSCOM lo incorporó a nuestro proyecto sólo para que husmease en los avances del «primer evangelista» y mantuviera informados a sus jefes en Washington... Aunque, hay que reconocer que también ha hecho alguna contribución a la Cronovisión.

—¿Por ejemplo?

—Bueno... Tú sabes mejor que nadie lo delicado que es este proyecto. Es ciencia por un lado, pero fe por otro. De ahí nuestros conflictos. De algún modo, la Cronovisión sólo es aceptable a partir de la certeza de que hubo profetas y grandes hombres del pasado a los que Dios dotó con el don de transgredir el tiempo. Por eso creamos una máquina que desafía esa dimensión. Que estimula a voluntad estados visionarios como los de los antiguos patriarcas, y convierte a personas normales, hombres y mujeres de carne y hueso, en profetas. Al menos, lo consigue por un tiempo...

—Puede ahorrarse los detalles, eminencia.

—Está bien, Giusseppe —sonrió—. Fuiste tú quien aportó a los «evangelistas» la idea, acertada, de que ciertas notas de música sacra sirvieron a algunos de nuestros místicos para vencer esas barreras del tiempo. ¿Recuerdas? Y también tú insinuaste que la clave para abrir esa cueva de la mente era el sonido. Lo comparaste con el «¡ábrete sésamo!» de Alí Babá.

—Todo está en el verbo. El sonido es su manifestación acústica.

—Pues bien —monseñor se frotó las manos—, este americano conocía un sistema aún más depurado que el tuyo, pero que estaba dentro de tu misma línea de trabajo.

El padre Baldi se quitó las gafas y, tratando de disimular su sorpresa, comenzó a limpiarlas con una pequeña bayeta. ¿Alguien había desarrollado en Estados Unidos un sistema para provocar estados alterados de conciencia usando frecuencias musicales? El «santo» quería conocer todos los detalles.

—¿Qué clase de sistema es ese, eminencia? —preguntó al fin.

—Verás: cuando nos asignaron a ese nuevo compañero de trabajo, registramos y duplicamos todo el material que trajo consigo. En sus diarios de campo se mencionaban los avances de un tal Robert Monroe, un empresario americano especializado en la instalación de emisoras de radio, que había diseñado un método para enseñar a «volar» fuera del cuerpo a cualquiera que se lo propusiera.

—¿Un método… serio? —preguntó extrañado Baldi.

—A nosotros también nos sorprendió. Primero pensamos que era la charada de otro gurú de la Nueva Era. Pero nuestras primeras consultas nos sacaron del error.

—¿Robert Monroe? Nunca oí hablar de él.

—Al parecer, después de la segunda guerra mundial ese hombre sufrió varias experiencias involuntarias de salida fuera del cuerpo, y en lugar de encajarlas como algo anecdótico, como habían hecho tantos antes que él, quiso destripar la «física» de su funcionamiento. Esos cuadernos explicaban cómo Monroe descubrió que sus «viajes» estaban directamente relacionados con ciertas longitudes de onda en las que trabaja el cerebro humano—. De hecho, daban cuenta de cómo se podían inducir artificialmente ondas similares mediante el uso de la hipnosis o, aún mejor, aplicando ciertos sonidos «sintéticos» a los oídos.

—Eso no es nuevo para nosotros… —dijo Baldi.

—No, en teoría. Después averiguamos que ese individuo estaba tan convencido de su hipótesis que, en los años setenta, fundó un instituto en Virginia para provocar «viajes astrales» a voluntad. Desarrolló una revolucionaria tecnología de sonido a la que llamó Hemi-Sync... ¡y fue un éxito!

—¿Hemi-Sync?

—Sí, es la abreviatura anglosajona de «sincronización de hemisferios». Al parecer, su método consistía en equilibrar la frecuencia en la que funcionan las dos mitades del cerebro humano, y aumentar o reducir su vibración al unísono, llevando al sujeto hasta los límites de su percepción mediante la audición de ciertos sonidos.

—Tiene su lógica, eminencia. Sabemos que el sonido, el ritmo, la vibración, llegan directamente al cerebro.

—Por lo que averiguamos, Monroe estableció una especie de tablas acústicas que marcaban hasta dónde se podía llegar con sus frecuencias.

—¿Unas tablas? ¿Qué clase de tablas?

Monseñor Zsidiv revolvió en sus notas. En cuestión de segundos localizó los apuntes que buscaba:

—Aquí está —dijo—. Monroe descubrió que si se suministraba mediante auriculares a un paciente un sonido con una vibración de 100 hertzios (o ciclos por segundo) en un oído, y otro de 125 hertzios en el otro, el sonido que «entiende» el cerebro resulta de la diferencia matemática de ambos. Es decir, que la masa cerebral «escucha» un sonido «inexistente» de 25 hertzios. ¿No es asombroso?

—Proseguid, por favor.

—Ese sonido fantasma termina por adueñarse de ambos hemisferios, neutralizando a los que vienen del exterior. Monroe lo bautizó como «binaural» e insistió en que era la única frecuencia capaz de generar estados de conciencia alterados con éxito. A fin de cuentas, era una vibración creada por el cerebro, como la que favorecía las «salidas» fuera del cuerpo...

—¿Y en qué variaron estos hallazgos nuestro proyecto?

—¡Imagínatelo! Hemos pasado de entrenar a personas sensibles para ver cosas más allá del tiempo y el espacio, a considerar seriamente la posibilidad de proyectarlos fuera de sus cuerpos para recoger esa información allá donde esté. Recogerla en sentido estricto —sonrió.

—Casi como hacía esa dama azul, ¿no es eso?

—¡Exacto! Así lo creyeron el padre Corso y su ayudante. Y por eso opino que se volcaron tanto en ese caso. Tal vez sospecharon que investigando a fondo el dossier de la dama encontrarían nuevas claves para proyectar a alguien al pasado. Y no sólo en alma. También en cuerpo.

—Y justo entonces muere «San Mateo».

—El padre Corso, sí.

Monseñor bajó la mirada, afectado.

—Él era… —continuó— un buen amigo nuestro.

Sus labios temblaron, como si de un momento a otro fuera a romper a llorar. Pero se contuvo.

—Está bien, eminencia. Sé que no he hecho muy bien las cosas últimamente, pero quizá ahora tenga la oportunidad de redimir mis errores. Si lo estimáis oportuno —añadió Baldi solemne—, podría hacerme cargo de los laboratorios del «primer evangelista» y tantear a su ayudante para tratar de averiguar si sabe más de lo que dice…

Zsidiv tosió con aspereza; intentaba aclarar su garganta y no emplear un tono de voz demasiado afectado.

—Eso es justo lo que quería proponerte. Retomarás las investigaciones de «San Mateo» donde él las dejó. Así seguirás en el equipo, al menos hasta que el Santo Oficio decida intervenir otra vez. De eso, me encargaré yo.

—Por cierto, si me reincorporo al equipo, ¿qué sucederá con la audiencia de mañana?

—No te preocupes. La cancelaré. Si mantienes la boca cerrada, no hará falta que pases por ella. El Santo Padre lo comprenderá.

—Gracias, eminencia. Haré lo que esté en mis manos.

—Ten cuidado, Giusseppe —advirtió Zsidiv ya en la puerta de su despacho—. Todavía no sabemos si el padre Corso se suicidó o lo suicidaron. ¿Me comprendes?

—Claro. ¿Por dónde creéis que debo empezar a buscar?

—Ve mañana a los estudios que «San Mateo» tenía en Radio Vaticana. Allí trabajó durante el último año. Por cierto —Zsidiv miró al benedictino con curiosidad—: ¿ya tienes un lugar dónde dormir en Roma?

Baldi negó con la cabeza.

—Cerca del Coliseo se encuentra la residencia para peregrinos de las hermanas concepcionistas. En la Via Bixio. Pregunta por la hermana Micaela, y te dará alojamiento por unos días. Y temprano, a primerísima hora, ve a Radio Vaticana. Allí preguntarás por el ayudante del padre Corso.

—¿Cómo se llama? —Baldi formuló aquella última demanda, agradecido de veras por la ayuda de su viejo amigo.

—Doctor Alberto —dijo Zsidiv—. Aunque en realidad su nombre es Albert Ferrell. Agente especial Albert Ferrell.

VEINTICINCO

MISIÓN DE SAN ANTONIO

A menos de una hora a pie de donde se encontraba la expedición del padre Perea, bajo dos imponentes torres de adobe encaladas, fray Juan de Salas escuchaba con atención lo que el indio Pentiwa tenía que decirle. Fray Juan era un anciano de mente despierta, un misionero solitario al que llamaban «el adelantado» por haberse establecido en tierras sin conquistar. Pentiwa, «el que pinta máscaras», era un hombre venerado en el asentamiento. Con fama de hechicero, desde que Salas llegara a aquella remota misión diecisiete años atrás, había tratado de congraciarse con él, invitándolo a compartir el poder sobre sus paisanos. Al cura —decía— le correspondía la sanación de las almas; a él la de los cuerpos. Pentiwa era un chamán, un «hombre medicina».

Fray Juan decidió recibirlo en la modesta sacristía de su iglesia. El indio deseaba ponerlo al corriente de algo «de extrema gravedad».

—Anoche soñé.

El indio, sentado en el suelo con las piernas cruzadas, fue tan lacónico como de costumbre. Había aprendido la lengua de los castellanos en poco tiempo, pero cuando quería se expresaba con ella con admirable fluidez.

—¿Y bien?

—Fue la pasada medianoche cuando desperté y recordé lo que oyera de mi abuelo, y éste del suyo, muchos años atrás. Luego comprendí que tenía que contároslo lo antes posible.

El chamán adornó sus dos frases con gestos grandilocuentes, como si tratara de subrayar sus pensamientos.

—Mis antepasados me contaron que un día, tiempo antes de la llegada de los españoles, los habitantes de Tenochtitlán recibieron la visita de un hombre muy extraño.

—¿Vas a contarme otro de tus cuentos, Pentiwa?

El chamán no se inmutó. Hizo como que no había escuchado al padre Salas, y prosiguió:

—Lucía grandes barbas rojas y tenía un rostro alargado y triste. Sus ropas le caían hasta los pies, y se presentó a las autoridades como un enviado del «hijo del Sol». Les anunció el final de su imperio, la llegada de otro que vendría de muy lejos y la decadencia de sus dioses sedientos de sangre…

—¿A qué viene esto, Pentiwa?

La mirada grave del fraile, enmarcada en arrugas que transmitían sabiduría, lo incitó a dejarse de rodeos.

—Está bien, padre. Mi pueblo también ha recibido esa profecía.

—¿De qué me hablas?

—De algo de lo que ningún hombre de mi tribu se atrevería a hablaros. Y no lo harán por miedo. Pero os doy mi palabra de que también aquí fuimos visitados por una «hija del Sol». Era tan hermosa como la luna y supo hacerse entender por todos…

—¿Aquí? ¿En Isleta?

El padre Salas, que había bautizado con sus propias manos a Pentiwa, no salía de su asombro.

—¿Y os extrañáis? Estas tierras pertenecieron a los espíritus de nuestros antepasados; ellos las velaron y protegieron para que un día las heredáramos. Después, aquel orden sagrado se alteró con la llegada de los encomenderos de Castilla, y perdimos lo único que poseíamos.

—¿Por qué me cuentas esto ahora, Pentiwa?

—Es muy fácil, padre. Mi pueblo siempre ha gozado de la protección de estos espíritus. Seres azules, del color del cielo, que velan por nuestro bienestar y que aún se dejan ver en las llanuras, o en nuestros sueños, y nos previenen de desgracias futuras.

Fray Juan se mesó las barbas, midiendo las palabras del indio.

—Pero eso es cosa de los ángeles de la guarda, hijo —murmuró al fin—. Ellos, como aquel que se apareció a María antes de concebir a Jesús, se manifiestan a los hombres y les anuncian cosas que están por suceder… ¿No sería aquella «hija del Sol» que visteis un ángel de la guarda?

El chamán clavó entonces su mirada en el fraile.

—Padre —dijo—: la he vuelto a ver.

—¿A quién? ¿A la «hija del Sol»?

Pentiwa asintió.

—Y me ha anunciado la llegada de gentes como vos. Será en esta estación. Hombres con hábitos largos como los del visitante de Tenochtitlán, y barbas largas como la vuestra.

—¿Alguien más la ha visto, hijo mío?

—No me creáis si no queréis. Pero atended a su anuncio —lo atajó el «hombre medicina»—. Vendrán hombres que tratarán de arrancarnos el secreto de esas visitas. Aunque ya os advierto que no lo conseguirán.

—¿Soñaste todo eso?

—Sí.

—¿Y siempre se cumplen tus sueños?

El indio asintió de nuevo.

—¿Y a qué se debe ese recelo por la llegada de nuevos misioneros? Deberías estar contento de que…

—Nuestra vida ya ha cambiado suficiente desde que vos llegasteis. Lo comprendéis, ¿verdad? Hemos visto cómo se castiga a los acusados de brujería o a quienes todavía creen en los dioses antiguos. Habéis quemado las máscaras de nuestros kachinas. Otros hermanos vuestros han torturado incluso a mujeres y ancianos en Santa Fe y en las tierras del sur. Y todo en nombre de vuestra nueva religión.

Un destello de rabia iluminó los ojos de Pentiwa. El fraile se estremeció.

—Percibo odio en tus palabras. Y lo siento de veras. Nunca te he tratado mal.

—Yo os aprecio, padre. Por eso quiero que sepáis que cuando lleguen esos hombres nuestro pueblo no abrirá la boca. No se expondrá al peligro que se reserva a los que no creen en el Dios blanco.

—…Eso si llegan —apostilló Salas meditabundo.

—Llegarán, padre. Y muy pronto.

VEINTISÉIS

Aquella noche, Jennifer se durmió abrazada a un viejo retrato de la abuela Ankti. Ella misma había garabateado en una esquina el año: 1920. Era una fotografía curiosa. Ankti, risueña, jovencísima, con unos ojos negros que parecían querer saltar al otro lado del marco, extendía sus brazos desnudos hacia el fotógrafo. Llevaba un lindo vestido de flores y el pelo recogido en dos gruesas coletas.

Era difícil decir dónde se la habían tomado. Parecía una misión india. Tal vez en Nuevo México. El edificio de adobe blanco del fondo le resultaba vagamente familiar. Sin embargo, lo que más dio que pensar a Jennifer fue la mancha que su abuela lucía en la cara anterior de su antebrazo izquierdo. Parecía un hematoma. O una quemadura. Pero tenía forma de rosa. Exactamente el mismo aspecto que la marca de nacimiento que ella lucía en ese mismo lugar.

—Tú también la tienes —la voz de la abuela revivió por unos segundos en su memoria—. Eres de los nuestros, cariño.

Aquella era una marca idéntica a la que había visto en el antebrazo de Sakmo la noche que soñó con él. «¿Uno de los nuestros?»

Al llegar la medianoche, con la vaga intención de buscar respuestas a todo aquello, Jennifer no opuso resistencia a caer

137

dormida otra vez. Se arrebujó en el gran sofá del porche tra-
sero de su casa, y allí, mecida por la cálida brisa de la cercana
playa de Venice, se dejó mecer. Quería viajar a la tierra de
sus antepasados.

Ahora ya estaba segura de que ése era su destino. Y no
otro.

VEINTISIETE

Jamás el cumplimiento de un vaticinio le había parecido al padre Salas tan fulminante como aquél. Y es que, apenas Pentiwa abandonó la sacristía, un grupo de niños entró en tropel en sus dominios. Excitados, rodearon al fraile y tiraron de sus hábitos hacia afuera.

—Tenemos visita. Tenemos visita —gritaban alborozados.

Fray Juan les acarició la cabeza, mientras intentaba mantener el equilibrio. Muchos eran alumnos suyos. Les había enseñado a hablar en castellano y, satisfecho, los veía crecer en los márgenes de la nueva fe.

—¿Una visita? ¿Qué visita? —preguntó intrigado.

—¡Son muchos! ¡Y piden por vos! —respondió el mayor de ellos.

Antes de que pudiera formular otra pregunta, el padre Salas había dejado atrás el umbral de la misión. El cambio de luz lo deslumbró. Cuando al fin sus ojos se adaptaron al sol del mediodía, se quedó petrificado. Frente a la puerta de su iglesia, una comitiva de once frailes de la orden de San Francisco, con los cabellos y las barbas blanqueados por el polvo del desierto, aguardaban en pie. En silencio. Como si acabaran de llegar de ultratumba.

—¿Padre Salas?

El anciano fray Juan no respondió. Su hilo de voz se resistió a emerger.

—Mi nombre es fray Esteban de Perea —prosiguió el que iba a la cabeza del grupo—. Soy el futuro custodio de estas tierras y, por tanto, sucesor de fray Alonso de Benavides. Y deseo... —vaciló— pediros en su nombre que nos acojáis en vuestra santa casa.

Fray Juan, todavía mudo de asombro, lo examinó de arriba abajo.

—¿Os ocurre algo, padre?

—No. No es nada —dijo al fin—. Sólo que no esperaba ver a tantos hermanos juntos. Hace años que no recibo visitas...

—Nos hacemos cargo.

El inquisidor sonrió.

—¿Pero qué hacen aquí vuestras paternidades? —reaccionó al fin el padre Salas, sacudiendo la cabeza incrédulo.

—Hace tres meses llegué a Santa Fe acompañado por veintinueve frailes de nuestra orden.

—¿Veintinueve?

—Sí —confirmó orgulloso fray Esteban—. Nos envió el rey don Felipe IV en persona. Desea potenciar las conversiones de nativos en Nuevo México, impresionado como está por vuestro buen hacer.

Su anfitrión lo observó con atención.

—¿Y por qué nadie me anunció vuestra visita?

—Porque no se trata de un viaje pastoral, padre. Todavía no he tomado posesión de mi cargo y no lo haré hasta dentro de algún tiempo.

—Está bien —suspiró el anciano—. Vuestra paternidad y los frailes que os acompañan podéis quedaros en esta misión el tiempo que deseéis. Puedo ofreceros pocas comodidades, pero vuestra estancia será motivo de alegría para los cristianos de esta villa.

—¿Sois muchos?

—Muchos. Tantos que creo que Su Majestad perderá el tiempo y los doblones si desea cristianizar a más indios. Todos son devotos de Nuestro Señor Jesucristo.

—¿Todos?

—Sí —asintió el padre Salas, mientras se acariciaba aún incrédulo su calva—. Pero pasad y recuperaos de tan largo viaje.

Esteban de Perea y sus frailes lo siguieron hasta el interior de la misión. Recorrieron la gran iglesia de adobe que los indios habían levantado años atrás y se internaron por un pequeño pasillo junto al altar mayor. Fray Juan de Salas les explicó que aquellas habitaciones habían sido utilizadas como granero en tiempos de guerra, ya que el edificio, además de casa de Dios, también era una auténtica fortaleza. Fue construida con muros de tres metros de grosor; carecía de ventanas y su nave era capaz de dar cobijo a más de quinientas personas a la vez. Asimismo, les advirtió de que se anduvieran con cuidado cuando salieran al pequeño patio que separaba las cinco habitaciones en que se dividía el local, ya que unas viejas tablas ocultaban el único pozo de agua potable del pueblo.

—Los indios —refirió el padre Salas— prefieren tomar el agua directamente del río, pero en tiempos de sitio, aquí dentro podrían abastecerse y resistir cualquier ataque.

La segunda mención al aspecto defensivo de su misión, indujo a los frailes a interesarse por la seguridad de la región.

—¿Os atacan a menudo, padre? —le preguntó uno de los frailes del séquito.

—¡Oh, vamos! ¡No tenéis de qué preocuparos! —el anciano quitó hierro al asunto levantando los brazos al cielo—. ¿No veis lo bien que me desempeño aquí, solo?

Los religiosos rieron.

Además, hace mucho que los apaches no nos atacan. Las sequías les han obligado a mantenerse alejados.

—Pero podrían volver en cualquier momento, ¿no es así? —terció fray Esteban, que no perdía detalle de la estructura de aquel lugar.

—Naturalmente. Por eso el pueblo mantiene esta iglesia en perfecto estado de conservación. Es su seguro de vida.

El padre Salas les señaló dónde podrían desembarazarse del polvo del camino y los invitó a reunirse con él después, para celebrar los oficios de vísperas. En la pradera, las seis de la tarde ya era una hora tardía. Luego, zanjó con una reverencia sus explicaciones y abandonó la iglesia.

El *adelantado* Salas necesitaba meditar sobre las revelaciones del indio Pentiwa. Y rápido.

¿Cómo lo había hecho? ¿Cómo había podido Pentiwa adelantarse así a los acontecimientos? ¿Acaso lo había alertado alguien de la llegada del padre Perea? ¿Y serían ciertos sus temores de que el recién llegado pensaba arrancarles el secreto de las visitas de esa extraña «hija del Sol» de la que le había hablado?

Fray Juan caminó a la sombra de las sabinas por un buen rato. Allí, junto al río, solía dormitar en las tardes de calor. A veces leía fragmentos del Nuevo Testamento. Otras, despachaba a la fresca sus cartas o sus informes pastorales. Pero aquella tarde iba a ser distinta.

—¡Fray Juan! ¡Estabais aquí...!

El anciano, ensimismado en sus pensamientos, ignoraba que el inquisidor llevaba un rato voceando su nombre por toda la misión.

—Me gusta venir a este lugar a hablar con Dios, padre Esteban. Es un sitio tranquilo, donde es fácil resolver problemas... —el tono de fray Juan sonó cansino.

—¿Problemas? Espero que no supongamos un inconveniente para vos, ¿verdad?

—No, no. Por favor. Nada de eso. ¿Queréis acompañarme?

Esteban de Perea aceptó. Y los dos, bajo las sombras alimentadas por el Río Grande, se observaron con disimulo, midiendo cómo iniciar mejor aquella charla.

—Así que habéis venido a reemplazar a fray Alonso de Benavides... —Salas fue el primero en hablar.

—Sólo cumplo instrucciones de nuestro arzobispo, padre. Rezo cada día a Nuestra Señora para que me permita estar pronto al frente de mis responsabilidades, antes de que llegue el invierno.

—Y decidme —prosiguió sibilino el viejo fraile—, ¿os habéis detenido en esta misión por alguna razón especial?

El inquisidor dudó.

—En cierto modo, sí.

—¿En cierto modo?

—No pensaba hablaros de ello, pero dado que vos sois el único cristiano viejo que puede ayudarme aquí, no me queda otro remedio. Veréis: monseñor Manso y Zúñiga me encomendó en México una tarea que no sé por dónde comenzar...

—Os escucho.

Esteban de Perea adoptó una actitud confidente. Mientras caminaban por la orilla, le explicó que lo que iba a referirle no lo sabían con tanto detalle ni los frailes que lo acompañaban.

—Antes de partir —añadió—, el arzobispo me puso al corriente de ciertos rumores acerca de las multitudinarias conversiones de indios en estas regiones. Me explicó que tras esos arrebatos de fe parece que se esconden fuerzas sobrenaturales.

Poderes que han convencido a los nativos para que nos encomienden sus almas. ¿Es eso cierto?

—Y vos, padre, ¿por qué os interesáis por unos simples chismes?

—Bien sabéis que en el Santo Oficio somos muy celosos de cuanto se refiere a lo sobrenatural. Sólo en la ciudad de México monseñor Manso ha tenido que extremar las precauciones después de que comenzaran a surgir por todas partes indígenas que aseguran haber visto de nuevo a Nuestra Señora de Guadalupe...

—¿Y vos les dais crédito?

—Ni lo doy ni lo quito, padre.

—¿Creéis que aquí ha podido suceder lo mismo?

—No lo sé. Aunque comprenderéis que ese tipo de afirmaciones, en labios de unos conversos tan recientes, son sospechosas. Mi obligación es investigarlas.

Fray Juan de Salas tomó la mano del inquisidor y la apretó entre las suyas:

—La vida en el desierto es dura y poco amiga de las fantasías —dijo—. No puedo deciros que haya visto fenómeno sobrenatural alguno, porque os mentiría, pero debéis entender que quizás yo sea el menos indicado de cuantos vivimos en Isleta para presenciarlos.

—¿Qué queréis decir, padre?

—Pues que, gracias a Dios, yo ya gozo de fe. Pero para estos indios, ese don es algo nuevo. Y si ellos vieron u oyeron algo que los incitó a pedirme el bautismo, ¡bendito sea el Santísimo! Yo me limito a cosechar sus almas y no a averiguar las causas de su conversión. ¿Me comprendéis, verdad?

El veterano fraile se detuvo un momento para mostrarle algo al huésped. Desde la ribera se disfrutaba de una hermosa vista de la misión. Un centenar de casas de adobe se arremolinaban a sus pies. Todas estaban coronadas con pequeñas cruces de madera que imitaban a los dos crucifijos de hierro de las torres de la iglesia. A juicio del padre Salas, su presencia daba cuenta de lo muy cristianas que se sentían aquellas gentes.

—Eso está muy bien, fray Juan —murmuró el inquisidor—, pero mi objetivo es determinar las causas de su masiva conversión. Comprended que en México estén sensibilizados por esa cuestión...

—Naturalmente.

Pentiwa tenía razón, y su acierto hizo que un escalofrío destemplara al padre Salas. ¿Debía referir lo que Pentiwa le había contado del «relámpago azul»? ¿Y para qué? —lo pensó mejor—. ¿Para que luego ningún indio corroborara su historia? No. Era más prudente callar.

—Está bien —resopló fray Esteban—. Habladme de las cifras de conversos en la zona. ¿Son tan altas como se dice?

—No sabría precisároslo. Todavía no he podido poner al día los libros de bautismo. Pero oscilan entre las ocho mil almas convertidas en 1608, a las casi ochenta mil bautizadas en estas fechas... —el padre Salas templó la voz—. Pensad que el año pasado el propio arzobispo de México accedió a que se constituyese la Custodia de la Conversión de San Pablo para que pudiéramos administrar mejor a los nuevos cristianos.

Esteban de Perea conocía aquel dato. Se le había puesto aquel nombre gracias a la cada vez más generalizada creencia de que las conversiones del Río Grande, como la del propio san Pablo en los Evangelios, se habían producido mediante alguna intervención milagrosa.

—Ya —asintió el inquisidor—. ¿Y no os parecen unos resultados exagerados para tan poca mano de obra cristiana?

Su comentario, cínico, sonó casi a burla.

—¿Exagerados? ¡De ningún modo, padre Esteban! Aquí está pasando algo maravilloso, casi divino. ¿Pero quién conoce los designios de Dios? Desde que construimos la misión y la noticia de nuestra llegada se extendió, casi no tuve que esforzarme en llevar el evangelio a estas gentes; fueron ellos los que vinieron a mí, y me rogaron que les enseñase la catequesis. ¡Contemplad vos el efecto!

—Y decidme, padre Salas, ¿a qué creéis que se debe el interés de estos indios por nuestra fe y que, sin embargo, unos cientos de leguas más al oeste, otros nativos hostiguen y den muerte a nuestros hermanos?

Esteban de Perea trataba de provocarlo. Y lo consiguió. El anciano, rojo como la arcilla, inspiró dos veces antes de responder:

—Al principio creí que los indios vinieron a esta misión en busca de seguridad. Aquí, antes de que llegáramos, tribus pacíficas como los tiwas o los tompiros eran saqueadas por los apaches. Por eso, erróneamente, creí que si les dejaba instalarse junto a la iglesia, se sentirían a salvo. De vez en cuando, las caravanas nos dejaban un par o tres de soldados armados que podrían protegerlos.

—¿Erróneamente, decís?

—Sí. Fue un desliz lamentable. Estaba tan ocupado instruyendo a aquellas primeras avalanchas de indios, que no presté atención a sus historias. Hablaban de voces que retumbaban en los cañones, de extrañas luces en las orillas de los ríos que les ordenaban abandonar sus pueblos. De milagros, padre.

—¿Unas voces? ¿No os contaron nada más de ellas? —fray Esteban trató de disimular su interés.

—Ya digo que no concedí importancia a sus cuentos.

—¿Y creéis que yo podría interrogar a alguno que haya escuchado esas voces? Eso nos ayudaría a salir de dudas.

El anciano recordó otra vez las palabras de Pentiwa.

—No, padre. No lo creo.

Fray Esteban lo miró sorprendido.

—Los indios son muy discretos al hablar de sus creencias. Temen que se las arranquemos en nombre de Jesucristo. Ahora bien —remató fray Juan—, acaso pueda sonsacarles si les aplicáis algo de vuestra estrategia. Pero sed suave. Aquí no saben aún lo que es el Santo Oficio.

—Lo haré, vive Dios.

VEINTIOCHO

El lunes 15 de abril de 1991, Carlos estaba ya prácticamente repuesto de su ruta por la sierra de Cameros y Ágreda. Una vez hubo dejado atrás el monasterio de la Concepción, regresó corriendo a Madrid. Habían sido demasiadas emociones. Excesivas coincidencias para un viaje de sólo veinticuatro horas. Sin miramientos, dejó a Txema en su casa de Carabanchel y puso rumbo a su apartamento cerca de El Escorial, donde durmió como un lirón hasta bien entrada la mañana siguiente.

Lo necesitaba.

El periodista había abandonado Ágreda con una sensación en el cuerpo que se resistía a desaparecer. Tal vez fue su visión de sor María Jesús lo que le impactó. Y es que, antes de despedirse de las hermanas Ana María y María Margarita, todavía recibió una última e inesperada revelación. En la iglesia, junto al altar mayor, a tres pasos del locutorio en el que tuvo lugar la entrevista, descansaba el cuerpo incorrupto de la «monja viajera». Llevaba allí tres siglos. Descansado. Inerte. Con el rostro cubierto por una máscara de cera y sus manos momificadas ocultas bajo las mangas de su hábito. Y aún vestía el manto azul que la había hecho famosa. Carlos se derrumbó. Jamás hubiera esperado encontrarse cara a cara con un testigo del siglo XVII. Pero allí estaba. A la vista de todos.

¿Cómo no iba a necesitar poner sus ideas en orden?

Un pensamiento tormentoso, que no lo abandonaba, lo torturó desde ese momento: la rara certeza de que Txema estuvo en lo cierto cuando le habló del destino. ¿Qué si no lo «había guiado» por la serranía de Cameros hasta Ágreda? ¿Qué si no lo había llevado a las puertas del recinto que fundara sor María Jesús de Ágreda trescientos años antes? ¿No parecía todo aquello fruto de un plan cuidadoso? ¿De un «Programador»? ¿Quién había urdido aquella trama para hacerle regresar a una investigación que él ya había dado por cerrada?

Por primera vez en su vida, Carlos sintió que el suelo se movía bajo sus pies.

—La verdad, amigo, ¡no te imagino detrás de las faldas de una monja! —estalló José Luis Martín en la barra de *Paparazzi*, su restaurante favorito decorado con antiguas fotos de la *dolce vita*, muy cerca del campo de fútbol del Real Madrid.

José Luis fue la primera persona con la que Carlos se reunió tras su encontronazo con la dama azul. A fin de cuentas, era el único al que podía contar algo tan absurdo: había estudiado psicología en la Universidad de Navarra; fue cura castrense durante veinte años en el acuartelamiento de Cuatro Vientos hasta que colgó los hábitos por Marta, su mujer, y ahora trabajaba como informador del grupo 12 de la Brigada de Información de la Policía, en la comisaría de la calle La Tacona. Martín, el poli-cura, era un hombre meticuloso, ordenado, y era tenido por el mejor asesor policial en materia de crímenes religiosos, sectas y movimientos esotéricos de sospechosas filiaciones legales y políticas… Un pequeño detalle que, dicho sea de paso, llevaba años cimentando su amistad. Aquel día lo llamó para hablarle de su estado de ánimo. De su espíritu.

—¿Has pensado que tal vez fuiste tú quien atrajo a esa monja?

José Luis llevaba un buen rato hablando sobre esa loca teoría. Por eso la pregunta le salió así, del alma, casi sin rodeos. Todavía no se había recuperado de la sorpresa de ver a su amigo periodista, el descreído, el agnóstico, envuelto en temas religiosos.

—Eso es lo que me gusta de ti, José Luis —respondió Carlos divertido—. Tienes ideas todavía más extrañas que las mías. ¿Qué quieres insinuar?

—Muy sencillo, Carlitos. Ya sabes que a mí la psicología convencional no me va; que prefiero estudiar a Jung que a los conductistas...

—Ya, ya. Por eso estás en la Policía y no en una consulta.

—No te rías de este viejo cura. ¿Sabes? Jung llama a lo que te ha pasado «sincronicidad». Ya sabes: una bonita manera de decir que las casualidades no existen y que todo lo que le sucede a una persona tiene siempre una causa oculta. Nunca habló de Dios... pero cerca le anduvo. En tu caso —prosiguió, dándoselas de interesante—, Jung añadiría que el artículo que publicaste sobre teleportaciones, ése en el que mencionaste a la monja hace un par de meses, y tu obsesión por el tema, te predispusieron para vivir un «sincronismo».

José Luis no dejó replicar a Carlos.

—Sabes mejor que nadie que los fenómenos de percepción extrasensorial no se limitan a esos aburridos experimentos de telepatía con cartas zener.

El periodista arqueó una ceja, incrédulo.

—¡Sí hombre! Ya sabes —prosiguió José Luis—, aquellos en los que dos personas se sientan una frente a la otra, y una tiene que adivinar las figuras geométricas que esconden las cartas que esconde la segunda. Si aciertas el número de cruces, estrellas, ondas, círculos o cuadrados en un porcentaje superior al veinticinco por ciento, se considera que eres telépata.

Pero la percepción extrasensorial es algo más complejo que eso. Se manifiesta con mayor fuerza cuando hay emociones de por medio… ¿Es que nunca has soñado con algún ser querido y a la mañana siguiente has recibido una carta suya? ¿Jamás ha sonado tu teléfono y te has encontrado con la voz de una persona en la que estabas pensando un segundo antes?

Carlos asintió. Martín prosiguió:

—Pues en todos esos fenómenos intervienen las emociones. Y según Jung, éstas son el motor de los episodios psíquicos.

—Sigo sin entender ni palabra —replicó Carlos divertido.

—En el fondo es muy sencillo, Carlitos: cuando te tropezaste en la carretera con aquel indicador de Ágreda, creo que estabas inmerso en un estado mental disociado. Por un lado, gozabas de tu «estado normal» o «probable» y por otro, de un estado «crítico» del que no eras consciente, pero que tenía que ver con tu obsesión por las teleportaciones. Y fue precisamente este estado, esa especie de «otro yo», el que rastreó por su cuenta la existencia de ese punto geográfico, y te llevó hasta allí haciéndole creer a tu «yo normal» que todo era fruto de un extraño azar.

—¿Y ese estado «crítico» me guió después hasta el monasterio?

—Por supuesto.

José Luis apuró satisfecho su tercio de cerveza. Estaba seguro de haber hecho diana. El psiquiatra suizo Carl Gustav Jung nunca fallaba. Pero aquel pragmatismo suyo no iba a tardar en derrumbarse.

—Aceptemos tu hipótesis por un momento, y admitamos que todo ha sido fruto de un tremendo autoengaño, que no hubo tal «viaje guiado» —Carlos pudo explicarse por fin—. Entonces, ¿quién o qué lanzó varias toneladas de nieve sobre la sierra de Cameros, dejando abierta únicamente la ruta hacia Ágreda? Porque te recuerdo que fue eso lo que ocurrió. Y una cosa más: ¿fue también mi estado anímico el que me llevó, sin preguntar a nadie, hasta el monasterio? ¿Y cómo pudo mi «otro yo» orientarse dentro de Ágreda si nunca antes había visto un plano de esa ciudad?

Martín rodó su vaso vacío entre los dedos. Luego fijó su mirada en los ojos del periodista:

—Escúchame bien, Carlitos… Además de las sincronicidades, también hubo un tiempo que creí en los milagros. Tú lo sabes. Y si todo esto no obedece a una casualidad junguiana y tampoco tiene que ver con la percepción extrasensorial, entonces…

—¿Entonces?

—Entonces es cosa «de arriba». Busca otras evidencias. Investiga.

—¡Hablas como un profesor de matemáticas que conozco! ¿Qué clase de evidencias voy a buscar, hombre?

José Luis se puso serio:

—Lo ignoro. Cada vez son diferentes, créeme. Pero si no las encuentras, ¡exígeselas al cielo! En la comisaría veo mucha mierda todos los días. Asisto a interrogatorios y evalúo los perfiles psicológicos de los peores delincuentes. Y esto, un día tras otro, te hace perder la fe en lo trascendente, en que haya alguien ahí arriba… Ahora bien, si logras demostrar que lo que te sucedió en Ágreda fue un incidente planeado por alguna clase de inteligencia sobrehumana, y que ésta es capaz de responder a tus demandas…

—¿Qué?

—Pensaré en retomar los hábitos. ¡Me encantaría recuperar mi fe! ¡Y a ti también!

—¿Me hablas como psicólogo o como ex sacerdote? —preguntó Carlos con malicia.

—Como un hombre que un día buscó a Dios, Carlitos. Que pasó veinte años entre quienes creía que eran sus ministros, y no lo encontró. Por eso tu trabajo en este caso es importante.

José Luis dejó el vaso sobre la mesa, miró al periodista fijamente, y le devolvió la palabra con una pregunta incómoda.

—Tú no eres creyente, ¿verdad?

Carlos se quedó helado.

—¿Te refieres a si soy católico practicante? —respondió Carlos.

José Luis asintió con la cabeza.

—No —balbuceó—. Hace mucho que lo dejé. Dios me defraudó.

—Entonces, quizás puedas encontrar la Verdad sin que te ciegue nada.

—¿La Verdad? ¿Con mayúsculas?

—Sí. Es una energía aplastante, que siempre sale a relucir, aunque tarde siglos en aparecer. Que reconforta y sana cuando se la encuentra. Es algo… —bajó de repente el tono de voz— que tiene que ver con ese Dios que se olvidó de ti.

VEINTINUEVE

*E*steban de Perea y sus hombres permanecieron en Isleta tres días más. Cumpliendo instrucciones del inquisidor, los diez frailes que lo acompañaban dejaron la misión fortificada de San Antonio al amanecer del segundo día. Se les encomendó que se instalasen en algunas de las casas más modestas de Isleta y que tratasen de sonsacar a las familias cualquier hecho, por nimio que fuera, que explicara su pacífica conversión al cristianismo.

Los recelos del inquisidor crecían por momentos.

En España había aprendido que nadie renuncia a su fe por las buenas. Allá lejos, al otro lado del océano, los judíos que se convirtieron al cristianismo tras el edicto de expulsión de 1492, seguían practicando su fe en secreto. Los llamaban «marranos» y el Santo Oficio los perseguía de manera implacable. Con los musulmanes sucedía otro tanto. Nadie se fiaba de los moriscos. Aunque bautizados, los «hijos de Alá» terminaban postrándose, en secreto, hacia la Meca. ¿Por qué iban a ser diferentes aquellos indios?

Sobrenatural o no, Esteban de Perea necesitaba saberlo.

Pero su estrategia sólo funcionó a medias.

Ni un solo adulto explicó a los frailes qué o quién les llevó a pedir el bautismo. Sólo algunos chiquillos murmuraron algo sobre las visitas de cierto «espíritu azul», poderoso, que convenció a sus padres para dejar atrás sus tótems.

El inquisidor anotó con cuidado la «pista». Lo hizo en los pliegues en blanco de su Biblia. Era allí donde ocultaba su particular diario de ruta. Sin embargo, pese a toda su meticulosidad, ninguna de aquellas informaciones le ayudó a resolver el misterio. Necesitaría un milagro, una señal, para que la actitud de los indios adultos cambiara y pudiera llegar al fondo de sus corazones.

Y el prodigio llegó.

O, para ser más precisos, Esteban de Perea lo provocó.

Ocurrió durante su cuarta jornada en Isleta, justo cuando los frailes hacían los preparativos para abandonar la misión. Corría el domingo 22 de julio de 1629.

Aquel día, festividad de santa María Magdalena, los hombres del inquisidor, acompañados por el padre Salas, convocaron a la feligresía a una misa solemne. Esteban intuía que los oficios religiosos sensibilizarían a algunos nativos, y que un buen sermón sazonado con la conveniente liturgia, los convencería para que hablasen. De hecho, pensaba predicar acerca de los miedos de sus hijos a las «voces» del desierto, y urdió una homilía que les llegaría al alma.

Era su último cartucho.

Cuando la campana grande retumbó en las torres de adobe, la iglesia ya estaba a rebosar. Doce frailes iban a oficiar un rito que habitualmente conducía sólo uno.

—Ya puede emplearse a fondo, padre —murmuró Juan de Salas al padre Esteban mientras se embozaba la casulla—. Nunca he visto tanta gente en misa…

—No se preocupe. Todo está preparado.

A los indios les maravillaba el poder encerrado en aquel lugar. Apenas hubieron sonado los primeros acordes del *Introito*, la atmósfera del recinto cambió. Aunque no entendían una palabra del rito latino, sentían mejor que nadie aquel agridulce estremecimiento en la piel, casi olvidado desde los cercanos tiempos en que las kivas ocupaban el lugar de las iglesias.

El padre Perea llevó todo el peso de la ceremonia. Tras la lectura del Evangelio, el inquisidor inició su sermón. Parecía transfigurado. Su rostro tenso y vigilante había dado paso a un rictus amable, dócil:

—Poco después de que Jesús fuera crucificado —principió—, dos de sus discípulos caminaban hacia Emaús comentando la extraña desaparición del cuerpo del *rabbí*. Hablaban de las mujeres que habían descubierto su tumba vacía, y de su encuentro con un ángel que les había dicho que el Maestro vivía...

Los indios no pestañeaban. Esteban de Perea sabía cuánto adoraban las historias maravillosas.

—De improviso —prosiguió—, se les unió un hombre al que no conocían, y les preguntó qué era aquel asunto que los traía tan ocupados. Ellos, extrañados de que no hubiera oído hablar de Jesús, le contaron su historia en detalle. Tras oírla, el desconocido les recriminó su falta de fe, pero aún así lo aceptaron en su mesa y lo invitaron a cenar. Fue al verlo partir el pan cuando lo reconocieron. ¡Era el Maestro resucitado! ¡El mismo del que llevaban hablando horas! Pero antes de que pudieran formularle una sola pregunta, Jesús se desvaneció ante sus ojos.

Algunos indios intercambiaron miradas de sorpresa.

—¿Sabéis por qué no lo reconocieron? —continuó fray

Esteban—: porque confiaron más en sus ojos que en su corazón. Aquellos discípulos comentaron después que, en presencia del extraño, sintieron arder sus corazones. Es decir, en sus
entrañas supieron quién era, pero se dejaron llevar por los sentidos de la carne y no por los del alma. Ésa es la lección que
debemos aprender: si un día os encontráis a alguien que hace
arder vuestros corazones, ¡no lo dudéis! ¡Es un enviado del
cielo!

El inquisidor, en el clímax de su relato, guardó silencio por
un instante:

—Y si os lo encontráis, ¿por qué no ibais a compartir esa
noticia con vuestros semejantes?

Un murmullo creció en la parte posterior del templo.

Casi nadie lo advirtió, y al principio el padre Perea tampoco le prestó demasiada atención. Los religiosos tardaron
unos momentos en descubrir que la causa estaba en la llegada
de un grupo de varones de piel pintada, que comenzó a abrirse
paso entre los congregados. Habían llegado en silencio, desli-
zándose con discreción entre la feligresía, y se habían situado
casi en el centro del templo.

Fray Esteban, indiferente, alargó su sermón.

—Nuestro Señor es capaz de dejarse sentir de muchas formas. Una, la que más repite, es enviándonos a sus emisarios.
Y así, como les sucedió a los apóstoles camino de Emaús, también hoy pone a prueba nuestra capacidad de reconocerlo con
el corazón. Para identificarlo basta con estar atento a las señales. ¿Acaso no habéis sentido ya ese fuego en las entrañas? ¿No
lo han percibido ya vuestros hijos? Yo —continuó melodra-
mático—, yo sé que sí...

Nadie movió un músculo.

Las familias tiwa, chiyáuwipki o tompiro escuchaban ab-
sortas las «acusaciones» del franciscano. Mientras tanto, los

recién llegados escrutaban a su alrededor como si la prédica no estuviera dirigida a ellos. De hecho, no dijeron ni una palabra; tampoco entonaron el *Deo Gratias* ni el *Pater Noster* que siguió a la homilía. Y en pie, callados, agrupados como una piña entre los vecinos de Isleta, aguardaron a que la ceremonia finalizase.

Su presencia, sin embargo, no extrañó a nadie.

Los nativos identificaron a los recién llegados. Eran un grupo de pacíficos jumanos, como los que con cierta frecuencia visitaban la región para intercambiar turquesas y sal por pieles y carnes. Una tribu amiga. Lejana, pero afable.

Al terminar la misa, el jefe del grupo, un indio joven, rapado, con varias espirales concéntricas grabadas sobre el pecho, piel aceitunada y pómulos firmes, se acercó hasta el altar, dirigiéndose al padre Salas. Le habló con urgencia, durante casi un minuto, en un *tanoan* que el anciano misionero entendió sólo a medias, aunque lo suficiente para que le mudase el rostro.

—¿Qué sucede, padre?

El inquisidor se dio cuenta de que algo no iba bien.

—Es un indio jumano, padre Esteban. Del sur —murmuró Salas mientras secaba un cáliz de plata—. Acaba de explicarme que lleva varios días de travesía por el desierto, al frente de cincuenta de sus mejores hombres, y que desea hablar con nosotros.

—Si lo que necesitan es agua y comida, ayudémoslos...

—No se trata de eso, padre. Este indio asegura que una señal, o algo así, les ha anunciado que aquí encontrarían a los portadores de Dios... ¿Sabe a lo que se refiere?

Una sonrisa pícara se dibujó en el rostro del anciano al ver el súbito interés del inquisidor.

—¿Una señal? ¿Qué clase de señal?

Esteban de Perea se acercó curioso y exigió nuevos detalles a su interlocutor. El indio, que lo miraba desafiante, accedió. Gesticulaba mientras hablaba: primero acarició sus caderas y luego alzó los brazos por encima de su cabeza. El padre Salas, ducho también en el lenguaje de signos, interpretó aquellos ademanes lo mejor que supo.

—Asegura que una mujer desciende a menudo de los cielos hasta su poblado. Dice que tiene el rostro blanco como el nuestro, y que es tan radiante como la luz del cielo. Lleva un manto azul que la cubre de pies a cabeza. Y dice además que fue ella quien les habló de la presencia de padres aquí.

—¿Ha utilizado la palabra «padres»? —balbuceó Perea.

—Sí.

—¿Y dice que es una mujer?

El anciano asintió.

—También asegura que la Madre del Maíz nunca les había hablado de ese modo. Por eso creen que se trata de otra diosa, y quieren saber si vos la conocéis…

—¿Diosa?

—Bueno, este joven afirma algo más: que fue esa mujer la que les ordenó venir a buscaros y os pide que los acompañéis hasta su pueblo para hablarles de nuestro Dios.

El indio pronunciaba muy rápido, como si se le agotara el tiempo. Acariciaba nervioso una tosca cruz de corteza de pino que llevaba colgada al cuello.

—¿Habíais visto a este indio antes por aquí?

La pregunta de Esteban de Perea distrajo al anciano.

—A él, no. Pero sí a su padre. Se llama Gran Walpi y es el jefe de su tribu.

—¿Y él? ¿Cómo se llama?

—Sakmo, padre.

—Preguntadle a Sakmo si pudo ver a esa dama azul con sus propios ojos—ordenó Perea.

Fray Juan tradujo a una serie de sonidos guturales la pregunta, y en cuestión de segundos tradujo al castellano la respuesta del indio.

—Sí. En varias ocasiones, siempre al caer la tarde.

—¿En varias ocasiones? Esta sí es buena...

Fray Juan no dejó que el inquisidor rematara el comentario.

—¿Se da cuenta? —exclamó alborozado—. ¡Es otra señal!

—¿Otra señal? —fray Esteban receló.

—Está claro, padre —continuó Juan de Salas—. Aunque ninguno de mis feligreses quiera contaros qué les hizo aceptar a Jesucristo, éstos lo harán. ¿No lo veis? Este joven no sabe de tribunales, no teme al Santo Oficio, parece no haber visto nunca a los mismos españoles, pero os cuenta la historia de una mujer vestida de azul que les ha empujado hasta vos... ¡Y llega justo ahora!

—Calmaos hermano —ordenó fray Esteban—. Si es lo que parece, actuaremos con precaución. Y si no lo es, atajaremos para siempre esta clase de superchería.

—Según vos, entonces, ¿qué puede ser? ¿Un milagro de Nuestra Señora? ¿Otra aparición de la Guadalupana? —fray Juan se exaltaba por momentos—. ¿No describió Juan Diego a la Virgen de Guadalupe como una dama con un manto azul?

—¡Válgame Dios, padre!

El inquisidor lo taladró con la mirada.

—¿Qué creéis que debemos hacer? —repuso el padre Salas.

—Decid a Sakmo que hoy mismo estudiaremos su caso, y que decidiremos si mandamos o no a una delegación para que predique en su pueblo... —Esteban de Perea lo miró de hito en hito—. Mientras tanto, aseguraos de que os explique bien hacia dónde deberíamos dirigirnos y cuántas jornadas de camino nos separan de su asentamiento; después, convocad a la comunidad en el refectorio. ¿Me habéis entendido?

—Claro, padre —el anciano sonrió enigmático—. ¿Ya os habéis fijado en la cruz que trae al cuello?

TREINTA

Si Carlos hubiera sabido lo que estaba sucediendo en la costa oeste de los Estados Unidos mientras él cenaba en Madrid con José Luis Martín, su visión cartesiana del mundo se hubiera derrumbado para siempre. En Los Ángeles era mediodía. Sin embargo, en la casita de playa de Jennifer Narody las persianas seguían cerradas. Ni uno solo de los brillantes rayos de sol que iluminaban Venice Beach penetraba en su dormitorio.

La noche anterior, Jennifer tardó mucho en dormirse. Su última sesión con la doctora Meyers la había dejado preocupada. Jennifer seguía visitándola un día sí, un día no, en su lujosa consulta del centro. «A veces», le dijo la psiquiatra muy seria, «ese tipo de ensoñaciones como las que usted tiene, obedecen a causas físicas. Un pequeño coágulo en el lóbulo temporal del cerebro, un tumor, pueden alterar la mente y la percepción del mundo». Y luego añadió: «Creo que debería someterse a una resonancia magnética, a una IRM, para ver si hay algo que la afecte».

Jennifer era claustrofóbica, y la sola idea de tener que pasar unos minutos dentro de un tubo, le producía terror. Por eso tardó en conciliar el sueño. Al final lo hizo gracias a la lectura. Aquella noche recurrió a la Biblia. El ejemplar que tenía era de los Gedeones, un tomo pequeño y manejable que no recordaba haber abierto nunca. Sus manos la llevaron al evangelio de Mateo. Al pasar por el episodio del sueño de José, en el que un ángel del Señor le anunció en sueños que su prometida estaba embarazada, un dulce sopor comenzó a invadirla. Era curioso. Todos los pueblos antiguos veían los sueños como el vehículo del que las divinidades se valían para comunicarse con los hombres. Así nos han manifestado siempre sus cosas ocultas.

Pero ¿qué cosas son ésas? ¿Y a qué divinidad podría interesarle entregar a una muchacha atormentada un sueño como el que empezaba a dibujarse en su mente?

TREINTA Y UNO

MISIÓN DE SAN ANTONIO
22 DE JULIO DE 1629

La llamada de fray Esteban de Perea retumbó en los muros de la misión. Al principio, ninguno de sus frailes comprendió la prisa del enviado del padre Benavides por atender la petición de aquel indio. Pero pronto lo tuvieron claro. Tanta premura obedecía a la alusión de Sakmo a esa misteriosa mujer que los obligó a cruzar el desierto. Fray Esteban parecía abrumado, como si hubieran caído sobre su conciencia los mismos fantasmas que obligaran al arzobispo de México a encomendarle la investigación de cualquier «actividad sobrenatural» en la zona.

—¿Os pasa algo, padre?

Fray Bartolomé Romero, uno de los hermanos de su séquito, solícito, tanteó al inquisidor.

—No es nada... —contestó Esteban, distraído, mientras se quitaba la casulla y la plegaba—. Pensaba que si los jumanos salieron hace cuatro o cinco días de su poblado, en la región de la Gran Quivira, entonces...

—¿Entonces qué, padre?

—Entonces, la dama azul les ordenó ponerse en camino

antes de que yo decidiera instalarme en esta misión. ¿Lo entendéis ahora, hermano Bartolomé?

—¿Y de qué os extrañáis? —interrogó otra voz al fondo de la sacristía—. ¿Acaso es el tiempo, o el conocimiento del futuro, algo que esté vetado a Dios o a la Virgen?

Aquellas palabras los dejaron estupefactos. Fray Juan de Salas los miraba desde el umbral con cierta sorna dibujada en los labios. Y es que si, como todo parecía indicar, una misteriosa dama había alcanzado el territorio jumano antes que ellos, no debía de ser una mujer corriente. No sólo se había internado en un área hostil a la condición femenina, sino que poseía la rara habilidad de persuadir a los nativos para cambiar de fe y obligarlos a marchar en busca de los hombres blancos.

—¡Tarea de titanes! —añadió—. Piensen vuestras paternidades lo que quieran, pero a mí no me extrañaría que la dama fuera Nuestra Señora en persona.

Nadie replicó al anciano fraile, que giró sobre sus pasos y se perdió rumbo a la calle. Aún debía hablar con Sakmo para explicarle que su solicitud había sido escuchada: que pronto lo acompañarían algunos religiosos hasta Cueloce.

—Un tipo raro, ¿verdad? —susurró fray Bartolomé al oído del padre Esteban, mientras se alejaba su anfitrión.

—El desierto, hermano, hace extrañas a las gentes…

Cuando fray Juan de Salas terminó de explicarle a Sakmo los planes de los recién llegados, el indio cayó de rodillas, agradecido. Después, sin despedirse, corrió al encuentro de sus hombres, que habían acampado a unos cientos de metros de la misión, detrás de la primera línea de casas de adobe.

También ellos acogieron la noticia con alborozo. Pero ni siquiera fray Juan se dio cuenta de que la razón de su contento iba más allá del éxito diplomático. Y es que la consideración de los frailes confirmaba los augurios que les hiciera la dama azul en las jornadas precedentes, y los reafirmaba en su creencia de haberse encontrado con una auténtica «mujer de poder». A fin de cuentas, tal como ella vaticinara, había más padres en la misión de San Antonio de Padua en aquel momento y cabía la posibilidad de que pudieran regresar al Reino de la Gran Quivira acompañados por algunos de ellos...

Siguiendo órdenes precisas, poco después de la hora nona, los franciscanos se dieron cita en un refectorio improvisado por los tiwas en la trastienda de la misión.

El rancho iba a ser el de costumbre: judías cocidas con sal, una generosa mazorca de maíz hervida y algunas nueces de postre. Todo acompañado de agua y media docena de hogazas de pan de centeno recién horneadas.

Dos minutos más tarde, tras la bendición de los alimentos, el inquisidor tomó la palabra:

—Como sabrán, esta mañana un grupo de indios jumanos, o «rayados», ha llegado a las puertas de esta misión. Nos han pedido ayuda para que llevemos el Evangelio a su pueblo.

Fray Esteban tosió levemente.

—Nos corresponde determinar qué debemos hacer. O bien permanecemos unidos hasta nuestro regreso a Santa Fe, o bien, hermanos, comenzamos a asignar misioneros a otras regiones como la Jumana. —Y añadió—: Por supuesto, la decisión depende del interés que tengamos por comenzar a predicar.

Los frailes se miraron unos a otros. La propuesta de disolver la unidad de la expedición los sorprendió. Y aunque sabían que antes o después algo así tendría lugar, no pensaban que fuera tan pronto.

—¿Y bien? —insistió Esteban de Perea.

Fray Francisco de Letrado, un orondo sacerdote de Talavera de la Reina, fue el primero en pedir la palabra. Alzó su voz con cierta solemnidad, y entonó un discurso apocalíptico. Según él, todos aquellos «cuentos de indios» no podían ser sino obra del demonio, que buscaba dispersar a los predicadores enviándolos a regiones remotas con escasas garantías de éxito y con muy pocas posibilidades de regresar con vida. «Divide y vencerás», bramaba. Por el contrario, fray Bartolomé Romero, el fiel asistente de Esteban, o fray Juan Ramírez, un anodino monje valenciano, fueron más benignos con las intenciones de los jumanos y apostaron por una rápida evangelización de las tierras de los «rayados». Creían que las alusiones de Sakmo a una luz en el cielo daban verosimilitud a su relato, ya que lo hacían similar a las apariciones de Nuestra Señora que con frecuencia vienen acompañadas de peculiares brillos celestiales.

Sólo unos pocos, como fray Roque de Figueredo, Agustín de Cuéllar o Francisco de la Madre de Dios, no se dignaron siquiera abrir la boca para terciar en el asunto. Practicaron una cómoda abstención: harían lo que decidiera el grupo.

—Está bien, hermanos —el inquisidor tomó de nuevo la palabra—, puesto que existe tanta diversidad de criterios será bueno que interroguemos juntos al indio que ha visto a la *señora*... Tal vez así despejemos nuestras dudas.

Un gesto de aprobación general recorrió, entre murmullos, toda la mesa.

—...Fray Juan de Salas nos servirá de traductor, ¿verdad, padre?

—Naturalmente —accedió, y solícito se levantó y fue en busca de Sakmo.

Minutos más tarde, el hijo menor de Gran Walpi se hincaba de rodillas y besaba el borde del hábito de fray Esteban.

—*Pater...* —susurró.

Su gesto maravilló a todos. ¿Quién le había enseñado modales a aquel salvaje?

—¿Es éste el testigo que buscamos? —tronó una voz al fondo del refectorio.

El jumano bajó la cabeza como si asintiera a la duda formulada por aquella voz autoritaria. Fray Esteban se levantó de la cabecera de la mesa, lo observó atentamente y desde su posición comenzó el interrogatorio en voz alta, para que todos pudieran oírlo.

—¿Cuál es tu nombre?

—Sakmo. «El hombre del prado verde» —tradujo el padre Salas.

—¿De dónde vienes?

—De la Gran Quivira, una región de pasos amplios situada a menos de media luna de camino de aquí.

—¿Sabes por qué te hemos llamado?

—Creo que sí —murmuró en un tono de voz más suave.

—Nos han dicho que viste a una mujer extranjera en tu poblado y que ésta os ordenó buscarnos. ¿Es eso cierto?

Sakmo miró al inquisidor como si esperara su consentimiento para hablar. El viejo se lo concedió.

—Sí, es cierto. La he visto varias veces en la embocadura de un cañón que llamamos de la Serpiente, donde nos ha hablado con voz amable y cálida.

—¿Siempre? ¿Desde cuándo?

—Desde hace muchas lunas. Era niño cuando empecé a escuchar relatos de guerreros que la habían visto.

—¿En qué lengua te habló?

—En *tanoan*, señor. Pero si tuviera que decirle cómo, no sabría explicárselo. En ningún momento movió la boca. La tuvo siempre cerrada, aunque otros miembros de mi clan y yo la hemos escuchado y entendido perfectamente.

—¿Cómo se te aparece?

—Siempre de la misma forma, padre: al caer la noche, extraños relámpagos se precipitan sobre ese cañón. Entonces, escuchamos una agitación en el aire parecida al ruido de las serpientes de cascabel o al de los remolinos del río, y vemos un camino de luz que cae del cielo... Después, el silencio.

—¿Un camino de luz?

—Es como si un sendero se abriera paso en la oscuridad. Por ahí desciende esa mujer, que no es una chamana, ni una madre del maíz... Nadie conoce su nombre.

—¿Y cómo es?

—Joven y hermosa, padre. Tiene la piel blanca, como si nunca hubiera estado bajo el sol.

—¿Lleva algo consigo?

—Sí... En su mano derecha sostiene a veces una cruz, pero no como las de madera que vuestras paternidades llevan colgadas, sino más hermosa, pulida, y toda de color negro. En ocasiones lleva un amuleto colgado al cuello. No es de turquesa, ni tampoco de hueso o madera. Es del color de los rayos de luna.

Fray Esteban iba tomando nota tratando de ordenar las características esenciales de aquella misteriosa mujer. Tras apuntar las últimas palabras del indio, prosiguió con sus cuestiones:

—Dime, hijo: ¿recuerdas qué te contó esa mujer la primera vez que la viste?

El indio clavó sus ojos en el franciscano.

—Dijo que venía de muy lejos y que traía buenas noticias. Nos anunciaba la llegada de un tiempo nuevo en el que nuestros viejos dioses darían paso a uno solo, mayor, grande como el Sol.

—¿Nunca dijo su nombre?

—No.

—¿Ni tampoco el del nuevo dios?

—No.

—¿Ni mencionó el lugar del que venía?

—Tampoco.

—Algo más. ¿Te dijo aquella mujer algo acerca de que ese nuevo dios fuera hijo suyo, de su vientre?

Sakmo abrió los ojos como platos cuando escuchó a fray Juan de Salas traducir la pregunta del inquisidor.

—No.

Varios frailes se removieron en sus asientos.

—¿Te llamó la atención alguna otra cosa de ella? —prosiguió Esteban.

—Sí. Alrededor de la cintura llevaba atada una cuerda igual a la suya...

Aquello alborotó a los frailes. ¡Una cuerda franciscana! «¿Qué clase de prodigio era aquel?» Esteban de Perea exigió silencio.

—¿Llegaste a tocar a esa dama?

—Sí.

Los ojos de fray Esteban se abrieron de par en par:

—¿Y?

—Sus ropas desprendían calor, como cuando nuestras mujeres tiñen las suyas. Pero estaban secas. También me permitió tocar su cruz negra y hasta me enseñó un puñado de frases mágicas.

—¿Frases mágicas? ¿Sabrías recitarlas?

—Creo que sí —dudó.

—Por favor...

Sakmo cayó de rodillas, juntó las manos en señal de recogimiento tal y como la dama le había enseñado, y comenzó a entonar una familiar letanía en latín. Aquello sonaba extraño en boca pagana.

—*Pater noster qui es in coelis… sanctificetur nomen tuum… adveniat regnum tuum… fiat voluntas tua sicut in coelo…*

—Es suficiente —lo interrumpió fray Juan de Salas—. Explícale al padre Perea dónde lo has aprendido. ¿Quién te lo enseñó?

—Ya os lo he dicho: fue la dama azul.

TREINTA Y DOS

No pasarían ni cuarenta y ocho horas antes de que Carlos Albert volviera a reunirse con José Luis, en circunstancias que en ese momento ninguno de los dos hubiera podido imaginar. Pero antes, Carlos dedicó aquel tiempo a la búsqueda de más información sobre María Jesús de Ágreda. ¿Su objetivo?: la Biblioteca Nacional de Madrid. Un lugar que siempre le provocaba extraños mareos. ¿Cómo se las apañaría para desenvolverse entre sus treinta mil manuscritos, sus tres mil incunables, su colección de medio millón de libros impresos anteriores a 1831 o sus más de seis millones de monografías sobre los más variados temas? Aquella jungla de información se le antojaba densa, inabarcable, pero también excitante.

Su estado de ánimo mejoró nada más consultar las primeras fichas. Pulcramente catalogadas, Carlos halló varias referencias claras a fray Alonso de Benavides, el hombre que en 1630 investigó las presuntas bilocaciones de la madre Ágreda. En sus fondos figuraba un extraño documento que, a decir de la información bibliográfica, estaba plagado de referencias a cierta «dama azul» que evangelizó a varias tribus indígenas del Nuevo México antes de la llegada de los primeros franciscanos.

Tras día y medio de gestiones burocráticas, solicitudes y permisos, el miércoles 17 de abril, en la sala de manuscritos de la Biblioteca Nacional, Carlos recibió el texto que necesitaba. La sala era un rectángulo de más de cien metros de longitud, de suelo enmoquetado y sucio, con medio centenar de pupitres viejos y vigilada por una bibliotecaria con cara de pocos amigos. El trabajo de aquella mujer de aspecto marcial consistía en acercarse de vez en cuando a los montacargas que comunicaban los archivos con la sala y comprobar si estaban las obras solicitadas por los lectores.

—«*Memorial* de Benavides» —leyó de una ficha rosa, por encima del hombro de Carlos.

—Sí, lo pedí yo.

La bibliotecaria observó al periodista con desagrado. Comprobó que sólo llevaba con él un cuaderno de notas.

—Ya sabe que únicamente puede escribir con lápiz. Use sólo lápiz, ¿me ha entendido?

—Sí señora. Sólo lápiz.

—Y a las nueve cerramos.

—También lo sé.

La funcionaria dejó la obra sobre el mostrador. Carlos se estremeció. Se trataba de un libro de 109 páginas, encuadernado en un cuero ennegrecido por el tiempo e impreso en un papel macilento que crujía al paso de cada página. En su desgastado frontispicio, sobre un tosco grabado de la Virgen coronada de estrellas, podía leerse: «Memorial que fray Juan de Santander, de la Orden de San Francisco, Comisario General de Indias, presenta a la Majestad Católica del Rey don Felipe Cuarto nuestro señor». Y a renglón seguido: «Hecho por el padre fray Alonso de Benavides, comisario del Santo Oficio y Custodio que ha sido de las Provincias y conversiones del Nuevo México».

Carlos sonrió satisfecho. Aunque abrió el libro con toda precaución, el tomo crujió como la madera vieja.

MEMORIAL

QVE FRAY IVAN

DE SANTANDER DE LA

Orden de san Francisco, Comissario General
de Indias, presenta a la Magestad Catolica
del Rey don Felipe QVARTO
nuestro Señor.

HECHO POR EL PADRE FRAY ALONSO
de Benauides Comissario del Santo Oficio, y Custodio que ha
sido de las Prouincias, y conuersiones del
Nueuo-Mexico.

TRATASE EN EL DE LOS TESOROS Es-
pirituales, y temporales, que la diuina Magestad ha manifestado
en aquellas conuersiones, y nueuos descubrimientos, por
medio de los Padres desta serafica Religion.

CON LICENCIA

En Madrid en la Imprenta Real. Año M. DC. XXX.

Memorial de fray Alonso de Benavides publicado en Madrid en 1630.

Tras pasar algunas páginas, pronto se hizo una idea de su contenido: su autor explicaba a un jovencísimo Felipe IV los logros obtenidos desde 1626 hasta la fecha de impresión, por una expedición de doce misioneros franciscanos encabezada por el mismísimo Benavides y destinada a evangelizar los territorios del Nuevo México.

En el estilo barroco del momento, fray Alonso se deshacía en halagos a Dios Nuestro Señor y a su Fuerza (sic), a la que atribuía el descubrimiento de minas, la rápida erradicación de la idolatría, la conversión de más de medio millón de almas en tiempo récord y, sobre todo, la imparable labor de edificación de iglesias y monasterios. «En solo un distrito de cien leguas —copió el periodista en su cuaderno de notas—, la Orden ha bautizado más de ochenta mil almas y construido más de cincuenta iglesias y conventos.»

De inmediato, Carlos tuvo claro que el *Memorial de Benavides* era una típica obra de propaganda religiosa. Se veía a la legua que buscaba el favor económico del rey para reforzar la posición de los franciscanos en América y financiar los viajes de nuevos misioneros. El texto exageraba cuando hablaba de «ricas minas», y asociaba su explotación a la cristianización de los nativos.

En cualquier caso, el escrito disfrazaba aquel objetivo de forma elegante. Pasaba revista una por una a todas las tribus que los hombres de Benavides habían encontrado: apaches, piros, senecus, conchas y otras muchas eran descritas con extraordinaria candidez.

—Todo un documento, sí señor —murmuró Carlos para sus adentros.

Pero el periodista descubrió también algo que no esperaba: el nombre de María Jesús de Ágreda no aparecía impreso en ninguna página. No se la citaba como responsable de ninguna conversión y tampoco se mencionaba el término bilocación. Es más, si de alguien se hablaba era de la Virgen, de la ayuda que prestó a las conversiones y de cómo «los favores de Nuestra Señora» impulsaron el imparable avance cristiano en Nuevo México.

¿Cómo era posible? ¿Le habían suministrado una pista falsa las monjitas de Ágreda? ¿Estaban confundidas sobre la verdadera naturaleza de aquel texto?

Tentado estuvo de dejar a un lado el informe de Benavides. Sólo lo detuvo el semblante canino de la bibliotecaria. Eso lo convenció para agotar su tiempo en la sala de manuscritos y hacer una segunda lectura, esta vez más atenta, del *Memorial*. Su «suerte» —aquella misma *fuerza* que le había guiado por la sierra de Cameros días atrás— lo llevó esta vez derecho a la página 83.

—Pero, ¿será posible…?

El pasmo lo clavó en el pupitre.

Y con razón: frente a él, bajo el sugerente epígrafe «Conversión milagrosa de la nación Jumana», se podía leer un extraño relato. Mencionaba a un tal fray Juan de Salas que, hallándose en tierras de los tiwas al frente de un grupo de misioneros, recibió la visita de algunos miembros de la tribu de los jumanos, también llamada de los salineros, que le rogaron encarecidamente que mandara a un misionero a predicar a su pueblo. Al parecer, según explicaba Benavides, esa misma petición había sido realizada ya años atrás, pero nunca fue atendida dada la carencia de frailes destinados en Nuevo México. Todo eso cambió con la llegada de un nuevo padre Custodio —una especie de «obispo en funciones» para aquellos territorios no explorados—, llamado Esteban de Perea. Éste, siguiendo órdenes del propio Benavides, llegó a la misión de fray Juan de Salas con un pequeño ejército de frailes, dispuestos a completar la evangelización de aquellos indios tan bien dispuestos.

«Y antes de que fuesen —leyó—, preguntando a los indios la causa por la que con tanto afecto nos pedían el bautismo y que los religiosos los fueran a adoctrinar, respondieron que una mujer como aquella que allí teníamos pintada (que era un retrato de la madre Luisa de Carrión) les predicaba a cada uno de ellos en su lengua. Les decía que fuesen a llamar a los padres para que les enseñasen y bautizasen, y que no fuesen perezosos.»

Fue toda una revelación.

Carlos transcribió aquella historia en su cuaderno y añadió en los márgenes algunas anotaciones. Ése era el único pasaje del «informe Benavides» que podía ser atribuido a una monja bilocada (de hecho, se mencionaba una, desconocida para Carlos: la madre Luisa de Carrión); pero dejaba abiertas un sinfín de nuevas dudas. Sin ir más lejos, ¿cómo podía estar seguro de que el *Memorial* se refería a las presuntas apariciones de la madre Ágreda? ¿No habrían sido las monjitas del monasterio de Soria demasiado vehementes al atribuir a su fundadora semejante prodigio?

Pero es que, aun admitiendo que sor María Jesús de Ágreda se hubiera aparecido a «más de 2.600 leguas de España», ¿dónde habría aprendido aquella buena mujer a comunicarse con los indios en sus propias lenguas? ¿Era éste otro prodigio —tipificado como xenoglosia o don de lenguas, por los expertos en milagros católicos— a sumar al de la bilocación? Por otra parte, ¿no se parecía aquella descripción de Benavides más a una aparición de la Virgen que a algo tan raro como una bilocación?

El asunto, qué duda cabe, ganó varios puntos de interés aquella tarde. Lástima que la feroz bibliotecaria echase a Carlos tres minutos antes de que el reloj del recinto diera las nueve en punto.

—Puede usted seguir mañana, si lo desea —rezongó la bibliotecaria—. Le apartaré el libro.

—No, señora. No será necesario.

TREINTA Y TRES

Fray Esteban escrutó al indio como si fuera un reo a punto de subir al cadalso. Tenía una mirada gélida, desafiante, capaz de petrificar de un vistazo las entrañas del acusado. Pero Sakmo, cuyas retinas jamás habían visto un Auto de Fe, resistió el duro semblante del inquisidor.

—¿Y nunca antes habías visto un fraile? —terció el religioso, más grave.

—No.

Esteban de Perea sabía que no mentía. El primer desembarco de franciscanos en Nuevo México se produjo en 1598, treinta y un años atrás. Y ninguno de ellos se estableció en la Gran Quivira. Por suerte, esa historia la conocía bien. Don Juan de Oñate, el conquistador, no estimó entonces oportuno quedarse en tierras tan yermas e inútiles como las del Río Grande. Además, por lo que sabía de aquel indio, Sakmo había nacido después de sus incursiones. Era imposible, por tanto, que hubiera visto a alguno de los ocho frailes que acompañaron a Oñate, ni a sus ochenta y tres carros, ni tampoco a la vistosa corte de indios mexicanos y criollos que lo acompañaron. Fray Esteban recordó asimismo la figura del padre Juan Claros, el valiente sacerdote que fundó el asentamiento de San Antonio de Padua en el que se encontraban, y que no convirtió un solo indio hasta que fue relevado por fray Juan de Salas. Ni uno.

Fue después, al llegar el «milagro azul», cuando aquel panorama cambió.

Mientras Sakmo aguardaba una nueva tanda de preguntas, el hermano García de San Francisco, un joven religioso de Zamora, tímido y enclenque, se aproximó con cautela al inquisidor. Ante el desconcierto del resto, murmuró algo en su oído que hizo sonreír al padre Esteban.

—Está bien, enseñádsela, hermano. No tenemos nada que perder.

García, que se veía empequeñecido al lado del musculoso Sakmo, salvó de cuatro grandes zancadas la distancia que lo separaba del indio, mientras extraía de su hábito un pequeño escapulario con una minúscula imagen grabada en él.

—Es la madre María Luisa —dijo en alto, con voz chillona, para todos los presentes—. La llevo siempre conmigo. Me protege de todo mal. En Palencia, muchos creemos que es una de las pocas santas vivas que nos quedan.

El hermano García acercó el pequeño retrato a Sakmo. Y el inquisidor, que seguía sus pasos como en un juicio sumarísimo, tronó desde el otro extremo del refectorio:

—Dinos, ¿es ésa la mujer que viste, Sakmo?

El jumano observó la miniatura con curiosidad, pero guardó silencio.

—Responde. ¿Es ésa? —repitió impaciente.

—No.

—¿Estás seguro?

—Completamente, padre. La mujer del desierto tiene un rostro más joven. Las ropas son parecidas, pero las de esta mujer —dijo señalando la medalla— son del color de la madera, no del cielo.

Fray Esteban resopló.

Sakmo no iba a despejar sus dudas, ni las del padre Benavides cuando le rindiera explicaciones. ¿Qué mujer joven, resplandeciente, podía ser aquella? ¿Qué muchacha virtuosa dejaría que tocaran sus ropas —luego era una criatura física, tangible, real— y enseñaría el *Padrenuestro* a un indio como aquel? ¿Qué doncella en su sano juicio visitaría tan remotas regiones en solitario? ¿Y qué clase de dama, salvo la Virgen, sería capaz de descender por un camino de luz desde las alturas?

Tras apurar sus últimos apuntes, el padre Esteban despidió a Sakmo. Le pidió que esperara hasta que tomara una decisión sobre su caso, y suplicó a los frailes que le brindaran su juicio. Sólo fray Bartolomé Romero, el erudito del grupo, se atrevió a terciar. Su parlamento fue breve:

—No creo que debamos enfrentarnos a este episodio como si los indios hubieran tenido una experiencia mística —dijo.

—¿Qué insinuáis, padre Romero?

El inquisidor observó cómo su interlocutor entrecruzaba los dedos con ansiedad.

—Desde mi punto de vista, padre, no estamos ante una aparición de Nuestra Señora, como vos habéis insinuado en alguna de vuestras preguntas.

—¿Y cómo estáis tan seguro?

—Porque vuestra paternidad sabe bien que las apariciones de la Virgen son experiencias inefables, inenarrables. Si ya es difícil para un buen cristiano describir esa clase de cuitas divinas, cuánto más debería serlo para un pagano sin instrucción.

—Es decir...

—Es decir: que este indio vio algo terrenal, en absoluto divino —completó fray Bartolomé.

Esteban de Perea se persignó ante el estupor de los demás frailes. Temía ofender a Dios por su desconfianza. Pero él era así. Necesitaba ver todos los lados de un problema antes de enjuiciarlo.

—Creo, hermanos, que eso es todo por ahora —dijo al fin—. Necesito meditar mi decisión.

Y, sin más comentarios, disolvió la asamblea. Eso sí: antes de que abandonara la sala, pidió al padre Salas que permaneciera con él. Tenían algo importante que deliberar.

Tan pronto los dos franciscanos se quedaron solos, el anciano responsable de aquella misión se acercó a Esteban preocupado.

—¿Sabéis ya qué vais a hacer, padre?

Fray Juan lo tanteó con cautela.

—Como suponéis, no estoy seguro de cuál es la decisión correcta en este asunto… No es lo mismo documentar una intervención de Nuestra Señora, que investigar un fraude, un espejismo o una trampa.

—No entiendo…

—Es evidente, padre Salas. Si lo que se ha aparecido a estos indios es Nuestra Señora, no tenemos nada que temer. El cielo nos ha enviado una gran bendición y nos protegerá cuando visitemos la región de la Quivira. En cambio, si como dice fray Bartolomé, no existe semejante prodigio, podríamos caer en una emboscada. Nuestra expedición se dividiría, perderíamos contacto los unos con los otros, y fracasaríamos en nuestro empeño de bautizar a todas las gentes del Nuevo México.

—¿Y qué os hace valorar con tanto celo esa segunda posibilidad?

—Bueno… Sakmo nos lo ha dicho, ¿verdad? Aquella mujer llevaba anudada a la cintura una cuerda como las nuestras. Quizá se trate de una religiosa de la seráfica orden de San Francisco. O una mujer sin juicio. O un disfraz. O una trampa.

—O quizá nada de eso. ¿No le parecen más propios de la Virgen procederes como el descenso de los cielos o el brillo del rostro?

—Sin duda, padre. Pero en esa dama azul falta otra característica de las visiones marianas. Nuestra Señora suele manifestarse a personas aisladas, no a grupos enteros como los jumanos. Recordad al apóstol Santiago, que vio en solitario a la Virgen en Zaragoza, o a Juan Diego y la Guadalupana. Por más que hubiera sido su deseo, el arzobispo de México de entonces, el franciscano Juan de Zumárraga, jamás pudo acompañarlo y ver a la Señora con sus propios ojos.

—¡Pero fray Esteban! —protestó el anciano—. ¿Es eso suficiente para considerar a la dama azul una creación mundana?

—Tengo una buena razón. Creedme. Pero si os la confío, deberéis guardarme el secreto.

Juan de Salas accedió:

—Contad con ello, padre.

—Veréis: además de advertirme de los rumores de estas conversiones sobrenaturales, el arzobispo Manso y el padre Benavides me mostraron una carta extraordinaria. Fue escrita en España por un hermano franciscano, un tal Sebastián Marcilla, que vive en Soria.

—¿Sebastián Marcilla? ¿Lo conocéis?

Esteban de Perea sacudió la cabeza:

—No. Pero en esa epístola advertía al arzobispo de México que estuviera muy al tanto del descubrimiento de trazas de nuestra fe entre los indios afincados en el área de la Gran Quivira...

—No entiendo, ¿y cómo podía un fraile de España…?

—A eso voy, padre.

El inquisidor prosiguió:

—En aquella carta, el hermano Marcilla rogaba a nuestro arzobispo que hiciera todos los esfuerzos posibles por averiguar el origen de esas trazas, y que determinara si detrás de ellas podían estar las apariciones de una religiosa con cierta fama milagrera en España…

—¿Apariciones? ¿De una religiosa?

El padre Salas se acarició la cabeza pelada, perplejo.

—Bueno, el término correcto sería proyecciones, puesto que Marcilla deducía que esta religiosa, de clausura franciscana por cierto, podría gozar del don de la bilocación. Es decir, que podría dejarse ver por aquí sin dejar de estar en España.

—¿Y quién es? ¿Acaso la madre María Luisa del retrato?

—No. Se trata de una joven monja de clausura soriana llamada María Jesús de Ágreda.

—¿Y a qué esperáis, entonces? —saltó el padre Salas, entusiasmado—. Si ya tenéis esos indicios, ¿por qué no enviáis una pequeña comisión a la Quivira a hacer averiguaciones? Con dos frailes bastaría para que…

—¿Quiénes? —fray Esteban le interrumpió en seco.

—Si lo consideráis oportuno, yo mismo me ofrezco voluntario. Podría llevarme uno de los hermanos legos, fray Diego por ejemplo, que es joven y fuerte, y sería un magnífico asistente de viaje. Juntos completaríamos nuestra misión en poco más de un mes.

—Dejádmelo pensar.

—Creo que no tenéis otra opción mejor, padre —dijo el anciano muy seguro—. Hablo la lengua de los indios, me conocen desde hace años y sé cómo sobrevivir en el desierto mejor que ninguno de vuestros hombres. Para mí no sería problema caminar con ellos hasta su poblado y regresar en solitario después, esquivando las rutas más vigiladas por los apaches.

El inquisidor tomó asiento.

—Supongo que no hay mayor fuerza que la del entusiasmo, ¿verdad? —murmuró.

—Y la de la fe, padre —asintió Salas.

—...Pues así sea. Partiréis con la próxima luna llena, en agosto. Dentro de diez días. Enseñad bien su oficio a fray Diego, y traedme cuanto antes noticias de esa dama azul.

TREINTA Y CUATRO

A las cuatro y cuarenta minutos de la madrugada, los alrededores de la Biblioteca Nacional de Madrid estaban en calma. Ninguno de los autobuses que comunicaban la capital con el aeropuerto, con base en la cercana plaza de Colón, funcionaba todavía, y el tráfico se reducía a unos pocos taxis con el farolillo verde, vacíos.

Una Ford Transit plateada tomó desde Serrano la estrecha calle de Villanueva, recorriendo cuesta abajo la verja metálica que rodea el Museo Arqueológico Nacional y la gran Biblioteca. Doscientos metros antes del final de la vía, a punto de desembocar en el paseo del Prado, el conductor apagó el motor y las luces y continuó rodando hasta aparcar en batería frente al edificio de Apartamentos Recoletos.

Nadie advirtió la presencia de la furgoneta.

Un minuto y treinta segundos más tarde, dos siluetas negras descendieron del vehículo.

—¡Rápido! ¡Es aquí!

Las figuras vencieron con facilidad los tres metros de verja, sin un solo movimiento en falso. Sus pies de gato se adaptaron a los barrotes con naturalidad; el impulso de la carrera hizo el resto. Llevaban a sus espaldas una minúscula mochila negra,

186

y en los oídos unos pequeños auriculares de onda corta. Una tercera persona, en el interior de la furgoneta, acababa de interceptar con su escáner la última transmisión del walkie-talkie del guarda de seguridad de la puerta principal, y había confirmado que la zona estaba despejada.

Dentro del patio frontal de la Biblioteca, las sombras desfilaron velozmente por delante de las estatuas de san Isidoro y de Alfonso X el Sabio, que situadas a quince escalones de altura sobre el nivel de la calle, parecían observar los movimientos de los intrusos.

—¡Corre! —ordenó la sombra que iba por delante. En diez segundos, los polizones se pegaban al muro exterior izquierdo de las escaleras. Cinco segundos después, una de las siluetas, el «cerrajero», abría una de las puertas de cristal del edificio.

—Pizza a base, ¿me recibes?

La voz del «cerrajero» llegó diáfana al interior de la Ford.

—Alto y claro, Pizza 2.

—¿Sabes si el vigilante está en la entrada?

—Negativo. Vía libre… y buen servicio.

Cuando las sombras accedieron al edificio, la bóveda de medio cañón que brinda acceso a la Biblioteca estaba despejada. Además, la luz roja de los sensores volumétricos de las esquinas estaba desconectada.

—Se habrá ido a mear… —murmuró la primera sombra al ver el campo libre.

—Dos minutos, treinta segundos —respondió el «cerrajero».

—Está bien, ¡adelante!

Con destreza, ascendieron los treinta y cinco escalones de mármol que conducen hasta la embocadura de la sala general de consulta, donde acababan de instalar una docena de ordenadores para que los lectores tuvieran acceso a la base de datos del centro. Tras doblar a su derecha y atravesar la oscura ala de los ficheros, se acercaron a la cristalera del fondo.

—Dame la punta de diamante.

El «cerrajero», con precisión quirúrgica, perforó la esquina de la ventana más occidental, trazando un contorno esférico impecable hasta completar el corte. Después de adherir dos pequeñas ventosas a la superficie, arrancó el cristal en silencio.

—Ahora apóyalo contra la pared —ordenó a su compañero.

—Bien.

—Tres minutos, cuarenta segundos.

—Correcto. Sigamos.

La ventana profanada separaba la sala de fichas de la de consulta de manuscritos. Sólo la luz macilenta de los indicadores de emergencia iluminaba la estancia.

—¡Un momento! —el «cerrajero» se detuvo en seco—. Base, ¿me escuchas?

—Pizza 2, te escucho.

—Quiero que me confirmes si los ojos de la antesala del horno ven algo.

—Enseguida.

El hombre de la Ford tecleó unas instrucciones en el ordenador conectado a una minúscula antena giratoria situada sobre la furgoneta. Con un leve zumbido, ésta se alineó con la Biblioteca rastreando una particular señal electrónica. Pronto, el cristal líquido se iluminó y en el monitor apareció un plano completo de la planta principal del edificio.

—¡Genial! —exclamó el tercer hombre—. Lo sabré en segundos, Pizza 2.

—Date prisa, base.

Con diligencia, el ratón sobrevoló la sala de manuscritos, que se alzó de inmediato sobre el plano, adquiriendo tridimensionalidad. Con la misma flecha deslizante, hizo clic en una de las cámaras de la puerta oeste. Un icono, con la palabra «scanning» inscrita en su parte inferior, indicaba que el sistema estaba conectado con la central de seguridad de la Biblioteca y con el centro emisor que lo mantenía unido al cuartel general de la compañía de vigilancia.

—Vamos, vamos —murmuró impaciente el tercer hombre.

—Un momento, Pizza 2… ¡Ya está!

—¿Y bien?

—Podéis continuar. Sólo el gran horno está activado.

—Excelente.

El «cerrajero» y su acompañante saltaron al interior del recinto destinado a la lectura de manuscritos, viraron a su izquierda y se precipitaron por una puerta que cedió nada más empujar la barra «antipánico».

—Por las escaleras. Cuarto sótano.

—¿Cuarto?

—Sí, eso es. Y apresúrate. Llevamos ya cuatro minutos y cincuenta y nueve segundos aquí dentro.

Cuarenta segundos más tarde, el «cerrajero» y su compañero habían llegado al final de las escaleras.

—Ahora estamos solos —advirtió—. Aquí abajo no podemos recibir la señal del equipo de apoyo, y ésta es la sala acorazada.

—Está bien. ¿Es ésa la puerta?

El «cerrajero» asintió.

Una barrera metálica, cuadrada, de dos hojas, y de unos dos metros y medio de lado, se alzaba orgullosa frente a ellos. El sistema de apertura estaba empotrado en la pared, a la derecha del portón, y se accionaba mediante una tarjeta magnética y un número clave que debía anotarse en un escueto teclado.

—No es problema —sonrió el «cerrajero»—. Sólo las puertas del cielo tienen cerradura a prueba de ladrones.

Tras deshacerse del pasamontañas que cubría su cara, y descolgar la mochila de sus hombros, extrajo del petate una especie de calculadora. Después, tomó de uno de sus bolsillos un cable terminado en una clavija macho, y la introdujo justo debajo del lector de tarjetas.

—Veamos si esto funciona —murmuró—. Parece que el programa de seguridad utilizado está basado en el sistema Fichet. Bastará introducir el dígito maestro y...

—¿Hablas solo?

—¡Chisst!... Siete minutos, veinte segundos... ¡Y abierta!

Una luz verde junto al pequeño teclado del sistema de seguridad y un crujido a la altura del picaporte de la compuerta, indicaban que el acceso al «horno» acababa de rendirse al genio del «cerrajero».

La segunda sombra no se inmutó. Aunque la precisión con la que trabajaba aquel condenado nunca había dejado de asombrar a sus compañeros de misión, todos en el equipo habían aprendido a disimular su euforia.

—Está bien, ahora es mi turno.

La segunda sombra se introdujo en la sala acorazada. Una vez dentro, hurgó en la mochila en busca de su visor nocturno. Echó a un lado los caros mocasines rojos que siempre llevaba encima y agarró el tubo intensificador de luz *Patriot* de última generación. Era su juguete favorito. Tras desprenderse del pasamontañas y dejar visibles unas facciones dulces, femeninas, y su pelo negro recogido en una cola, la sombra se ajustó el visor a la cabeza. El silbido que indicaba la carga de la batería del ingenio, le crispó los nervios.

—Bien, bonito, ¿dónde estás? —canturreó.

Lenta, comenzó a pasear su visión infrarroja por las signa-
turas adheridas en los diferentes estantes que se abrían a su
paso. Primero fueron las letras *Mss.*, luego *Mss. Facs.*, y más
tarde, *Mss. Res.*

—Ajá. Aquí es. «Manuscritos reservados».

TREINTA Y CINCO

—¡Maldita sea! ¿Es que no pueden dejarme en paz?

No había nada que molestara más a Carlos Albert que ser despertado por el timbre del teléfono. Aunque, en su caso, aquella fobia era enfermiza. Se había comprado el mejor contestador automático del mercado, prometiéndose no descolgar jamás el auricular hasta no saber quién lo llamaba. Pero si estaba en casa, era incapaz de cumplir su voto.

—¿Carlitos? ¿Eres tú?

—Sí… ¿José Luis?

—Quién si no. Escúchame bien…

El tono del policía parecía tenso.

—Anoche unos desconocidos entraron en la Biblioteca Nacional y se llevaron algo de sus fondos…

—¿De veras? Bueno: habla con *El País* —respondió Carlos desganado.

—Aguarda un momento. Han asignado el caso a mi departamento. ¿Y sabes por qué? —la teatral pausa de Martín tensó a Carlos—: sospechan que detrás puede estar una secta.

—¿Ah sí?

—Sí, Carlitos. Pero eso no es lo más importante. Lo que me ha sorprendido es que el material que ha desaparecido es un manuscrito que está relacionado contigo.

—Bromeas.

Ahora fue el periodista quien cambió de voz.

—En absoluto, amigo. Por eso te llamo. Ayer por la tarde tú fuiste la última persona que estuvo en la sala de manuscritos, ¿cierto?

—Sí, eso creo.

—Y pediste un ejemplar de…, déjame ver, del *Memorial de Benavides*. Un libro de 1630.

—¿Han robado el *Memorial?* —Carlos no salía de su asombro.

—No, no. Lo que ha desaparecido es un manuscrito inédito del tal Benavides, que, según me han explicado, es una versión posterior del libro que tú pediste. Jamás llegó a publicarse. Está fechada cuatro años después de «tu» *Memorial*. Y es infinitamente más valioso.

—¿Y eso qué tiene que ver conmigo? ¿Es que me consideras sospechoso?

—Bueno, Carlitos, técnicamente eres la única pista que tenemos. Además, no puede negarse que existe cierta relación entre tu consulta y el material sustraído.

—¿Y esto no será otra «sincronicidad» de las tuyas?

—Sí —suspiró—, también lo he pensado. Pero en la policía nadie lee a Jung. Aquí las sincronicidades se llaman indicios.

—Está bien, José Luis. Aclaremos este asunto cuanto antes. ¿Dónde nos vemos?

—¡Hombre! Me alegro de que coincidamos en algo.

—¿Te parece bien en el Café Gijón, delante de la Biblioteca, digamos… a las doce?

—Allí estaré.

Carlos colgó el teléfono con un extraño amargor en la garganta.

Tres horas más tarde, sentado en una de las mesas del

Gijón, Martín lo esperaba hojeando el periódico. Estaba sentado junto a una de las ventanas del local, tratando de distinguir la inconfundible silueta del periodista entre los transeúntes que a esa hora cruzaban el Paseo de Recoletos.

Carlos no tardó en llegar. Lo hizo acompañado de otro individuo de aspecto desaliñado, con el pelo muy corto; era rechoncho y sus ojos, pequeños y rasgados, cruzaban su cara como si fueran una sola línea.

—Te presento a Txema Jiménez, el mejor fotógrafo de mi revista. Bueno —sonrió—, el único.

La expresión de José Luis exigía una aclaración mayor.

—Me acompañó cuando pasó lo de Ágreda —añadió—. Es de mi total confianza.

—Encantado.

El policía estrechó la mano de Txema, pero éste ni abrió la boca. Una vez acomodados, pidieron tres cortados e intercambiaron cigarrillos.

—Y bien —abrió fuego Carlos—, ¿qué es lo que han robado exactamente?

Martín extrajo del bolsillo interior de su americana un pequeño bloc de notas y se puso sus gafas para ver de cerca.

—Como te dije, se trata de un manuscrito valiosísimo. Fue redactado en 1634 por fray Alonso de Benavides, a quien según parece conoces bastante bien…

Carlos asintió.

—Según me explicó esta mañana la responsable de los archivos históricos de la Biblioteca, ese texto fue reelaborado con la intención de enviarlo al Papa Urbano VIII como actualización al informe que imprimiera Felipe IV en Madrid y que tú solicitaste ayer…

—¿Y a quién podría interesar un legajo así?

—Ése es el problema: a mucha gente. El manuscrito desaparecido contenía un montón de anotaciones marginales del propio rey de España. Y eso lo hace… impagable.

—¿Impagable? ¿Qué puede costar algo así? —los pequeños ojos de Txema llamearon.

—Es difícil de calcular, sobre todo porque no existen muchos coleccionistas capaces de valorar la singularidad de la obra. ¿Un millón de dólares en el mercado negro? ¿Dos, tal vez?

El fotógrafo silbó.

—Lo que no entiendo —dijo enseguida— es por qué le han asignado a usted el caso. Carlos me ha dicho que lo suyo son las sectas…

El tono del fotógrafo crispó a Martín. El policía interrogó a Carlos con la mirada.

—No te preocupes, hombre —dijo—. Ya te he dicho que Txema es de confianza.

—Está bien —aceptó—. Además de la «pista» que conduce hasta Carlos, hace unas semanas cierta Orden de la Santa Imagen ofreció treinta millones de pesetas a la Biblioteca por ese preciso manuscrito.

—¡Treinta kilos! —repitió Txema—. Poco comparado con…

—La Biblioteca, por supuesto, no aceptó y nunca más supo de esa orden. El caso es que en el registro de hermandades y cofradías de la Conferencia Episcopal no saben nada de una organización con ese nombre, y en Roma tampoco. Por eso, mi brigada sospecha que pudiera tratarse de alguna secta de integristas católicos…

—Y ricos —terció de nuevo el fotógrafo, ahora más entusiasmado.

—¿Y se sabe ya cómo lo robaron?

José Luis esperaba aquella pregunta.

—Eso es lo más extraño del caso —continuó—. El manuscrito se guardaba en la cámara acorazada de la Biblioteca, protegida por un sistema de seguridad muy complejo y por guardias que patrullan durante toda la noche por el interior del edificio. Pues bien: ninguna alarma sonó, nadie oyó nada y de no ser por un cristal arrancado de su marco que se encontró en la sala de manuscritos, probablemente el robo aún no se hubiera detectado.

—Luego tienen algo.

—Sí. Un cristal fuera de lugar y…

José Luis titubeó.

—…y una llamada realizada desde un teléfono de la planta principal a Bilbao, a las 4,59 de la madrugada.

—¿La hora del robo?

—Es probable. El número quedó registrado en la memoria de la centralita, y hemos realizado ya las oportunas averiguaciones. Creemos que se trata de una pista falsa.

—¿Ah así? ¿Y por qué?

—Porque corresponde al teléfono de un colegio que a esa hora, naturalmente, estaba cerrado. Probablemente estamos ante profesionales muy bien equipados, que han falseado electrónicamente el número para conducirnos a un callejón sin salida.

—O puede que no.

El críptico comentario de Carlos hizo que José Luis casi derramara el café.

—¿Tienes algo que decir al respecto?

—Bueno. Digamos que tengo una corazonada.

El periodista abrió su cuaderno de notas por el día 14 de abril, la fecha en la que se entrevistaron con las monjitas del monasterio de la Concepción de Ágreda, rastreando algo en él.

—Txema, ¿recuerdas la pista que nos dieron las hermanitas de Ágreda?

—Dieron muchas, ¿no?

—Ya, ya —asintió Carlos mientras seguía buscando—; me refiero a una en especial, una muy clara...

—No sé.

—¡Aquí está! José Luis, ¿llevas encima tu teléfono móvil?

El policía asintió extrañado.

—¿Y el número de ese colegio de Bilbao?

Volvió a asentir, señalando un número de siete cifras en su bloc.

Carlos tomó el Motorola del policía y marcó deprisa el número de nueve dígitos. Tras una serie de crujidos, el tono de llamada sonó con fuerza.

—Pasionistas, ¿dígame? —respondió una voz muy seca.

El periodista sonrió satisfecho, ante la mirada incrédula del policía y de su fotógrafo.

—Buenos días. ¿Podría hablar con el padre Amadeo Tejada, por favor?

—Está en la universidad, señor. Pruebe esta tarde.

—Está bien, gracias. Pero vive ahí, ¿verdad?

—Así es.

—Adiós.

—Agur.

Dos miradas de sorpresa atravesaron a Carlos.

—Lo tengo, José Luis... Tu hombre es el padre Amadeo Tejada.

—Pero ¿cómo demonios...?

—Muy fácil: otra «sincronicidad» —lo golpeó con el codo—. En Ágreda, las monjitas nos hablaron del «experto» que está impulsando en Roma la causa de beatificación de sor María Jesús de Ágreda. Apunté la pista en mi cuaderno para ir a visitarlo en cuanto pudiera, y sabía que podría localizarlo en una residencia de religiosos, junto a un colegio… en Bilbao.

—¡Santo Dios!

—¿Pagará el Cuerpo Nacional de Policía un viajecito a tierras vascas?

—Claro, Carlitos… —balbuceó José Luis—. Mañana mismo. —Y añadió—: Pero te recuerdo que sigues en mi lista de sospechosos.

TREINTA Y SEIS

—*P*ues tampoco es un tumor, Jennifer.

La doctora Linda Meyers repasaba el informe de la Imagen de Resonancia Magnética (IMR) que había encargado el día anterior en el Cedars-Sinai Medical Center. Las placas del cerebro de su paciente mostraban un cuerpo calloso y una estructura del bulbo raquídeo normal. Los lóbulos temporales estaban sanos, y no había ninguna mancha clara que denotara la presencia de un cuerpo extraño en el cráneo.

—No parece que se alegre, doctora.

—¡Oh! ¡No, no! Claro que me alegro, Jennifer. Es sólo que…

—¿Qué?

—Que sigo sin encontrar una causa que justifique tus sueños. Porque continúan, ¿verdad?

—Cada noche, doctora. ¿Sabe? A veces tengo la impresión de que me están dictando algo. Es como si mi mente fuera una enorme pantalla de cine en la que alguien proyecta un documental. Lo hace por partes. Y de vez en cuando, me deja ver escenas que me afectan.

—Como la del indio que tenía la misma marca de nacimiento que usted tiene en el brazo.

—Exacto.

—O la presencia de algún personaje con un nombre que le

resulta familiar, como por ejemplo… —Meyers echó un vistazo a su historial clínico—¡Ankti!

Jennifer asintió.

—Déjeme hacerle una pregunta, Jennifer.

—Adelante.

—¿Le afecta todo esto en algo? Quiero decir: ¿se siente mal, disgustada, por estos sueños? ¿O por el contrario le producen alguna clase de satisfacción?

Su paciente se tomó un segundo para pensar. No era fácil responder a algo que, lejos de estorbarla, la intrigaba un poco más cada noche.

—La verdad, doctora —dijo al fin—, es que he pasado de la preocupación a la curiosidad.

—En ese caso, tal vez podamos variar el rumbo de nuestra terapia, Jennifer. Mientras usted me cuenta qué soñó anoche, le contaré qué se puede hacer con una técnica llamada regresión hipnótica. ¿Está preparada?

Jennifer cambió de expresión:

—¿Lo está usted?

TREINTA Y SIETE

ENTRE ISLETA Y LA GRAN QUIVIRA
AGOSTO DE 1629

Seis días después de abandonar la misión de San Antonio, los hombres de Sakmo ya acusaban el cansancio. La marcha se había reducido al mínimo y las provisiones empezaban a escasear. De las cuatro leguas diarias que los frailes habían recorrido en las jornadas precedentes, ahora se alcanzaban con suerte dos.

La culpa era también del aumento de las medidas de seguridad. En efecto: una avanzadilla de tres hombres iba dejando a su paso señales en rocas o en cortezas de árbol que indicaban si el camino estaba o no despejado. Al tiempo, otro grupo vigilaba los flancos del pelotón, custodiando a los frailes en un radio de unos mil metros.

Caminaban siempre hacia el sureste, ganando minutos de sol con cada amanecer, y atravesando antiguos campos de caza apaches. Aunque sabían que éstos habían emigrado hacia otras latitudes, sus viejos territorios aún les infundían un temor supersticioso.

Pero nada ocurrió.

Aquellos días de lenta marcha sirvieron a fray Juan de Salas, pero sobre todo al joven fray Diego López, para aprender muchas cosas del desierto. Fray Diego era un mocetón del norte de España, fuerte como un roble pero ingenuo como un niño. Mostraba interés por todo, aunque lo que le obsesionaba era aprender la lengua de los indios para predicarles lo antes posible la Palabra de Dios.

Fueron jornadas en las que los franciscanos descubrieron que las «tierras llanas del sur» —como las llamaban los jumanos—, a primera vista vacías, estaban llenas de vida. Los indios les enseñaron a distinguir los insectos venenosos de los inofensivos. Les hablaron de las peligrosas *hormigas de la cosecha,* una variedad de invertebrados que inyecta a cada mordisco un veneno que destruye los glóbulos rojos y que es más venenoso que una picadura de avispa. También les mostraron cómo trocear un cacto para beber el agua de su interior y los instruyeron para que, en las breves noches de aquel verano, no espantaran nunca de su lado a los lagartos cornudos, pues éstos los protegerían de escorpiones y otros reptiles venenosos, y les servirían de desayuno a la mañana siguiente.

Al noveno día, poco antes de caer la noche, sucedió algo que alteró sus lecciones. Había relampagueado toda la jornada, y aunque ninguna nube descargó sobre ellos, sí sacudió los ánimos de los indios que veían en cada fenómeno de la naturaleza un augurio.

—Quizá esta noche nos encontremos con la dama azul —susurró fray Diego al anciano padre Salas, cuando el líder del grupo se detuvo en un claro para establecer el campamento—. Los jumanos parecen nerviosos, como si esperaran algo…

—Dios te oiga, hermano.

—También yo tengo una extraña sensación en el cuerpo. ¿Vos no, padre?

—Es la tormenta —respondió fray Juan.

A dos pasos de ellos y a un gesto de Sakmo, los hombres deshicieron los petates y limpiaron un amplio círculo de tierra a su derredor. El hijo de Gran Walpi no temía que lloviese, así que decidió pernoctar al raso, sin perder de vista el horizonte.

La organización de la albergada se llevó a cabo con la misma precisión de los días anteriores. Se clavaron estacas en los cuatro puntos cardinales. Después, las unieron con un fino cordel con sonajas, de manera que cualquier intruso las haría tintinear, alertando a los centinelas. Había que tener cuidado. Si no se prestaba atención, cualquiera podía disparar la alarma por error. A tan rudimentario sistema, se le sumarían turnos de tres horas de vigilancia. Los centinelas estarían encargados además de mantener vivo el fuego del campamento. Pero eso ocurriría al caer la noche.

Antes, aún estaba por suceder algo.

En efecto: mientras los franciscanos preparaban sus jergones, la súbita excitación de los indios les llamó la atención. Los centinelas habían divisado la silueta de un grupo de hombres a pie, al fondo del valle, que se dirigía hacia ellos. Llevaban antorchas en la mano… Y los habían visto.

—No serán apaches, ¿verdad?

Fray Juan corrió junto a Sakmo al escuchar la noticia.

—Lo dudo —respondió—. Los apaches rara vez atacan al anochecer. Le temen a la oscuridad tanto como nosotros… y nunca encenderían antorchas antes de un ataque.

—¿Y entonces…?

—Los esperaremos. Tal vez sea una delegación de comerciantes.

Diez minutos más tarde, cuando la pradera estaba ya envuelta en el oscuro manto de la noche, las antorchas llegaron al campamento. Eran doce, cada una sostenida por un indio tatuado. Encabezaba la marcha un varón de piel curtida que se aproximó a Sakmo y lo besó en la mejilla derecha.

Los recién llegados se arrimaron al fuego, e ignorando la presencia de los hombres blancos, arrojaron las antorchas a la hoguera mayor.

—¡Mirad! —susurró fray Diego al padre Salas—. Todos son ancianos.

Fray Juan no contestó. Aquellos eran indios de rostro ajado, de guedejas grises y brillantes. Rondarían su misma edad, aunque sus carnes no parecían tan blandas y sueltas como las suyas.

—*Huiksi!*

Uno de ellos se dirigió a los franciscanos. A fray Juan le costó descifrar lo que quería decirles. Aquel venerable anciano, en una mezcla de dialecto *tanoan* y *hopi*, les deseaba que el «aliento de la vida» estuviera siempre con ellos.

Los frailes inclinaron la cabeza en señal de agradecimiento.

—Venimos del pueblo de Sakmo y de su padre, Gran Walpi, que está a dos jornadas de aquí. Ninguno de nuestros guerreros os había visto aún, pero nosotros, ancianos del Clan de la Niebla, sabíamos que estabais cerca. Por eso hemos salido a recibiros.

Fray Juan fue traduciendo al hermano Diego aquella retahíla de frases. El anciano que había roto el silencio no despegó los ojos de los del padre Salas:

—Os traemos maíz y turquesas para daros la bienvenida —prosiguió, ofreciéndole un cesto con objetos que brillaban a la luz de las llamas—. Os estamos agradecidos por vuestra visita. Deseamos que habléis a nuestro pueblo de ese Jefe-de-Todos-los-Dioses que predicáis, y que nos iniciéis en los secretos de su culto.

Los franciscanos palidecieron.

—¿Y cómo supisteis que vendríamos *precisamente* en estas fechas? —indagó en dialecto *tanoan* fray Juan.

El indio de mayor edad tomó entonces la palabra:

—Ya sabéis la respuesta: la Mujer del Desierto descendió en forma de relámpago azul entre nosotros, y nos puso al corriente de vuestra llegada. Sucedió hace dos noches, en el lugar donde se ha venido manifestando desde hace tantas lunas...

—Entonces, ¿ella está aquí?

El corazón de los frailes se aceleró.

—¿Y cómo es?

—No se parece a ninguna de nuestras mujeres. Su piel es blanca como el jugo de los cactos; su voz es el aire cuando susurra entre las montañas y su presencia transmite la paz del lago en invierno.

La lírica del viejo jumano los impresionó.

—¿Y no os da miedo?

—¡Oh, no! Nunca. Supo ganarse la confianza del pueblo cuando sanó a algunos de nuestros vecinos.

—¿Sanó? ¿Cómo fue eso?

El indio miró al padre Salas con severidad. Sus ojos brillaban como centellas a la luz de la fogata.

—¿No os lo ha contado Sakmo? Un grupo de guerreros nos dirigimos al cañón de la serpiente para ver a la dama. Fue justo antes de que el hijo de Gran Walpi partiera a buscaros. Había una gran luna llena en el cielo y toda la pradera estaba iluminada. Al llegar al sagrado lugar de nuestros antepasados, vimos que el espíritu azul parecía triste. Nos explicó la razón. Se dirigió a mí reprobándome que no la hubiera avisado de la enfermedad de mi nieta.

—¿Qué le ocurría?

—La mordió una serpiente. Tenía una gran hinchazón en la pierna. Me justifiqué explicándole que ninguno de nuestros dioses era capaz de curar una herida así, pero ella me pidió que se la llevara.

—Y la llevasteis, claro.

—Sí. La dama azul la tomó entre sus brazos y la envolvió en una luz poderosa. Después, cuando el fulgor cesó, la depositó en el suelo, y la pequeña, por su propio pie, se echó en mis brazos, completamente curada.

—¿Sólo visteis luz?

—Así fue.

—¿Y nunca os amenazó u os pidió algo a cambio de aquellas curaciones?

—Jamás.

—¿Tampoco entró nunca en el pueblo?

—No. Siempre permanece fuera.

Otro de los ancianos, calvo y sin apenas dientes, se dirigió entonces a los padres.

—La dama azul nos enseñó esto como prueba de su paso entre nosotros, y como señal de identificación con ustedes.

El anciano se irguió, firme, a escasa distancia de los frailes. Después, con suma cautela, como si temiera equivocarse, comenzó a gesticular con el brazo derecho, subiéndose primero la mano a la frente y luego descendiéndola hasta el pecho.

—¡Se está santiguando! —exclamó fray Diego—. Pero ¿qué clase de prodigio es éste?

La noche aún les deparó algunas sorpresas más.

Junto al fuego, los visitantes refirieron las principales enseñanzas de aquella mujer. De todo lo que contaron, a los frailes les llamó la atención que todos hubieran tenido sus propias vivencias con ella. Juraron haberla visto descender en una luz cegadora, y que hasta las alimañas callaban cuando aparecía en la Gran Quivira. Para ellos, aquella mujer era de carne y hueso, no un fantasma o un espejismo. La sentían más próxima, más real, que a esos espíritus que imaginaban sus brujos tras la ingesta de hongos sagrados. De hecho, fue tal la coherencia de su relato, que los frailes llegaron a pensar si no estarían frente a una impostora llegada a hurtadillas desde Europa, escondida desde hacía seis años en aquellos desiertos.

La idea, sin embargo, fue desechada de inmediato.

TREINTA Y OCHO

ROMA

*P*ara llegar a los estudios de Radio Vaticana desde la plaza de San Pedro hay que ascender la Vía della Conciliazione hasta el final y girar a la izquierda. Se deja atrás el monumento a Santa Catalina de Siena y unas hermosas vistas del Castillo de Sant'Angelo. Allí mismo, en un enorme palacio del siglo XVII, en el número tres de la Piazza Pía, una puerta de doble hoja da paso a uno de los lugares más sorprendentes de ese pequeño Estado.

La institución es el órgano «oficioso» del Papa. La radio cubre sus actos públicos, sus viajes y coordina el trabajo de los periodistas extranjeros interesados en retransmitir los eventos pontificios de especial relevancia. En suma, tiene línea directa con el Santo Padre. Quizá por esa razón, entre los tiempos de Pablo VI y el largo pontificado de Juan Pablo II, su organigrama se complicó de manera exponencial. Bajo la dirección de un consejo dirigido por jesuitas, trabajan cuatrocientas personas que hacen posible más de setenta programas diarios. Se emiten en treinta idiomas diferentes, del latín al japonés, pasando por el chino, el árabe, el armenio, el letón o el vietnamita.

Radio Vaticana dispone, además, de una impresionante

capacidad técnica para llevar sus ondas a los cinco continentes. Su tecnología está tan sobredimensionada que algunos observadores insinúan que sus equipos exceden de largo sus necesidades reales. Quién sabe.

Lo cierto es que cuando el padre Baldi llegó a sus oficinas, ignoraba todos aquellos datos. Apenas había tenido tiempo de tomarse un café bien temprano junto al *Ufficio Stampa* de la plaza de San Pedro, y de distraerse un minuto frente a los atractivos escaparates de las librerías cercanas. La alta política de telecomunicaciones le resultaba tan lejana como una estación científica en la Antártida.

Tras cruzar la puerta de Radio Vaticana y subir la escalera de mármol que conducía a la primera ventanilla de identificación, el «tercer evangelista» preguntó por los estudios del padre Corso.

—En el segundo sótano. Según se sale del ascensor, siga el pasillo de frente y llegará al despacho 2S–22 —indicó un conserje de aspecto afable, mientras anotaba el número de su carné de identidad en la hoja de visitas—. Lo estábamos esperando.

El ascensor, un viejo Thyssen de compuertas de rejilla, lo dejó frente a un corredor moteado de puertas blancas cuyos picaportes habían sido sustituidos por ruedas metálicas. Aunque al primer vistazo le parecieron las esclusas de un submarino, pronto descubrió que se trataba de portones que insonorizaban estudios de grabación. Sobre cada puerta distinguió dos pilotos, uno rojo y otro verde, instalados para indicar a gente como Baldi si se podía o no acceder a su interior.

La sala 2S–22 no estaba demasiado lejos del ascensor. Casi no se distinguía de las demás, salvo por la *pequeña* diferencia de que disponía de cerradura electrónica.

Sin pensárselo, el padre Baldi giró la rueda del portón noventa grados, tirando de ella con fuerza. No estaba cerrada. Su estructura cedió y de inmediato el benedictino se encontró en una sala circular, abovedada, de unos sesenta metros cuadrados, dividida en varias estancias menores por biombos grises. En el centro, al descubierto, pudo ver un sillón de cuero negro y, ordenados a su alrededor, una hilera de aparatos médicos armados sobre carros con ruedas.

El estudio estaba iluminado por una luz tenue y permitía vislumbrar el mobiliario de las zonas marcadas por los separadores grises. Había tres: una disponía de un complejo sistema de oscilógrafos, ecualizadores y una mesa de mezclas diseñada para sintetizar sonidos; otra estaba atestada de cajas llenas de cintas magnetofónicas y expedientes clínicos. Y, por último, una tercera guardaba sendas mesas de oficina equipadas con ordenadores IBM de última generación, así como dos archivadores metálicos de cuatro cajones cada uno, con un calendario sin estrenar de los Juegos Olímpicos de Barcelona colgado sobre ellos.

—¡Vaya! ¡Lo ha encontrado usted solo!

Una voz animada tronó a espaldas de Baldi. No tenía acento italiano, sino norteamericano. Y muy marcado.

—Usted debe de ser el sacerdote veneciano que viene a sustituir al padre Corso, ¿me equivoco? —un hombre de bata blanca se acercó tendiéndole la mano—. Soy Albert Ferrell. Aunque aquí todos me llaman *il dottore* Alberto. Y me gusta.

«Il dottore» obsequió al benedictino con un guiño. Era un individuo de corta estatura, perilla bien recortada y cara rosa, que trataba de disimular su incipiente alopecia distribuyendo los cabellos de sus flancos sobre el cráneo. Engreído. Seductor. Pícaro. Mientras Baldi lo observaba, el doctor de mirada azul transparente trataba de ganarse la confianza de su visitante.

—¿Le gusta el equipo?

El sacerdote no contestó.

—Lo diseñamos a imagen de la «sala del sueño» que la Agencia Nacional de Seguridad construyó en Fort Meade, en Estados Unidos, hará unos años. Lo más difícil fue construir la bóveda, ¿sabe? Nuestras pruebas con sonido ambiente necesitan una acústica perfecta.

Baldi se colocó sus gafas de alambre para no perderse ni un detalle.

—Los aparatos que ve detrás del sillón —prosiguió Ferrell— sirven para monitorizar las constantes vitales del sujeto. Y los sonidos con los que experimentamos se controlan desde la grabadora electrónica que tiene a su derecha. Los aplicamos a través de cascos estereofónicos y la ecualización se gestiona desde un ordenador, ¿sabe?

El doctor Alberto insistía en ser amable. Era evidente que aquellos eran sus dominios. Se le veía cómodo en ellos, orgulloso de los equipos que había logrado instalar allí con cargo a fondos reservados del Congreso americano.

—Cada una de nuestras sesiones se graba en vídeo —prosiguió—. También registramos las constantes vitales de los sujetos experimentales en un *software* especial que permite comparar los datos.

—Dígame una cosa, *dottore Alberto*... —el tono que empleó Baldi para pronunciar su nombre no estuvo exento de cierta sorna.

—¿Sí?

—¿Qué trabajo hacía exactamente para el padre Corso?

—Digamos que yo ponía los elementos técnicos a su proyecto. La tecnología que desarrollaron ustedes, los «cuatro evangelistas», para la Cronovisión, era un tanto primitiva...

Baldi hubiera crucificado a aquel insolente. Mencionó a los «santos» como si su trabajo no fuera secreto. O aún peor, como si su secreto sólo incumbiera al Vaticano y no a un laico como él, vinculado a una nación que había decidido no tener religión oficial.

—Ya veo —se contuvo—. ¿Y qué sabe usted de los «cuatro evangelistas»?

—No mucho, la verdad. Sólo que eran los cabezas de otros tantos equipos de élite que pretendían vencer, con técnicas más o menos heterodoxas, algunas casi paranormales, la barrera del tiempo.

—Pues ya sabe más que mucha gente en San Pedro.

—Lo tomaré como un cumplido, padre Baldi. Por cierto —añadió con un deje sombrío en sus palabras—: justo antes de que usted llegara, he recibido una llamada del cardenal Zsidiv anunciándome su visita.

El sacerdote intuyó que la frase del *dottore* no se acababa allí.

—¿Y bien? —lo animó a proseguir.

—Ya ha recibido el informe de la autopsia del padre Corso, y me ha pedido que le participe sus conclusiones. El cardenal cree que le interesará conocerlas cuanto antes.

Baldi asintió.

—Luigi Corso, padre, murió al fracturársele el cuello, tras su caída desde la ventana de un cuarto piso. Cayó de cabeza. La primera vértebra cervical se le introdujo por el agujero occipital hasta la cavidad craneana, y lo mató. Pero la analítica preliminar —prosiguió— ha descubierto algo más.

—¿Algo más?

—Sí. El padre Corso sufría una úlcera debido al estrés. Su estómago presentaba las estrías propias de esa dolencia.

—¿Y eso que significa?

—Muy sencillo. Como su nombre indica, el padre experimentó un elevado nivel de estrés antes de morir. El forense está casi seguro de que fue su ansiedad lo que lo llevó a arrojarse por la ventana. Pero quiere comprobar si los niveles de adrenalina eran anormales antes de arrojarse al vacío. Eso le llevará algún tiempo —añadió.

—¿Y qué pudo causarle esa ansiedad?

Como buen militar Albert Ferrell estaba acostumbrado a esa clase de preguntas. Ya había tenido que responder a algunas de ellas cuando los *carabinieri* lo visitaron hacía un par de horas. Fueron ellos los que le dijeron lo que ahora iba a descubrir el padre Baldi, que resistía impertérrito sus explicaciones:

—Al parecer, según el portero de la residencia Santa Gemma, Corso recibió una visita justo antes de su muerte. Una mujer.

—¿Una mujer?

Ferrell sonrió:

—Y guapa, por lo visto. El portero la describió alta, delgada, de cabello negro y ojos claros. Lo que más le llamó la atención fueron los caros mocasines rojos que llevaba. Parecían de marca. Muy caros. Al parecer, esa dama estuvo con el padre Corso unos cuarenta minutos, y lo dejó un cuarto de hora antes de que se tirara por la ventana.

—Bueno... —murmuró Baldi—. Eso nos indica quién se llevó sus archivos informáticos.

—¿No me diga? —bromeó—. ¿Es que conoce usted a esa mujer, padre?

TREINTA Y NUEVE

La mañana siguiente amaneció húmeda en la vertiente oriental de las montañas Manzano. A menos de ocho leguas de sus faldas, hacia el sureste, se encontraba el campamento de Sakmo. Con los primeros rayos de sol, los indios habían recogido ya casi todos sus enseres y enterrado los rescoldos de la noche anterior.

Mientras levantaban las últimas estacas, los franciscanos se habían retirado a dar gracias a Dios por la cosecha de almas que se avecinaba. Sabían que no siempre había sido tan fácil y que los avances de la Iglesia en América estaban teñidos de sangre. Pero ni siquiera en ese momento, los religiosos lograron un minuto de intimidad con el Padre Eterno. Casi de hurtadillas, varios de los ancianos jumanos se sumaron a sus plegarias; hincaron las rodillas junto a ellos y besaron las cruces que pendían de sus cuellos como si fueran «cristianos viejos».

Fue la enésima sorpresa. La repetida evidencia de que aquello no podía ser fruto de un malentendido, sino de un designio divino. Y así, terminados los rezos, hacia la hora tercia, la expedición tomó de nuevo su camino hacia la Gran Quivira.

A medida que se intensificaban las primeras luces del día, el paisaje fue transformándose. Pasaron de las lagunas de sal a las colinas suaves del sur. Todas ellas estaban moteadas de arbustos que llamaron la atención de los indios. Eran matas de agujas carnosas y alargadas que arrancaban con esmero para, según averiguaron después, ingerirlas en sus kivas. Y es que en aquel desierto cada hierba tenía un uso, sagrado o profano.

Fray Juan quiso averiguar algo más de su destino final. Durante el camino, se quedó junto al anciano más rezagado para sonsacarlo:

—¡Ay, padre! —exclamó—. El nuestro es el único poblado de la región construido en piedra. Cuando era muy niño, recibimos la primera visita de los Castillas, y ya entonces se asombraron al ver nuestras viviendas.

—¿Los Castillas?

—Sí. Nos dijeron que ése era el nombre de su nación. También explicaron que habían venido a buscar siete ciudades de oro que ninguno de nosotros habíamos visto. Pero se quedaron poco tiempo con nosotros… No éramos lo que buscaban —rió.

—Ese debió ser Vázquez de Coronado.

—No recuerdo su nombre, padre. Pero los antepasados, más viejos y sabios que yo, me hablaron de su arrogancia y de su temible ejército. Vestían caparazones brillantes, como los escorpiones, y eran aún más venenosos que ellos.

—Nosotros somos diferentes.

—Eso se verá, padre.

Al undécimo día de marcha (y segunda jornada tras el encuentro con los viejos jumanos) el grupo de Sakmo se encontraba ya muy cerca de su objetivo. Todos parecían confiados, como si los contratiempos hubieran perdido la oportunidad de entorpecerles el camino. Por eso, cuando al fin divisaron el perfil de sus casas incrustadas en la roca, y tras ellas, en el horizonte, la oscura brecha del cañón de la serpiente, la alegría inundó sus corazones.

A los frailes, sin embargo, hubo algo que los sobresaltó.

Frente a ellos, aguardando su llegada, unas quinientas personas, quizá más, la mayoría mujeres jóvenes acompañadas de sus hijos, se habían dado cita a la entrada del poblado. A la cabeza, dos ancianas sostenían una gran cruz de madera y cáñamo, trenzada de flores. La cruz, alta como un pino, se bamboleaba como un paso de procesión de la Semana Santa.

Sakmo dejó su posición de avanzada y retrocediendo hasta donde estaban los franciscanos, les susurró:

—Deben ser mujeres owaqtl, del Clan de las Piedras Esparcidas. Algunas de ellas han visto también a la dama azul en las inmediaciones del poblado.

Fray Juan le interrogó con la mirada, pero el indio, ajeno a sus dudas, prosiguió:

—Desde que la Mujer del Desierto llegó a nosotros, muchas madres lograron hablar con ella. Y aunque no tienen permitida la ingesta de hongos sagrados que facilitan la comunicación con los espíritus, lo hicieron con gran facilidad...

—¿Ellas? ¿Quiénes?

—Observe, padre, y fíjese en las dos ancianas que sujetan la cruz.

—Las veo.

—Cuando se encontraron por primera vez con la Mujer del Desierto, la llamaron *Saquasohuh*, que significa «kachina de la Estrella Azul». Más tarde, cuando comenzaron a intuir sus llegadas, creyeron que era una Madre del Maíz. Un espíritu. Ahora ya nadie sabe lo que piensan.

—Un momento... ¿Pueden intuir su llegada?

—Sí. Es un don de la mujer adelantarse al futuro. ¿Usted no lo sabe? —hizo una pausa y añadió—: Si están aquí es porque la dama las ha enviado. Esperemos.

Cuando las guías del Clan de las Piedras Esparcidas vieron a los dos hombres blancos ataviados a la manera que describiera la dama azul, prorrumpieron en una gran ovación. Elevaron la cruz por encima de sus cabezas y se acercaron hasta donde estaban los frailes. Allí, ante su asombro, se persignaron. Y a continuación, una de las ancianas pidió a fray Diego que les mostrara «el libro».

—¿El libro?

—¡La Biblia, hermano! —saltó el padre Salas.

—Pero, fray Juan…

—¡Hágalo! ¡Entréguesela!

La india tomó la Biblia entre sus manos, la besó con dulzura y gritó algo incomprensible que alborotó a sus compañeras.

Aquella mujer lucía una cabellera cana peinada en dos trenzas. En ningún momento vaciló. Con la Biblia en brazos la fue pasando entre los suyos, dejando que la acariciaran. Hubo enfermos que besaron las pastas oscuras de las Escrituras como si esperaran de aquel gesto su sanación. Otros incluso se echaron a tierra implorando la bendición del libro. Pero los más, se limitaron a rozarla con la yema de los dedos.

—Sin duda, esto es cosa de Dios.

Los frailes no salían de su asombro.

—¡Nadie nos creerá cuando lo contemos!

—Lo harán, hermano. La fe de estas gentes nos hará fuertes.

CUARENTA

Il dottore Alberto se dio por satisfecho con las explicaciones de Giusseppe Baldi. El benedictino no tenía la más remota idea de quién podría ser la misteriosa visitante del padre Corso, y, por lo que ambos sabían, no iba a ser nada fácil dar con ella. Corso fue también profesor de instituto y con frecuencia recibía a alumnos y alumnas de su centro de enseñanza. Si bien no era probable que alguna de esas muchachas llevara unos zapatos rojos, ni que vistiera un traje chaqueta formal como el que el portero describió a la policía, su descripción podría ajustarse a alguna madre del centro. O quizás a alguna colaboradora de su trabajo en Radio Vaticana.

—Escúcheme bien, Albert: antes de morir, el padre Corso me escribió poniéndome al corriente de que usted había sintetizado las frecuencias de sonido necesarias para hacer que una persona pudiera contemplar el pasado. ¿Es eso cierto?

—Así es —asintió—. Todos nuestros resultados estaban en el disco duro que borraron de su ordenador. Aunque debo decirle que conseguimos algo más que contemplar el pasado.

—¿A qué se refiere?

—Verá, padre. Lograr imágenes y sonidos del pasado era el principal objetivo de la Cronovisión. El Vaticano tan sólo se había propuesto echar un vistazo a la historia. Nosotros, en cambio, descubrimos que podíamos intervenir en ella. Y pasar de meros espectadores a actores, convirtió el proyecto en algo mucho más importante de lo que nadie se había imaginado.

El «evangelista» miró al doctor Alberto desafiante.

—¿Intervenir? ¿Se refiere a manipular la Historia a voluntad? ¿A rescribirla?

—Algo así, padre. El padre Corso era muy consciente de lo que eso podría significar, y en las últimas semanas se volvió taciturno y severo.

—Explíqueme eso mejor, doctor.

—Verá: nuestro método para proyectar la mente humana al pasado utilizando ciertas vibraciones armónicas, nos permitió, al principio, husmear en otras épocas. Pero eso fue todo. Era como ver una película. El «viajero» no podía agredir a nadie, ni mover objetos, ni tocar un instrumento. Era una especie de fantasma que echaba un vistazo en el pasado. Y basta.

—¡Vibraciones armónicas! —exclamó Baldi—. Ésa era mi teoría.

Albert Ferrell se rascó la perilla, sonriendo.

—Así es, padre. Pero la mejoramos. ¿Conoce usted los trabajos de Robert Monroe?

—Vagamente. El cardenal Zsidiv me habló de él.

—Tal vez sepa que ese ingeniero de sonido desarrolló un tipo de acústica que, bien aplicado, permitía el «desdoblamiento astral».

—Sí, eso tenía entendido... Pero la Iglesia no sabe nada de «cuerpos astrales». Eso son términos vulgares, de la *New Age*. Vagos.

—Técnicamente, tiene razón —aceptó Ferrell—. Pero es importante que no nos dejemos ofuscar por la terminología. Aunque Monroe habló de «cuerpos astrales», los católicos también tienen un término para referirse a la existencia de ese elemento invisible que habita en cada ser humano: el alma. ¿O es que usted no cree en su existencia?

—Esas son palabras mayores —gruñó Baldi—. No creo que lo que se desdoble sea...

—Está bien, está bien, no pretendo discutir teología con usted. Todo depende de qué clase de alma hablemos —el ayudante del difunto padre Corso alzó teatralmente los brazos—. He estudiado ese asunto antes de venir aquí. Recuerde que santo Tomás admitía la existencia de tres tipos de almas, con tres funciones distintas: la sensitiva, la que da movimiento o vida a las cosas y la que crea la inteligencia.

Esta vez Baldi lo interrogó con la mirada, pero no replicó. Le provocaba náuseas, y lo sorprendía a la vez, que un militar utilizara conceptos tomistas para justificar su actividad. Su interlocutor se dio cuenta.

—¿Y por qué no, padre? —lo increpó—. Hasta Tertuliano creía en la corporeidad del alma, que es, a fin de cuentas, lo mismo que defiende Monroe.

—¿Corporeidad del alma? ¡El alma no pesa, no tiene volumen, no huele... no es física!

—Santo Tomás se preocupó mucho por el alma sensitiva, que es la que nos comunica con el mundo material, y tal vez la más fácil de «despertar» con sonidos. Yo no estaría tan seguro de que esa clase de alma no puede llegar a tomar cuerpo. De hecho, el padre Corso me contó que usted, con sus investigaciones con música sacra y Monroe con sus frecuencias de laboratorio, intentaron lograr cosas parecidas... Sólo que el segundo fue más lejos que usted, padre, al conseguir desdoblamientos del «alma» a voluntad.

Albert Ferrell le dio la espalda a Baldi para bajar la persiana y encender la luz de la estancia. La tarde comenzaba a caer sobre la Ciudad Eterna, llenando el cielo de tonos ocres de increíble belleza. El sacerdote, ajeno, cambió de conversación:

—Usted dijo que esta sala estaba construida a imagen de otra, en Estados Unidos, ¿cierto?

—Sí. La «sala del sueño» en Fort Meade.

—¿Y para qué se construyó algo así en un recinto militar?

—Ay, padre. No le tenía por hombre ingenuo —sonrió—. Durante la guerra fría supimos que los rusos, además de desarrollar armamento convencional y nuclear, estaban tratando de abrir un nuevo campo de batalla en el terreno de la mente. Adiestraron a sus mejores hombres para que, bajo estado de desdoblamiento astral, pudieran espiar instalaciones secretas norteamericanas o localizar silos de misiles aliados en Europa… ¡Sin salir de Siberia!

—¿Y usted me llama ingenuo, doctor? Su país se creyó aquello y decidió tomar medidas…

—Así fue —*Il dottore* apreció el tono irónico de su interlocutor—. Nuestra misión fue, primero, proteger a nuestro país de ofensivas de ese tipo, y después investigar amparándonos en las técnicas de Monroe. Varios de nuestros agentes acudieron a sus cursos y perfeccionaron sus métodos, construyendo la primera «sala del sueño» en 1972. Por aquel entonces yo era un simple cabo. Estaba lejos de saber qué clase de «arma» se estaba diseñando allá dentro. Pero cuando ingresé en Fort Meade, supe que Monroe había logrado ya un veinticinco por ciento de éxitos con sus «despegues» astrales. Los militares conseguimos ese porcentaje gracias a un férreo programa de acondicionamiento psicológico. Para eso reclutamos a los mejores sensitivos del país.

Baldi lo miraba entre incrédulo y estupefacto. Aquel individuo, charlatán y abierto, realmente creía en lo que decía.

Lástima que su sentido patriótico, enfundado en aquella bata blanca, resultara tan ridículo.

—¿Y cómo utilizaban la sala?

—Del mismo modo que el padre Corso y yo la utilizamos aquí. Por supuesto, éste es un modelo más perfeccionado que aquel del 72 —dijo señalando el sillón de cuero que presidía el estudio—. Permite obtener más información en cada experimento. Pero básicamente, el procedimiento estándar no ha variado.

—¿Procedimiento estándar? No sabía que existiera uno.

—Pues lo hay —lo atajó Albert Ferrell—. Primero escogíamos a una de estas personas, a un «soñador», y después lo bombardeábamos con sonidos en escala creciente. Así lográbamos inducirle el estado mental adecuado para que su «alma» se despegara del cuerpo y pudiera volar libre a donde quisiese.

—¿Y lo llamaban «soñador»?

—La idea se le ocurrió a una de nuestras últimas sensitivas. Nos dijo que su familia la llamaba así, y nos gustó.

Baldi no dio mayor importancia al detalle y prosiguió:

—Explíqueme mejor lo de los sonidos que utilizan, *dottore*.

El sacerdote tomó asiento junto a uno de los IBM, y comenzó a garabatear algo en el pequeño *moleskine* negro que extrajo de su sotana. Albert Ferrell no se inmutó.

—Bueno, es algo relativamente sencillo. Monroe creía que las diferentes frecuencias de sonidos que sintetizó eran algo así como la esencia misma de cada uno de nuestros estados habituales de conciencia: desde el estado normal de vigilia, al sueño lúcido, el estrés e incluso el éxtasis místico. Estaba convencido de que si lograba sintetizar esas «esencias» y las administraba mediante auriculares a un sujeto, su cerebro tendería a imitar esa frecuencia y, por tanto, a sumergir al paciente en el estado mental que se deseara. ¿Imagina las posibilidades de algo así? ¡Cualquiera podría hacernos cambiar de humor, o de actitud, tan sólo haciéndonos oír un sonido!

—Y... ¿lo logró? ¿Logró sintetizarlos?

—¡Claro! Sólo por eso deberían darle un premio Nobel —dijo mientras extendía a Baldi una gráfica sacada de un cajón cercano—. A cada una de esas «muestras» acústicas, de esas esencias, las denominó «enfoques» y las acompañó de un número determinado que indicaba el grado de intensidad con el que afectaban el cerebro humano.

—Como una escala.

—Exacto. Como una escala —repitió *il dottore*—. Por ejemplo, durante lo que él llamó «enfoque 10», descubrió que se podía acceder a un curioso estado de relajación en el que el sujeto mantenía la mente despierta pero el cuerpo dormido. La esencia era un tipo de sonido silbante, diseñado para lograr una primera sincronización de hemisferios cerebrales y preparar al sujeto para recibir frecuencias más intensas. La sincronización en cuestión se lograba pasados de tres a cinco minutos, y solía venir acompañada de extrañas sensaciones corporales, inofensivas, como parálisis parciales, cosquilleos o temblores incontrolados.

—¿Todas las sesiones en la «sala del sueño» se iniciaban así?

—En efecto. Poco a poco se pasaba al «enfoque 12», que lograba estimular estados de conciencia expandidos. Se conseguía la «visión remota» de objetos, lugares o personas; su control fue, al principio, lo que más nos interesó, ya que podía aplicarse al espionaje militar.

—¿Y se hizo?

—Con relativo éxito. Pero lo mejor fue cuando descubrimos la utilidad de otros «enfoques» superiores.

—¿Otros?

—Sí, padre. Monroe sintetizó también sonidos de «enfoque 15», que conseguían trasladar a los sujetos hasta un «estado fuera del tiempo»; configuraban una herramienta que los permitía abrirse a informaciones que procedían tanto del subconsciente como de otra clase de inteligencias superiores.

Albert Ferrell trató de evaluar la reacción de su interlocutor.

—¿Ha oído hablar usted del *channelling*?

—Bueno —torció el gesto—, es otro subproducto del movimiento *New Age*. Basura pseudomística, doctor. Me sorprende que usted dé crédito a esas cosas.

—En realidad, padre, las experiencias de *channelling* son la versión moderna de los diálogos de los místicos con Dios o con la Virgen, o de las voces que decían que escuchaba santa Juana de Arco —se defendió Albert Ferrell—. En la antigüedad se atribuían esas voces a los ángeles. El caso es que frecuencias del tipo «enfoque 15», involuntariamente camufladas en cánticos espirituales, pudieron haber estimulado esa clase de estados en el pasado. Por eso me interesé por la Cronovisión y sus investigaciones, padre.

—Y, naturalmente, debo suponer que hay más «enfoques»...

—Desde luego, padre. Ahora viene lo interesante.

Il dottore tomó asiento frente al padre Baldi, como si lo que fuera a decirle requiriera que lo mirara a los ojos. Que le prestara toda la atención de la que era posible.

—De todos los «enfoques» descubiertos por Monroe en sus experimentos, los que más nos interesaron, y también al padre Corso, fueron los que él llamó 21 y 27. El primero facilitaba el desdoblamiento astral y el segundo permitía utilizar esos desdoblamientos a voluntad. Aún así, intuyó que existía un enfoque superior, que él llamó «X», que podría materializar el alma desdoblada en su lugar de destino, creando algo casi sobrenatural: que una persona pudiera estar *físicamente* en dos lugares a la vez.

—¿Quiso provocar una bilocación artificialmente?

Baldi dejó de tomar notas y respaldó su pregunta con una mirada de hielo.

—No. Ni Monroe ni nosotros teníamos ese «sonido esencial». Pero Corso quiso conseguirlo de otro modo. Descubrió en los Archivos Vaticanos el dossier de una mujer que, al parecer, logró materializarse a miles de kilómetros de distancia, en pleno siglo XVII. Y se le ocurrió enviar a uno de nuestros «soñadores» a esa época para «robarle» el sonido.

—¿A qué época?

—A 1629. A Nuevo México. ¿Sabe por qué?

—¡La dama azul! —Un relámpago iluminó la mente de Baldi.

—¡Bien, padre! —sonrió Ferrell complacido—. Veo que el cardenal Zsidiv le ha informado bien.

CUARENTA Y UNO

LOS ÁNGELES, CALIFORNIA

—¡*P*or todos los diablos! ¡Existe! ¡Su maldito fraile existe, Jennifer!

Linda Meyers estaba emocionada. Nunca la había visto así. Sostenía en la mano unas notas tomadas con una pésima caligrafía y tenía el gesto del triunfo dibujado en el rostro. Jennifer había acudido a toda prisa a su consulta de la calle Broadway después de que la telefoneara a casa. Había descubierto algo importante, dijo, ¿pero qué? Meyers se había negado en redondo a desvelarle nada por teléfono.

—Déjeme que se lo explique —tragó aire, mientras invitaba a su paciente a tomar asiento—. Nunca había hecho esto antes, pero esta mañana, temprano, he decidido practicar un poco de español con su caso. Ya sabe: mi marido siempre me recrimina mi falta de interés por su lengua. Y hoy, al fin, le he hecho caso.

—¿Practicar español? —dijo Jennifer. Aquella era la explicación más absurda que había oído en su vida.

—Estuve dándole vueltas a sus sueños. A lo increíblemente detallados que son, y a la cantidad de datos precisos que contienen. Así que, sin su permiso, he hecho algunas llamadas a España para averiguar si allí alguien sabía algo de lo que usted me ha estado contando.

Jennifer se quedó muda. ¿Su psiquiatra estaba comprobando si lo que ella soñaba tenía una base histórica? ¿Si era real?

—Primero telefoneé a la Real Academia de la Historia. ¡Lo hice muy bien! Me dieron el número en la Embajada de los Estados Unidos en Madrid. ¡Al fin mis clases de español me han servido de algo!

—Ya. Y… ¿qué le dijeron?

—Bueno. En la Academia no supieron aclararme gran cosa, la verdad. Pero me recomendaron que contactara con la Biblioteca Nacional. Cuando les dije que llamaba de parte de la embajada, me atendieron muy bien y me dieron el teléfono del director.

—¿Les dijo eso? ¿Qué llamaba de la embajada?

La sonrisa de marfil de Linda Meyers iluminó el despachó.

—¡No me mire así, Jennifer! ¡Era una llamada internacional! No podía perder todo el día. ¡Necesitaba una respuesta rápida! Al final el director, un tipo muy amable, me atendió.

—¿Logró hablar con el director?

—¡Pues claro! Cuando le mencioné la dama azul lo noté un tanto frío. Desconfiado. Como si le estuviera preguntando por un asunto tabú. ¿Sabe a lo que me refiero?

Jennifer asintió.

—La verdad es que me extrañó. Enseguida me dijo que habían tenido problemas con los archivos relacionados con ese tema. Pero me explicó que recordaba perfectamente haber visto el nombre de fray Esteban de Perea en esos papeles. ¿Puede imaginar mi sorpresa? Me estaba confirmando que Perea fue un religioso de la Orden de San Francisco y custodio de Nuevo México. Era la prueba que buscaba. Su hombre, el fraile que aparece en sus sueños, ¡existió!

—Luego… luego… —Jennifer resoplaba.

—Luego lo que usted está soñando no es sólo producto de su imaginación, señorita. ¡Hasta las fechas son exactas! El director de la Biblioteca ni siquiera titubeó: me dijo que fray Esteban de Perea llegó a Nuevo México en 1629 para investigar las apariciones de una especie de dama azul. De Virgen o algo parecido.

—¿Y se lo dijo así, sin más?

—No fue tan fácil. Hablamos durante casi cuarenta minutos. Estaba muy extrañado de que le hubiera llamado interesándome precisamente por ese material. Incluso me preguntó si conocía un libro llamado *Memorial de Benavides*.

—¿Benavides? —saltó—. ¿Como el Benavides que tanto citan en mis sueños?

—Eso parece, Jennifer. ¿Ha oído hablar de ese libro?

Su paciente se encogió de hombros.

—Eso mismo le dije yo. Que jamás había oído una palabra de él. Pero lo que más me chocó fue lo bien que parecía conocer todo lo que yo estaba explicándole.

—¿Ah sí?

—¡Desde luego! Ese de la dama azul debe de ser un tema bastante conocido en España. ¡Me sorprendió mucho!

—¿Y le dijo algo más? ¿Algo que le resultara útil para mi terapia?

—No. Pero le dejé mis datos para que me llamara o escribiera si descubría alguna cosa. ¡Y yo que pensaba que los españoles eran descuidados con su patrimonio! —murmuró.

Jennifer se quedó mirando a Linda Meyers muy seria.

—¿Y ahora qué, doctora?

—Habrá que tomar medidas, desde luego. Y a falta de explicaciones fisiológicas, o de trastornos psíquicos que tratar, sólo nos queda una vía a explorar para saber qué le está ocurriendo, Jennifer: la hipnosis regresiva.

—¿Hipnosis regresiva?

El rostro claro de la paciente se ensombreció de repente. Se levantó de la silla con los ojos muy abiertos, y empezó a negar con la cabeza:

—No, no. Nada de eso. Hipnosis, no.

—¿Qué le ocurre?

—Nada de hipnosis, doctora —insistió—. Lo he pensado mejor.

—La hipnosis es un método inofensivo, Jennifer. No le dolerá. Es lo único que nos permitirá bucear en su subconsciente para encontrar el origen de sus visiones —continuó Linda Meyers—. Es probable que la raíz de sus sueños sea...

—¡Ya sé lo que es la hipnosis, doctora! —protestó.

—¿Y entonces?

—Es sólo que no quiero someterme a ningún tratamiento que traqueteé mi cerebro.

—Perdóneme, pero su cerebro ya está traqueteado. Lo que pretendo es ordenárselo y hacer que cesen esos sueños. ¿No se da cuenta? Lo que usted está recibiendo es algo que tiene una base histórica. Tal vez se trate de memoria genética. ¡Memoria genética! —repitió como si ella misma necesitara escucharlo dos veces—. No es algo que la psicología tradicional acepte, pero en un caso como el suyo tal vez podría...

—¡Ya basta, doctora! ¡No quiero que me hipnotice!

—Está bien, Jennifer. Tranquilícese.

Meyers se acercó a su paciente y, con suavidad, la condujo hasta el diván de cuero que tenía junto a la ventana de su consulta.

—Muy bien. No haremos nada que esté en contra de su voluntad —prometió—. Pero déjeme preguntarle algo.

—Lo que quiera, doctora.

—Esa fobia hacia la hipnosis, ¿también tiene que ver con ese trabajo para el Departamento de Defensa del que me habló?

Jennifer asintió, mientras se servía un vaso de agua. No le gustaba recordar aquello. No era sólo la hipnosis la que estaba relacionada con su trabajo en Italia. También lo estaban sus sueños. ¡Quería que todos desaparecieran!

—Eso es Seguridad Nacional, doctora Meyers —dijo tras apurar su vaso—. Ya sabe que no puedo hablar de ello. Es alto secreto.

Lo único que Linda Meyers sacó en claro aquella tarde fue el relato de otro sueño de Jennifer. El más reciente. Y por paradojas de la vida, en éste el padre Esteban no aparecía. Aunque sí lo hacían los dos frailes que el inquisidor había decidido enviar al asentamiento de Cueloce, en la Gran Quivira, para investigar el extraño interés de la tribu jumana en la fe de los extranjeros.

CUARENTA Y DOS

GRAN QUIVIRA
1 DE AGOSTO DE 1629

Las noches de agosto complacían al joven guerrero Masipa y a la bella Ankti. La hija de Sakmo llevaba dos semanas saliendo a hurtadillas de su casa, trepando a media noche hasta el tejado y tumbándose boca arriba junto al joven kéketl para contemplar las estrellas.

Masipa nunca tenía miedo. Su padre había sido pastor de uno de los nueve clanes del pueblo, y la pradera lo había entrenado para enfrentarse a la oscuridad, a sus lobos y espíritus. Ankti, en cambio, no había gozado de esa instrucción. Para Sakmo su hija de doce años era una joya que no debía embrutecerse aún con las negras historias de los llanos. Por eso Masipa la deslumbraba desvelándole algunas.

—¿Adónde me llevarás esta noche?

La voz aterciopelada de Ankti erizó los cabellos del adolescente.

—A ver el ocaso de *hotomkam* —respondió—. Pronto dejará de verse y dará paso a las estrellas del otoño. Quiero que nos despidamos juntos de él.

—¿Y tú cómo sabes todo eso?

—Porque la estrella *Ponóchona* desapareció hace dos no-

231

ches detrás del horizonte —respondió el joven con la seguridad de un astrónomo, refiriéndose al crepúsculo de la brillante Sirio.

Los dos prófugos abandonaron el campamento, y cerca del cañón de la serpiente volvieron sus rostros al cielo. La sensación de libertad, de poder, que les transmitían aquellas horas era indescriptible.

Sin embargo, esa noche no tendrían tiempo de acostumbrarse a la oscuridad. Algo inesperado, sutil, electrizó el cuerpo del guerrero, alertándolo.

—¿Qué ocurre?

Ankti notó que su compañero se había quedado inmóvil.

—¡Estate quieta! —siseó—. He visto algo…

—¿Una alimaña?

—No. No es eso. ¿Notas cómo el viento se ha detenido?

—Sss… Sí —asintió mientras se aferraba a su brazo.

—Debe ser la Mujer del Desierto.

—¿La dama azul?

—Ocurre siempre que se acerca.

La confianza de Masipa inyectó algo de serenidad en la atemorizada jumana. El joven halcón intentó concentrarse en el silencio.

—Pero no hay ninguna luz… —murmuró la muchacha.

—No. Todavía no.

—¿Y si avisamos a los ancianos?

—¿Y cómo vas a explicarles que estábamos aquí?

La joven calló. El mutismo de la noche se quebraría sólo un instante después. Un extraño zumbido se les acercó desde el sur. Avanzaba lento, pero su vibración hacía temblar el desierto entero. Era como si una plaga de langostas revolotearan nerviosas entre las ramas de una sabina cercana, aguardando la mejor ocasión para arrojarse sobre ellos.

—No te muevas, ardilla. ¡Está ahí!

Envueltos en la penumbra, los dos jóvenes se acercaron con cautela hacia la fuente de aquel sonido.

—Qué extraño —murmuró Masipa—. No se ve nada.

—Tal vez...

Ankti no terminó la frase. Cuando se encontraban a sólo diez pasos del árbol, un torrente de luz cayó sobre él, paralizándolos de sorpresa. El zumbido se apagó al instante, y aquella cascada ígnea cobró vida, trazando pequeños círculos en el contorno de la sabina. Era como si buscara algo. O a alguien.

Los jóvenes admiraron la escena conteniendo la respiración. Todo fue cuestión de segundos. Aquella luz viva dejó de derramarse desde el cielo. Se encogió sobre sí misma, pero mientras perdía fuerza y volumen, sus últimas llamas iban tomando la forma de un ser humano. Primero se definió el contorno de la cabeza, y luego, de sus postreras chispas surgieron unos brazos, cintura, una larga túnica, piernas y pies. Los prófugos cayeron de rodillas, maravillados, como si aquel prodigio mereciera un acto supremo de veneración.

Fue entonces cuando oyeron la voz:

—Bien-veni-dos seáis.

Era la dama.

Aquel timbre sonó tal como lo habían descrito los guerreros: una extraña mezcla de trueno, canto de pájaro y soplo de viento.

Ni Masipa, ni Ankti fueron capaces de responder.

—He veni-do a voso-tros porque sé que los guerre-ros han traí-do ya a los hom-bres que reclamé...

El muchacho jumano levantó la mirada hacia la mujer de luz y trató de decir algo. Pero no pudo.

—El Plan está a punto de consu-marse —continuó—. Los se-ñores del cielo, los que me infor-man de vues-tras activida-des y me traen a-quí cada vez, han dicho que vues-tros co-razo-nes están ya prepa-rados para al-bergar la semi-lla de la Verdad.

¿La semilla de la Verdad? ¿Los hombres del cielo? ¿Qué clase de jerga era aquélla? Ankti y Masipa se cogieron las manos. La extraña dicción de la dama fue acompasándose al modo de hablar de los jumanos poco a poco, como agua que enfila su curso tras siglos desviada.

—Soy la avanza-dilla de un tiem-po nuevo —añadió con voz más fluida—. Me envían para que os anuncie la lle-gada de un mundo diferente. Los seño-res que me han traído llevan largo tiempo observan-do vuestros pasos. Son capaces de vivir entre voso-tros, porque su aspecto es huma-no, aunque su esencia sea inmortal. Son ánge-les. Hombres de carne y hueso que comieron con Abraham, pelearon con Jacob o conversa-ron con Moisés.

Ankti y Masipa se encogieron de hombros. No sabían de qué les estaba hablando la dama. Pero al instante recordaron los cuentos de sus abuelos sobre la creación del mundo. Here-dados a su vez de los anasazis (los antiguos) y de los hopis (los adversarios), los jóvenes sabían que la humanidad se gestó en el tiempo del «primer mundo», un período que terminó con una gran catástrofe de fuego, que dio paso a otros dos mundos más. Sus abuelos contaban que fue en el «tercer mundo», en *Kasskara*, cuando los dioses se enfrentaron entre sí, en una guerra por el control de los humanos. Los *kachinas*, seres de as-pecto humano venidos de más allá de las estrellas, combatie-ron los unos contra los otros. Después de aquello, sólo se dejaron ver muy de tarde en tarde, siempre con el aspecto de hombres y mujeres de carne y hueso. Y juraron regresar sólo al final del «cuarto mundo» o al inicio del «quinto», para adver-tir a los hombres de la crisis que se les avecinaba.

¿Era la dama uno de ellos? ¿Venía para avisarles del final del mundo?

—Escu-chadme —la Mujer del Desierto prosiguió—: quiero hace-ros entrega de algo para los hombres blan-cos con los que os en-contraréis. Será la prue-ba de mi visita. Decid-les que la Madre del Cielo está con ellos, y que les or-dena dis-tri-buir entre vosotros el agua de la vida eterna.

—¿Y por qué nosotros...? —ahogó su pregunta Ankti, sobrecogida por la belleza que irradiaba la mujer.

—Recor-dad: el agua de la vida e-terna.

—¿Por qué nosotros? —repitió.

—Porque te-néis corazón puro, Ankti.

La visitante levantó entonces las manos, las juntó a la altura del pecho y se desvaneció en medio de un súbito y estremecedor fogonazo. El zumbido cesó. La oscuridad volvió a adueñarse de la pradera. Las chispas que habían dado cuerpo a aquella intrusa se habían extinguido, sin dejar huella.

Ankti y Masipa se abrazaron asustados. Un extraño objeto brillaba a sus pies. La dama lo había dejado allí para ellos...

CUARENTA Y TRES

*E*ran las 9 de la noche, hora romana, mediodía en Los Ángeles, cuando Albert Ferrell le mostró al padre Baldi el historial del «soñador» que Luigi Corso envío al Nuevo México de 1629. O debería decir la «soñadora». La ficha hablaba de Jennifer Norady, una norteamericana de treinta y cuatro años, militar, vecina de Washington D.C., cuyos vuelos de la mente alimentados por sonidos de «enfoque 27» terminaron en severas alteraciones de personalidad. «Ella es la que su familia llamaba Gran Soñadora. Tiene gracia, ¿verdad?», murmuró *il dottore*.

Aquel informe contenía una última y lacónica anotación, escrita a mano, en tinta roja, que extrañó mucho al sacerdote veneciano: «Abandonó el proyecto el viernes 29 de marzo de 1991. Sufre severas crisis de ansiedad con alteraciones del sueño. Regresa a los Estados Unidos el 2 de abril por recomendación expresa del *Ospedale Generale di Zona Cristo Re* de Roma».

CUARENTA Y CUATRO

MADRID

—¿Avisaste al padre Tejada de nuestra visita?

José Luis Martín conducía con la mirada puesta en la autopista. Eran las ocho de la mañana en punto, y a esas horas el tráfico para salir de Madrid era escaso. Los problemas siempre estaban en el lado opuesto, en la entrada a la capital. Carlos, todavía somnoliento, disfrutaba del paisaje primaveral que empezaba a abrirse frente a ellos. El puerto de Somosierra había recibido ya las últimas nieves del año.

—¿Al padre Tejada? —balbuceó. El periodista necesitaba un buen café—. No. No pude hablar con él, pero le dejé un recado advirtiéndole que llegaríamos esta tarde a Bilbao.

—¿Le dijiste que era una entrevista policial?

—¡No, por Dios! El policía eres tú.

—Mejor, Carlitos. Mucho mejor.

Carlos estiró las piernas bajo el salpicadero del Renault-19 de José Luis y se acomodó lo mejor que pudo.

—José Luis... —dijo Carlos un poco adormilado—. Le he dado muchas vueltas a esa llamada desde la Biblioteca Nacional.

—Sí, yo también.

—Entonces, debes tener las mismas dudas que yo.

—Como por ejemplo…

—Bueno. Hay algo que no comprendo: si los que realizaron el trabajo eran profesionales, y parece que de eso no hay duda, ¿por qué hicieron esa llamada desde la cámara acorazada de la Biblioteca? ¿Para delatarse?

Martín acarició la palanca de cambio del vehículo.

—No lo sé —dijo—. Cabe la posibilidad de que sea un número falseado por una computadora.

—Ya. ¿Y por qué el número es el de una persona *precisamente* implicada en el caso Ágreda?

—Casualidad.

—¡Pero si tú no crees en ellas! —protestó Carlos.

—Es cierto.

El policía, lacónico, se llevó un cigarrillo a los labios mientras accionaba el botón del encendedor electrónico.

—¿Y se sabe cuánto tiempo duró la conversación?

—No llegó a los cuarenta segundos.

—No es demasiado, la verdad.

—Tiempo suficiente para informar del éxito de una operación.

—Algo así pensé yo —aceptó Carlos.

—Por cierto, cuando hablemos con el padre Tejada preferiría que no le dijéramos que estamos investigando un robo.

Carlos lo miró sorprendido, pero no replicó.

—Actuaremos como si no supiéramos nada. Confío en que, si está implicado, terminará yéndose de la lengua él solito.

—En este viaje, soy tu invitado. Tú mandas.

El policía volvió a sonreír, concentrándose de nuevo en la autopista.

CUARENTA Y CINCO

Al día siguiente, los dos adolescentes dudaron si debían cumplir con su extraño encargo. Sabían que si entregaban el regalo de la dama ante el comité de ancianos, deberían acompañarlo de infinitas explicaciones. Por eso prefirieron esperar al mejor momento —el más discreto— para cumplir su misión. Cuando aquella mañana, cerca del mediodía, fray Juan de Salas se alejó de la casa de los guerreros para hacer sus necesidades en el campo, los dos chiquillos corrieron a su encuentro.

Abordaron a fray Juan frente a la cruz de roble que habían clavado las mujeres owaqtl el día de su llegada a la Gran Quivira.

—Padre… —dijo Ankti, apartándose el pelo suelto de la cara. Era una niña preciosa, despierta. De mirada dulce e ingenua—. ¿Podéis atendernos un momento?

Fray Juan se dio la vuelta y los vio. Dos jóvenes jumanos le ofrecían algo envuelto en unas hojas resecas de maíz. Parecían indecisos, asustados.

—¿Qué queréis, hijos míos? —sonrió.

—Veréis, padre… Anoche, cerca del cañón de la serpiente, vimos algo.

—¿Algo?

—A la Mujer del Desierto.

—¿Ah sí?

Los ojos de fray Juan se abrieron de par en par. De repente se olvidó de sus apremios.

—¿La Mujer del Desierto? ¿La dama azul?

Los muchachos asintieron al unísono.

—¿Y sólo la visteis vosotros?

—Sí —respondieron los jóvenes.

—¿Os dijo algo?

—Bueno —titubeó Masipa—. Por eso queríamos veros, padre. Dijo que vos y el otro hombre que os acompaña deberíais repartir entre nosotros el agua de la vida eterna.

El padre Salas sintió flaquear las piernas.

—¿El agua de la vida eterna? —los interrogó con la mirada—. ¿Pero vosotros sabéis lo que eso significa?

Ankti y Masipa dieron un paso atrás, confundidos:

—No.

—Claro. ¿Cómo ibais a saberlo?

—Padre —lo atajó el joven kéketl—: la dama también nos entregó esto para vos. Para que os lo llevéis como recuerdo de las visitas de la mujer azul.

—¿Un regalo?

Fray Juan se estremeció al descender los ojos sobre aquel paquete de maíz que Masipa le tendía. Fray Juan lo tomó con cierto temor, y allí mismo, sin permitir que los jóvenes salieran corriendo como parecía su intención, lo deshizo. Su contenido lo derrumbó:

—¡Pero Santo Dios! —exclamó en castellano.

Masipa y Ankti se estremecieron.

—¿De dónde lo habéis sacado?

—Ya os lo hemos dicho, padre. Nos lo entregó anoche la Mujer del Desierto. Para vos.

Fray Juan cayó de hinojos, sumido en un extraño estado histérico, riendo y llorando a la vez. El franciscano hurgó entre las hojas y extrajo el objeto que protegía. No había duda alguna: se trataba de un rosario de cuentas negras, brillantes y perfectas, rematado por una fina cruz de plata. Un objeto de cristianos viejos, bello como pocos.

—¡Virgen santísima! —tronó.

¿Quién sino la Virgen podía encontrarse detrás de aquellas visitas?

Fray Juan recordó de repente aquella historia que escuchara durante su formación sacerdotal en Toledo, y que entonces le había parecido extravagante. Decía que Santo Domingo de Guzmán, fundador de los dominicos, había instituido el rezo del rosario en el siglo XIII, después de que la Virgen en persona le entregara uno. ¿No era aquello, por ventura, un prodigio semejante?

CUARENTA Y SEIS

BILBAO, ESPAÑA

*P*erdida en una de las alas de la ciudad, y algo alejada de la ría, la plaza de San Felicísimo se desveló como una escueta glorieta de hormigón que albergaba la sede de los padres pasionistas. Ambos edificios pertenecen hoy a una curiosa orden fundada en 1720 por un misionero italiano llamado Pablo de la Cruz, santo, y que responde a la altisonante denominación de Congregación de los Clérigos Descalzos de la Santísima Cruz y Pasión de Nuestro Señor Jesucristo. Su mayor peculiaridad no es su nombre, sino la norma que obliga a sus miembros a aceptar un cuarto voto antes de su ingreso. A los de pobreza, obediencia, y castidad, les suman un cuarto: el compromiso de propagar el culto a la pasión y muerte del Nazareno.

Al aparcar frente a la escalera de acceso a la residencia, José Luis y Carlos ignoraban ese dato. En cambio disponían de una escueta ficha con algunas informaciones clave de su «objetivo». Sabían que Amadeo Tejada había ingresado en la orden en 1950, había cursado estudios de psicología e historia de la religión y que ocupaba desde 1983 un puesto como profesor de Teología en la Universidad de Deusto. Se le consideraba, además, un auténtico experto en angelología.

—¿El padre Tejada? Un momento, por favor.

Un pasionista calvo, enfundado en una sobria sotana negra con un corazón bordado en el pecho, les rogó que aguardaran en una minúscula salita de espera.

Tres minutos más tarde, la puerta de cristal biselado se abrió para dar paso a un auténtico gigante. Tejada debía rondar los sesenta años. De estatura ciclópea (superaba el metro noventa, aunque la sotana acentuaba su altura), su pelo cano y sus largas barbas, así como su tono de voz, le conferían ese aspecto beatífico que tanto había impresionado a las monjas de Ágreda.

—Así que vienen ustedes a preguntarme por la madre Ágreda... —dijo sonriendo el padre Tejada, nada más estrechar las manos de sus visitantes.

—Bueno, después de hablar con las hermanas no nos quedaba otra opción. Las monjas aseguran que usted es un sabio.

—Oh, ¡vamos!, ¡vamos! Sólo cumplo con mi obligación. Desde que me ocupo de estudiar la vida de sor María Jesús, me tienen en excesiva estima —sonrió complacido—. Pero el afecto es mutuo. En realidad, en ese monasterio se vivió el caso de bilocación más extraordinario que he conocido. Por eso le he dedicado tantas horas y he pasado largas temporadas allá.

—¿De veras?

La sonrisa de Tejada volvió a iluminar la sala de espera.

—Perdone mi precipitación, padre, pero no queremos robarle demasiado tiempo. ¿Y ha llegado a alguna conclusión sobre la autenticidad de las bilocaciones?

Antes de responder, el gigante Tejada se acarició el lóbulo de la oreja izquierda.

—No sé si sabrá —dijo sin perder de vista a José Luis— que

en realidad existen varias clases de bilocaciones. La más sencilla apenas puede distinguirse de la simple clarividencia. En ella el sujeto bilocado ve escenas que están ocurriendo lejos de donde se encuentra, aunque en ningún momento son sus ojos los que miran. Es su psique. Se trata de una clase de bilocación muy elemental y poco interesante...

El policía quedó estupefacto.

—Continúe —apremió.

—En cambio, la más compleja, la que a mí me interesa, es aquella en la que el sujeto se desdobla físicamente y es capaz de interactuar en los dos lugares en los que se encuentra. Se deja ver por testigos que pueden dar fe del prodigio, toca objetos, deja huellas... Esa clase de bilocación es, por derecho propio, la única que puede llamarse milagrosa.

El padre Tejada se detuvo con el fin de que sus interlocutores pudieran anotar sus precisiones. Cuando acabaron, prosiguió.

—Yo creo que entre una y otra, existe una amplia gama de estados en los que el sujeto se materializa en mayor o menor medida en su lugar de destino. Por supuesto, los casos más interesantes son los de «materialización total»; el resto podrían ser meras experiencias mentales.

—¿Y la madre Ágreda está dentro de esta segunda categoría? —preguntó Carlos con todo el tacto del que era capaz.

—No siempre.

—¿Cómo dice?

—Que quizá no siempre —repitió el pasionista con paciencia—. Debe saber que cuando esta religiosa fue interrogada por la Inquisición en 1650, confesó que había viajado en más de quinientas ocasiones al Nuevo Mundo, aunque no de la misma forma. A veces tenía la impresión de que era un ángel el que tomaba su aspecto de monja de clausura y se aparecía entre los indios; en otras ocasiones, otro ángel la acompañaba mientras cruzaba los cielos a la velocidad del pensamiento; pero en la mayoría de las ocasiones, todo se desarrollaba mientras ella caía en trance y era asistida por sus compañeras de monasterio...

—¿Un ángel?

—Bueno, no es para extrañarse tanto. La Biblia los menciona a menudo y dice que se asemejan mucho a nosotros. Incluso otras místicas más recientes, como Ana Caterina Emmerich, en el siglo XVIII, dijo que sus bilocaciones eran provocadas por ángeles con los que «cruzamos los mares tan rápido como vuelan los pensamientos». ¿No es hermoso?

El padre Tejada les sonrió antes de proseguir.

—No se extrañen tanto, hombre —dijo en tono jocoso—. ¿Por qué razón no podrían hacerse pasar los ángeles por una mujer en América? Si aceptamos lo que se cuenta de ellos en las Escrituras, podrían estar sentados aquí con nosotros sin que nos diéramos cuenta.

Tejada les brindó un guiño de complicidad, que Carlos no quiso ver.

—¿Los consideraría una especie de... infiltrados?

—Digamos que son una «quinta columna» que controla desde dentro ciertos aspectos de la evolución humana. ¿Conoce el símil?

—¿«Quinta columna»? Claro —terció el periodista—. Se inventó durante la Guerra Civil española para referirse a un grupo secreto, de resistencia, escondido dentro de una ciudad o un país.

—Pues a eso me refiero, jovencito.

—Bueno... Usted es un experto en angelología, y sabrá lo que dice.

El comentario de Martín no le gustó al padre Tejada.

—No se lo tome a broma —saltó—. Si ustedes quieren llegar al fondo del misterio de la dama azul y de su vínculo con la madre Ágreda, deberían tener muy en cuenta a los ángeles.

El policía desoyó su advertencia. Carlos prosiguió:

—Vayamos a lo concreto, padre: ¿usted cree que la monja se trasladó alguna vez físicamente hasta América?

—Es difícil decirlo. Pero, la verdad, nada impide creerlo. Muchos otros personajes vivieron esa misma experiencia y nos dejaron suficientes indicios de sus «viajes» instantáneos. En alma y en cuerpo.

José Luis se revolvió en su silla. La conversación no arrojaba pista alguna sobre el paradero del manuscrito. Él, además, ya sabía aquello. Por eso, aunque con mayor diplomacia que de costumbre, intentó llevar la charla a su terreno.

—Disculpe nuestra ignorancia, padre, pero ¿existe o existió algún documento, alguna crónica de la época, en el que se detallaran esos viajes?

El padre Tejada miró al policía con afable condescendencia.

—¡Vaya! Es usted un hombre práctico. Me gusta.

José Luis agradeció el cumplido.

—La respuesta es sí. Un fraile franciscano llamado Alonso de Benavides redactó un primer informe en 1630 en el que recogió indicios que hoy pueden ser interpretados como bilocaciones de la madre Ágreda...

—¿Indicios? ¿Eso es todo lo que hay? —insistió José Luis.

—No sólo eso. Cuatro años más tarde, el mismo fraile redactó una segunda versión ampliada de su informe. Por desgracia, nunca llegué a examinarla. No se publicó jamás, aunque se rumorea que fascinó al propio Felipe IV hasta el punto de que el rey convirtió ese texto en una de sus lecturas favoritas.

—¿Y se sabe por qué?

—Bueno… —dudó—. Lo que voy a decirle no es «oficial», pero parece que Benavides anotó en los márgenes de su escrito las fórmulas que la madre Ágreda utilizó para bilocarse. Y eso lo hechizó.

—¡Vaya! —saltó Carlos—. ¡Como un libro de instrucciones!

—Algo así, en efecto.

—¿Y sabe si alguien lo utilizó después del rey?

—Que yo sepa, el nuevo informe nunca salió de la casa real, aunque en el Vaticano disponen de una copia caligráfica. No obstante, fray Martín de Porres, que era un dominico mulato del Perú, vivió numerosas experiencias de bilocación en parecidas fechas a las de la monja de Ágreda.

—¿Insinúa que ese fraile leyó…?

—Oh, no, no. Que sepamos, fray Martín nunca oyó hablar del informe de Benavides. Además, murió en olor de santidad en 1639, antes de que las noticias de la dama azul llegaran a Perú. En Lima lo llamaban «fray Escoba», ¿sabían? Se vio a su «doble» predicando en Japón tiempo antes de que se redactara el *Memorial* de 1634.

De repente, el padre Tejada bajó la voz.

—Incluso a veces depositaba flores en el altar de la iglesia de Santo Domingo que no eran peruanas, sino japonesas…

—¿Y usted cree en esas cosas? —preguntó José Luis con cierta sorna.

—¡No es sólo cuestión de fe, aunque ésta influya! ¡Ha oído usted hablar del padre Pío?

Sólo Carlos asintió.

El periodista sabía que el padre Pío —de nombre real, Francesco Forgione— era un famosísimo capuchino italiano que había vivido hasta mediados de siglo en Pietrelcina. Allí protagonizó toda suerte de prodigios místicos: desde padecer en sus carnes los estigmas de la pasión hasta gozar del don de la profecía. Y eso por no hablar del fervor popular que todavía hoy despierta en toda Italia.

—Pues al padre Pío —continuó Tejada— también se le atribuyen algunas bilocaciones célebres. La más conocida la vivió en primera persona el cardenal Barbieri, que por aquel entonces era arzobispo de Montevideo. En Uruguay vio a Pío en alguna ocasión, aunque sólo lo identificó cuando visitó Italia. Él, Pío, también lo reconoció pese a no haber volado nunca en cuerpo mortal al otro lado del mundo.

—¿Supone que el padre Pío controlaba sus bilocaciones? —Carlos estaba fascinado.

—Y no sólo él. También la madre Ágreda lo hizo, aunque sólo conozco dos o tres episodios más en toda la historia. Mi impresión es que ese control tenía mucho que ver con el alcance de sus bilocaciones…

—¿Qué quiere decir con «alcance»?

—Exactamente eso. Tanto el padre Pío como la madre Ágreda protagonizaron bilocaciones de corto y de largo alcance. Esto es, locales, desplazándose a los extramuros de sus respectivos monasterios o a domicilios cercanos. Pero también de larga distancia, dejándose ver incluso en otros continentes.

José Luis se removió en su asiento. No parecía dispuesto a perder mucho más tiempo hablando de fenómenos místicos. Si había decidido venir a Bilbao era para resolver un robo, no para recibir una clase de prodigios de la fe.

—Perdone mi torpeza, padre —se irguió en su silla—.

Pero, ¿qué sabe usted de ese segundo *Memorial de Benavides* que estuvo en manos de Felipe IV?

Tejada se detuvo de repente. Él no había mencionado el título del documento:

—¿Y a qué viene su interés por ese documento, señores? —preguntó.

José Luis enderezó aún más la espalda sobre la silla, tratando de llegar a la altura del gigante. Después sacó del bolsillo de su americana una placa de la Policía Nacional que no pareció impresionar al pasionista, y espetó:

—Lamento dar un giro a esta conversación, padre, pero debe responderme un par de preguntas más. Estamos investigando un robo importante.

—Usted dirá —el gigante le sostuvo la mirada con dureza. Carlos sintió su desdén. «No iban a obtener nada», pensó.

—¿Recibió usted ayer una llamada telefónica al filo de las cinco de la madrugada?

—Sí.

—¿Y bien?

—No puedo decirle mucho. Fue muy raro. Alguien llamó a la centralita y desde allí pasaron la llamada a mi habitación. Por supuesto, me despertó y al descolgar no logré hablar con nadie. La línea estaba vacía.

—¿Nadie?

—No, nadie. Colgué, naturalmente.

La respuesta pareció satisfacer al policía. Al menos había comprobado que alguien hizo una llamada a aquel abonado desde la Biblioteca Nacional.

—¿Tiene más preguntas?

—Sí... —titubeó—. ¿Conoce usted cierta Orden de la Santa Imagen?

—No. ¿Debería?

—No, no.

—Yo también tengo una pregunta para ustedes —dijo muy serio Tejada—. ¿Puedo saber por qué la policía se interesa por las llamadas que recibo?

Carlos no pudo contenerse. Como su compañero recelaba, respondió por él.

—Ya le hemos dicho que estamos investigando un robo, padre. Ayer por la noche sustrajeron un manuscrito de la Biblioteca Nacional en Madrid. Era el ejemplar de Felipe IV del *Memorial* revisado de Benavides... El segundo, el ampliado.

El padre Tejada ahogó una exclamación.

—Ayer a las 4,59 de la madrugada alguien usó un teléfono de la Biblioteca para llamarlo. Sólo pudieron ser los ladrones.

—¡Jesús! Yo ni siquiera sabía que...

—Ya nos lo ha dicho, padre —Carlos trató de calmarlo—. Pero es importante que si recuerda algo, lo que sea, o lo vuelven a telefonear, nos llame.

—¿Conoce a alguien en la Biblioteca Nacional?

La pregunta de José Luis sonó a acusación.

—Enrique Valiente, el director, es un buen amigo. Fue alumno mío en este mismo colegio.

—Está bien, padre. Si lo necesitamos, le llamaremos.

El padre Tejada no sonrió siquiera. La noticia del robo lo había afectado.

—Los acompañaré hasta la salida.

Una vez en la puerta, mientras José Luis se dirigía hacia el auto, el pasionista aún tuvo tiempo de retener a Carlos por el brazo. Mientras el policía aprovechaba la ocasión para llamar desde su móvil a la comisaría, el padre Tejada susurró algo a Carlos que lo desconcertó:

—Tú no eres policía, ¿verdad?

—No... —balbuceó Carlos.

—¿Y por qué te interesas por la madre Ágreda?

La fuerza con la que la mano del gigante se clavaba en su bíceps lo obligó a sincerarse.

—Es una larga historia, padre. En realidad, tengo la sensación de que, de alguna manera, alguien me metió en esto.

—¿Alguien? —el gigante se encogió de hombros—. ¿Quién?

—No lo sé. Es lo que trato de averiguar.

Tejada se ajustó los faldones de la sotana, y adoptó actitud de confesor:

—¿Sabes, muchacho? Muchos hemos llegado a la madre Ágreda gracias a un sueño, a una visión, o al final de un cúmulo de casualidades que, de repente, allanaron nuestro camino hasta la Venerable.

El estómago del periodista se encogió.

—Conozco personas que soñaron con la madre Ágreda sin saber que era ella —continuó—. Se aparece bañada en luz azul y siempre te lleva adonde quiere.

Carlos tragó saliva. Su músculo seguía comprimido.

—La dama azul es un poderoso arquetipo —prosiguió Tejada—, un símbolo de transformación. A los indios les anunció la llegada de una nueva era política e histórica; a los frailes les mostró fenómenos que los sobrepasaron. Y ahora, de repente, parece que quiere emerger otra vez de las brumas de la historia.

El padre ahogó una tos antes de continuar:

—Recuerda que ella siempre se sirve de los ángeles para su cometido. Ellos lo organizan todo. Todo. Aunque sus acciones las camuflen bajo el ropaje de las coincidencias. ¿Por qué si no crees que estáis aquí?

«Sí. ¿Por qué?», se preguntó Carlos. Y dándole la mano, aliviado por poder huir de allí, marchó corriendo hacia el Renault-19 de José Luis, que ya estaba en marcha plaza abajo.

CUARENTA Y SIETE

—¿*Y* bien? —El tono del policía era inquisitivo. Raro—. ¿Te ha dicho algo más?

Carlos negó con la cabeza, tratando de esconder su inquietud.

—Pues yo sí tengo noticias. E importantes —sonrió.

—¿Importantes? ¿Qué ha pasado?

—Esta mañana, mientras tú y yo estábamos de camino a Bilbao, el director de la Biblioteca Nacional, *precisamente* el amigo del padre Tejada, recibió una llamada de los Estados Unidos preguntando por el *Memorial de Benavides*.

—No puede ser.

—Le pareció tan extraño que alguien se interesara por el contenido de ese libro, que atendió la llamada él mismo. Después se puso en contacto con la comisaría. Acaban de confirmármelo. Se llama Enrique Valiente —dijo mirando sus notas, antes de ponerse en marcha.

Carlos ahogó un gesto de asombro. Ése era el nombre que acababa de darles el padre Tejada.

—Las sincronicidades nos persiguen, amigo mío. Estamos cerca. Muy cerca. ¿Me acompañarás mañana a verlo?

El periodista asintió. Su inquietud era ya una honda preocupación.

CUARENTA Y OCHO

LOS ÁNGELES

A las 17,25, hora de la costa oeste, una furgoneta amarilla del servicio postal urgente se detuvo frente a la casita blanca de Jennifer Narody. Había dado tres vueltas a la manzana, hasta darse cuenta de que la calle que buscaba era un pequeño callejón paralelo al célebre Ocean Front Walk, en Venice, el paseo marítimo más famoso del Pacífico.

El repartidor, contrariado por el retraso de su ruta, le entregó una gruesa carta procedente de Roma.

«¡Roma!», pensó Jennifer. «Precisamente hoy».

La mujer se apresuró a abrirlo.

Era extraño. En ninguna parte constaba el remitente. Sólo eran legibles el matasellos de la ciudad emisora, su propia dirección y el franqueo urgente desde una céntrica oficina de la Ciudad Eterna, como si aquel envío hubiera sido llevado en mano al mostrador de Via Venetto y puesto en un servicio prioritario sin mayores precauciones. No obstante, su contenido se reveló más raro aún: del fondo del sobre emergió un manojo de páginas apergaminadas, cosidas por un costado, y ni una sola nota que las acompañara.

Jennifer fue incapaz de adivinar su expedidor. Para colmo, aquel texto estaba escrito en español, con una caligrafía en-

253

diablada en la que era imposible descifrar ni una maldita palabra. «Tal vez mañana la doctora Meyers pueda echarme una
mano con esto», se dijo mientras recordaba sus llamadas a
España.

Poco después se había olvidado de aquel envío. Lo guardó
en un cajón, tiró a la basura el embalaje y pasó el resto de la
tarde viendo televisión. Afuera, en la playa, el cielo volvía a
descargar agua sobre la costa. Los truenos podían oírse desde
el interior del salón.

—Maldito temporal —refunfuñó.

Jennifer se quedó dormida a las 19,54 horas, en medio del
temporal. Y sus sueños, por supuesto, continuaron.

CUARENTA Y NUEVE

ISLETA, NUEVO MÉXICO
FINALES DEL VERANO DE 1629

¡*M*irad! ¡Miradla bien, padre!

Fray Diego López zarandeó al viejo padre Salas. Sus horas de marcha por el desierto habían hecho mella en él. Desde que abandonaran la Gran Quivira y decidieran dar cuenta a su superior de los milagros que habían presenciado en aquellas tierras, las fuerzas lo habían abandonado poco a poco. Sólo el rosario que le dieran Masipa y Ankti antes de partir, le infundió los ánimos necesarios para no dejarse morir.

—¿La veis? —insistió el joven franciscano.

—Pero si eso es...

—Sí, padre. ¡Es Isleta! ¡Hemos llegado!

La vida regresó al rostro del anciano.

—¡Gracias a Dios! —exclamó.

Casi perdidas en el horizonte, más allá de las grandes sabinas que marcaban la línea del Río Grande, se alzaban orgullosas las torres de la misión de San Antonio de Padua.

Fray Juan apenas tuvo tiempo de sonreír. Al aguzar la mirada, observó algo extraño entorno a la misión.

—¿Lo veis vos también, hermano Diego? —su voz sonó temblorosa.

—¿Ver? ¿Qué he de ver, padre?

—Las sombras que hay alrededor de la iglesia. Parece la caravana de otoño, la que va a Ciudad de México.

El hermano Diego forzó su mirada, tratando de identificar los bultos que descansaban al pie de las torres. Salas continuó:

—Esa caravana viene sólo una vez al año por aquí. Hace el camino entre Santa Fe y Ciudad de México con una escolta armada, y es el gran acontecimiento de la temporada. Pero... es muy pronto para ella.

—¿Pronto? —fray Diego seguía haciendo esfuerzos por distinguir el convoy—. Quizá se ha adelantado. Recordad que fray Esteban nos avisó de que el padre custodio, fray Alonso de Benavides, dejaría su cargo en Santa Fe en septiembre. Podría ser su caravana de regreso a México.

Salas terminó por aceptar las observaciones de su joven discípulo. No había otra respuesta más convincente: la misión había sido tomada por el convoy militarizado del nuevo virrey, el marqués de Cerralbo, y en él debía viajar fray Alonso de Benavides. ¿Quién si no?

Sus cábalas cesaron en cuanto se acercaron lo suficiente a Isleta. Abordada desde su lado occidental, la misión parecía un pueblo andaluz en feria. Hasta ochenta carruajes pesados, de dos y cuatro ejes, se arremolinaban junto a la empalizada. Protegidos por patrullas de soldados, los «extramuros» de la misión rebosaban de indios, mestizos e hidalgos castellanos.

¡Ojalá Isleta siempre estuviera así!

En medio del tumulto, a los frailes les fue fácil adentrarse en el poblado sin llamar la atención. Los recién llegados se abrieron paso hasta la plaza de la iglesia. Y allá, frente a los campanarios de adobe, empezó a embriagarlos la satisfacción del deber cumplido.

—Deberíamos buscar a fray Esteban de Perea, ¿verdad?

—Claro, hermano Diego. Claro —asintió el anciano.

—¿Ya tenéis vuestro veredicto sobre la dama azul, padre? Sabéis que Esteban es un hombre exigente, y me pedirá que confirme vuestras palabras una por una.

—No os preocupéis por eso, Diego. Seré tan contundente que no le quedarán ganas de interrogaros.

Fray Diego rió.

Ambos apretaron el paso hacia el gran entoldado blanco levantado junto a la pared occidental del templo. Un soldado con calzones de paño pardo, colete de badana, coraza y lanzón, hacía guardia en la puerta.

—¿Y bien?

El soldado dejó caer el arma sobre su brazo izquierdo, cortándoles el paso.

—¿Es ésta la tienda de fray Esteban de Perea? —indagó Salas.

—Es la del padre custodio fray Alonso de Benavides —dijo secamente el guardia—, aunque el padre Perea se encuentra en su interior.

Los frailes cruzaron una sonrisa de complicidad.

—Somos los hermanos Juan de Salas y Diego López —se presentó—. Partimos hace más de un mes hacia tierras jumanas, y traemos noticias para él.

El soldado no se inmutó. Sin mudar su gesto marcial, dio media vuelta y se introdujo en la tienda. Unos segundos bastaron. El silencio que reinaba en el campamento lo rompió la inconfundible voz del inquisidor.

—¡Hermanos! —tronó desde algún lugar del interior—. ¡Pasad! ¡Pasad, por favor!

Los expedicionarios se dejaron guiar por las exclamaciones de Esteban de Perea. Al fondo de la tienda, alrededor de una mesa larga, estaban reunidos el propio Perea, dos de los franciscanos de su comitiva y un cuarto religioso que al principio ninguno de los dos misioneros acertó a identificar. Era un hombre de aspecto severo, cejas blancas muy pobladas, arrugas en la frente, nariz gruesa y aplastada y una tonsura cuidada con primor. Había entrado ya en el medio siglo, pero lejos de acomplejarlo, los años le conferían un porte mayestático, solemne. Era —no podía ser otro— el portugués fray Alonso de Benavides, responsable del Santo Oficio en Nuevo México y máxima autoridad de la Iglesia en aquel desierto.

Benavides los miró de hito en hito, pero dejó que fuera Esteban de Perea quien se abalanzara sobre ellos.

—¿Ha ido todo bien?

Fray Esteban parecía emocionado.

—La Divina Providencia ha cuidado de nosotros con su acostumbrado celo —respondió fray Juan.

—¿Y de la dama? ¿Qué sabéis de ella?

Benavides levantó la vista hacia ellos al oír nombrar a la mujer azul.

—Estuvo muy cerca de nosotros, padre. Hubo, incluso, quien la vio junto al poblado el día anterior a nuestra partida de Cueloce.

—¿De veras?

Fray Juan adoptó un semblante serio.

—No son solo palabras, padre —dijo—. Os hemos traído una prueba material de lo que decimos. Un regalo del cielo.

Fray Esteban y Alonso de Benavides cruzaron una mirada de extrañeza, mientras el viejo padre Salas hurgaba en su hatillo en busca de algo. A Benavides, hombre docto, lo recorrió un escalofrío: la ilusión que emanaba aquel frailuco le recordó lo ocurrido cien años antes, en vísperas de la navidad de 1531, en el cerro del Tepeyac, cerca de México. Otro hombre humilde, aunque lego, rebuscó también entre sus pertenencias el regalo que la Virgen le había entregado para convencer a un puñado de clérigos descreídos. Ese varón se llamó Juan Diego. A su Virgen la llamaban «de Guadalupe». Pero el papa Urbano VIII había dado órdenes precisas para que se suspendiera su culto. ¿Por qué iba entonces a aceptar que aquel regalo que buscaba para ellos fray Juan de Salas venía de la misma Virgen?

El viejo franciscano alzó al fin su presente:

—Este rosario —dijo muy solemne, tendiéndoles un collar en perfecto estado—, fue un obsequio de la dama azul a dos indios de Cueloce.

En los ojos del inquisidor brilló un destello de codicia. Tomó entre sus manos aquellas cuentas negras y besó la cruz. Luego lo tendió a Alonso de Benavides para que lo examinara. Éste se limitó a echarle un vistazo, guardándose el rosario bajo los hábitos.

—Decidme —dijo al fin el padre Benavides, con un fuerte acento portugués—: ¿cómo llegó a vuestras manos este... regalo?

—La dama azul se lo confió a una pareja de jumanos. Es evidente que Nuestra Señora ha querido darnos una prueba de sus apariciones.

—Dejadme la teología a mí —lo atajó el custodio—. Decidme: ¿y por qué no se presentó esa dama directamente a vos, padre?

—Eminencia —intervino el joven Diego López—: vos sabéis que Dios guarda esas razones sólo para sí. No obstante, si me permitís el comentario, la Virgen sólo se aparece a los limpios de corazón y a quienes más la necesitan. ¿O acaso no ha sido a niños y pastores a quienes siempre se ha manifestado?

—¿Vos también creéis lo mismo? —preguntó secamente el padre custodio al anciano padre Salas.

—Sí, eminencia.

—¿Creéis entonces que la dama es una aparición de Santa María?

—La dama, padre, es una manifestación inédita de Nuestra Señora. Estamos seguros de ello.

El portugués enrojeció. Se acarició el bolsillo en el que había guardado el rosario, tanteándolo, y dio un sonoro puñetazo sobre la mesa. Todas las miradas se clavaron en él.

—¡Pero eso no es posible! —estalló.

—Fray Alonso, por favor... —Esteban de Perea trató de apaciguarlo, acercándosele con un búcaro de agua fresca—. Ya hemos discutido ese asunto antes.

—¡No es posible! —repitió—. Tenemos otro informe que contradice vuestra conclusión. ¡Que invalida vuestra hipótesis! ¡Que aclara este engaño!

Benavides no se dejó aplacar.

—¿No han leído la declaración de fray Francisco de Porras? ¡Ahí está todo!

—¿Fray Francisco de Porras?

Esteban de Perea tomó la palabra:

—Ellos no pueden conocer semejante cosa, padre Benavides. Ese documento llegó después de su partida a la Gran Quivira.

—¿Documento? —el rostro del padre Salas estaba lívido—. ¿De qué documento hablan?

El inquisidor se le acercó con un gesto compasivo en el rostro. Sentía un profundo respeto por aquel anciano que había consagrado su vida a predicar en una región tan yerma, tan dura. Y casi lamentaba tener que contradecirlo.

—Veréis, padre —dijo conciliador—: después de que ustedes partieran con los jumanos, el padre Benavides envió otra expedición de frailes al norte de estos territorios.

—¿Porras? —insistió.

El padre Salas había oído hablar de él.

—Fray Francisco de Porras, en efecto, encabezó el grupo. Se trataba de una pequeña expedición de cuatro frailes y escoltada por doce hombres armados. Llegaron el día de San Bernardino a Awatovi, el mayor poblado moqui, y allá fundaron una misión a la que han dado ese nombre. Fue allí —continuó— donde recogieron la noticia que queremos daros, padre Salas.

—¿Una noticia? ¿De los moquis?

—Sin duda habréis oído hablar de ellos bajo otra denominación. Esos indios se hacen llamar también hopis o hópitus, que significa «los pacíficos». Viven a unas sesenta leguas de aquí.

Fray Alonso todavía los miraba con el semblante enrojecido. Para él era inaceptable que la Virgen Santísima hubiera «perdido el tiempo» instruyendo a aquellos infieles. Debía de existir, sin duda, una solución «más racional» a aquel rompecabezas. Y Benavides, con aquel español de acento extraño, estaba dispuesto a armarlo:

—La expedición a tierra moqui regresó ayer mismo —anunció—, y nos informó de su primer contacto con los habitantes de Awatovi.

—¿Y bien?

—La expedición del padre Porras alcanzó su objetivo el pasado 20 de agosto. Allí se encontró una población hospitalaria pero reticente a nuestra fe. Sus cabecillas enseguida quisieron poner a prueba a los recién llegados, para desacreditarlos.

—¿Ponerlos a prueba? ¿A los frailes? ¿Cómo?

—Allí los hechiceros son muy poderosos, padre. Tienen a la población acobardada con sus historias de kachinas y espíritus de los antepasados. Nuestros padres trataron de combatirlos hablándoles del Creador Todopoderoso, así que los brujos, torticeramente, les llevaron un niño ciego de nacimiento y les pidieron que lo curaran en nombre de nuestro Dios...

—¿Los moquis no vieron a la dama azul?

—Aguardad, padre —le rogó Esteban de Perea—. Lo que ocurrió allí fue diferente.

—¿Diferente?

—¿Recordáis cuando hace más de un mes interrogamos a Sakmo, el jumano?

—Como si fuera ayer, padre Esteban.

—¿Y recordáis cuando fray García de San Francisco, nuestro hermano de Zamora, le mostró el retrato de la madre María Luisa de Carrión?

—¡Claro que lo recuerdo! El guerrero dijo que la dama azul que él había visto tenía un cierto parecido con ella, pero que la mujer del desierto era más joven.

—Pues bien, hermano, nuestro padre custodio tiene razones para creer que esa monja, la madre María Luisa, está interviniendo de forma milagrosa en nuestras tierras.

—¿Y eso por qué? —dijo incrédulo, casi irritado, buscando la cara vigilante de Benavides.

—No os exaltéis, os lo ruego —dijo éste—. Los padres que visitaron a los moquis eran devotos de la madre María Luisa. Así que, cuando los jefes indios les llevaron a aquel pequeño,

colocaron sobre sus ojos una pequeña cruz de madera con ins-
cripciones, que había bendecido esa monja en España. Por
su gracia, después de orar con aquel crucifijo encima del muchacho, éste sanó.

Fray Alonso, más calmado, añadió:

—¿Lo comprenden ya, padres míos? El niño se curó por
mediación de la cruz de la madre Carrión. ¡Ella es la que está
interviniendo aquí!

—¿Y dónde ve Su Eminencia la mano de la dama azul en
ese episodio, padre Benavides? —protestó fray Diego enérgi-
camente—. Que un niño sane por una cruz bendecida no…

El padre Benavides lo atajó:

—La conexión es evidente, hermano. Si un objeto bendecido por la madre María Luisa sana, ¿por qué no admitir que
también ella puede bilocarse, desdoblarse hasta estas tierras, y
ayudarnos discretamente en nuestra tarea? ¿Acaso no es una
religiosa franciscana como nosotros? ¿No velaría por nuestro
éxito si estuviera en su mano?

—Pero…

—Por supuesto, este prodigio será estudiado por mi sucesor, el padre Perea —sentenció—. Él será quien demuestre si
existe o no relación entre ambos sucesos. No obstante, antes
de que regrese a España, hay algo que quiero que comprueben
por ustedes mismos.

Juan de Salas estiró el cuello y fray Diego dio un par de
pasos hacia la mesa para contemplar lo que Benavides quería
mostrarles. Colocó frente a los frailes el rosario de Ankti y la
cruz de la madre Carrión. Hurgó entre las cuentas hasta localizar la cruz de plata que cerraba el objeto y la situó junto a la
traída por los otros frailes desde tierras moquis.

—¿Lo ven? ¡Son como dos gotas de agua!

El padre Salas tomó ambas cruces en las manos, llevándoselas hasta los ojos. En efecto, tenían el mismo tamaño y los mismos bordes en relieve. Las miró con detenimiento, sopesándolas entre sus arrugados dedos.

—Con todos mis respetos, padre Benavides —dijo al fin—: todas las cruces se parecen.

Y fray Diego le secundó rotundo.

—Eso no prueba nada.

CINCUENTA

MADRID

*E*l número 20 del Paseo de Recoletos bullía de actividad a las nueve de la mañana. Visto desde la acera de los Apartamentos Colón, aquel fabuloso inmueble neoclásico daba la impresión de ser un hormiguero gigante: preciso y ordenado. Lleno de vida.

José Luis Martín y Carlos Albert caminaron decididos hacia la garita de seguridad. Sus nombres figuraban en la lista de visitantes previstos, así que no les resultó difícil acceder al área reservada de la Biblioteca Nacional y ser llevados de inmediato hasta el despacho del director. El hormiguero pronto se transformó en un palacio suntuoso, de corredores de mármol y valiosas obras de arte que vigilaban a los visitantes desde casi cualquier ángulo. Y don Enrique Valiente, cual «hormiga reina» en aquel laberinto, los recibió en una estancia amplia de paredes de madera, sentado tras una mesa de caoba que tendría no menos de doscientos años.

—Me alegra verlos —dijo mientras estrechaba la mano a sus visitantes—. ¿Saben ya algo del manuscrito Benavides?

José Luis negó con la cabeza.

—Todavía no —admitió—. Pero lo recuperaremos. No se preocupe.

El señor Valiente no estaba tan seguro. Hizo un gesto e invitó a sus huéspedes a tomar asiento. Tenía cierto aspecto quijotesco. Delgado, con barba bien recortada y frente limpia, su mirada era despierta y franca. De no llevar aquel impecable traje de lana merina y corbata azul, a José Luis y Carlos les hubiera parecido estar ante don Alonso Quijano en su biblioteca atestada de libros de caballerías. Mientras terminaba las presentaciones de cortesía, don Enrique comenzó a remover, nervioso, el mar de notas, tarjetones, boletines oficiales y recortes de prensa que poblaban su mesa.

—¡Ojalá den con él antes de que lo despedacen y lo vendan como láminas! —gruñó mientras asía la agenda que, al parecer, estaba buscando—. No se pueden imaginar la mala suerte que estamos teniendo últimamente con estos manuscritos.

—¿Mala suerte? —el policía se extrañó—. ¿A qué se refiere?

—¡Ah! ¿No se lo dijimos cuando vinieron a investigar el robo?

—¿Decirnos qué, señor Valiente?

—Que hace sólo una semana sufrimos otra agresión a nuestro fondo histórico. Y curiosamente a un texto emparentado con el manuscrito desaparecido.

Carlos y José Luis se miraron sorprendidos.

—Fue a finales de marzo —prosiguió—. Una ciudadana italiana llegó a nuestra sala de lectura y solicitó un ejemplar de un libro impreso en 1692, escrito por un jesuita gaditano llamado Hernando Castrillo. Ciertamente es un libro extraño —dijo, buscando algo a su alrededor—. Se titula *Historia y magia natural o Ciencia de Filosofía oculta* y es una especie de enciclopedia popular de la época.

—¿Y por qué dice que está emparentado con...?

—Deje, deje que se lo explique.

Don Enrique Valiente se hizo con un ejemplar del mismo título, sacándolo del aparador que tenía a sus espaldas.

—¡Aquí está! Este es el libro en cuestión.

El ejemplar que enarbolaba era un sólido tomo de cubiertas de cuero, lomo rígido, bien cosido y un tejuelo con el nombre del autor pegado en el centro.

—Esa mujer intentó arrancar uno de los capítulos —dijo mientras hojeaba aquella joya—. Uno titulado «Si la noticia de la fe ha llegado a los fines de América». ¿No les parece curioso?

Carlos dio un respingo:

—¡Un texto sobre la evangelización de América! ¡Como el *Memorial de Benavides*!

—¿Y qué ocurrió con la italiana? —lo abordó José Luis, más pragmático.

—¡Eso fue lo más extraño! La bibliotecaria de turno la sorprendió mientras trataba de cortar las páginas de ese capítulo. Naturalmente, la detuvo y le pidió que aguardara sentada en su pupitre a que llegara un guardia de seguridad.

—¿Y...?

—¡Y se esfumó!

—¿Cómo que se esfumó?

Don Enrique, serio, apoyó las dos manos sobre el caos de su mesa, y miró fijamente a José Luis.

—Es justo lo que le estoy diciendo, agente. Se esfumó. Aquella mujer se volatilizó. Desapareció. Se desintegró. Como un fantasma.

—¿No me irá a decir que también tienen ustedes fantasmas aquí, como en el Palacio de Linares?

Carlos sonrió al recordarle al director aquel episodio. Sólo quinientos metros calle abajo, en el número 2 del mismo

Paseo de Recoletos, un viejo caserón se había hecho famoso por el rumor de que estaba infestado de espíritus. Ocurrió hacía justo un año. Toda la prensa se había hecho eco del asunto, y algunas revistas incluso distribuyeron cintas de casete con las supuestas voces de las ánimas.

—Lo que le estoy diciendo es muy serio, señor —dijo el señor Valiente, sin quitar la vista de encima a Carlos—. Esa mujer era real. Se registró en la entrada. Sacó su tarjeta de lectora. Rellenó su ficha para pedir el libro de Castrillo, y después se evaporó.

—Como un fantasma, sí —remató José Luis incrédulo.

—¿Podría echarle un vistazo al libro?

La petición del periodista no sorprendió al director de la Biblioteca.

—¡Vaya, amigo! —exclamó el periodista al recibir el libro.

Carlos lo había abierto por el capítulo agredido. El policía se inclinó sobre el volumen, tratando de identificar la fuente de la sorpresa. Aquellas páginas aún estaban cosidas al lomo, aunque una tira de tela gris tapaba la hendidura hecha por el «fantasma». La herida era profunda.

—¿Qué ocurre, Carlitos?

—Mira esto. El autor se pregunta si alguien había logrado evangelizar partes del Nuevo Mundo antes de la llegada de Colón a América.

—¡No me digas!

Don Enrique Valiente los miraba sin pestañear.

—Aquí dice bastante claro que la dama azul no fue la primera. Dice que los primeros jesuitas que alcanzaron Sudamérica descubrieron que otros cristianos predicaron por allá siglos antes que ellos.

—Es un libro muy curioso, sí —terció el director en tono profesional—. También dice que el propio Colón se dio cuenta de que los indios de las Antillas veneraban formas adulteradas de la Santísima Trinidad. Y refiere que en Paraguay se conservaba incluso el recuerdo del paso de un tal Pay Zumé, que, cruz en ristre, predicó la buena nueva de la resurrección doscientos años antes de la llegada de los españoles.

—Y eso... ¿se admite?

José Luis tenía cara de estar escuchando un auténtico disparate. ¿Misioneros católicos en América antes de Colón?

—Bueno —don Enrique dudó—: lo que dijeron los jesuitas entonces, supongo que para no contradecir los intereses de la corona española, es que aquel prodigio debía ser obra de santo Tomás. Tiene su gracia: ¡el apóstol escéptico de Jesús!

—¿Y por qué Santo Tomás?

—Creían que ese *Pay Zumé* de los indios era una deformación fonética de *santo Tomé* o *santo Tomás*. Aunque lo más curioso de esto es que existen pruebas arqueológicas que sugieren que, en efecto, hubo misioneros paseándose por América antes de 1492.

—¿Ah sí?

—Por ejemplo, en las ruinas de Tiahuanaco, cerca del lago Titicaca. Allí, en el altiplano boliviano, existe un monolito de más de dos metros de altura que representa a un hombre con barba. Y, como ustedes sabrán, los indios de esas latitudes son imberbes. La estatua se encuentra hoy en un recinto semisubterráneo, como las kivas de los nativos de Norteamérica, llamado *Kalasasaya*. Se cree que representa a un predicador. Incluso —añadió—, muy cerca existen otras estatuas a las que los indígenas llaman «monjes», y que bien podrían haber representado a esos primeros evangelizadores cristianos, muy anteriores a Colón o Pizarro.

Al escucharlo, José Luis se encogió de hombros:

—¿Y por qué le interesaría a alguien robar algo así?

—También yo me lo pregunto, agente. La mujer pudo habernos pedido un microfilme. Pero su interés parecía otro: quería hacer desaparecer ese capítulo. Con frecuencia, ese tipo de cosas sólo las hacen tarados que no quieren que nadie más acceda a una determinada información.

—¿Tarados? —el instinto del policía se afiló—. ¿Sabe si a la bibliotecaria le llamó la atención algo de aquella visitante?

—Ahora que lo pregunta, la verdad es que sí. Al rellenar la ficha, dijo que acababa de llegar de Brasil.

—¿Brasil?

—Sí. Le dijo que había viajado allí para visitar en el estado de Bahía, en Todos los Santos, una roca en la que aún pueden verse unas huellas de unos pies humanos grabadas en ella. Los indios dicen que son huellas de Pay Zumé. También dijo que en Itapuã, en Cabo Frío o en Paraíba existían más huellas como esas... Da la casualidad —añadió— de que la bibliotecaria que la atendió era brasileña y jamás había oído hablar de esas cosas antes. Por eso lo recordaba tan bien.

—Ya.

El policía se quedó mirando a su interlocutor.

—¿Y qué me dice de esa llamada que recibió ayer de Estados Unidos?

—¿La que preguntó por el *Memorial de Benavides*? —el director miró a José Luis a los ojos—. ¡Eso sí me sorprendió!

—Cuéntenos.

—¡Figúrense! No es normal que nos roben un manuscrito de un franciscano del siglo XVII y que al cabo de unas horas me llame una psiquiatra de Estados Unidos, preguntándome por un fraile que aparece citado en el libro robado.

—Normal no es, ¿verdad José Luis?

La acotación de Carlos tenía su ironía. El policía y antiguo sacerdote, era de los que creía que nada era azar. Que todo estaba programado. ¿Lo estaba también aquella llamada en particular? ¿O aquel caso en general?

—La cuestión es que tomé su dirección y su teléfono para informarle si lograba saber algo más de ese fraile —añadió don Enrique—. ¡Estaba muy interesada! Me dijo que una paciente suya estaba teniendo extrañas visiones que concernían a ese periodo.

—¿Mencionó la dama azul?

El director asintió.

—Desde luego. Todo esto es muy raro, ¿no les parece?

—¿Podría facilitarnos esos datos, señor Valiente?

Don Enrique garabateó algo en un bloc de notas, y le tendió la hoja al policía:

—Haremos lo que podamos —dijo al recibirla—. Aunque está fuera de nuestra jurisdicción, gracias a Interpol el FBI suele colaborar en esta clase de asuntos. Sobre todo si están relacionados con patrimonio.

—¿No podríamos ir nosotros a Estados Unidos?

José Luis ahogó una carcajada ante la ingenuidad de Carlos.

—¿Nosotros? Si ya me fue difícil que el Cuerpo Nacional de Policía pagara las dietas de nuestro viaje a Bilbao, imagínate un vuelo a... —echó un vistazo a la información que tenía en las manos—...¡a Los Ángeles!

Pero al periodista se le ocurrió una idea.

Tal vez era una locura pero, ¿qué perdía por probar?

—Seguramente la policía no pueda pagarte un viaje a Los Ángeles —dijo—, pero mi revista podría hacer un esfuerzo por mí. Si me das una credencial y me facilitas un contacto con Interpol, podría averiguar algo. Te prometo que te lo contaré todo antes de publicarlo.

—¿Y por qué no? —saltó don Enrique, entusiasmado con

la idea—. Yo también me muero de curiosidad. Y al prestigio de esta Biblioteca le convendría saber el paradero del manuscrito.

José Luis se rascó la barbilla, meditabundo:

—Está bien, don Enrique: déme una buena pista para que yo pueda seguir este caso en Madrid, mientras a Carlitos lo mandamos a los Estados Unidos.

—¿Una buena pista?

El director no apreció la fina ironía de aquellas palabras. En realidad, no le estaba pidiendo nada. Sólo buscaba una excusa para acabar la conversación de forma amigable. Pero a don Enrique Valiente, la presión le llevó a decir algo curioso:

—¿Qué le parecería otro detalle sobre la italiana que quiso llevarse las páginas de Castrillo?

José Luis no esperaba aquello.

—Es un detalle de mujeres —dijo, restándole importancia—. Verá: la bibliotecaria me dijo que esa mujer llevaba los mocasines rojos más llamativos que había visto en su vida.

—¿Cómo dice?

—Que aquella mujer que iba de negro impecable, calzaba unos mocasines rojos muy poco comunes.

—¿De veras?

Algo le crujió por dentro a José Luis Martín. Se hubiera jugado la placa a que aquello era una buena pista.

Pero pista ¿de qué?

CINCUENTA Y UNO

«*M*aldito excéntrico», pensó, para luego arrepentirse.

Giuseppe Baldi cruzó a regañadientes la puerta de Filarete, la *loggia delle benedizione* de la basílica más famosa de la cristiandad, y se dirigió a la zona en la que los turistas hacían cola para ascender a la cúpula de San Pedro del Vaticano.

Tras echar un vistazo a los confesionarios del muro sur, buscó el número 19. Los dígitos apenas eran visibles sobre aquellas cajas de madera, pero si prestaba atención, un buen observador podía terminar intuyendo lo que un día fueron unos espléndidos números romanos pintados en oro y marcados en el ángulo superior derecho de cada «locutorio divino». El XIX se correspondía con el más oriental de todos; el más cercano al ampuloso cenotafio de Adriano VI, y lucía un mohoso cartel que anunciaba las confesiones en polaco del sacerdote responsable, el padre Czestocowa.

Baldi se sentía ridículo. Se avergonzaba sólo de pensarlo. Debía de hacer un siglo que nadie usaba los confesionarios para una reunión discreta entre clérigos, y mucho menos en unos tiempos en los que el Vaticano disponía ya de salas a prueba de escuchas ilegales. Aunque admitía que era improbable que los sofisticados micrófonos que tanto gustaba colocar en despachos cardenalicios a los servicios de seguridad del

Santo Oficio y de otras «agencias» extranjeras hubieran llegado allí.

El benedictino no tenía elección. La cita era inequívoca. Aún más, incuestionable. Un mensaje depositado en la taquilla de la residencia en la que pernoctaba, no le había dejado otra opción.

Así pues, obediente, el veneciano terminó hincando las rodillas en el lado derecho del confesionario diecinueve. Como era previsible, ningún polaco esperaba a esa hora para recibir la absolución. Los paisanos del Santo Padre solían emplear ese momento del día para dormitar o ver la tele.

—Ave María Purísima —susurró.

—Sin pecado concebida, padre Baldi.

La respuesta del otro lado de la celosía le confirmó que había elegido bien. El «evangelista» trató de disimular su entusiasmo.

—¿Monseñor?

—Me alegro de que hayas venido, Giuseppe —dijo—. Tengo noticias importantes que comunicarte y albergo razones para creer que ni mi despacho es ya un lugar seguro.

La inconfundible voz nasal de Stanislaw Zsidiv traía consigo ciertos aires funestos que intranquilizaron al «penitente». Su ritmo cardiaco se aceleró.

—¿Se sabe algo nuevo sobre la muerte del padre Corso?

—Los análisis de adrenalina en la sangre han descubierto que «San Mateo», nuestro amado Corso, recibió una fuerte impresión antes de su muerte. Algo que lo impactó tanto que decidió acabar con su vida.

—¿Qué pudo ser, eminencia?

—No lo sé, hijo. Pero algo terrible, sin duda. Ahora, como os habrá dicho el doctor Ferrell, todos los esfuerzos se concentran en saber quién fue la última persona que atendió al padre Corso y si influyó o no en su decisión de quitarse la vida.

—Entiendo.

—Pero no te he hecho venir para eso, hijo mío.

—¿Ah, no?

—¿Recuerdas cuando hablamos en mi despacho del *Memorial* de Benavides?

Monseñor puso a prueba la retentiva de Baldi.

—Si no recuerdo mal, era un informe redactado por un franciscano del siglo XVII sobre las apariciones de la dama azul en el sur de los Estados Unidos...

—En efecto —asintió Su Eminencia satisfecho—. Aquel documento, como te dije, fascinó a Corso en sus últimos días, porque creyó ver en él la descripción de cómo una monja de clausura se había trasladado físicamente de España a América para predicar a los indios... ¡en 1629!

—Sí. Ya entiendo.

—Lo que no sabéis es que Corso anduvo preguntando por un manuscrito inédito del mismo padre Benavides, en el que se identificaba la dama azul con una monja llamada sor María Jesús de Ágreda, y daba cuenta del procedimiento que ésta usó para bilocarse a América.

—¿La fórmula de la biloc...?

—Así es.

—¿Y lo encontró? ¿Dio con ese manuscrito?

—Eso es lo grave, hijo mío. Se trata de un texto al que nadie había concedido la menor atención hasta ahora. Corso lo buscó en los archivos pontificios, pero no lo halló. Sin embargo, en esos mismos días alguien entró en la Biblioteca Nacional de Madrid y robó un manuscrito que perteneció al rey Felipe IV.

El confesor resopló antes de que el benedictino reaccionara:

—Sí, Giusseppe. Era el memorial que buscaba «San Mateo».

La mente del veneciano luchaba desesperada por encontrar una relación lógica en todo aquello.

—Según nos informaron esta mañana —prosiguió Zsidiv—, la policía española no ha detenido aún a los ladrones, pero todo apunta a que se trata de un trabajo de profesionales. Quizá los mismos que robaron los archivos del padre Corso.

—¿Por qué sospecháis eso, eminencia?

—Tengo la impresión de que alguien quiere hacer desaparecer toda la información relativa a la dama azul. Alguien de dentro. Alguien que quiere perjudicar el avance de nuestra Cronovisión, y que no parece reparar en medios para lograrlo.

—¿Y por qué tantas molestias?

—Lo único que se me ocurre —murmuró Zsidiv— es que ese «alguien» haya desarrollado una investigación paralela a la nuestra, haya obtenido resultados satisfactorios, y ahora esté borrando las pistas que le condujeron al éxito.

Baldi protestó.

—Pero eso no son más que conjeturas.

—Por eso te he hecho venir hasta aquí. No me siento seguro en San Pedro, hijo. Las paredes oyen. Y hasta el Santo Oficio ha convocado una asamblea interna para revisar qué está sucediendo con este asunto. Una asamblea al más alto nivel.

—¿Creéis, eminencia, que el enemigo está en el seno de la Iglesia?

—¿Y tú qué otra idea propones, Giusseppe?

—Ninguna. Quizá si supiéramos lo que contenía ese documento robado, sabríamos por dónde empezar a investigar…

Monseñor hizo un esfuerzo por estirar las piernas dentro de aquella especie de ataúd vertical. Y lacónico, comentó:

—Eso sí lo sabemos.

—¿De veras?

—Pues claro, hijo. Benavides actualizó su *Memorial* de Nuevo México aquí, en Roma. Hizo dos copias del mismo: una para Urbano VIII y otra para Felipe IV. La copia robada es la segunda.

—Entonces, ¡lo tenemos!

—Sí y no…—matizó—. Verás. Fray Alonso de Benavides fue Custodio de la provincia de Nuevo México hasta septiembre de 1629. Después de interrogar a los misioneros que habían recogido datos de la dama azul, marchó a México, desde donde su superior, el arzobispo vasco Manso y Zúñiga, lo envió a España a completar cierta investigación…

—¿Qué investigación, eminencia?

«San Juan», el coordinador del proyecto de Cronovisión, sonrió al otro lado de la celosía:

—Benavides salió de Nuevo México convencido de que la dama azul era una monja con fama de milagrera en Europa, llamada María Luisa de Carrión. El único problema es que los indios la describieron como una mujer joven y guapa, y la madre Carrión pasaba ya de los sesenta años. Sin embargo, aquello no persuadió a Benavides. Y en lugar de creer que la dama azul podía ser una nueva aparición de la Virgen de Guadalupe, prefirió creer que el «viaje por los aires» había rejuvenecido a María Luisa de Carrión.

—¡Tonterías!

—Era el siglo XVII, hijo. Nadie sabía qué podía pasarle a alguien que volara.

—Ya, pero…

—Déjame explicarte algo más, hijo —lo atajó—. Algo que he averiguado esta mañana en el *Archivio Segreto*.

Baldi abrió bien sus oídos.

—En la ciudad de México, el arzobispo mostró a Benavides una carta de cierto fraile franciscano llamado Sebastián Marcilla, en la que le hablaba de otra monja más joven, mística, que también sufría toda clase de arrobos sobrenaturales.

—¿Se bilocaba?

—Esa era una de sus gracias, en efecto. Su nombre era sor María Jesús de Ágreda. Manso y Zúñiga, extrañado por la noticia, envió al mismísimo Benavides a España a investigar. Cruzó el Atlántico a principios de 1630, desembarcó en Sevilla y de allí viajó a Madrid y Ágreda a investigar. Interrogó en persona a la supuesta dama azul, y se instaló aquí, en Roma, para redactar sus conclusiones.

—Entonces, ¿por qué decís que la copia del *Memorial* que hizo para el Papa no sirve?

—Porque la del rey de España y la del Papa no eran exactamente idénticas. Para empezar, la del Santo Padre la fechó por error en 1630. Y así consta en el *Archivio*. De ahí que Corso no la encontrará. Y, en segundo lugar, en el ejemplar que Benavides envió al rey, el portugués añadió ciertas notas en los márgenes, con especificaciones de cómo creía él que la monja se había trasladado físicamente, llevando consigo objetos litúrgicos que repartió entre los indios.

—¿Objetos litúrgicos?

—Rosarios, cálices… Todo eso hallaron los franciscanos cuando llegaron a Nuevo México. Los guardaban los indios como presentes de la dama azul. Benavides se hizo con un rosario con el que pidió ser enterrado.

—¿Y cómo pudo esa dama…?

—Según parece, hijo mío, mientras la madre Ágreda caía

en trance en su monasterio y se quedaba como dormida, su «esencia» se materializaba en otro lugar. Se hacía carne.

—¡Como los «soñadores» de Ferrell!

—¿Cómo?

Baldi adivinó el gesto de sorpresa del cardenal Zsidiv tras la rejilla del confesionario.

—Pensé que ya lo sabíais, eminencia.

—¿Saber qué?

—Que el último experimento de Corso y ese *dottore* trató de enviar al tiempo de la dama azul, a Nuevo México, a una mujer a la que llamaron «soñadora». Querían que se hiciese con el secreto de esos viajes y se lo sirviera en bandeja al INSCOM.

—¿Y lo consiguieron?

—Bueno: a la mujer la dieron de baja en el experimento. Dijeron que tenía la mente turbia y dejó de trabajar con ellos. Regresó a Estados Unidos, pero no he podido dar aún con su pista.

—¡Localízala! —ordenó Zsidiv muy serio—. ¡Ella tiene la clave! ¡Estoy seguro!

—Pero, ¿cómo lo haré?

El cardenal se acercó tanto a la celosía que Baldi pudo sentir su aliento sobre el rostro.

—Déjate llevar por las señales —dijo.

CINCUENTA Y DOS

De los rigores del desierto de Nuevo México al sofocante verano de la meseta castellana. Así saltó Jennifer Narody de escenario y de tiempo, con la facilidad que sólo permiten los sueños. Pero ¿sueños? ¿Sin más? ¿Y por qué se encadenaban éstos como si fueran secuencias lógicas? ¿Acaso estaba «canalizando» recuerdos de otro tiempo, de una época a la que, por alguna misteriosa razón, ella estaba vinculada?

¿Estaba en lo cierto la doctora Meyers cuando mencionó la memoria genética? Y en ese caso, ¿entroncaban todas sus visiones con sus remotísimos antepasados indígenas?

Jennifer se acomodó bajo las sábanas de algodón, buscando la mejor postura para seguir durmiendo.

Si era así, si todos aquellos sueños formaban una historia real, quería saberlo. Empezaba a creer que durante sus sesiones en la «sala del sueño» en Fort Meade, o quizá en el tiempo que pasó en Italia, habían inyectado en su mente imágenes que ahora afloraban a su mundo onírico. Se sentía sucia, como si hubiesen profanado su intimidad. Pero a la vez intrigada. Quería saber adónde la llevarían sus visiones. Y así, sueño tras sueño, Jennifer se iba enfrentando a escenarios cada vez más lejanos y exóticos.

Por ejemplo, España.

Jamás había estado allí. Nunca se preocupó por la historia de los Austrias, la todopoderosa dinastía imperial de ese país, ni jamás se interesó por su capital, Madrid. Sin embargo, la clara imagen de un edificio fortificado, con balcones de forja negra y galerías en penumbra, impregnaba ahora sus retinas. También en esta ocasión Jennifer Narody supo a qué tiempo y lugar pertenecía aquel inmueble.

Iba de sorpresa en sorpresa.

CINCUENTA Y TRES

ALCÁZAR DE MADRID
SEPTIEMBRE DE 1630

*H*abéis causado una honda impresión en Su Majestad, fray Alonso.

—Ésa era mi intención, padre.

—El rey recibe decenas de memoriales cada temporada sobre los más variados asuntos, pero sólo el vuestro ha merecido el honor de ser impreso por nuestra Imprenta Real.

Fray Alonso de Benavides caminaba despacio, deleitándose con las pinturas de Tiziano, Rubens y Velázquez que Felipe IV había colgado en la Torre de Francia. A diferencia de sus austeros predecesores, el joven rey pretendía animar los oscuros corredores del Alcázar, del palacio real de los Austrias, con soberbias obras de arte.

Al padre Benavides lo acompañaba fray Bernardino de Siena, Comisario General de la Orden de San Francisco, un viejo conocido del monarca al que éste profesaba una nada disimulada simpatía.

Fray Bernardino era un hombre diestro en las relaciones diplomáticas. Un personaje envidiado por los superiores de otras órdenes, que no conseguían tantos favores reales. Y también el único responsable de haber hecho correr por la corte el rumor de que un milagro había impulsado las conversiones franciscanas de Nuevo México.

Un genio de la estrategia palaciega, en suma.

—La audiencia con Su Majestad tendrá lugar excepcionalmente en la biblioteca —le confió fray Bernardino al padre Benavides, mientras eran escoltados por un mayordomo vestido de negro.

—¿Excepcionalmente?

—Sí. Lo habitual es ser recibidos en el Salón del Rey, pero a Su Majestad le agrada saltarse el protocolo en algunos asuntos.

—¿Es una buena señal?

—Excelente. Como os digo, vuestro manuscrito lo ha impresionado y desea escuchar de vuestros labios otros detalles relativos a vuestra expedición. En especial, todo lo que recordéis de ese asunto de la dama azul.

—Entonces, es verdad que ha leído mi informe...

—De la primera palabra a la última —sonrió satisfecho el Comisario—. Por eso, padre, si logramos interesarlo, tenemos garantizado el control de la futura diócesis de Santa Fe. El destino de la Orden está hoy en vuestras manos.

El mayordomo se detuvo frente a una sobria puerta de roble. Giró en redondo hacia sus huéspedes y les pidió que aguardasen. A continuación, con gran pompa, entró en una estancia precariamente iluminada para realizar una exagerada reverencia.

Desde el umbral, se intuía que aquella era una sala amplia, con balcones de hierro forjado al fondo. Una alfombra roja cubría parte del suelo y la sombra de un enorme planisferio de cobre se adivinaba en uno de sus ángulos.

—Majestad —anunció el mayordomo—, vuestra visita ha llegado.

—Hágalos pasar.

La voz sonó fuerte y grave. Fray Bernardino, familiarizado con aquellos menesteres, tomó la delantera, arrastrando tras de sí al padre Benavides. La certeza de saberse en Palacio, a pocos pasos del monarca más poderoso del mundo, le produjo un leve escalofrío.

Y en efecto. Al fondo de aquel salón cubierto de libros y tapices, estaba el rey. Sentado en una silla forrada en seda, con reposabrazos de cuerda, contemplaba en silencio a los recién llegados. Detrás suyo, de pie, se encontraba el mayordomo principal. Al verlos, anunció en voz alta la identidad de sus huéspedes.

—Majestad, el comisario general de la orden de nuestro seráfico padre San Francisco, fray Bernardino de Siena, y el último padre custodio de sus dominios del Nuevo México, fray Alonso de Benavides, ruegan vuestra atención.

—Está bien, está bien.

El rey, con ademán informal, lo hizo callar.

Tenía buen aspecto: pese a su rostro lánguido y cansino, herencia de su abuelo Felipe II, en sus mejillas despuntaba un sano color rosado. Los rumores sobre su salud nunca eran buenos. Sus ojos azules brillaban más aún que sus cabellos claros, y su cuerpo parecía razonablemente fuerte. Saltándose el protocolo, el joven monarca se levantó de su trono y, dirigiéndose a fray Bernardino, le besó la mano.

—Padre, hace tiempo que ansiaba veros.

—Yo también, Majestad.

—La vida en esta corte es monótona y sólo los progresos en mis dominios de ultramar me ayudan a distraer mis preocupaciones.

Felipe, varón de sólo veinticinco años, hablaba ya como

un auténtico rey. Acababa de dejar atrás una adolescencia salpicada de excesos y una vida controlada por su valido, el Conde Duque de Olivares, y ahora desprendía una serena majestad.

—Ha venido conmigo el padre Benavides, el autor del documento que tanto os ha interesado —anunció fray Bernardino—. Desembarcó en Sevilla el día primero de agosto.

Fray Alonso se inclinó levemente, en señal de respeto al rey.

—Bien, bien, padre Benavides... Así que vos sois quien afirma que la madre María Luisa se ha aparecido en Nuevo México y ha convertido a nuestra fe algunas tribus de indios.

—Bueno, Majestad, por el momento es sólo una hipótesis.

—¿Y acaso vuestra paternidad sabía que sor Luisa de la Ascensión, más conocida por el vulgo como la monja de Carrión, es una vieja amiga de esta Real Casa?

El padre Benavides abrió los ojos de par en par.

—No, majestad. Lo ignoraba por completo.

—Sin embargo, vuestro informe me ha resultado confuso en un punto. Según vuestro escrito, la mujer que apareció ante los indios del norte era joven y hermosa.

—Sí, así es. También eso nos confunde a nosotros, majestad.

—¿Y cómo puede ser esto, si la madre María Luisa está ya vieja y achacosa?

—Mi rey —fray Bernardino interrumpió al monarca, al ver que el custodio de Nuevo México titubeaba—, aunque la descripción dada por los indios al padre Benavides no coincida, está más que probada la capacidad de bilocación de la madre Luisa. No sería de extrañar, por tanto, que...

—Eso ya lo sé, padre.

Los ojos del monarca se clavaron en el superior de los franciscanos. Una chispa de malicia brilló en ellos, antes de que Felipe IV desviara sus nuevas preguntas hacia él.

—¿Acaso vos no recordáis, fray Bernardino, que mi padre se carteó con la monja de Carrión durante años, o que mi reina todavía lo hace? Vos mismo la interrogasteis sobre sus desdoblamientos hace algunos años. Fuisteis vos quien determinasteis que esta monja llegó a desplazarse milagrosamente a Roma e incluso romper un vaso con vino envenenado para el papa Gregorio XV antes de que lo bebiese...

—*Requiescat in pace...* —murmuró el comisario.

—Y también comprobasteis que la madre Luisa estuvo por gracia de Dios junto al lecho mortal de mi padre, acompañándolo hasta el momento de ascender a los cielos.

—Sí, Majestad. Mi memoria es frágil y lo lamento. Sin embargo, recuerdo cómo la madre María Luisa me habló de un ángel que la transportó de su monasterio a esta corte, y cómo fue ella quien convenció a Su Majestad Felipe III de que muriera con el hábito franciscano puesto.

—Eso ya pasó —al rey le incomodaba hablar de su padre, así que se fijó de nuevo en Benavides—. Sin embargo, vuestro informe sigue sin coincidir con la descripción actual de la madre María Luisa...

—En realidad, estamos indagando en otras direcciones.

—¿Otras direcciones? ¿A qué os referís?

—Creemos... —le tembló la voz— que podríamos estar ante la bilocación de otra monja de clausura.

—¿Y cómo es eso?

Felipe cruzó las manos a la altura de la barbilla y miró al fraile fijamente.

—Veréis, Majestad... —Benavides respiró hondo—, cuando fray Bernardino investigó los prodigios de sor Luisa de la Ascensión, visitó un monasterio en Soria donde interrogó a otra joven monja que sufría extraños arrobamientos y éxtasis.

—¡Padre Bernardino! ¡Jamás me hablasteis de ello!

—No, Majestad —se excusó el comisario—. No creí que llegara a ser un caso importante y archivé el asunto.

—Habladme ahora de esa monja —ordenó el rey.

El rostro ajado del Comisario General adoptó cierto aire de solemnidad. Se cogió las manos, y trazando pequeños círculos frente a la silla del monarca, comenzó a explicarse.

—Poco después de interrogar a sor Luisa en su monasterio de Carrión de los Condes, recibí una carta de fray Sebastián Marcilla, que ahora es Provincial de nuestra Orden en Burgos.

—Lo conozco. Continuad.

—El padre Marcilla era entonces confesor del monasterio de la Concepción en Ágreda y observó cómo una de sus monjas, una tal sor María de Jesús, sufría extraños accesos de histeria. En estado de trance se tornaba ligera como una pluma, y hasta le cambiaba la expresión del rostro, que se tornaba beatífico y complaciente.

—¿Y por qué os llamaron para visitarla?

—Muy sencillo, Majestad. En la Orden se sabía que yo estaba muy interesado en probar la verdad de la bilocación de la madre María Luisa, así que, como aquella joven también protagonizó algunos incidentes en los que parecía haber estado en dos lugares a la vez, acudí a interrogarla.

—Comprendo —el rey bajó su tono de voz—. Y supongo que esa monja también es franciscana.

—Dios premia así a nuestra orden. Os recuerdo que fue San Francisco, nuestro seráfico padre, quien primero recibió los estigmas de Cristo y experimentó el poder de los dones místicos.

—¿Y no podría tratarse de alguna otra clase de fenómeno?

Felipe, acostumbrado ya a la alteración de la información atendiendo a intereses particulares de unos y otros, quiso mostrar a sus huéspedes que ya no era el joven ingenuo de antes.

—No os comprendo, Majestad.

—Sí, mi buen padre. ¿No os habéis planteado que quizás la mujer que evangelizó a los indios no fuera una monja? Podría ser la Virgen, ¡o un diablo!

Los frailes se persignaron.

—Pero, Majestad —replicó fray Alonso—, un diablo jamás enseñaría el Evangelio a unas almas que ya tiene ganadas para los infiernos.

—¿Y la Virgen?

—Ése fue un tema que discutimos mucho en Nuevo México y, la verdad, no disponemos de pruebas para afirmarlo. No tenemos evidencias que confirmen su visita, tal como ocurre con la imagen milagrosa de Nuestra Señora y que el indito de Guadalupe entregó al obispo Zumárraga en México...

—¡Ah! ¡La famosa Virgen de Guadalupe! —exclamó el rey—. Quisiera ver un día esa imagen.

—Muchos pintores la han copiado ya, Majestad. Muestra a una joven hermosa, de gesto recogido y dulce, cubierta por un manto azul tachonado de estrellas, que la cubre de pies a cabeza.

—Una dama azul, ¿no es cierto?

—Sí —titubeó el fraile—. Pero ella se apareció hace más de cien años. En 1531. Y en un lugar poblado como México. ¿Por qué habría de manifestarse la Virgen en una región desértica como el Río Grande?

—Está bien, está bien —admitió el rey—. Decidme, ¿y cuáles van a ser vuestros siguientes pasos en este asunto, padres?

Fray Bernardino tomó la palabra.

—Dos, con vuestra venia, Majestad. El primero, mandar frailes de refuerzo a Nuevo México para convertir a la fe cristiana a vuestros nuevos súbditos. Y el segundo, enviar al padre Benavides a Ágreda para que se entreviste con sor María Jesús.

—Me gustaría estar al tanto de esos progresos.

—Puntualmente, Majestad.

—Por ahora —anunció el rey con cierta solemnidad—, el *Memorial* del padre Benavides será impreso en mis talleres la próxima semana, ¿verdad Gutiérrez?

El mayordomo gesticuló por primera vez en toda la reunión. Se acercó a un escritorio de ébano empotrado entre las estanterías, y tras rebuscar en sus cajones, hizo una comprobación rutinaria en un pliego de previsiones.

—Serán cuatrocientos ejemplares, de los que diez se enviarán a Roma para la supervisión de Su Santidad Urbano VIII —precisó el funcionario con voz grave.

—Excelente —sonrió fray Bernardino—. Su Majestad es buen rey y mejor cristiano.

Felipe sonrió.

CINCUENTA Y CUATRO

Tres fuertes golpes retumbaron justo a esa hora en la basílica de San Pedro. Fueron detonaciones secas, sordas, cuyo eco estremeció incluso el confesionario donde se encontraban Zsidiv y Baldi. Ambos se quedaron helados. ¿Qué no iba bien? Era como si la colosal estatua de mármol de san Longino, obra maestra de Bernini, se hubiera caído de su pedestal y sus cinco metros de alzada hubieran estallado contra el suelo. ¿Estallado? Aquellas descargas sonaron próximas. El benedictino apartó por instinto su rostro de la celosía del confesionario y trató de ubicar su procedencia. Los golpes venían de la no menos colosal efigie de Santa Verónica. Pero desde el ángulo que le brindaba su posición, sólo distinguió una masa de humo elevándose hacia el techo de la nave.

—¡Un atentado…! —susurró espantado.

—¿Cómo dices? —monseñor estaba paralizado.

—Parece un ataque contra la Verónica —matizó.

—No es posible. ¿Santa Verónica?

Nadie tuvo tiempo de reaccionar. Dos segundos más tarde, una mujer de complexión atlética, enfundada en un traje negro, emergió de aquella nube de polvo y humo. Se movía como un gato. Sorteó a los fieles que contemplaban el espectáculo, y corrió directa hacia el padre Baldi y la puerta de acceso a la cúpula.

—Un minuto treinta segundos —jadeó.

El benedictino se tambaleó hacia atrás, cayendo sobre sus talones mientras la fugitiva aún tenía tiempo —y aliento— para pronunciar una extraña frase:

—Pregunta al segundo, Giusseppe. Atiende a la señal.

Baldi titubeó. ¿Había pronunciado su nombre? ¿Y qué era aquello de la señal? ¿No acababa de decirle lo mismo Zsidiv?

—¿El segundo? —de repente Baldi se fijó en el corazón del mensaje. Mientras volvía el rostro en la dirección de la fugitiva, aún acertó a gritar algo—: ¿Me lo dice a mí? ¡Oiga! ¿Es a mí?

—El segundo —repitió.

Fue lo último que vio.

Un fornido turista alemán, armado con una pequeña Nikon plateada y vestido con un horrible chándal oscuro, disparó en ese momento su flash contra uno de los cenotafios adosado a los confesionarios. Su brillo, desproporcionado, desconcertó al benedictino.

—*Santa Madonna!* —se quejó Baldi, con los ojos irritados.

En un segundo, la mujer del traje negro se había esfumado. El turista estaba tan atónito como él. Incrédulo, examinaba la parte delantera de su Nikon.

—¿La ha visto? —le gritó Baldi.

—*Nein... nein.*

Los *sampietrini* fueron los siguientes en alcanzar el lugar. Lo hicieron a la carrera, pero sin perder la compostura que se espera de la guardia solemne del Papa.

—Padre, perseguimos a una mujer que huyó hacia aquí —dijo el oficial de vanguardia, un mocetón pelirrojo con el rostro lleno de pecas—. ¿No sabrá usted si subió a la terraza?

—¿Una fugitiva?

—Una terrorista.

El guardia suizo, impecable, matizó con aplomo.

—Pasó junto a mí… Voló… Pero le juro que no sé qué ha sido de ella. ¡Ese turista la fotografió! —tartamudeó Baldi.

—Gracias, padre. Por favor, no abandone aún el templo.

La patrulla actuó con destreza: abordaron al alemán y le requisaron la película que llevaba en su cámara. Luego regresaron por el padre Baldi, le tomaron sus datos y le pidieron que no se alejara de su residencia provisional de la Via Bixio en un par de días. Otros dos hombres corrían cúpula arriba. De algún modo, Baldi sabía que regresarían con las manos vacías.

—¿Pueden decirme qué está pasando aquí?

El «santo» percibió la decepción de los guardias.

—Una fanática, padre. Nos visitan por centenares cada semana, pero solemos interceptarlas a tiempo.

—Ya veo.

—Esta intentó abrir un boquete en el plinto de mármol de la Verónica. ¡Y sólo para dejar una nota clavada en ella!

Baldi se quedó perplejo. Por prudencia calló el detalle de lo que la terrorista le había susurrado.

—¿Una nota? ¿Y qué decía… si puedo preguntarlo, claro?

—Nada importante, padre —sonrió el pelirrojo sujetando el papel en cuestión—. ¿Lo ve?: «Propiedad de la *Ordo Sanctae Imaginis*, orden de la Santa Imagen». ¿Usted lo entiende?

—No, la verdad.

—La mayoría de estas personas sólo pretenden asustar. Son locos. Apocalípticos. Chiflados que si pudieran pondrían una bomba atómica bajo el sillón del papa.

—Es… sorprendente.

—Si la atrapamos, padre, lo llamaremos. Necesitaremos que la identifique, aunque tal vez esto nos sirva de ayuda.

El suizo acarició satisfecho el carrete y se lo guardó en un pequeño bolsillo junto al pecho. Después, anotó en un pequeño cuaderno la dirección provisional del padre Baldi en Roma, así como el teléfono de su estudio en Radio Vaticana, y se despidió de él haciendo una pequeña reverencia. Todo ocurrió a tiempo de que los dos oficiales que habían subido a la cúpula a la carrera, regresaran acalorados y encogiéndose de hombros.

—¡Se ha esfumado! —los oyó decir.

Baldi, confundido, regresó al confesionario número 19 en busca de respuestas. Pero monseñor también había desaparecido.

Debió aprovechar la confusión para dar por terminada la cita y no dejar huella.

El benedictino sintió entonces una rara sensación de soledad.

—No entiendo —repitió en voz baja, como si le implorara a alguien—. No entiendo nada.

El sacerdote permaneció allí, con la mente extraviada, unos minutos más. ¿Qué significaba todo aquello? ¿Había sido una casualidad que «San Juan» y aquella desconocida le dijeran, en cuestión de segundos, que atendiera a las señales? Los botes de humo, la prófuga que desaparece de repente, el turista que por poco lo deja ciego y aquella frase —«pregunta al segundo»— dirigida a él («¿a quién si no?»), comenzaron a repetirse en su mente, como una buena jugada en una retransmisión deportiva.

«¿Qué señal?» —pensó Baldi.

Abrumado, recorrió la veintena de metros que le separaban de la columna pentagonal atacada. Aún tuvo tiempo de echar un rápido vistazo a los daños causados por el atentado, antes de que los *sampietrini* terminaran de acordonar la zona. No había sido nada: el plinto de mármol de la pilastra de la Verónica no había sufrido ningún daño, y sólo la inscripción que en 1625 ordenara grabar a sus pies Urbano VIII aparecía ligeramente ennegrecida.

—Qué curioso —farfulló Baldi para sus adentros—. ¿No fue Urbano VIII el papa al que Benavides envió su *Memorial*? ¿Será esa la señal?

Nada convencido, el «evangelista» vagabundeó por los alrededores hasta alcanzar el espectacular baldaquino que diseñara Bernini. Era una obra sobrecogedora. Había oído decir que el escultor la diseñó cuando apenas tenía veinticinco años. Debió de ser uno de esos hombres tocados por la mano de Dios, pensó. Y allí, sobrecogido ante tanta belleza, alzó la vista a la cúpula y rogó a ese mismo ser supremo que le hiciera ver la dichosa señal.

No podía imaginar que aquel gesto iba a resolverle el enigma.

Baldi, distraído, fue bajando la vista hasta la base misma de aquella corte celeste, posándola en sus pechinas. El espectáculo que ofrecía la genial obra que diseñara Miguel Ángel era único. Sus 42 metros de diámetro y sus 136 de alzada la convertían en la bóveda más grande de la cristiandad. Allí estaban los cuatro evangelistas. Los redactores de los cuatro textos más importantes del Nuevo Testamento. Mateo sostenía una pluma de metro y medio de largo. Tan grande como el enigma que rodeaba la muerte de su «Mateo», de Luigi Corso...

—*Domine Noster!* —exclamó al darse cuenta—. ¡Si está delante de mis narices...!

Las efigies de los cuatro parecían reírse desde sus medallones de ocho metros de altura.

—¡Claro! ¡Qué estúpido soy! ¡El *segundo* evangelista es la señal! ¡Mi señal!

CINCUENTA Y CINCO

La audiencia con el rey de España le dejó un extraño sabor de boca a fray Bernardino. El pequeño y bullicioso comisario general había visto peligrar por un momento sus intereses, y así se lo hizo saber a fray Alonso, mientras abandonaban el palacio.

—¿Cómo se le puede haber ocurrido a Su Majestad que la dama azul fuera la Virgen? —barruntaba en voz alta.

—Tiene sentido, padre comisario. Vos lo habéis dicho: la dama se cubría con un manto azul, como la Guadalupana; llevaba un hábito blanco, como la Guadalupana... y hasta descendía del cielo como ella. También yo estuve tentado de defender esa idea. No obstante, siguiendo vuestras instrucciones y las del arzobispo de México, defendí la hipótesis de la franciscana en bilocación.

—¡Y seguid haciéndolo! Si el rey, los jesuitas o los dominicos fueran capaces de darle la vuelta a este asunto e hicieran creer a todos que fue la Virgen quien se apareció, ¡adiós a las reivindicaciones franciscanas! ¿Lo entendéis?

—Preferiría que me lo explicarais vos, padre.

—Es muy sencillo —dijo fray Bernardino en un susurro—: si no logramos convencer a Su Majestad de que ha sido una monja concepcionista franciscana, ayudada por la divina providencia, la responsable de las conversiones del Nuevo

México, mañana podría confiar la evangelización de nuestras tierras de ultramar a otra orden. Ya sabéis cuán caprichosa es la voluntad de los reyes. Pero hay más —añadió—: si se extendiera la idea de que esas conversiones han sido obra de Nuestra Señora de Guadalupe, sabed que los dominicos no tardarían ni una semana en pedir al rey intervenir. Y luego vendría la Compañía de Jesús. ¡Podríamos perder para siempre nuestra primacía en América! ¿Lo entendéis ahora?

—Claro, padre. Una aparición de la Virgen convertiría la evangelización de Nuevo México en patrimonio de todos; en cambio la de una monja concepcionista, la dejaría sólo en nuestras manos. Descuidad. El mensaje me queda claro.

Tras atravesar los patios, los frailes fueron conducidos a la puerta de palacio. Desde allí, se adentraron por las callejuelas de la capital hasta el convento de San Francisco.

—Cuando dispongamos de los primeros ejemplares de vuestro *Memorial* quiero que viajéis a Ágreda e interroguéis a sor María de Jesús.

El tono agrio del comisario sonó más duro que de costumbre.

—Os facilitaré por escrito las órdenes para que la monja hable y os pondré al corriente de alguna información sobre ella para que vayáis prevenido.

—¿Prevenido?

—Sor María Jesús es una mujer de carácter fuerte. Antes de cumplir la edad reglamentaria obtuvo las dispensas para ser madre superior y goza de buena reputación en la comarca. No os será fácil convencerla para que favorezca nuestros intereses…

—Bueno —terció fray Alonso mientras ascendían hacia la Plaza Mayor—, quizá no sea necesario. Quizá, después de todo, ella sea la verdadera responsable de esas bilocaciones…

—Sí. Pero no podemos correr riesgos. Cuando la conocí, siendo mucho más joven, descubrí que es una de esas místicas de raza que jamás mentirían deliberadamente. Vos ya me entendéis.

Fray Alonso negó con la cabeza.

—¿Qué queréis decir con «mística de raza»?

—Vos, claro, no conocéis su historia familiar. Sor María es hija de una familia de buena posición venida a menos, que hace algunos años decidió disolverse de forma peculiar. Su padre, Francisco Coronel, ingresó en el monasterio de San Julián de Ágreda y su madre convirtió la casa familiar en monasterio de clausura, obteniendo los permisos necesarios en un tiempo inesperadamente breve.

—Vaya...

—El caso es que, antes incluso, el obispo de Tarazona, monseñor Diego Yepes, había confirmado ya a la pequeña María Jesús cuando sólo tenía cuatro años.

—¿Monseñor Yepes? —se extrañó Benavides—. ¿El biógrafo de santa Teresa de Jesús, de la gran mística?

—Imaginároslo. Yepes ya vio entonces que la niña tenía aptitudes místicas, lo que tampoco es de extrañar.

—¿Ah, no?

A esa hora del mediodía, el centro de Madrid estaba atestado de gente. Fray Alonso y el comisario atravesaron la Plaza Mayor, abriéndose paso entre vendedores de pan y telas, mientras continuaban con su conversación.

—Su madre, Catalina de Arana, fue una mujer que experimentó fenómenos extáticos: escuchaba «la voz de Nuestro Señor». De hecho fue ella, siguiendo las instrucciones de aquella voz, quien empujó a su marido a la vida conventual. Más tarde vendrían sus arrobos, las visiones de luces extraordinarias en su celda, los ángeles... ¡qué se yo!

—¿Ángeles?

—Sí. Pero no angelitos alados, sino personas de carne y hueso con extraños poderes. Cuando visité Ágreda por primera vez, la mismísima sor Catalina me contó cómo, desde el comienzo de las obras del monasterio en 1618, se paseaban por allí un par de mozos que, sin apenas comer ni beber, ni cobrar la soldada, trabajaban de sol a sol en las obras.

—¿Y qué tenían que ver con los ángeles?

—Pues que, por ejemplo, salvaron a muchos obreros de caídas o de heridas provocadas por derrumbes. Además, lograron hacerse muy amigos de sor María Jesús, justo en el período de 1620 a 1623, cuando ella tuvo sus experiencias místicas más fuertes...

—Eso sí es curioso.

—¿Curioso? ¿Qué os parece curioso, fray Alonso?

—Bueno, recuerdo lo que me dijeron dos frailes de Nuevo México que investigaron las apariciones de la dama azul entre los jumanos. En su informe afirmaron que aquella mujer les habló de unos «señores del cielo» capaces de pasar inadvertidos entre nosotros y de provocar toda clase de fenómenos extraordinarios.

—¿Qué clase de fenómenos?

—De todo tipo, padre. Incluso explicó que fueron esos ángeles quienes se la llevaban por los aires.

—Santo Dios, fray Alonso. Averiguad cuanto podáis de ese asunto. Que ángeles puedan camuflarse entre nosotros y llevarse a gente por los aires no me tranquiliza. Y al Santo Oficio tampoco, creedme.

CINCUENTA Y SEIS

La abultada silueta de Txema Jiménez aleccionándolo frente al cartel indicador de Ágreda, unos días atrás, martilleaba la cabeza de Carlos. Mientras se acomodaba en el asiento 33-C del 767 de American Airlines que lo conduciría a Los Ángeles, meditaba acerca de cómo había llegado hasta allí. La sucesión de acontecimientos, de conexiones sutiles, hallazgos y encuentros fortuitos era increíble.

«Yo creo en el destino —repetía el fantasma de sus recuerdos con la voz hueca del fotógrafo—. Y a veces su fuerza nos empuja con el ímpetu de un huracán».

Carlos se revolvió.

«... con el ímpetu de un huracán».

La tarde anterior, después de abandonar el despacho de don Enrique Valiente, Carlos telefoneó al director de la revista *Misterios*. José Campos, acostumbrado ya a los vaivenes de su mejor periodista, aceptó desembolsar las doscientas cincuenta mil pesetas que costaba el pasaje de última hora a Los Ángeles. «Más te vale que traigas una buena historia —lo amenazó sin demasiado convencimiento—. O dos».

Pero esta vez, Carlos no temía al fracaso.

Y era extraño.

Aquella sucesión de sincronicidades lo estaba empujando

al territorio de la confianza. De la certeza en su propia estrella.
Y de ésta a la fe había sólo un paso.

Sus cavilaciones no le dejaron ver que el avión iba casi
vacío. Era miércoles. Y de un mes anodino para irse de vacaciones. Por eso su fila de butacas estaba tentadoramente vacía.
Pero Carlos tenía la mente en otras cosas. Desde su visita a
Ágreda primero, a Bilbao y aquel avión después, todo había
ocurrido muy rápido. Casi como si aquellos sucesos —el robo
en la Biblioteca Nacional incluido— hubieran sido escritos
mucho antes y él se hubiera limitado a actuar siguiendo un
guión preestablecido. «¡Lo que daría por conocer al libretista
de esta ópera!», pensó. Se sentía como cuando en su infancia
copiaba frases absurdas con una caligrafía que no era la suya,
imitando la letra de los cuadernos Rubio.

¿Qué explicación tenía, por ejemplo, que el director de su
revista lo enviara al otro extremo del océano sin pedirle explicaciones? ¡Ninguna!

En el fondo, tantas facilidades lo inquietaban. Hasta la
Interpol no había puesto reparo alguno en ayudarlo. En su
equipaje de mano llevaba el fax del director de delitos de patrimonio del FBI de Los Ángeles, Mike Sheridan, con el que
tenía fijada una cita en apenas veinticuatro horas. Pero todo
aquello, lejos de reconfortarlo, lo hacía sentirse incómodo,
manipulado. La cuestión era por quién. Y para qué.

¿Qué *fuerza mayor* lo estaba arrastrando a los Estados Unidos detrás de una mujer cuyo único delito era haber pre-
guntado en un mal momento por un documento robado? La
probabilidad de que aquella «pista» fuera un mero espejismo
era altísima. Aunque ahora, con el visto bueno de su director
y los billetes de avión en la mano, ya no podía echarse atrás.

«Con el ímpetu de un huracán».

Carlos susurró aquella frase por tercera vez. Y sin abrir

los ojos, dio carpetazo a su cuaderno de notas y cerró el libro que estaba leyendo. Lo había escrito un psicólogo de Princeton, un tal Julian Jaynes, y trataba de explicar científicamente algunos de los más importantes fenómenos místicos de la historia.

—Místicos… ¡Locos! —rezongó.

El avión de motores Pratt & Whitney planeó suavemente sobre el Atlántico, por encima del nivel de vuelo 330, mientras el comandante anunciaba a sus pasajeros que estaban dejando las Azores al sur.

—En las próximas diez horas recorreremos casi ocho mil kilómetros hasta el aeropuerto de Dallas-Fort Worth, Texas —anunció—, y después otros dos mil más hasta nuestro destino final en Los Ángeles. Confío en que tengan un vuelo agradable.

Distraído, Carlos, acomodado en su butaca de la clase turista, procesó la información: aquellos ocho mil kilómetros representaban, metro más o menos, la misma distancia que la madre Ágreda debió superar en estado de bilocación. Es decir, aquella mujer de hace tres siglos vencía dieciséis mil kilómetros —casi la mitad de una vuelta completa al mundo— en el tiempo que duraba un éxtasis. Para hacer lo mismo, él iba a emplear nueve horas y un ingenio de tecnología asombrosa.

—Imposible. Es sencillamente imposible —susurró.

Respiró hondo antes de abandonarse a un cálido sopor. A poco que las cosas fueran tranquilas, pensó, dormiría por lo menos hasta sobrevolar Florida. Se desabrochó los cordones de las botas, se aflojó el cuello de la camisa, y reclinando ligeramente la butaca, se echó una manta encima para tratar de dormitar.

Se las prometió muy felices.

Al cabo de un segundo, notó que alguien se sentaba en el

asiento de al lado. «Con todas las butacas libres que hay, y tienen que venir a molestarme», pensó. Iba a moverse para dar la espalda al inoportuno pasajero cuando una voz suave, de mujer, con un fuerte acento italiano, lo detuvo en seco.

—Nada es imposible, Carlos. Esa palabra no existe en el vocabulario de Dios.

Sus ojos se abrieron como platos. El periodista se incorporó sobresaltado y se fijó en su interlocutora.

—¿Nos…? ¿Nos conocemos? —titubeó.

La mujer que había ocupado la butaca contigua tenía algo de hipnótico. Era morena. Su cabellera lisa estaba recogida en una cola, que acentuaba la belleza de su rostro dulce, de luna. Sus ojos verdes, brillantes, lo escrutaban con curiosidad. Vestía un suéter de lana negra, ajustado. Y si hubiera tenido que imaginar su procedencia, Carlos hubiera dicho que era napolitana.

—¿Conocernos? Tú a mí, no. O no *directamente*. Pero tampoco importa.

¿Qué tenía de extraño aquella mujer? La reacción del metabolismo de Carlos fue desproporcionada: su ritmo cardiaco alcanzó las 120 pulsaciones por minuto y una descarga de adrenalina lo hizo temblar de pies a cabeza. Allí, a 37.000 pies sobre el nivel del mar, con una temperatura en el exterior de ochenta grados bajo cero, su solo timbre de voz lo había llevado al límite de su capacidad cardiaca. ¡Y en un segundo!

—¿Has oído hablar ya del Programador? —preguntó la pasajera.

—¿El Programador?

Carlos sabía de qué estaba hablando. Claro. Fue aquel viejo profesor de matemáticas que conoció hacía unas semanas quien se lo mencionó por última vez. Pero decidió negarlo con la cabeza. Como si pudiera leer en su mente, la mujer sonrió:

—Él es quien ha escrito este guión. ¿No eras tú quien quería conocerlo?

El periodista tragó saliva.

—¿Pero cómo…?

—¿Que cómo lo sé? —la muchacha silbó enigmática, mientras se acomodaba en su respaldo—. También sé qué vas a hacer en Los Ángeles. Y que nos persigues.

—¿Os… persigo?

—Sí. ¿No lo recuerdas? Hace unos días tomaste la decisión de «cazar al Programador». Todo empezó con esa medallita que llevas al cuello. La que encontraste en la puerta de tu redacción.

Carlos se la acarició al tiempo que ella le proporcionaba otro detalle:

—Esa medalla es mía, Carlos.

Él palideció.

—¿Tuya?

—La puse allí para atraerte justo hacia donde estás hoy. Pensé que estabas preparado para ello.

—Pero, ¿quién eres tú?

—Me llaman de muchas formas. Aunque para que lo entiendas, te diré que soy un ángel.

Carlos tiró de la cadenita con la Santa Faz para asegurarse de que estaba despierto. El oro se le clavó en el cuello. El libro que acababa de cerrar, *El origen de la consciencia en la crisis de la mente bicameral*, era un osado ensayo que trataba de explicar, precisamente, el origen de las «voces en la cabeza» y las visiones religiosas en la historia. Acababa de leer que grandes profetas bíblicos, Mahoma, el héroe sumerio Gilgamesh o cientos de santos cristianos, tuvieron visiones en las que confundieron la realidad y las alucinaciones por culpa de un problema neurológico común. Julian Jaynes sostenía que hasta el año 1250 antes de Cristo, la mente de aquellos hombres estuvo dividida en dos compartimentos que ocasionalmente «hablaban» entre sí, dando pie al «mito» de las voces divinas. Los profetas, por tanto, fueron hombres con una masa encefálica primitiva. Por eso, cuando el hemisferio derecho e izquierdo del cerebro humano evolucionaron lo suficiente como para interconectarse entre sí, las voces desaparecieron por completo... y con ellas los dioses antiguos.

¿Y él?

¿Qué pasaba con él?

—Eres un ángel. Bien —Carlos trató de calmar su ritmo cardiaco, que aún golpeaba su pecho con fuerza.

—¿Te sorprende?

La mujer le tocó el cuello, dejándole percibir la piel suave y cálida de sus manos. Con delicadeza tomó la medallita, mirándola con afecto.

—El paño de la Verónica... —dijo—. Es una de mis imágenes favoritas.

—Digamos que te creo —el periodista la interrumpió—. Que pusiste esta medalla en mi camino para atraerme hacia todo lo que me está pasando. Entonces, ¿qué papel juegas tú en esto? ¿Por qué te presentas a mí así, de repente?

—Mi trabajo consiste en proteger un viejo secreto. Uno que sólo un hombre antes que tú nos arrancó sin querer.

—No me digas.

—Se llamaba Alonso de Benavides. Y su secreto es lo que estoy intentando cuidar, para que no caiga en manos equivocadas. En cuanto a por qué me presento así... —titubeó—. Sé que no vas a creerme.

—Inténtalo. Si creo que eres un ángel, puedo aceptar cualquier cosa.

—Aunque pueda tocarte, aunque tú me veas aquí —dijo—, en realidad soy una proyección. Un doble. Una imagen bilocada.

—¿De veras?

—Sabía que no me creerías. Ahora mismo, otra parte de mí está en Roma. A punto de dirigirse al aeropuerto Leonardo da Vinci y tomar un avión hacia España.

—Ya.

La mujer no se inmutó por la desconfianza que mostraba su interlocutor.

—Pronto te convencerás de nuestra existencia. Es cuestión de tiempo.

—¿«Nuestra existencia»? —preguntó Carlos.

—¡Vamos, Carlos! —los ojos verdes de la mujer chispearon a la luz de la cabina—. ¿No creerás que trabajo sola? ¿Nunca has leído nada sobre ángeles? Los de mi especie fuimos quienes advertimos en sueños a José de lo que Herodes planeaba contra su mujer y su hijo. Ahí actuamos sutilmente, colándonos en su psique. Pero Jacob peleó cuerpo a cuerpo con uno de los nuestros y le quebró una pierna. Lo dice la Biblia. Y Abraham nos dio de comer. En Sodoma incluso trataron de abusar de nosotros, porque les parecimos bellos. De carne y hueso. Hermosos. ¿Es que no has leído las Escrituras?

Carlos estaba atónito.

—¿Y por qué me cuentas esto?

—Primero, para que sepas que existimos. Ya me ves. Aunque bilocada, yo soy tan real como tú —sonrió otra vez, volviéndole a tocar el cuello—. Y segundo, porque creemos que nos vas a ayudar con nuestro secreto.

El periodista se removió en su butaca:

—¿Qué te hace pensar eso?

—Todo encaja, amigo mío. Rozaste nuestro secreto en Italia, cuando te entrevistaste con el padre Baldi. Ahí te conocimos.

—¿La Cronovisión?

Ella asintió. Un torrente de imágenes se desbordó en la mente de Carlos. Su visita a la isla de San Giorgio Maggiore. Txema friendo a fotos a Giusseppe Baldi. Él intentando llevar a su interlocutor a un asunto del que llevaba veinte años tratando de no decir ni palabra. Y luego, su reportaje. Lo mucho que lo aplaudieron los lectores. Su obsesión por saber más…

—Tras tu encuentro con Baldi, vimos que eras un tipo peculiar. Incrédulo por fuera, Carlos, pero en el fondo, por dentro, con unas enormes ganas de creer. Así que, canalizamos tu búsqueda de la trascendencia hacia nuestros intereses.

—¿Canalizasteis?

—Por ejemplo: ¿por qué crees que llamé al padre Tejada a Bilbao, la noche que entramos en la Biblioteca Nacional, si no fue para dejarte una pista a seguir?

Carlos se estremeció.

—No tienes por qué sentirte mal. Llevamos siglos haciéndolo.

—¿De veras?

—Claro —la mujer lo miró otra vez con aquellas esmeraldas verdes—. Eran nuestras las voces que escucharon Constantino, George Washington, Winston Churchill y tantos otros personajes en momentos decisivos de la Historia. ¡Lee sus biografías y encontrarás las alusiones a esas *inspiraciones*! Pero también fuimos nosotros los que guiamos a Moisés fuera de Egipto, los que arrebatamos por los aires a Elías y a Ezequiel y hasta quienes oscurecimos Jerusalén cuando Jesús murió en la cruz.

—¿Y las sincronicidades? ¿Las casualidades imposibles?

—¡Esa es nuestra especialidad! ¡Nos encantan, Carlitos!

El periodista volvió a sentir aquella extraña corriente reco-rriéndole la espalda. Sólo lo llamaba así José Luis. El hombre que le habló por primera vez de las sincronicidades y de Jung. ¿También lo sabía ella?

—Pero yo pensaba que los ángeles eran incorpóreos… —protestó.

—Es un error muy común.

—¿Y por qué has venido a verme?

—La palabra ángel, amigo mío, viene del griego ανγελοζ, «mensajero». Así que, por supuesto, he venido a entregarte un mensaje.

—¿Un mensaje?

—En esa cartera llevas la información de Linda Meyers, una doctora de Los Ángeles que hace cuarenta y ocho horas telefoneó a la Biblioteca Nacional preguntando por un ma-nuscrito robado.

Carlos decidió seguirle la corriente.

—Pues bien: debes saber que ella no es tu objetivo final. He venido para ahorrarte tiempo.

—¿Meyers no es mi objetivo?

—No. Toma nota del nombre que buscas. Será ella, y no la doctora, quien te ayudará a resolver el caso. Se llama Jennifer Narody. Llevamos un tiempo colándonos en sus sueños, preparándolo todo para tu llegada.

El ángel deletreó aquel nombre poco a poco, mientras Carlos tomaba nota.

—Ella tiene el secreto. Pero no lo sabe.

—¿Y eso cómo es posible? —Carlos sentía aún cómo su corazón latía acelerado. Su pulso le hizo garabatear el nombre con una letra pésima. Lo escribió en su cuaderno de notas con tapas de corcho, como si fuera lo último que hiciera aquel día.

—¿Qué cómo es posible, dices? Digamos que yo lo puse en sus manos sólo para que terminara en las tuyas. ¿Te parece raro?

La joven ya no dijo nada más.

Se levantó del asiento, se guardó en un bolsillo de su falda negra la medalla que antes llevara el periodista, y con la excusa de regresar a su lugar, se alejó por el pasillo hacia el área de primera clase del avión.

Fue entonces cuando los vio.

Y cuando otro latigazo en el pecho volvió a desbocarle el pulso.

Aquella muchacha, impecablemente vestida de oscuro, ¡calzaba unos mocasines rojos!

CINCUENTA Y SIETE

Las diferencias horarias son difíciles de calcular cuando se vuela a más de diez mil metros de altura y se cruzan los imaginarios meridianos terrestres a novecientos kilómetros por hora. Cada una de esas líneas ficticias, dispuestas en intervalos de 15 grados sobre el planisferio, marcan una hora de diferencia con respecto a la anterior. Así que, bien podría decirse que a cinco meridianos de distancia, entre el 767 de American Airlines y la playa de Venice en California, Jennifer Narody *recibía* una nueva pieza de ese rompecabezas del que todavía no sabía que formaba parte.

Esta vez, su psique volaba en dirección contraria a Carlos. Rumbo a España.

CINCUENTA Y OCHO

ÁGREDA, SORIA

30 DE ABRIL DE 1631

*M*ás de seis meses se entretuvo Benavides en el Madrid de los Austrias, atendiendo su cada vez más abultada correspondencia y las ocupaciones nacidas a la sombra del éxito del *Memorial*. En los pasillos de Palacio no se recordaba una expectación semejante, y eso terminó pagándolo el buen fraile con una montaña de cartas, felicitaciones y compromisos inesperados, que lo obligaron a echar más raíces de la cuenta junto a la corte.

La burocracia de la capital retrasó su investigación sobre el «caso de la dama azul», llenándolo de tristeza. Sin embargo, las intrigas palaciegas, sobre todo las de los dominicos tratando de convencer al rey para que investigara las cifras de conversos en el Nuevo México, lo mantuvieron alerta. Benavides, por suerte, conservaba intacto el ánimo para seguir luchando por sus intereses. Sabía bien que los «perros del señor», los *domini canes*, pretendían enviar sus propios misioneros al Río Grande e impedir que Benavides se llevara toda la gloria de las conversiones.

Pero sus planes fracasaron.

Por fortuna, en abril de 1631 llegó a fray Alonso la documentación y los permisos necesarios para abandonar Madrid y continuar con su tarea. Los resultados de su trabajo paralizarían las ambiciones dominicas para siempre. Se le autorizaba a visitar el monasterio de la Concepción de Ágreda e interrogar a su abadesa y se le conminaba a redactar un informe con sus averiguaciones.

Aquello dio nuevos bríos al portugués.

El 30 de abril por la mañana, el auto de caballos de Benavides, un discreto carruaje de madera contrachapada adornado con ribetes de cobre y hierro colado, avanzaba al galope a través de los sobrios campos sorianos, en dirección a las faldas del Moncayo. En su interior, el antiguo responsable del Santo Oficio en Nuevo México ultimaba los preparativos.

—Así que vos fuisteis confesor de la madre Ágreda antes de ser abadesa…

El traqueteo del carruaje sacudía también al padre Sebastián Marcilla. Su estómago se zarandeaba de izquierda a derecha, al compás de los caprichos del auto. El padre Marcilla llevaba un buen rato haciendo de tripas corazón, por lo que no le resultó difícil simular la compostura necesaria para responder.

—Así es, fray Alonso. De hecho, fui yo quien escribió al arzobispo de México advirtiéndole de lo que podía ocurrir si se exploraban las regiones del norte.

—¿De lo que podía ocurrir? ¿A qué os referís?

—Ya sabéis: a que se descubrieran nuevos reinos como los de Tidán, Chilliescas, Carbucos o Jumanes.

—¡Ah!, ¿fuisteis vos?

La cara de luna del padre Marcilla se iluminó de satisfacción.

—Advertí a Su Eminencia Manso y Zúñiga de la existencia de esas regiones, y si vuestra paternidad leyó mi carta, sin duda no os pasó por alto mi invitación a comprobar la existencia de vestigios de nuestra fe en esas tierras.

—Y claro —dedujo Benavides—, esa información os la transmitió la madre Ágreda.

—Naturalmente.

—¿Y cómo osasteis transgredir un secreto de confesión?

—En realidad no fue tal. Las confesiones eran ejercicios de *mea culpa*, entonados por una monja joven que no comprendía lo que le estaba ocurriendo, pero en ningún caso fueron una fuente de detalles tan precisos. Creedme, nunca la absolví de sus «pecados» de geografía.

—Vaya… —asintió ahora con un gesto fray Alonso—. Pues he de deciros que de todos esos reinos yo sólo conozco el de los jumanos, que no jumanes, que está ubicado hacia el noroeste del Río Grande. Del resto ningún franciscano o soldado de Su Majestad ha sabido nada todavía.

—¿Nada? —el tono del padre Marcilla sonó incrédulo.

—Ni palabra.

—Quizá no sea tan raro. Tiempo tendremos de aclarar esos puntos con la propia abadesa de Ágreda, que nos dará cuenta de cuanto le pidamos.

Fray Alonso de Benavides y el provincial de Burgos, Sebastián Marcilla, congeniaron de inmediato. Marcilla se había unido en la ciudad de Soria al carruaje del veterano custodio de Nuevo México, y desde allí ambos compartieron unas horas que les valieron tanto para acordar el cuestionario al que pensaban someter a la religiosa, como para establecer los límites de sus competencias.

Fue tanto y tan intenso lo que hablaron, que ninguno de ellos se percató ni de los cambios abruptos del paisaje, ni del perfil de los pueblos que atravesaron ni, por supuesto, de su pronta llegada a destino.

A primera vista, Ágreda se dibujaba como un sereno rincón de las tierras altas de Castilla, puerta de paso obligada entre los reinos de Navarra y Aragón, y cruce de caminos para ganaderos y agricultores. Como en cualquier villa de frontera, las escasas familias nobles del lugar y las órdenes religiosas eran sus únicos puntos de referencia permanentes. Y el monasterio de la Concepción se contaba entre ellos.

En aquella clausura recién estrenada, todo estaba preparado para lo que había de venir. Las monjas habían colocado una larga alfombra púrpura entre el camino de Vozmediano y la puerta de su iglesia, y hasta habían dispuesto mesas con pastas, agua y algo de buen vino para solaz de sus ilustres viajeros.

Gracias a los permisos gestionados por el padre Marcilla, la congregación en pleno aguardaba fuera de su clausura la llegada de la delegación. Allí oraron y cantaron durante toda la mañana, recorriendo el viacrucis del muro exterior y secundadas por un número creciente de fieles que sabían ya de la importancia de la delegación que esperaban.

Por eso, cuando el auto de Benavides se detuvo frente a la alfombra roja, un silencio supersticioso se apoderó de los presentes.

Desde el carruaje, la visión no podía ser más reveladora: las monjas, dispuestas en dos filas y encabezadas por un franciscano y una hermana, que pronto dedujeron debía ser la madre Ágreda, aguardaban impacientes. Tal y como enseñaba la regla de Santa Beatriz de Silva de 1489, todas ellas llevaban hábito blanco, escapulario de plata con la imagen de la Virgen, velo negro sobre la cabeza y aquel impresionante manto azul…

—¡Que Dios nos asista!

El inesperado lamento del padre Benavides sorprendió a su

acompañante. Lo masculló nada más poner pie en tierra y echar un vistazo al paisaje. Marcilla se asustó.

—¿Os encontráis bien, hermano?

—Perfectamente. Es sólo que estos parajes llanos, estos valles llenos de mies y esos hábitos azules, parecen el reflejo de las tierras que he dejado al otro lado del mar. ¡Es como si ya hubiera estado aquí!

—*Omnia sunt possibilia credenti* —sentenció Marcilla de nuevo—. Para el creyente todo es posible.

La recepción fue más breve de lo previsto. Tras descender del auto, entre los *Te Deum* y las genuflexiones de las monjas, el franciscano que acompañaba a las religiosas se presentó como fray Andrés de la Torre, confesor de sor María Jesús desde 1623, y fraile residente del cercano monasterio de San Julián. A primera vista, parecía de carácter afable. Un hombre huesudo, de nariz torcida y grandes orejas acampanadas que le conferían cierto aspecto de roedor. En cuanto a la madre Ágreda, su fachada era bien diferente: lucía piel blanca como la leche, rostro alargado y ligeramente rosa, y grandes ojos negros, con tremendas pupilas pardas, que dibujaban una mirada templada y fuerte a la vez.

Benavides se sintió impresionado.

—Bienvenidos sean vuestras paternidades —dijo. Y sin apenas hacer una pausa, añadió—: ¿Dónde desearán interrogarme?

El tono de la supuesta dama azul sonó seco. Como si le disgustara tener que rendir cuentas de sus intimidades a un extraño.

—Creo que la iglesia será el lugar idóneo —murmuró Marcilla, recordando sus tiempos de sacerdote en aquel recinto—. Se puede entrar en ella sin necesidad de profanar la clausura, y podría habilitarse allí una mesa con luz, tinta y todo lo necesario. Además, de esa manera tendremos a Nuestro Señor como testigo.

Benavides aceptó la sugerencia de buen grado, y dejó intervenir a la abadesa.

—En ese caso, lo encontrarán todo dispuesto mañana a las ocho en punto.

—¿Compareceréis a esa hora?

—Sí, si ésa es la voluntad del comisario general y de mi confesor. Deseo enfrentarme cuanto antes a vuestras preguntas y despejar las dudas que hayan traído consigo.

—Confío en que resultará menos doloroso de lo que imagináis, hermana —terció el portugués.

—También la crucifixión de Nuestro Señor fue dolorosa, y no por ello dejó de ser necesaria para la redención de la humanidad, padre.

La súbita irrupción de las hermanas entonando el *Gloria in Excelsis Deo* camino de la clausura salvó a Benavides de responder al comentario.

—Y ahora, si nos disculpan —se excusó la madre Ágreda—, debemos recogernos para atender nuestras vísperas. Sírvanse del ágape que hemos preparado. Fray Andrés lo ha dispuesto todo para que os alojéis en el convento de San Julián.

Y diciendo esto, se perdió clausura adentro.

—Mujer de carácter fuerte.

—Sin duda, padre Benavides. Sin duda.

CINCUENTA Y NUEVE

Carlos tardó unos minutos en recuperar el aliento. No sabría decir por qué, pero la cercanía de aquella mujer lo había alterado profundamente. ¿Un ángel? ¡Y qué importaba! ¡Parecía saberlo todo de él! Y él, en cambio, lo ignoraba todo de ella.

Si, como sospechaba, la italiana que trató de hacer desaparecer las páginas del libro de Castrillo y el ángel eran la misma persona, tal vez ella supiera algo del *Memorial*. ¡Todo parecía extrañamente relacionado!

Dejó la butaca 33-C y a grandes zancadas se plantó en la zona de asientos de primera clase. No la vio.

—¿Una mujer morena, vestida de negro y con zapatos rojos?

La azafata movió la cabeza incrédula.

—Lo siento señor. Llevamos sólo treinta pasajeros a bordo. Ninguno en clase preferente. Y puedo asegurarle que aquí no ha embarcado ninguna pasajera con esas características.

«¿Un ángel?»

Carlos permaneció despierto durante el resto del vuelo. Y ahora, ¿a quién iba a contarle aquello?

SESENTA

Antes de dirigirse al aeropuerto internacional Leonardo Da Vinci de Roma, el padre Giuseppe Baldi se dio una vuelta por la comisaría de los *sampietrini*. Ya había descifrado la señal que lo conduciría a su siguiente paso, aunque por el momento prefería mantener la discreción. Quería, no obstante, resolver un pequeño detalle antes de abandonar el Vaticano. Y allí no le fue difícil llegar hasta el despacho del capitán Ugo Lotti, el hombre con cara de calabaza, pelirrojo, que lo atendió en la basílica la tarde anterior.

El capitán Lotti se ofreció a resolver cualquier duda que tuviera. Por desgracia, las veinticuatro horas transcurridas desde el incidente no le habían servido para aclarar las circunstancias del ataque contra la columna de Santa Verónica. La guardia suiza seguía en la más absoluta de las incertidumbres e ignoraban qué móvil podía inducir a atentar contra una obra de arte como aquella.

—Es un caso bastante extraño —admitió el oficial mientras acariciaba su portafolios marrón—. Las bombas se colocaron junto a tres puntos débiles de la estructura de la torre, con una pericia que nos permite afirmar que se trataba de una profesional. Pero al mismo tiempo todo fue urdido como si, en realidad, no se quisiera hacer daño al monumento.

—¿Quiere decir que esa mujer no pretendía destrozar nada, sólo llamar o distraer la atención de algo?

—Sí, eso parece.

—No lo veo muy convencido.

—Verá, padre, cada año hay cinco o seis intentos de agredir a alguna de las trescientas noventa y cinco estatuas de la basílica de San Pedro. La *Piedad* es la más vulnerable, pero nunca antes se había atentado contra Santa Verónica, una obra menor de Francesco Mochi, sin ninguna relevancia particular...   •

—Tal vez no fuera la estatua lo que quisieron destruir. Tal vez fue un acto simbólico. ¿Ha pensado en ello?

El capitán Lotti se balanceó en su butaca, y abordó a su visitante en tono pretendidamente cómplice.

—No sabrá usted algo de lo que yo deba estar al corriente, ¿verdad?

—Por desgracia, no —respondió.

Baldi no esperaba aquella pregunta, y titubeó.

—Ahora soy yo quien no lo ve muy convencido, padre.

—He estudiado la historia de esa columna, pero no he encontrado nada —se justificó el sacerdote—. Como sabrá, fue diseñada por Bramante, pero cuando Julio II encargó a Miguel Ángel la construcción de la cúpula, éste modificó el proyecto, haciéndola más sólida. Entonces se diseñaron «huecas» para albergar tesoros.

—¿Llama tesoros a las santas reliquias? —el *sampietrini* lo miró sonriendo.

—Bueno, en la columna agredida se guarda el paño original de la Verónica, en el que se cree que Jesús enjugó su sudor camino del calvario. Algunos incluso creen ver en esas manchas el perfil del rostro del mesías.

—¿Y sabe usted algo de esa Orden de la Santa Imagen?

—Ni una palabra.

—Entonces, ¿por qué ha venido a verme, padre?

El «evangelista» enderezó la espalda.

—Por dos cosas: primero para decirle que hoy abandonaré Roma, pero que podrá localizarme a través de la Secretaría de Estado. Ellos sabrán en todo momento dónde me encuentro. Y segundo... —vaciló—, para que me diga, si puede, si el carrete que confiscaron en la basílica les ha aportado alguna pista.

—¡Ah! Ése es otro buen misterio. Ayer, naturalmente, revelamos el rollo en nuestros laboratorios, y en la última foto apareció algo muy raro...

El suizo rebuscó entre las carpetas hasta localizar la imagen.

—Ajá. Aquí la tiene. ¿Lo ve?

Baldi la tomó entre sus manos. Era una copia de 15 × 20 centímetros, en papel mate. La observó con cuidado durante unos segundos. La toma era de una calidad deficiente y estaba casi velada. En la parte inferior se distinguía el suelo de mármol de la basílica y, muy al fondo, las punteras de unos mocasines rojos, nuevos, impecables. No obstante, lo más llamativo no era lo que estaba sobre el pavimento, sino lo que ocupaba el flanco central izquierdo de la instantánea.

—¿Usted qué cree que puede ser?

—No tengo ni idea, capitán. Ya le dije en la basílica que el flash de la cámara me cegó y no me dejó ver hacia dónde huyó la mujer. Lo que no recordaba —sonrió— es que llevara unos zapatos tan exóticos.

—¿Pero cómo va a cegarlo una cámara tan ridícula, padre? —protestó el policía.

—Lo sé. Hasta su propietario estaba asombrado del resplandor. Y si a ese detalle le une ahora esta foto, todo se complica. ¿No cree?

El «evangelista» señaló una serie de extrañas marcas luminosas, que se extendían como hilos de una cometa a lo largo de la foto. Le preguntó por su impresión. El capitán no supo qué decir.

—Quizá sean las llamas de algunos cirios que con la exposición...

—Pero, capitán —objetó Baldi—, usted ha dicho que era una cámara ridícula, de esas que llevan el flash incorporado y que no permiten hacer fotos con exposición.

—Entonces, tal vez se trate de un error de la lente.

—Pero esas marcas aparecerían en todas las fotos. ¿No es así?

—Tiene razón —reconoció—. Esas marcas no aparecen en ninguna de las tomas restantes, y no tienen explicación alguna. Ayer por la tarde, el teniente Malanga amplió ese segmento de la imagen con ayuda de un ordenador, pero no encontró nada detrás de las rayas. Son sólo eso: rayas.

—Rayas invisibles al ojo humano, capitán.

El benedictino se ajustó las gafas contra la nariz antes de continuar.

—Aunque pueda parecer ridículo, ¿sabe qué impresión me producen?

—Usted dirá.

El «evangelista» sonrió de oreja a oreja, como si fuera a tomarle el pelo al hombre con cara de calabaza.

—Que son las «alas» de un ángel, capitán.

—¿Un ángel?

—Ya sabe, un ser de luz. Uno de esos personajes que según

las Escrituras aparecen siempre para traernos algún mensaje, algún recado del Altísimo. *Una señal.*

—Ah, claro —respondió Ugo Lotti sin entusiasmo—. Pero, un ángel en San Pedro…

—¿Puedo quedármela?

—¿La foto?… ¿Por qué no? Nosotros tenemos el negativo.

SESENTA Y UNO

La vida de la dama azul había estado sujeta a una férrea rutina durante los últimos diez años. Aquel fin de jornada parecía que no iba a ser una excepción.

Al caer el sol, sobre las ocho de la tarde y sin apenas haber cenado, sor María Jesús se retiró a su celda para hacer examen de conciencia de lo sucedido durante el día. Lo hacía siempre en silencio, ajena a las labores de sus hermanas, sumida en un estado que no dejaba de parecerles a todas ellas doloroso y lamentable.

La religiosa oró hasta las nueve y media, tendida de bruces sobre el suelo de ladrillos del cuarto. Después se lavó con agua fría y se echó a dormitar sobre una áspera tabla de madera, tratando de no pensar en el lacerante dolor que ya era dueño de sus costillas.

Alrededor de las once, cuando el resto de hermanas estaban encerradas en sus celdas, sor María Jesús se sometió, también como de costumbre, al «ejercicio de la cruz». Era una práctica terrible. Durante hora y media se torturaba y golpeaba con pensamientos sobre la pasión y muerte de Nuestro Señor Jesucristo; después cargaba sobre los hombros una cruz de hierro de cincuenta kilos de peso, con la que se arrastraba de rodillas hasta caer exhausta. A continuación, tras una pausa para reponer fuerzas, colgaba la cruz en la pared de la celda y se suspendía en ella por otros treinta minutos.

Sor Prudencia la avisaba cada madrugada, hacia las dos, para que bajara al coro y presidiera los maitines, que solían prolongarse hasta las cuatro. Siempre acudía. No importaba que se sintiera con fiebre, enferma o herida. Pero aquel día, justo aquel día, prefirió quedarse en el piso de arriba. Quería disimular la zozobra que le producía saber que, en pocas horas, una comisión de frailes la sometería a un interrogatorio.

A doscientos pasos de allí, en el convento de San Julián, la última noche de abril pasó más tranquila. A las siete en punto, los padres Marcilla y Benavides habían completado ya sus oraciones e ingerido un frugal desayuno a base de frutas y pan. Habían tenido tiempo suficiente para hacerse con los pliegos de pergamino necesarios para consignar las respuestas de la madre Ágreda.

—Misericordia, madre de Dios, misericordia.

La angustia de sor María Jesús se filtraba por debajo de la puerta de su celda.

—Sabes que te soy fiel y que guardo con discreción las cosas maravillosas que me enseñaste. Sabes que nunca traicionaré nuestros diálogos… Pero socórreme en este difícil lance.

Ninguna hermana la escuchó. Tampoco nadie contestó a sus súplicas. Aturdida por el silencio, la abadesa se tumbó en el catre, pero no concilió el sueño.

Treinta y cinco minutos más tarde, el monasterio de San Julián se abrió para fray Andrés de la Torre y el secretario encargado de transcribir el interrogatorio. Después de los saludos de rigor y de comprobar que llevaban lo justo, los cuatro cruzaron el pueblo de Ágreda. Caminaron hasta la clausura concepcionista. Y allí, como les prometió la abadesa, encontraron un escritorio y cinco sillas bien dispuestas, así como dos grandes candelabros a ambos lados de la cabecera de la tabla.

No se podía pedir más. La iglesia era un lugar fresco y tranquilo, discreto, que haría más confortable su trabajo. De paso, permitiría a alguna de las hermanas de la congregación husmear en su desarrollo desde el coro situado sobre la puerta del templo.

La abadesa llegó puntual. Vestía los mismos hábitos de la tarde anterior, y su joven rostro denotaba evidentes signos de cansancio; eran ya demasiados años durmiendo dos horas diarias.

Sor María Jesús saludó a los cuatro padres que la aguardaban. Y tras hacer una reverencia frente al sagrario del altar mayor, tomó asiento y esperó a que se completaran los primeros formulismos. Sus ojos brillaban. Habían pasado la noche llorando.

—A uno de mayo del año del Señor de mil seiscientos treinta y uno, en la Iglesia Mayor del Monasterio de la Concepción de Ágreda, procedemos al interrogatorio de sor María de Jesús Coronel y Arana, natural de la villa de Ágreda y abadesa de esta Santa Casa.

Sor María escuchó en silencio al escribano pronunciar su antiguo y completo nombre, mientras leía el acta. Cuando hubo concluido, levantó los ojos de la página —casi en blanco— y preguntó a la religiosa:

—¿Sois vos sor María de Jesús?

—Sí, yo soy.

—¿Sabéis, hermana, por qué habéis sido convocada hoy ante este tribunal?

—Sí. Para rendir cuentas de mis exterioridades y de los fenómenos que Dios Nuestro Señor quiso que protagonizara.

—En ese caso, responded bajo juramento a todo lo que se os pregunte. Para este tribunal el secreto de confesión ha sido levantado y debéis atender a todas sus cuestiones con cristiana humildad. ¿Aceptáis?

Ella asintió. La religiosa miró a fray Alonso de Benavides a los ojos. Su aspecto severo y su gran nariz le recordaron a la efigie de san Pedro que presidía el altar de aquel mismo templo. Era un hombre revestido de autoridad. Benavides estaba sentado frente a ella, tras un montón de papeles con anotaciones indescifrables y un ejemplar de la Biblia. Al sentirse observado por la abadesa, tomó la iniciativa.

—En nuestros informes consta que vos habéis experimentado fenómenos de arrobamiento, de éxtasis. ¿Podéis explicar a este tribunal cuándo empezaron?

—Aproximadamente hace once años, padre, en 1620, cuando tenía dieciocho recién cumplidos. Fue entonces cuando Nuestro Señor quiso que me asaltaran trances durante los oficios religiosos, y que algunas hermanas me vieran elevarme sobre el suelo.

Benavides la escrutó:

—No fue un don que solicitara, padre, sino que me fue concedido igual que a mi madre, Catalina. Ella también tuvo sus arrobos, y tanta fue su fe que, de anciana, decidió profesar como monja de esta orden.

—¿Levitasteis?

—Eso me dijeron, padre. Nunca fui consciente de ello.

—¿Y cómo explicáis que vuestros arrobamientos trascendieran más allá de los muros de la clausura?

—Mi antiguo confesor, fray Juan de Torrecilla, no era un fraile experto en estos asuntos.

—¿Qué queréis decir?

—Pues que, llevado por el entusiasmo, comentó estos sucesos fuera de aquí. La noticia despertó interés en toda la región, y vinieron muchos fieles a verme.

—¿Vos lo sabíais?

—Entonces no. Aunque me extrañaba despertar en la iglesia rodeada de seglares. Pero como siempre que salía de ese estado traía el corazón lleno de amor, no les presté demasiada atención ni les pregunté acerca de su actitud.

—¿Recordáis cuándo se produjo el primer éxtasis?

—A la perfección. Un sábado después de la Pascua del Espíritu Santo del año de 1620. El segundo me sobrevino el día de la Magdalena.

Fray Alonso se inclinó cuan largo era sobre la mesa, para tratar de dar más énfasis a sus palabras.

—Sé que lo que voy a preguntaros es materia de confesión, pero hemos oído que gozáis del don de poder estar en dos lugares a la vez.

La monja asintió.

—¿Sois consciente de ese don, hermana?

—Sólo a veces, padre. De repente mi mente está en otro lugar, aunque no sé deciros ni cómo he llegado hasta allá ni qué medio he utilizado. Al principio fueron viajes sin importancia, a los extramuros del monasterio. Allí veía trabajar a los albañiles, a los mozos y hasta les daba instrucciones para que modificaran las obras de tal o cual manera.

—¿Ellos la vieron a usted, hermana?

—Sí, padre.

—¿Y después?

—Después me vi arrastrada a lugares extraños, en los que nunca había estado y donde me encontré con gentes que ni siquiera hablaban nuestro idioma. Sé que les prediqué la fe de Nuestro Señor Jesucristo, pues aquellas gentes de raza desconocida, lo ignoraban todo sobre la fe. Sin embargo, lo que más me azoraba era escuchar dentro de mí una voz que me empujaba a instruirlos. A enseñarles que Dios nos creó imperfectos y nos envió a Jesucristo para redimirnos.

—¿Una voz? ¿Qué clase de voz?

—Una voz que me hacía sentir más y más confiada. Creo que fue el *Sancti Spiritu* quien me habló como lo hizo a los apóstoles el día de Pentecostés.

—¿Cómo empezaron esos viajes?

Fray Alonso se cercioró por el rabillo del ojo de que el escribano iba tomando buena nota de todo aquello.

—No estoy segura. Desde niña me preocupó saber que en las nuevas regiones descubiertas por nuestra Corona había miles, quizá millones, de almas que no conocían a Jesús, y que estaban abocadas a la condenación eterna. Pensar en ello me enfermaba. Pero uno de aquellos días de dolor, mientras reposaba, mi madre llamó a dos albañiles con fama de sanadores. Les pidió que me examinaran con cuidado y que trataran de erradicar la enfermedad que me había postrado en cama.

—Continuad.

—Los albañiles se encerraron en mi celda. Me hablaron de cosas que apenas recuerdo, y me revelaron que tenía una misión importante que cumplir.

—No eran albañiles, ¿verdad…?

Fray Alonso recordó las advertencias que le hiciera el comisario general en Madrid.

—No. Admitieron ser ángeles con una misión itinerante. Dijeron ser de mi misma sangre. Mi familia. Y me explicaron que vivían desde hacía años entre los hombres para ver quiénes teníamos aptitudes para Dios. Fue entonces cuando me hablaron de las almas del Nuevo México y de los apuros de nuestros misioneros por alcanzar tan remotas regiones.

—¿Cuánto tiempo estuvisteis con ellos?

—Aquella primera vez, casi todo el día.

—¿Regresaron?

—Oh, sí. Recuerdo que esa misma noche volvieron a por mí, se introdujeron en mi habitación y me sacaron de ella sin despertar a nadie. Todo fue muy rápido. De repente me encontré sentada en un trono, sobre una nube blanca, y volando por los aires. Distinguí nuestro monasterio, los campos de cultivo, el río, la sierra del Moncayo, y comencé a subir más y más hasta que todo se hizo oscuro y vi la cara redonda de la Tierra, mitad en sombras, mitad en luz.

—¿Visteis todo eso?

—Sí, padre. Fue terrible... Me asusté mucho. Sobre todo cuando me llevaron por encima de los mares hasta un lugar que no conocía. Sentía claramente cómo el viento de aquella latitud golpeaba mi cara y vi que aquellos albañiles, transformados en criaturas radiantes, controlaban los movimientos de la nube, guiándola ora a la derecha, ora a la izquierda, con gran seguridad.

Fray Alonso hizo un gesto ante la descripción. Aquel relato coincidía con las reclamaciones heréticas investigadas tiempo atrás de boca del obispo de Cuenca, Nicolás de Biedma, o del célebre doctor Torralba, que entre finales del siglo XV y principios del XVI afirmó haber subido a nubes de esa clase, haber volado a Roma con ellas y, lo peor, haber sido guiado por diablillos de dudosas intenciones.

—¿Cómo podéis estar tan segura de que aquellos hombres eran ángeles de Dios?

La monja se persignó.

—¡Ave María! ¿Qué otras criaturas podrían ser si no?

—No lo sé. Decídmelo vos, hermana.

—Bueno —dudó—, al principio, como vuestra paternidad, me pregunté si no estaría siendo engañada por el Maligno, pero luego, cuando al poco de emprender aquel vuelo me ordenaron que descendiese para predicar la palabra de Dios, mis recelos se esfumaron.

—¿La ordenaron descender, decís?

—Sí. Extendieron una especie de alfombra de luz bajo mis pies y me invitaron a transmitir un mensaje a un grupo de personas que aguardaban. Supe que no eran cristianos, pero tampoco musulmanes o enemigos de nuestra fe. Vestían con pieles de animales, y acudieron a mí impresionados por la luz que desprendía la nube.

—Madre, mi deber es insistir: ¿estáis segura de que eran ángeles?

—¿Qué si no? —insistió también la abadesa—. No rehuían mis palabras, aceptaban de buen grado mi fe en Dios y la consideraban con respeto y devoción. El Diablo no hubiera resistido tanta loa a nuestro padre celestial.

—Ya. ¿Y qué pasó después?

—Hice todo lo que me pidieron. Aquella noche visité dos lugares más, y le hablé a otros indios, y aunque ellos usaban otras lenguas, parecieron entenderme.

—¿Cómo eran?

—Me llamó mucho la atención el tono cobrizo de su piel, y el hecho de que casi todos llevaran el torso, los brazos, las piernas y el rostro pintados. Vivían en casas de piedra, como en nuestros pueblos, sólo que se entraba a ellas por los tejados, y se reunían para sus ceremonias en una especie de pozos a los que sólo podían entrar hombres autorizados por sus brujos.

Fray Alonso vaciló. Él mismo, con sus propios ojos, había visto todo aquello en Nuevo México. Pero, ¿cómo podía ella…?

—¿Hablasteis a los indios de la llegada de los franciscanos? —prosiguió.

—¡Oh, sí! Los ángeles me insistieron en eso. Incluso me permitieron ver lugares donde trabajaban padres de nuestra seráfica orden. En uno de ellos, vi cómo un indio al que llamaban Sakmo imploraba a uno de nuestros religiosos, un viejo predicador, que les llevara la Palabra de Dios al poblado del que venía. Aquel Sakmo, un hombre adusto, de espaldas anchas y grandes, rogaba que le asignaran misioneros que yo misma les había dicho que exigieran.

—¡Isleta!

—No sabría deciros cómo se llamaba el lugar, nadie me lo dijo. En cambio comprobé desolada que el fraile le negó ayuda por falta de hombres. ¿Saben? Me entrevisté con ese Sakmo poco antes, y le di cuenta de hacia dónde debía caminar para encontrarse con nuestros misioneros.

—¿Cuántas veces creéis haber estado allí?

—Es difícil de precisar, porque tengo la convicción de que en muchas ocasiones no fui consciente de ello. Soñaba a diario con esas tierras, pero no podría deciros si lo hice porque estuve en ese estado, o porque Nuestro Señor quería que reviviera ciertas escenas de mi predicación.

—Intentad calcularlo. Es importante.

—Quizá unas… quinientas veces.

Fray Alonso abrió los ojos de par en par. Le tembló un poco la voz.

—Quinientas veces, ¿desde 1620 hasta hoy?

—No, no. Sólo entre 1620 y 1623. Luego, tras pedírselo a Dios Nuestro Señor y a sus intercesores con todas mis fuerzas, cesaron las exterioridades. Fue poco a poco. Y aquellos ángeles que me acompañaban a diario, empezaron a dilatar sus visitas. Primero una a la semana, luego una al mes. Y finalmente, ninguna.

—Entiendo... ¿Os dijo alguien cómo detener vuestras «exterioridades»?

—No. Pero mortifiqué mi cuerpo para detenerlas. Dejé de comer carne, leche o queso y comencé una dieta sólo de legumbres. Además, tres días a la semana practicaba ayuno estricto de pan y agua. Poco después, todo cesó.

—¿Para siempre?

—¿Y quién puede saber eso sino Dios?

—Pero una dama de su aspecto sigue manifestándose en esas lejanas tierras —murmuró Benavides.

—También puede ocurrir, padre, que esos ángeles estén tomando mi forma y sigan apareciéndose entre los indios sin yo saberlo. O que hayan pedido la ayuda de alguna otra hermana.

Fray Alonso garabateó algo en un pergamino y lo dobló.

—Está bien, sor María Jesús. Es todo por hoy. Debemos pensar acerca de lo que habéis declarado a este tribunal.

—Como deseéis.

La sumisión de la monja desarmó al portugués, pero reconfortó al padre Marcilla, que veía con agrado que no estaba decepcionando las expectativas del ex custodio de Nuevo México. Benavides ya no lo dudaba: aquella religiosa era la dama azul que buscaba. Ahora todo su esfuerzo se centraría en arrancarle el secreto de sus saltos al Nuevo Mundo.

No se iría de allí sin él.

SESENTA Y DOS

Dos horas después, mientras facturaba su equipaje en el mostrador de *Alitalia*, el benedictino aún conservaba la sonrisa irónica que luciera en la comisaría. El aeropuerto estaba tranquilo, y en las puertas de embarque de la terminal no había ni rastro de pasajeros.

Baldi cruzó el control de seguridad como si flotara en una nube. No se dio cuenta de que una muchacha vestida de negro, con mocasines rojos, lo seguía. El benedictino tenía otras cosas en las que pensar. El permiso que le había dado esa mañana el secretario personal de Su Santidad, monseñor Stanislaw Zsidiv, después de la espantada del día anterior en el confesionario, lo había rejuvenecido. Se trataba de una autorización *speciale modo* para que se entrevistara con el «segundo evangelista». ¡Esa era la señal! Y aunque contraviniera una vez más las normas del proyecto de Cronovisión, esta vez era con el salvoconducto de «San Juan». Él le había dicho que se fiara de las señales. Y él estaba obligado ahora a respaldar a su hombre.

—Vuelve con noticias antes de la asamblea interna del domingo —le dijo—. Tu prioridad es encontrar a la mujer que trabajó con Corso. Ojalá «Marcos», el segundo evangelista te ayude.

«San Lucas», Giusseppe Baldi, voló hasta el aeropuerto de

El Prat en Barcelona, donde enlazó con un veterano Fokker F27 Friendship de Aviaco con destino al siempre difícil aeródromo de San Sebastián. Allí, con la tarjeta de crédito que le había facilitado el propio Zsidiv, alquiló un Renault Clío blanco de tres puertas, con matrícula de Bilbao, y enfiló la autopista A-8 con destino a la capital vizcaína.

Cuarenta y cinco minutos más tarde, a la entrada de la ciudad, aparcó el auto y detuvo a un taxi al que le entregó la dirección de su objetivo escrita en un papel. Mientras reflexionaba sobre lo rápido que podía cruzarse Europa en las postrimerías del siglo XX, el taxista, extrañado por las indicaciones de aquel cura de aspecto nervioso, apretó el acelerador en dirección a la Universidad de Deusto. En Bilbao. No tardó ni diez minutos en llegar. En el edificio de corte neoclásico que alberga la Facultad de Teología, en el segundo piso, «San Marcos», o mejor, el padre Amadeo María Tejada tenía su despacho.

Un directorio colgado a la entrada especificaba el número y la ubicación de su oficina.

Baldi subió de dos en dos las escaleras de mármol, y una vez frente a la puerta del gabinete tanteó el picaporte. Un segundo más tarde, se anunció con los nudillos.

—¿Qué desea?

El padre Tejada, con su inconfundible silueta de titán, miró de arriba abajo a su interlocutor, tratando de adivinar qué demonios hacía un señor entrado en años como aquél en un hervidero de estudiantes, en plena época de exámenes. Su visitante vestía los hábitos de San Benito, y lo miraba con cara de asombro.

—¿«San Marcos»? —titubeó en italiano.

El rostro del gigante se iluminó. De repente, lo había comprendido todo.

—*Domine Deus!* ¡Habéis conseguido permiso para venir hasta aquí?

Baldi asintió. El perfecto acento italiano de su interlocutor lo animó a proseguir la conversación en ese idioma.

—Soy «San Lucas», hermano —dijo.

—¡El músico! —Tejada alzó los brazos al cielo, como dando gracias—. ¡Por favor! Pasad y sentaos. ¡Cuánto tiempo he aguardado una visita así!

El titán de barbas blancas estaba risueño como un colegial. No acertaba a comprender qué asunto había traído a uno de los jefes del equipo de la Cronovisión hasta su despacho, pero intuía que debía de ser algo importante para que, por primera vez en casi medio siglo, transgrediese la principal norma de seguridad del proyecto.

—Monseñor Zsidiv es quien ha autorizado esta visita, padre Tejada. Ya sabéis —guiñó un ojo—, «San Juan».

—Supongo, entonces, que el asunto es grave.

—Es de la máxima importancia, hermano —intentó explicarse «San Lucas», que de pronto no encontraba las palabras adecuadas—. Por supuesto, supongo que está al corriente del suicidio del «primer evangelista», ¿verdad?

—Sí. Recibí la noticia hace unos días. Algo terrible.

Baldi asintió.

—Lo que quizá no sepa aún es que, tras su muerte, desaparecieron de su ordenador personal documentos relacionados con su investigación. Y no sabemos dónde empezar a buscarlos.

—No entiendo. ¿Y por qué se dirige a mí? Yo no soy policía.

—Bueno… Ha sido la divina providencia quien me ha guiado hasta usted. Digamos que —dudó—, que me he dejado llevar por las señales.

—Eso está bien, padre —aplaudió—. ¡Pocas veces veo a un clérigo llevando su fe hasta sus últimas consecuencias!

—Además, usted es un experto en ángeles, ¿verdad? Ha estudiado mejor que nadie cómo actúan. Ya sabe: siembran señales aquí y allá, y usted es el mejor para interpretar sus designios.

Tejada se encogió de hombros. Era evidente que alguien en Roma había facilitado su currículo al visitante.

—Lo tomaré como un cumplido —dijo.

—Lo que quiero decir, hermano, es que... Será mejor que lo vea usted mismo.

«San Lucas» hurgó en su cartera en busca de la fotografía que le entregara el capitán Lotti. La extrajo de un sobre marrón, y con cuidado, la dejó caer sobre la mesa del profesor Tejada.

—Fue tomada ayer, en la *Città* del Vaticano, después de que la mujer que debiera estar en la toma hiciera detonar tres pequeños explosivos junto a la columna de la Verónica.

—¿Son estos zapatos rojos de esa mujer?

Baldi asintió.

—¡Vaya! Aquí no ha llegado esa noticia. ¿Hubo daños?

—Fue un incidente sin importancia, que ni siquiera ha merecido un par de líneas en *L'Osservatore Romano* de hoy. Pero fíjese bien. Los zapatos que ve un poco por detrás de los rojos, junto a esas líneas que cruzan la imagen, son los míos. Yo estuve allí y presencié el atentado.

El padre Tejada examinó la foto con detenimiento. Después de echar un vistazo a algunos de sus detalles con una lupa que sacó del escritorio, se rascó la barba.

—¿Sabe qué clase de cámara se utilizó?

—Una Nikon de bolsillo. La foto la obtuvo un turista.

—Comprendo. Y usted no vio nada, ¿verdad?

—Nada… La luz del flash, que por cierto iluminó todo con una potencia que extrañó hasta al propietario de la cámara, me cegó.

—Humm —rugió Tejada—. Es probable que no fuera la luz del flash la que lo deslumbró, padre.

Baldi esbozó una mueca de asombro, pero no dijo nada.

—Quizá —prosiguió Tejada— el resplandor fue lo que se tragó a la supuesta terrorista.

—¿Se tragó?

—¿Sabe usted algo de física, padre? ¿Lee alguna publicación científica sobre el tema?

—No. Lo mío es la historia de la música.

—En ese caso, trataré de explicárselo de la forma más sencilla posible. Quizá lo que vio fue un efecto que se ha estudiado en algunos experimentos de física de partículas, especialmente en aquellos en los que un fotón es capaz de desdoblarse en dos, proyectando una réplica exacta de sí mismo a otro punto cualquiera del universo. Ese fenómeno de desdoblamiento lo llaman teleportación de partículas, aunque si fueran rigurosos deberían llamarlo bilocación.

Baldi se estremeció. ¿Bilocación?

—Durante ese proceso de duplicación de la materia —prosiguió Tejada—, se ha podido comprobar que el fotón original desprende gran cantidad de energía lumínica, una fuerte radiación que es perceptible para nuestros instrumentos y que podría impresionar un negativo fotográfico sin problema.

—¡Pero estamos hablando de partículas elementales, no de personas que pueden estar en dos lugares a la vez!

El veneciano empezaba a comprender las tremendas implicaciones de aquella teoría. Si estaba en lo cierto, Baldi había estado a pocos metros de una persona capaz de bilocarse… como sor María Jesús de Ágreda.

—¿Y quién le dice a usted que no se ha desarrollado una tecnología capaz de llevar esa característica de los fotones a escala humana?

—¡Jesús! ¿Quién?

La volubilidad de «San Lucas» divertía a Tejada.

—Le parecerá raro, pero no es la primera vez que veo esta clase de rayas en fotografías. A veces, en casos en los que se cree que han intervenido entidades sobrenaturales, como en las apariciones de la Virgen en Medjugore, en Yugoslavia, se han obtenido imágenes así.

—¿De veras?

—Nos enfrentamos a algún tipo de manifestación energética que rodea a ciertos individuos y que es invisible al ojo humano. Es algo parecido a la aureola que los artistas pintaban a los santos, sólo que en este caso se trata de algo con base física.

—No estará diciéndome que la Virgen…

—En absoluto. Para afirmar eso deberíamos reunir pruebas extraordinarias. En cambio, si he de serle sincero, creo que la mujer que no aparece en la foto podría ser una «infiltrada», un ángel, alguien capaz de controlar su desaparición de un escenario como si fuera un fotón y que aprovechó el flash del turista para disfrazar su huida creando un relámpago para desvanecerse.

—Eso son sólo especulaciones.

—Lo son, es cierto. Pero ya sabe que tanto la tradición cristiana como otras más antiguas nos hablan de ellos como seres de carne y hueso, que a menudo adoptan formas y sustancias superiores, y que nos vigilan desde dentro de nuestra sociedad, como si fueran una quinta columna… ¿No lo entiende? Igual que los fotones, que son onda y partícula, los ángeles son corporales e inmateriales a la vez.

—Me sorprende usted, hermano.

—Además —añadió Tejada blandiendo la foto de la basílica—, por alguna razón que desconocemos, las cámaras de fotos, más sensibles que el ojo humano a las diferentes formas de luz, no captan el aspecto que nuestros ojos ven, sino otro diferente.

A esas alturas de la conversación, Baldi estaba convencido de que había dado con el hombre adecuado. Había atendido a las señales, y éstas le habían guiado bien. Confiado en los designios de la Divina Providencia, el benedictino se ajustó los lentes de alambre y sin perder de vista a Tejada, dijo:

—Todavía no le he explicado la segunda parte de esta aventura, hermano. Como comprenderá, si me he tomado la molestia de venir desde Roma no ha sido para enseñarle una foto, aunque sea un reputado especialista en la materia.

—Me halaga oír eso, padre Baldi. Soy todo oídos.

—Antes de que se obtuviera esa imagen, la «terrorista», o ángel, qué más da, murmuró algo a mi lado. Dijo algo así como que estuviera atento a las señales, y que le preguntara al «segundo». Deduje entonces que debía hablar con usted, con el «segundo evangelista». Fue casi una inspiración.

El gigante lo observó incrédulo:

—Es cierto que los ángeles se manifiestan para darnos señales. Pero ¿qué tiene que ver eso conmigo?

—Cuando se disparó aquella cámara, yo trataba de encontrar una respuesta a la desaparición de los archivos de «San Mateo». Ésa era mi misión y, créame, no sabía qué hacer. Así que «San Juan», Zsidiv, me invitó a dejarme llevar por las señales, por un milagro. Y éste llegó con esa imagen. ¿Lo entiende ahora? ¡Usted es mi milagro! ¡Usted tiene *algo* que decirme!

—¡Pues averigüémoslo! —exclamó dispuesto el sacerdote.

—Estoy convencido de que la información que usted tiene, me ayudará a dar con el paradero de la información robada a «San Mateo». Para eso me dieron la señal, y para eso he venido aquí. ¿No se da cuenta?

—Entonces, padre, *credo quia absurdum*.

La frase latina «lo creo porque es absurdo» resumía a la perfección la situación de Tejada. El buen titán se esforzaba por ayudar, pero no entendía muy bien en qué. Así era la providencia.

—Dígame, padre Baldi, ¿qué clase de información desapareció tras el suicidio de «San Mateo»?

—Eso es difícil de precisar.

—Algo podrá hacer.

—Sí, claro. Antes de morir, Luigi Corso se obsesionó por un asunto bien curioso: indagó en las extrañas capacidades de una monjita española para desplazarse entre el nuevo y el viejo continente durante el siglo XVII. Al parecer, sus «visitas» a América le valieron el sobrenombre de «dama azul» entre los indios del suroeste de los Estados Unidos.

Tejada se quedó de una pieza.

—¡La dama azul! ¿Está usted seguro?

—Sí, claro. ¿Por qué lo…?

—¡Ahí está la providencia, padre! —rió a carcajadas—. ¿No es maravilloso?

—Me alegro que conozca el caso.

—¡Y cómo no voy a conocerlo! —exclamó con cierta teatralidad el gigante, ante un Baldi desconcertado—. ¡Si soy el responsable de su proceso de beatificación!

Lo que le contó Amadeo Tejada a continuación dejó perplejo a Baldi. Pese a los enormes prodigios que se le atribuyeron en vida, la madre Ágreda nunca fue declarada santa por la Iglesia de Roma. Algo pasó. Ninguno de los papas que abrieron su causa de santidad vivió lo suficiente para verla llegar a los altares. León XIII y Clemente XIV cerraron esos trabajos con sendos «decretos de silencio». Ninguna otra mujer de la Iglesia ha recibido jamás tratamiento tan duro. Pero en 1987, el padre Tejada logró levantar ambos decretos y consiguió que se reabriera la investigación sobre la dama azul. Amadeo Tejada era, sin duda, el hombre que más sabía sobre el mundo de la monja que se bilocó a América. Y el padre Baldi, por un capricho del destino, lo tenía frente a sí.

—Escúcheme bien, padre —dijo el pasionista, igual de asombrado que el veneciano—: hace unos días estuvo aquí la policía para preguntarme sobre un manuscrito del siglo XVII, que perteneció a Felipe IV. En él se consignó por primera vez, completa, la historia de la dama azul.

Baldi no podía creer lo que le estaba diciendo.

—Al parecer —prosiguió Tejada—, el texto detallaba qué clase de método empleó la monja para bilocarse.

Zsidiv le había hablado de aquel texto. Baldi sabía perfectamente que alguien lo había sustraído de Madrid, pero no dijo nada.

—¿Y por qué se interesó la policía por ese manuscrito? —preguntó sin desvelar sus cartas.

—Muy fácil: según mis cálculos, fue robado de la Biblioteca Nacional… —Tejada dudó un segundo, mientras consultaba un calendario de mesa que tenía frente a él—¡el mismo día que se suicidó «San Mateo»!

—Sorprendente. ¿Y sabe qué más contenía ese manuscrito?

—Desde luego. Cuando en 1630 los franciscanos sospecharon que quizá la mujer que había sido vista en Nuevo México podía ser una monja de su orden y no una aparición de la Virgen de Guadalupe, mandaron a Ágreda al que fuera Padre

Custodio en Santa Fe. Le pidieron que interrogara y, llegado el caso, desenmascarara a la «sospechosa». Sus preguntas se extendieron por dos semanas, tras las cuales, el Custodio...

—¿Benavides?

—Exacto. El custodio redactó un informe donde consignó sus conclusiones.

—¿Sabe cuáles fueron?

—Sólo en parte. Al parecer, Benavides dedujo que la monja lograba desdoblarse (o bilocarse, como prefiera), siempre después de escuchar cánticos que la hacían entrar en un trance muy profundo. De hecho, en el pasado hablé bastante de este asunto con el ayudante de «San Mateo».

—El doctor Alberto. Lo conozco.

—El mismo.

—¿Y qué le dijo?

Baldi preguntaba mientras trataba de encajar las piezas. Si Tejada había hablado con *il dottore* de la dama azul, ¿por qué éste nunca le habló del especial interés de Luigi Corso por ese caso? ¿Y por qué ninguno de ellos, ni siquiera «San Juan» le mencionó la existencia de esta monja?

Tejada, ajeno a aquellas cavilaciones, prosiguió:

—Albert Ferrell se mostró muy interesado en esa «pista» —dijo—. Y en cierta manera era lógico, ya que entre los «evangelistas» habían circulado sus estudios sobre prepolifonía, padre Baldi. Ya sabe, esos en los que usted concluía que ciertas frecuencias de música sacra podían ayudar a provocar estados alterados de conciencia que favorecieran la bilocación.

—Así que tomaron en serio mis trabajos... —Baldi sonrió.

—¡Oh sí! Recuerdo uno de los informes que envió al padre Corso, en el que hablaba de Aristóteles. Decía que este filósofo estudió cómo la música obraba sobre la voluntad.

—¡Y no sólo él! —intervino Baldi—. También los pitagó-
ricos descubrieron que el modo *re* (o frigio) levantaba el entusiasmo de los guerreros; el modo *do* (o lidio) conseguía el
efecto contrario, debilitando la mente del escucha; el modo *si*
(o mixolidio) provocaba accesos de melancolía... Y los usaron en el campo de batalla, para animar a sus tropas o deprimir
a las del enemigo.

—Pues escuche bien, padre: el ayudante de Luigi Corso me
confirmó que habían descubierto que cada cosa o situación
creada en la naturaleza tiene una vibración exclusiva, y que si
una mente logra situarse en su misma vibración, accedería no
sólo a su esencia, sino a su lugar y su época.

—¿Le dijo eso *il dottore*?

El padre Tejada se acarició una vez más la barba. Estaba tan
emocionado que no parpadeaba.

—¡Naturalmente! ¿No lo entiende? Lo poco que yo sabía
de los interrogatorios de Benavides a sor María Jesús era
que ésta le explicó con pelos y señales en qué momentos solía
entrar en trance y desplazarse hasta América. Se bilocaba escuchando los *Aleluyas*, durante la misa. Y sus vibraciones la
catapultaban a más de diez mil kilómetros de distancia.

—¿Los *Aleluyas*? ¿Está seguro, hermano? —Baldi acarició
sus gafas de alambre.

—¿Y de qué se extraña, padre? San Agustín lo dejó bien
claro en sus escritos: los *Aleluyas* facilitan la unión mística
con Dios.

—¿Y no sabrá, hermano, si Corso logró reproducir uno de
esos trances con alguien?

Era la segunda vez que Baldi jugaba con las cartas marcadas. Él sabía que la respuesta a esa cuestión era afirmativa.
Pero, ¿sabría Tejada algo más? ¿Algo que Ferrell no conociera,
pese a trabajar tan cerca de Corso?

—Ahora que lo dice, sí... —respondió meditabundo el pasionista—. Recuerdo que Corso me habló de que en las composiciones musicales para misas medievales halló elementos acústicos que le funcionaron. Y que administró a algunos sujetos.

El benedictino se mostró más ansioso que nunca, pero prefirió dar un pequeño rodeo antes de abordar la cuestión principal:

—¿Sabe qué sonidos exactamente aplicaron? —preguntó.

—Déjeme pensar... Desde el siglo XVI el *Introito* de la misa se cantaba en modo *do*. El *Kyrie Eleison* o *Señor, ten piedad* y el *Gloria in Excelsis Deo* o *Gloria a Dios en las alturas posterior*, en modo *re*. Y el modo *mi* se empleaba entre las lecturas de la Biblia y la consagración con los *Aleluyas*.

—¡Por supuesto! —saltó el veneciano—. ¡La misa tradicional cifra una octava completa, desde el inicio hasta el fin! Está claro que la liturgia fue diseñada para, entre otras cosas, provocar estados místicos que catapultaran a las personas más sensibles fuera de su cuerpo. ¡Mi tesis!

—Pero, padre Baldi, ¿por qué ese «efecto catapulta» sólo lo vivió la madre Ágreda y no otras monjas del monasterio?

—Bueno... —vaciló—. Debe de existir una respuesta neurológica a eso.

El benedictino se levantó de la silla y comenzó a caminar en pequeños círculos. Había llegado el momento.

—Me ha dicho que Corso utilizó esas frecuencias con otras personas. En Roma, ayer mismo, *il dottore* me indicó que aplicaron esos sonidos a una mujer a la que llamaban «Gran Soñadora». Sin embargo, en mitad de los experimentos la mujer decidió marcharse a casa.

—¿Una mujer? ¿Italiana?

—No. Norteamericana. ¿Le dice eso algo?

Tejada se lo quedó mirando con una enorme sonrisa dibujada en el rostro. Era una mueca entre burlona y afectuosa, que escondía algo. Un juego, tal vez.

—Ya sé qué información es la que el destino quiere que ponga en sus manos, padre Baldi.

La certeza del bilbaíno lo estremeció.

—Hoy, un amigo mío, el director de la Biblioteca Nacional, me ha dicho que la policía ha localizado a una mujer que desde hace unos días sueña con la dama azul. Vive en Los Ángeles y trabajó hace poco en Roma, en Radio Vaticana. Ellos ya deben estar en camino. Es a ella a quien usted busca, ¿verdad?

SESENTA Y TRES

LOS ÁNGELES

¡**S**anto Dios!

El rostro de Linda Meyers reflejaba indignación. Dos agentes del FBI y una tercera persona, extranjera, trataban de aclarar con ella la situación que tenían entre manos. Llevaban una hora en la sala de interrogatorios de la tercera planta del 1100 de Wilshire Boulevard.

—Ya les he dicho que yo no tenía forma de saber que habían robado ese valioso manuscrito en Madrid. Y menos aún que el fraile sobre el que pregunté al director de la Biblioteca Nacional estaba citado en ese documento. ¿Es que no me creen?

Mike Sheridan llevaba escrito en la cara que no se tragaba ni una palabra de aquello. La doctora Meyers podía verlo en su lenguaje corporal. En cambio, el extranjero parecía más condescendiente. A él se dirigió:

—¿Qué puedo saber yo de historia española?

—En realidad —le dijo aquel individuo, joven, con más aspecto de estudiante universitario que de agente especial, y que hablaba un inglés con un fuerte acento hispano—, no es historia española sino americana. El documento desaparecido es parte de la historia de Nuevo México.

—¿Es que me ha denunciado por robo el señor…?

—Valiente. Enrique Valiente.

—¿Me ha denunciado el señor Valiente? —completó su frase.

—No. Sólo estamos investigando un cabo suelto en este caso. Usted.

Y añadió:

—Por cierto, mi nombre es Carlos Albert, soy español.

Meyers se lo quedó mirando.

—¿Ha venido por mi llamada a la Biblioteca?

—Así es.

—Lo que queremos saber, señora Meyers —los interrumpió Sheridan—, es de dónde sacó usted el nombre de fray Esteban de Perea.

La belleza africana de la doctora escondía algo salvaje. Algo que a Carlos y al segundo agente en aquella sala, que permanecía hierático junto a la puerta, los intimidaba. Carlos miraba aquella escena como si estuviera dentro de un largometraje de Hollywood. En España las comisarías no eran tan espaciosas como aquel edificio federal, y los agentes no iban impecablemente trajeados como Mike Sheridan.

—¿Y bien? —insistió éste—. ¿No nos va a decir quién le habló de ese fraile?

—Es secreto profesional, agente.

—¡Cómo que secreto profesional! Sólo le estoy pidiendo un nombre. Una fuente que podamos comprobar —insistió—. De lo contrario, tendremos que considerarla sospechosa de robo.

—¿Bromea? ¡Yo sólo hice una llamada telefónica!

—Verá, doctora —terció Carlos—: ayer me entrevisté en Madrid con el señor Valiente. Y recordando la conversación que mantuvo con usted, dijo algo que me llamó la atención.

Meyers aguardó a que el español terminara de hablar.

—Me dijo —prosiguió— que la información sobre fray Esteban de Perea se la había dado una paciente suya, una mujer que tenía extrañas visiones sobre cierta dama azul. ¿Es eso cierto?

La doctora no respondió.

—¿Es eso cierto, señorita Meyers? —la increpó el agente Sheridan.

Carlos volvió a mirar al federal. Le resultaba extraño ver a un guardián del orden mascando chicle para evitar encenderse un cigarrillo. En Madrid todos fumaban.

—¿Podría darnos los datos de esa paciente? —insistió el periodista, más amable.

Tras un segundo de silencio, Linda Meyers respondió lo que se temían:

—Lo siento. Es secreto profesional. No puedo revelar datos personales de una paciente. Y si van a continuar preguntándome, me gustaría llamar a un abogado.

—¿Y si ya tuviéramos esos datos? —la miró Carlos desafiante—. ¿Nos los confirmaría?

—¿Usted tiene esos datos? —el tono de Linda Meyers sonó incrédulo—. Nunca se los di al director de la Biblioteca.

El extranjero tomó su cuaderno de tapas de corcho, y buscó la última anotación. La que hiciera a bordo del avión que lo había llevado hasta allá. Cuando la encontró, se sentó junto a la sospechosa y sonrió enigmático:

—¿Le dice algo el nombre de Jennifer Narody?

El rostro de la doctora palideció.

—¿Cómo… cómo diablos tiene usted ese nombre?

—No son diablos, señorita. Es cosa de ángeles —bromeó.

SESENTA Y CUATRO

*G*uardián a base, ¿me copias?
—Te copio 5x5, Guardián.
—El pájaro salió del nido. ¿Dejo que vuele?
—No. Si se aleja demasiado, retenlo. La jaula estará lista en unos segundos.
—Cierro.

Cuando Giuseppe Baldi abandonó la Universidad de Deusto y vio el magnífico día de primavera que lo aguardaba, decidió darse un paseo hasta el centro. Bilbao acababa de salir de una semana de copiosas lluvias, y la ciudad estaba limpia y fresca.

Todo estaba en calma. Todo, menos una furgoneta Ford Transit con matrícula de Barcelona y cristales tintados, que ronroneó al advertir la presencia del «evangelista» en la puerta del recinto universitario.

—Es el pájaro.

Un hombre de complexión musculosa situado al volante de la furgoneta, encendió un cigarrillo mientras seguía con la mirada al padre Baldi.

—Al cruzar el paso de peatones, lo detienes. ¿Oíste Guardián?

Un chasquido cerró la comunicación. El hombre del cigarro dejó su walkie-talkie sobre el asiento, se ajustó las gafas de sol y movió el vehículo cerca del benedictino. Éste caminaba confiado.

—¿Ya?

La voz de «Guardián» tronó exigiendo instrucciones.

—Adelante.

Fue suficiente.

«Guardián», un fornido piamontés, se guardó el receptor en el bolsillo de su americana y apretó el paso hacia el objetivo. En cuestión de segundos lo rebasó, deteniéndose junto a un semáforo en rojo. Allí, aguardó a que el «evangelista» se situara a su vera. Ninguna persona estaba a menos de cinco metros de ellos. Era la ocasión perfecta. Y así, hombro con hombro con el sacerdote, «Guardián» le espetó en perfecto italiano:

—*Bello giorno, vero?*

Baldi se sorprendió. Asintió con una sonrisa indiferente pero trató de ignorar al extraño manteniendo la vista clavada en el otro lado de la calle. Fue lo último que hizo antes de que el pelado, vestido impecablemente de Armani, desenfundara un arma corta con silenciador y la clavara en sus costillas.

—Si te mueves, disparo aquí mismo —susurró.

El «evangelista» se quedó lívido. El corazón casi se le salió por la boca. Qué extraña sensación. El sacerdote no había visto siquiera la pistola, pero podía visualizar la embocadura del cañón apretándose contra su hígado. Jamás lo habían apuntado con un arma, y un terror frío, irracional, lo paralizó.

—Es… es un error —murmuró en un español forzado—. No tengo dinero.

—No quiero su dinero, padre.

—Pe… Pero si yo no…

—¿No es usted el padre Giuseppe Baldi?

—Sí —farfulló.

—Entonces no hay error que valga.

Antes de que «Guardián» hubiera terminado de hablar, la furgoneta se detuvo junto al semáforo. Bastó un empujón para que el cuerpo del «evangelista» cediera y cayera de bruces dentro del vehículo. Una vez allí, dos brazos fuertes lo izaron abordo, sentándolo al fondo del vehículo.

—Y ahora espero que se porte bien. No queremos hacerle daño.

—¿Quiénes son ustedes? ¿Qué quieren de mí?

Baldi tartamudeó en italiano aquellas dos frases. Seguía confuso, con el pulso acelerado, y con un par de magulladuras en los antebrazos, pero empezaba a tener claro que acababan de secuestrarlo.

—Hay alguien que desea verlo —dijo el pelado—. Acomódese.

El hombre que lo había encañonado estaba ahora sentado junto al conductor y miraba fijamente al «evangelista» por el retrovisor.

—No haga tonterías, padre, tenemos unas horas de viaje antes de llegar a nuestro destino.

—¿Unas horas? ¿Adónde vamos? —balbuceó.

—A un lugar donde podamos hablar, querido «San Lucas».

En ese momento, Baldi temió por su vida.

Aquellos hombres no lo habían secuestrado por error: sabían quién era. Y lo peor: para localizarlo debían haberlo seguido desde Roma. La cuestión era por qué.

Un pinchazo en el brazo le hizo perder el conocimiento. Acababan de inyectarle una dosis de diez miligramos de valium, la dosis justa para mantenerlo dormido durante cinco horas.

Cuando todo se oscureció, la Ford Transit enfiló la circunvalación de Bilbao hasta desembocar en la autopista A-68 en dirección a Burgos. Desde allí, enlazó con la nacional I y descendió rumbo a Madrid hasta Santo Tomé del Puerto, poco antes de comenzar la escalada del puerto de Somosierra. En ese punto nace la nacional 110 que conduce hasta Segovia, donde los secuestradores echaron siete mil pesetas de gasóleo al depósito en la estación de servicio pegada al acueducto romano. Luego tomaron la carretera secundaria hacia Zamarramala, donde no llegarían a entrar.

El reloj de la furgoneta marcaba las diez y siete minutos de la noche. El vehículo se detuvo junto a una cruz de piedra clavada a escasos metros de uno de los más extraños templos del medioevo español. Allí apagó el motor. Dos andanadas de luces largas contra la fachada de la iglesia advirtieron a sus ocupantes que el invitado que esperaban acababa de llegar.

SESENTA Y CINCO

VENICE BEACH, CALIFORNIA

Jennifer acudió a la puerta al tercer timbrazo. Le costaba imaginar quién podría llamarla con esa insistencia un lunes a las siete de la mañana. Se envolvió en su bata de seda blanca, se sacudió el pelo, y cruzó a toda velocidad el desordenado salón. Al asomarse por la mirilla, descubrió a un joven de unos treinta años, con gafas de montura metálica y delgado, que aguardaba impaciente al otro lado. No lo había visto jamás.

—¿Señorita Narody? —el visitante formuló su pregunta en cuanto intuyó que lo observaban.

—Sí, soy yo. ¿Qué desea?

—No sé cómo explicarle... —titubeó al percibir el tono molesto de su interlocutora—. Mi nombre es Carlos Albert, y estoy colaborando con el FBI en una investigación en la que usted tal vez podría ayudarnos.

—¿Los federales?

—Sé que le resultará absurdo, pero ¿le dice algo el nombre de la dama azul?

Jennifer se quedó rígida.

—¿Cómo ha dicho?

—Vengo a preguntarle por la dama azul, señorita Narody. Y por algo que usted ha recibido y que creo debe entregarme.

Carlos había decidido jugar todas sus cartas. Convenció al FBI para que lo dejaran entrevistarse a solas con Jennifer. De hecho, los persuadió de que a un periodista extranjero le sería más sencillo, menos brusco, obtener información útil para recuperar un manuscrito robado en Madrid que a ellos mismos. Y, por supuesto, contaba también con los detalles que le brindara el ángel de los zapatos rojos.

Jennifer lo miró con recelo.

—¿Quién le ha dado mi dirección? No figura en la guía —dijo.

—Verá, señorita Narody, lo que tenemos que hablar es importante. He venido de Madrid sólo para verla. Su psiquiatra, la doctora Linda Meyers, telefoneó a la Biblioteca Nacional hace unos días preguntando por la dama azul, y eso me ha permitido llegar hasta usted. ¿Puedo pasar?

Jennifer abrió.

La mujer que le brindó el paso tenía una extraña belleza. Pese a estar recién levantada, y con los ojos hundidos en sendas bolsas amoratadas, era alguien que irradiaba armonía. Morena. De piel bronceada. Buena figura y rostro amable, de labios gruesos y pómulos salidos. Tenía el salón lleno de suvenires de Italia; una torre de Pisa de bronce hacía de pisapapeles; una colección de discos de intérpretes latinos estaba desparramada frente al equipo de alta fidelidad; y una gran foto aérea del Coliseo adornaba la pared más grande de aquella habitación. A Carlos aquellos objetos le trajeron buenos recuerdos.

—¿Conoce usted Italia, señorita Narody?

Jennifer sonrió por primera vez. Su visitante estaba jugueteando con una pequeña góndola veneciana de bronce que tenía junto al televisor.

—Desde luego. Viví en Roma durante algún tiempo.

—¿De veras?

—Oh sí. Es una ciudad maravillosa. ¿La conoce usted?

Carlos asintió. Durante unos minutos intercambiaron impresiones sobre el cálido carácter de los italianos, lo fácil que le resultaba a cualquier turista integrarse en el caos del tráfico y lo mucho que extrañaban su comida. La casualidad —ella otra vez— quiso que ambos conocieran un pequeño restaurante cerca del Panteón de Agripa, *La Sagrestia*, donde se cocinaba la mejor pasta de la ciudad («sólo para romanos», bromearon). De hecho, un punto de encuentro tan simple como aquel pronto los predispuso a una conversación mucho más relajada. Al cabo de un rato, Jennifer había olvidado ya la mención de Carlos al interés del FBI por la dama azul.

—Por cierto —dijo—, ¿le apetece tomar algo? ¿Un refresco? ¿Agua?

Carlos negó con la cabeza. Pensaba ya cómo iba a plantearle las preguntas que tenía preparadas, cuando su anfitriona tomó definitivamente la iniciativa de la conversación.

—Por cierto, ya que está aquí, tal vez me ayude a aclarar un misterio.

—¿Un misterio?

El periodista se revolvió en el sofá.

—Sí. Usted es español, ¿no?

—Así es.

—Verá: ayer recibí un sobre con un manuscrito antiguo escrito en su idioma. Estaba pensando que tal vez podría ayudarme a traducirlo.

El corazón le dio un vuelco.

—¿Un manuscrito?

—Sí... —Jennifer encendió un cigarrillo antes de buscarlo—. Debe de estar por aquí. Pensaba enseñárselo mañana a la doctora Meyers, que habla español. Pero usted es nativo y lo entenderá mejor. ¡Ha llegado como caído del cielo!

Carlos sonrió para sus adentros. «Podría decirse así, en efecto».

Para cuando se le acercó con un manojo de viejas hojas atadas con un grueso lazo de esparto, el periodista ya sabía qué era aquello. ¡Por todos los santos! Había recorrido diez mil kilómetros *precisamente* para tener en sus manos aquel puñado de páginas. El ángel de los zapatos rojos tenía razón: esa mujer tenía un secreto en las manos, pero no lo sabía.

—Increíble —silbó—. ¿Sabe usted qué es esto, señorita Narody?

—Por supuesto que no. Por eso le pregunto.

El periodista, mudo de asombro, tomó el legajo entre sus manos. Al principio, le costó adaptarse a aquella caligrafía barroca, llena de arabescos, pero después lo leyó de corrido: «Memorial a Su Santidad, papa Urbano VIII, nuestro señor, relatando las conversiones de Nuevo México hechas durante el más feliz período de su administración y pontificado y presentado a Su Santidad por el padre fray Alonso de Benavides, de la orden de nuestro padre San Francisco, custodio de las citadas conversiones, el 12 de febrero de 1634». Al documento, pegado en una fina tira de papel cebolla, le acompañaba una inscripción más reciente trazada con lápiz rojo: «Mss. Res. 5062».

—Este documento —dijo al fin Carlos— fue sustraído hace unos días de la cámara acorazada de la Biblioteca Nacional de Madrid. Por eso colaboro con el FBI. Para recuperarlo y devolverlo a casa.

Jennifer Narody trató de contener su sorpresa.

—¡Yo no lo robé! —se defendió—. Si así fuera, ¿cree que se lo hubiera enseñado así, por las buenas?

Carlos se encogió de hombros.

—Está bien. Lo único que sé es que éste es el cuerpo del delito, y lo tiene usted en su casa. Le va a ser difícil justificar su posesión.

—¿Cuerpo del delito? Pero...

—La brigada criminal de la policía española y el grupo antisectas alertó a Interpol temiendo que este texto hubiera salido ilegalmente de mi país. Y, a la vista está: tenían toda la razón.

Carlos acentuó más de lo normal lo de «este texto», mientras lo palmeaba con fuerza. Jennifer se asustó.

—¿Y por qué investiga un documento antiguo una brigada antisectas?

—Sospechaban de un grupo de fanáticos, señorita. A veces esa clase de grupos se interesan por un libro o una obra de arte por las razones más extrañas. De hecho, quien entró en la Biblioteca robó sólo ese documento, y eso que podía haberse llevado otras obras mucho más valiosas.

—Parece extraño, ¿no?

—Mucho. Por eso merezco algunas explicaciones, señorita.

—¡Un momento! —lo atajó—. Yo también merezco algunas, señor...

—Albert. Carlos Albert.

—Señor Albert: usted me preguntó por la dama azul. ¿Qué tiene ella que ver con este libro?

—¡Todo! —sonrió—. Este documento explica qué ocurrió con la dama azul, y cómo pudo sor María Jesús de Ágreda desdoblarse hasta aparecerse en Nuevo México, a principios del siglo XVII.

—¡Sor María Jesús de Ágreda!

Jennifer no pronunció su difícil nombre tan bien como el español, pero lo reconoció al instante.

—¿La conoce?

—¡Claro! A ella, a fray Alonso de Benavides, a Felipe IV... Los he visto. Llevo días viéndolos.

—¿Viéndolos?

Jennifer comprendió el asombro del visitante.

—Señor Albert —dijo—, aunque a usted se le haga difícil creerlo, el conocimiento que tengo de Benavides y de lo que hizo en Nuevo México me ha venido a través de sueños.

—A estas alturas, señorita, ya no se me hace difícil creer nada —respondió acariciando el manuscrito.

—Le juro que nunca antes había oído hablar de Benavides, ni había leído ningún libro que lo mencionara. Ni me interesó nunca la historia de mi país, ni la de los nativos americanos. Pero creo que mis genes me han predispuesto a ello. Mi psiquiatra cree que es memoria genética. Usted ya la conoce.

—Ya. Pero ella no sabe por qué tiene usted esos sueños. No quiso hablarme de ello, pero me dio la impresión de estar bastante perdida.

—Bueno... No le he contado algunas cosas. Sobre todo lo mucho que tienen que ver estos sueños con mi último trabajo.

—¿En qué trabajaba usted?

Jennifer arrugó su nariz, mostrando desagrado.

—¿Y qué le hace creer que voy a contarle a usted lo que no le he contado a la doctora Meyers?

—Tal vez si le explico cómo he llegado hasta aquí, lo que he vivido antes de encontrarla, se anime. Dígame, ¿cree usted en las casualidades?

Aquella mañana, mientras Jennifer preparaba un par de tazas de café y unas tortitas con mermelada de arándanos, su visitante se lo contó todo: desde la nevada que lo guió hasta Ágreda, hasta el impacto que le produjo mirar a sor María Jesús a la cara, con su cuerpo milagrosamente conservado en una urna de cristal, en el monasterio que ella misma fundó. Cuando le contó cómo una pequeña medallita con una imagen de la Verónica o «santa faz» lo puso en un camino lleno de sorpresas, y cómo esa cadena regresó a su legítima propietaria en el avión que lo trajo a Los Ángeles, Jennifer recordó algo. Un pequeño detalle que, en aquel contexto, no podía ser una casualidad. Y es que ella, en Roma, había visto una medalla como aquella.

Fue en la «sala del sueño» de Radio Vaticana. El primer día de trabajo. Tras ser reclamada desde Fort Meade por un agente del INSCOM destinado en Roma, recordó haberla visto en su sesión inaugural. Colgaba del cuello de su instructor. El doctor Albert Ferrell. Y era —tenía que serlo— idéntica a la que aquel español había tenido en sus manos.

—¿Sabe una cosa? —dijo al fin—. No. Yo tampoco creo en las casualidades.

A Carlos se le iluminó la cara. Sabía que, una vez más, algo —¿o era alguien?— allanaba su camino. Jennifer Narody, confortablemente instalada en su sofá favorito, le refirió la última parte de una historia de la que ambos, de algún modo extraño, formaban ya parte.

—Hasta hace poco tiempo tuve el rango de teniente de la Armada de los Estados Unidos, y trabajaba en la sección de inteligencia —dijo—. Mi trabajo estaba asociado a una división de «espionaje psíquico», en la que sólo estábamos personas con ciertas facultades extrasensoriales. Como puede imaginarse, nuestra actividad era materia de alto secreto.

Carlos dio un respingo.

—Durante los dos últimos años estuve destinada en Roma trabajando en un proyecto que pretendía explorar las facultades límite de la mente humana.

—¿Facultades límite?

—Sí. Habilidades psíquicas como la transmisión de pensamiento o la visión remota a través de personas entrenadas en clarividencia. ¿Comprende de qué le hablo?

—Perfectamente.

Carlos no salía de su asombro. Había oído de esa clase de proyectos en varias ocasiones. Incluso en su revista había leído reportajes que hablaban de cierta «guerra paranormal» entre la antigua Unión Soviética y los Estados Unidos. Pero jamás pensó que conocería a alguien implicado en esos programas.

—Durante la administración Reagan —continuó Jennifer—, mi escuadrón trató de emular los logros conseguidos por los rusos para espiar a distancia instalaciones militares con ayuda de personas con habilidades psíquicas. Formaron un «ejército» de «viajeros astrales» que pudieran «volar» hasta sus objetivos. Pero por desgracia, la mayor parte de esos experimentos fracasaron. Sencillamente, no pudieron controlarlos a voluntad. Nuestro general fue destituido.

—¿Y cuándo entró usted en escena?

—A mediados de los años ochenta. El proyecto de «espionaje psíquico» nunca fue cerrado del todo porque después de la caída del Muro de Berlín supimos que los rusos seguían con sus experimentos. En secreto, seguían trabajando con el fin de desarrollar esas facultades límite. Es más, los rusos habían vendido parte de sus descubrimientos psíquicos a otras potencias.

—Entiendo.

—Para colmo, teníamos un presupuesto limitado. Así que mi instituto, el INSCOM, decidió aliarse con un socio discreto, interesado en esa clase de menesteres.

—¿Un socio?

—Sí. El Vaticano.

Carlos sacudió la cabeza.

—No se extrañe. El Vaticano lleva siglos interesado en cuestiones que a nosotros sólo nos atraen desde hace unas décadas. Considere, por ejemplo, que fueron ellos los que acuñaron el término bilocación para referirse a los viajes astrales. Los archivos de la Iglesia están llenos de casos. A la curia le interesaba saber qué mecanismos psíquicos provocaban esos desdoblamientos, y llegamos a un buen acuerdo: ellos ponían la información histórica, y nosotros la tecnología para «reproducir» tales estados.

—¿Tecnología?

Jennifer apuró lo que le quedaba de tortita antes de proseguir. Se estaba liberando de un gran peso, como si aquella conversación fuera la terapia que necesitara recibir desde que saliera de Italia. Carlos la seguía con la mirada, atento a cada gesto, a cada palabra.

—El instituto para el que trabajaba —prosiguió— envió a uno de nuestros hombres a Roma, a Radio Vaticana. Era un ingeniero de sonido que había trabajado en Virginia. Antes de mi llegada ya sabía que ciertos tipos de música sacra favorecían el desdoblamiento del cuerpo. Por cierto, llevaba una de esas medallitas de las que usted hablaba.

A Carlos no le pasó desapercibido el dato:

—Y sólo con música podían…

—La música no era lo importante. La clave estaba en la frecuencia vibratoria del sonido. Era ella la que provocaba que el cerebro se comportara de una determinada forma, dando pie a experiencias psíquicas intensas.

—¿Y usted? ¿A qué fue a Italia?

—Me destinaron a Roma para trabajar con el líder de un extraño grupo al que llamaban el «primer evangelista».

—¿El «primer evangelista»?

—Por supuesto, era un nombre clave. Una vez allí, en una sala idéntica a la que teníamos en Fort Meade, me utilizaron como conejillo de indias. El «evangelista» estaba empeñado en proyectarme a otra época con los nuevos sonidos que habían sintetizado.

—¿A otra época? ¿Al pasado?

—Al pasado. Pero no consiguió nada. Me sometió a sesiones de cincuenta minutos en las que me exponía a sonidos intensos. En el laboratorio no sucedía nada, pero por la noche venía lo peor: tenía pesadillas con figuras geométricas que daban vueltas en mi cabeza hasta marearme; colores y voces me abrumaban. Descansaba mal y hasta perdí peso de la angustia.

Carlos no dijo nada.

—Era como si hubiera sintonizado un canal de televisión cuya antena estuviera defectuosa y la señal no se recibiera bien.

—¿Y no le dijeron por qué querían mandarla al pasado?

—Sí lo hicieron. Entonces no lo comprendí, pero ahora todo encaja.

—¿Qué quiere decir?

—Querían descifrar el contenido de un antiguo documento en el que se consignaban las instrucciones para realizar proyecciones físicas de personas mediante sonidos.

—¿Físicas? ¿En carne y hueso?

Los ojos claros de Jennifer confirmaron la importancia de aquella apreciación.

—Al parecer, una mujer lo había conseguido en el siglo XVII.

—La dama azul.

—Exacto. Pero ni el Vaticano ni nuestro gobierno sabían bien cómo. Por lo visto, ese documento contenía las claves. Fue redactado por un franciscano para el rey de España.

—Y el documento —murmuró Carlos— es éste.

—Sí. ¿No es increíble?

—¿Soñó usted con él?

—En realidad soñé con quien lo escribió y con el momento histórico en el que se redactó. Supongo que en Los Ángeles, alejada de los laboratorios, mi cerebro ha intentado «ajustar la señal» por su cuenta y finalmente lo ha conseguido. Eso sí, fuera del plazo fijado por los expertos en Roma.

—¿Y por qué le han mandado a usted un documento que no puede siquiera leer?

—Eso lo sabrá mejor usted. O la mujer de los zapatos rojos que se encontró en el avión. Ella lo mando aquí para que usted lo recogiera. ¿No es cierto?

SESENTA Y SEIS

La oscura silueta de la ermita de la Vera Cruz contrastaba con el mosaico de farolas de Segovia, al fondo. Ni siquiera el Alcázar, la inexpugnable fortaleza que domina esa ciudad castellana, era capaz de restarle un ápice de misterio a un edificio dodecagonal tan extraño. La Vera Cruz es distinta a todos los monumentos que la rodean. En realidad, es diferente a casi todas las iglesias de la cristiandad. Ningún edificio del Viejo Continente dispone de doce paredes dispuestas como las del Santo Sepulcro de Jerusalén. Ninguno... salvo éste.

Sumida en total penumbra, sólo el fino hilo de luz que escapaba de su puerta oeste indicaba que el recinto no estaba vacío.

—Deprisa, Guardián, no tenemos tiempo que perder.

Un par de grandes sombras introdujeron el cuerpo inerte del «evangelista» en la iglesia. A tientas, dejaron atrás sus casi invisibles frescos medievales con perfiles de templarios y caballeros cruzados, y buscaron la empinada escalera que llevaba a su habitación más sagrada. Era el edículo, una pequeña habitación oculta en la gruesa columna que sostenía el edificio. En realidad, aquello no era una iglesia. Era un *martyrium*, un templo diseñado para evocar la muerte y resurrección de Cristo. Y esa habitación era su *sanctasanctorum*.

Con tiento, los gorilas depositaron sobre las baldosas de barro a Giusseppe Baldi, cuidando de que su cabeza no golpeara el altar que presidía la estancia. Allí los aguardaba una extraña pareja: un hombre cubierto con una túnica blanca y una mujer vestida de negro, con mocasines rojos.

—Habéis tardado —dijo el varón.

Su reproche retumbó en las paredes vacías, burlando la penumbra. El hombre del cigarro se justificó.

—El pájaro se retrasó más de la cuenta.

—Está bien, no importa. Ahora dejadnos solos.

El conductor de la furgoneta, sumiso, se despidió con una reverencia. Segundos más tarde, un golpe seco surgido del fondo del templo anunció que el portón de la Vera Cruz había sido atrancado. Entonces, el hombre de la capa blanca se inclinó sobre el desfallecido padre Baldi y trató de reanimarlo.

Su «regreso» fue lento.

Primero notó una extraña corriente que lo recorrió de arriba abajo. A continuación, su corazón fue golpeándole rítmicamente las sienes. Para cuando el sacerdote pudo abrir los ojos, todo estaba borroso. Todo, excepto unos zapatos rojos que él ya había visto en algún lugar.

Un segundo más tarde, Baldi estaba ya incorporado.

—¿Dónde estoy?

Temblaba.

—En Segovia.

La voz del encapuchado, en contraste con la suya, sonó firme. Aún así, desprendía cierto tono de familiaridad.

—¿Quiénes son ustedes? ¿Qué quieren de mí?

—Sólo retenerlo un tiempo, padre. El suficiente para que el plan se ejecute sin interferencias.

—¿El plan? ¿Qué plan?

—Usted ya ha averiguado demasiadas cosas en poco

tiempo. Pero si alcanza su meta antes de tiempo, echaría a perder nuestra misión.

—¿Su misión? ¿Pero quien diablos son ustedes? —repitió Baldi.

—No se altere, padre. A mí me conoce. Y no voy a hacerle ningún daño.

El hombre del manto blanco se echó para atrás la caperuza que lo cubría, dejando al aire el inconfundible flequillo estirado de Albert Ferrell.

—¡*Dottore* Alberto! —Baldi casi perdió el equilibrio por la sorpresa.

—También creo que tuvo la ocasión de cruzarse en Roma con mi acompañante, ¿no es cierto? —sonrió Ferrell, mirando a su bella acompañante.

—¡En la basílica de San Pedro! ¡Es cierto! —exclamó—. Usted es la mujer de la foto. La que me dijo que atendiera a las señales. La mujer de los zapatos rojos.

Y mirándola con gesto incrédulo, añadió:

—Sé qué clase de criatura es usted.

—Mejor —dijo ella, con un suave acento napolitano—. Así entenderá lo que hemos hecho.

—¿Lo que han hecho? —el «evangelista», más repuesto, replicó clavando su mirada en Ferrell—. Que yo sepa, usted fue destinado a Roma por el gobierno norteamericano para desarrollar la vertiente técnica de la Cronovisión. En cuanto a usted…

—No se equivoque, padre. Ella y yo, y los hombres que lo han traído hasta aquí, trabajamos juntos. Somos muchos. Centenares. Aunque ni el Pentágono, ni el Vaticano son nuestros jefes.

—No entiendo…

—Lo comprenderá enseguida —prometió—. Nuestro trabajo está vinculado a un grupo muy antiguo que se hace llamar *Ordo Sanctae Imaginis*. La Orden de la Santa Imagen. Somos los legítimos propietarios de iglesias como ésta en toda Europa, que han custodiado importantes reliquias de Cristo. Está usted en nuestro territorio. Pero déjeme explicarle que durante siglos también hemos preservado un secreto terrible para la cristiandad. Un secreto que de haber sido revelado en el pasado, a destiempo, hubiera podido destruir la Iglesia entera. Sin embargo, ahora debe emerger.

La mujer tomó la palabra:

—Usted, padre, con su trabajo en la Cronovisión ha estado a punto de descubrirlo. Por eso lo hemos traído hasta aquí. Para asegurarnos de que no lo dará a conocer sin que nosotros controlemos el cuándo y el cómo.

—¿Orden de la Santa Imagen? —el cerebro y el pulso de Baldi se aceleraban por momentos—. ¡Ustedes fueron los que pusieron las bombas a la Verónica!

—¡Oh, vamos! ¿Cree usted que alguien de nuestra naturaleza necesita poner bombas en ninguna parte?

—¿Su naturaleza? —Baldi, aunque aturdido, empezaba a comprender. Mirando a Ferrell, con los ojos aún irritados por el viaje, preguntó—: ¿Es que usted también es un... ángel?

Hasta a él mismo le resultó extraña aquella pregunta. Pese a haber recibido una estricta formación teológica y estar preparado para enfrentarse a realidades trascendentes, Baldi se resistía a creer que alguien tan mundano como *il dottore* tuviera procedencia tan sublime. No era eso lo que había aprendido del padre Tejada, en Bilbao.

—Mi nombre es María Coronel, padre. Nací ángel hace treinta años —dijo la mujer.

El benedictino no prestó demasiada atención a aquella última frase. Prefirió acusarla con el dedo.

—Y usted puso las bombas de San Pedro.

—No, padre —replicó sin perder la calma—. Las bombas fueron cosa de nuestros enemigos. De personas dentro de la Iglesia que quisieron atentar contra nuestro más sagrado símbolo con la sola intención de tendernos una trampa y detenernos.

—¿Detenerlos?

—Déjeme que se lo explique: una de las claves de este asunto está en esa Verónica, padre. ¿Ve esta medalla?

María extrajo de uno de los bolsillos de su falda una cadena con el rostro de Jesús grabado sobre un paño. La Verónica. Una representación de una reliquia cuyo nombre es en sí todo un criptograma: Verónica no es un nombre de mujer; procede del latín *vera icon*, verdadera imagen. Baldi la contempló absorto.

—Usted ha estudiado historia —continuó—. Sabe que la columna de Santa Verónica fue erigida por orden papal para albergar la reliquia del «santo rostro». Las otras tres columnas que sostienen la cúpula de San Pedro custodian una calavera de san Andrés, un trozo de la cruz o la lanza que atravesó el costado de Nuestro Señor. Todas ellas reliquias falsas. Pero la «santa faz» sí es el retrato de Cristo, misteriosamente grabado sobre la tela...

—Todo el mundo conoce esa historia.

—Los templarios que erigieron esta iglesia —intervino Ferrell— estuvieron en el secreto y también lo protegieron.

—¿El secreto?

—Es lo que quiero explicarle, padre —la belleza de María era radiante. ¿Era por eso que Baldi sentía que le faltaba el aire?—. Fue Clemente VII, en el siglo dieciséis, el primero en darse cuenta de que el paño de la Verónica fue impreso de la misma forma milagrosa que la tilma del indio Juan Diego, en

México, en 1531. Entonces no se sabía nada de radiaciones, y decidieron llamar a aquellas dos reliquias αχειροποιητος (acheiropoiétos), un término griego que designa imágenes no hechas por mano humana.

—¿Quieren decirme que ustedes protegen el secreto de cómo se formaron esas imágenes?

—No se precipite —le advirtió María—. La Sábana Santa de Turín, la «santa faz» y la tilma de Guadalupe tienen un mismo origen. Las tres piezas fueron impresas por la radiación emitida por una clase muy particular de «infiltrados», de seres mitad humanos mitad divinos. Jesús fue uno de ellos. Pero los de su estirpe seguimos caminando sobre la faz de la Tierra. La energía que impregnó aquellos objetos, la que nosotros emitimos, es la misma que alteró la foto que usted fue a recoger esta mañana al cuartel de los *sampietrinis*.

—¿Cómo sabe usted que...?

—Las paredes oyen, padre.

—¿Y qué tiene que ver eso conmigo?

—Mucho.

—¿Y quién atentó contra la columna de Santa Verónica? —preguntó el «evangelista», nervioso—. ¿Y para qué?

—Cálmese, padre. Nuestros enemigos quisieron obligarnos a aparecer, padre. Querían detenernos. Pero fracasaron.

—¿Y quiénes son? —insistió.

—Los mismos para los que usted trabaja, y que pretenden quitarle el proyecto de la Cronovisión de las manos. ¿No recuerda ya a qué fue a Roma? —la mirada de María era fría—. Nuestros enemigos son los suyos, padre Baldi. Los mismos que desde hace siglos persiguen a personas como Ferrell o como yo para aprovecharse de nuestra energía.

El benedictino no contestó.

María Coronel le contó entonces al padre Baldi una historia sorprendente. Era el relato de su familia, de sus orígenes. Una fábula que recogió el mismísimo libro del *Génesis* cuando explicó cómo los ángeles de Dios se mezclaron con las hijas de los hombres y dieron a luz a criaturas híbridas. A niños mitad humanos, mitad divinos. La humanidad —le explicó—, partió de esa mezcla, y desde entonces, de tanto en tanto, ciertas familias han engendrado criaturas con poderes extraordinarios, más cercanas a los ángeles que a sus madres biológicas. Muchos de ellos lo descubrieron tarde: la energía que irradiaban era capaz de alterar la vida a su alrededor. Emitían alguna clase de radiación que podía llegar a matar. Una fuerza invisible que, a la vez, era capaz de convertirlos en energía pura y hacerlos sufrir experiencias tan prodigiosas como la bilocación. O el don de la videncia. O la habilidad de colarse en la psique de los humanos normales y alterarla.

—Mi apellido, padre —le explicó María— pertenece a una de esas familias. Sor María Jesús de Ágreda se llamó en realidad María Coronel, como yo. Ése fue su nombre civil antes de cambiarlo cuando profesó como religiosa. Ella murió consumida por su propia energía. Pero hay más: en el siglo XIV, otra mujer llamada María Coronel sufrió los mismos arrobos. Su cuerpo se conserva hoy incorrupto en el real convento de Santa Inés de Sevilla, después de morir acosada por el rey Pedro el Cruel de Castilla.

—Ha dicho que a gente como usted la persiguen...

—Sí. La Iglesia de Roma descubrió muy pronto el potencial que teníamos los de nuestra casta, y decidieron aprovecharlo a su favor.

—¿Aprovecharlo?

—Sí, padre —continuó María, muy seria—. Es lo que ocurrió, por ejemplo, con el caso de sor María Luisa de la Ascensión, más conocida como la «monja de Carrión», que experimentó bilocaciones a diversos lugares del mundo. También ella fue hija de ángeles, como nosotros. Estuvo en Asís visitando el sepulcro de san Francisco; en Madrid atendió al moribundo Felipe III; en Japón reconfortó al mártir franciscano fray Juan de Santamaría en las batallas que se libraron contra los infieles; entre los barcos españoles que regresaban de América y temían ser asaltados por piratas ingleses, y hasta se la vio en medio de algunas tribus del oeste de Nuevo México, evangelizándolas. ¡Y todo ello sin salir nunca de la provincia de Palencia!

—¿Y cómo pudo aprovecharse alguien de ese don, María?

—Accidentalmente, en varios de aquellos «saltos», a sor María Luisa se la confundió con una aparición de Nuestra Señora. Cuando el Santo Oficio descubrió el efecto que causaba en la población pagana, se la adiestró para que se hiciera pasar por la Virgen. Su tarea ayudó a asentar el culto católico en muchas regiones.

—¡Pero eso es imposible! —protestó Baldi, cada vez menos convencido.

—No, padre. Es posible. Y es aquí donde entra usted en juego.

Albert Ferrell tomó la palabra:

—Fueron personas como nosotros las que, con el tiempo, terminaron dominando esa capacidad de desdoblamiento. Descubrieron que las bilocaciones estaban asociadas a ciertas clases de vibración musical, y decidieron poner el secreto lejos del control de la Iglesia. Ahí urdimos un plan: si liberábamos nuestro secreto, conseguiríamos que Roma dejara de utilizarnos para sus propósitos. Que cesara su persecución y su secular impostura.

—¿Y lo han conseguido?

Ferrell no quiso responder.

—Nuestro primer paso fue poner esa técnica en manos de Robert Monroe, el ingeniero de sonido del que le hablé en Roma. Tenía cierta propensión natural a los viajes astrales y la «canalización», así que decidimos ayudarlo. Creímos que si Monroe desarrollaba la técnica del viaje astral, que es una de nuestras capacidades «angélicas», tal vez deduciría cómo se había estado engañando a la humanidad durante siglos con falsas apariciones, y nos liberaría.

—¿Y por qué lo eligieron a él, y no a cualquier otro?

—Su cerebro tenía el lóbulo temporal derecho muy sensible. Ese lóbulo es la «antena» de nuestro cerebro, y la suya era realmente receptiva. Para nosotros fue fácil colarnos en sus sueños y orientarlo hacia nuestros intereses. Queríamos que un hombre del siglo XX sistematizase lo que fray Alonso de Benavides, tres siglos antes, escribió en los márgenes del ejemplar del *Memorial* que robamos de la Biblioteca Nacional.

—¿Y por qué lo robaron?

María Coronel se acercó a donde estaba el padre Baldi y lo radiografió con la mirada. Su corazón volvió a acelerarse:

—Primero quisimos comprarlo. Pero rechazaron nuestra oferta. Así que decidimos tomarlo prestado. Ese manuscrito jamás se dejaba consultar a nadie. En la práctica estaba secuestrado. Y necesitábamos que alguien ajeno a nosotros lo descubriera y lo diera a conocer. Pero la Iglesia, a través de sus múltiples tentáculos, siempre impidió que saliera a la luz. Por suerte, jamás logró que se lo enviaran a Roma.

—Sigo sin entender sus propósitos —dijo Baldi, sofocado—. ¿Para qué quieren darlo a conocer?

—Para que la cristiandad comprenda cómo se la engañó. Cómo se construyeron tantas y tantas apariciones de la Virgen que ayudaron a esclavizar a gente como nosotros.

—En realidad —añadió Ferrell—, lo robamos para que

pueda salir a la luz, junto a la existencia de la Cronovisión y los esfuerzos del INSCOM con el fin de crear un departamento de «espías astrales». Nuestra pretensión es que alguien reúna toda la verdad y explique que la Virgen nunca estuvo en Nuevo México. Que fueron monjas angélicas, de nuestra estirpe, utilizando técnicas precisas, las que estuvieron realmente allí, y que todo fue un complot para mantener una fe primitiva basada en la manipulación.

—¿Alguien? ¿Quién?

—Primero intentamos convencer a Luigi Corso. Además de ser uno de los «evangelistas» de su proyecto, «San Mateo», y conocer bien los avances del sonido aplicado a las bilocaciones, era escritor.

—Pero se negó —aclaró María.

—Y ustedes lo mataron...

—No, padre —se envalentonó su interlocutora—. Estuve con Corso antes de su muerte. Pasé varias horas con él tratando de convencerlo, pero no hubo forma. Aquella mañana, muy impresionado, decidió abandonar el proyecto de la Cronovisión. Me dejó copiar sus archivos, y fuera de sí, formateó su disco duro delante de mis propios ojos.

—¿Y después?

—Después lo dejé allí. En su soledad. Decidiendo si colaboraba con nosotros o seguía sirviendo a la gran mentira a la que había consagrado su vida. Y decidió quitársela.

Baldi agachó la mirada, dolorido.

—¿Puedo estar seguro de que ustedes no lo mataron?

—Al menos no tuvimos voluntad de hacerlo —intervino Ferrell.

—¿Qué quiere decir, *dottore*?

—Usted ya habrá notado cómo nuestra presencia puede alterar un ritmo cardiaco normal, ¿verdad?

Baldi se agitó sorprendido. Era cierto: su corazón seguía golpeando con fuerza en su pecho. Y si lo pensaba un poco, eso le había sucedido cada vez que se había encontrado con Ferrell.

—Pues bien —continuó—: la autopsia desveló que Corso sufría una insuficiencia cardiaca moderada. Déjeme planteárselo de otro modo. Tal vez, tras tener a María cerca demasiado tiempo, la insuficiencia de Corso se transformó en un infarto. El infarto derivó en dolor. Y el dolor lo llevó a pedir auxilio por la ventana, y cayó al vacío, ya muerto.

El horror estaba dibujado en el rostro del benedictino.

—Eso, *dottore* —titubeó… ¿Es una mera hipótesis?

—No. Es más que eso. Es una certeza. El corazón de Corso no latía cuando cayó al pavimento de la residencia Santa Gemma. La última autopsia incluye ese dato. Olvidé decírselo —sonrió.

—Y díganme —se repuso Baldi—: ¿ya han elegido a un sustituto para reemplazar a Corso?

—Sí. A esta hora —dijo María mirando su reloj— está a diez mil kilómetros de aquí. A punto de descubrir su misión.

SESENTA Y SIETE

Carlos empleó más de dos horas en leer la versión del manuscrito que escribiera Benavides para el rey. Devoró no sólo el texto principal —no muy diferente del *Memorial* impreso en 1630 por Felipe IV—, sino también las notas al margen donde se especificaban qué melodías sacras favorecían el «vuelo místico» y qué clase de operaciones practicaron ciertos ángeles en el cerebro de sor María Jesús para que respondiese a ellas.

El periodista no ignoraba lo común que fueron ese tipo de relatos en la literatura mística universal. De hecho, sor María Jesús de Ágreda no fue la única religiosa de aquel tiempo que fue intervenida por ángeles de carne y hueso. Santa Teresa de Jesús, la más grande mística del Siglo de Oro español, sufrió también esas «operaciones». «Veíale en las manos un dardo de oro largo, y al fin del hierro me parecía tener un poco de fuego —escribió—. Éste me parecía meter por el corazón algunas veces, y que me llegaba a las entrañas. Al sacarle, me parecía las llevaba consigo, y me dejaba toda abrasada en amor grande de Dios.»

El *Memorial de Benavides* incluía, además, otra clase de comentarios. Existía —o eso afirmaba el texto— una fórmula basada en vibraciones acústicas, para bilocarse. Una fórmula importada a la cristiandad por una clase de «infiltrados» que habían descendido a la Tierra en la noche de los tiempos. Y afirmaba que el Santo Oficio localizó a sus descendientes, a los que arrancaron la fórmula.

—Jennifer... —murmuró al fin Carlos, después de un buen rato en silencio.

—¿Sí?

—Usted vio a la dama azul en sus sueños, ¿verdad?

—Sí.

—¿Cómo era?

—Bueno... La vi descender del cielo en medio de un cono de luz. Irradiaba tanta luminosidad que a duras penas pude distinguir sus rasgos... Aunque apostaría que era la misma mujer con la que soñé más tarde. Esa a la que llamaban María Jesús de Ágreda.

—¿Siempre fue la misma?

—Creo que sí.

—¿Y la vio siempre en solitario?

—Sí. ¿Por qué me pregunta eso?

—Porque según este documento —dijo Carlos, sosteniendo aquellas páginas—, hubo varias damas azules que volaron a América en ese mismo período. Dice que se enviaron al menos tres monjas más a aquel lugar a predicar. Y que más tarde fueron identificadas por los nativos como la Virgen. ¿Sabe usted algo de esto?

—No. Nadie del proyecto me habló de otras damas azules.

Carlos miró a Jennifer, que esperaba ansiosa a que terminara de traducirle el texto.

—Por cierto: no me ha dicho usted qué nombre recibió ese proyecto conjunto entre el INSCOM y el Vaticano.

—No, no lo he hecho. No sé si es importante, tampoco si se trata de un secreto de Estado. Ya da igual. ¿Sabe?

Jennifer se inclinó sobre su oreja, y le susurró algo que lo dejaría clavado en el sofá:

—Se llamaba Cronovisión.

—¿Cronovisión?

—Eso es. ¿Ha oído hablar de él?

El periodista esquivó la mirada de Jennifer.

—Sí… Hace algún tiempo.

Jennifer no insistió.

Carlos, definitivamente, acababa de abrazar la fe de la sincronicidad. Aquello había sido minuciosamente diseñado por el *Programador*. Ya no le importaba darle caza o no algún día. Ahora sabía que era real.

Y eso era más que suficiente.

SESENTA Y OCHO

*C*inco impresionantes Fiats negros, con las cortinillas de los asientos traseros echadas, atravesaron a toda velocidad la puerta del único bloque independiente de la piazza del Sant'Uffizio, en el número 11, no muy lejos de la explanada de San Pedro. Aquello no era una buena señal. La máxima autoridad había convocado a aquel consejo al prefecto del Consejo para los Asuntos Públicos de la Iglesia, al cardenal responsable de la Sagrada Congregación para las Causas de los Santos, al director general del Instituto para Obras Exteriores (IOE), al secretario personal del Papa y al prefecto de la Sagrada Congregación para la Doctrina de la Fe. El encuentro iba a producirse en el salón señorial de esta última Congregación. En el Santo Oficio. A las 22,30 horas en punto.

Los cinco hombres subieron a la tercera planta, escoltados por sus respectivos secretarios. Mientras tomaban asiento, tres benedictinas sirvieron té y pastas en unos juegos de plata con las llaves de Pedro en bajorrelieve, al tiempo que varios funcionarios del Santo Oficio les entregaban unas gruesas carpetas con la documentación a debatir.

El prefecto del Santo Oficio, un hombre con fama de pocos amigos, aguardó a que sus invitados estuvieran instalados. Después, con la solemnidad que lo caracterizaba, anunció el inicio de la sesión con su campanilla de bronce.

—Eminencias, la Santa Madre Iglesia ha sido atacada desde dentro, y Su Santidad desea que combatamos esta agresión terrorista antes de que sea demasiado tarde.

Los cardenales se miraron unos a otros con un gesto de sorpresa. Nadie había oído una palabra acerca de sabotajes, conspiraciones o tramas dentro del Vaticano desde hacía meses. Es más, desde el atentado que sufriera el Papa a manos de un fanático turco en la plaza de San Pedro, una cierta calma se había instalado en Roma. Sólo monseñor Ricardo Torres, cabeza de la congregación para las causas de los santos, alzó la voz sobre el resto y exigió una explicación.

El prefecto Cormack, un hombre enjuto y con fama de implacable, bien ganada desde que en 1979 el Papa le encargara neutralizar la teología de la liberación, aguardó a que cesaran los murmullos. Observaba a los cardenales como quien se dispone a anunciar una desgracia irreparable.

—Seguimos sin tener noticias del padre Giuseppe Baldi, secuestrado en España esta semana.

Hizo una pausa. Los prelados retomaron sus murmullos.

—Su desaparición no sólo ha dejado en el aire nuestro proyecto de Cronovisión, sino que ha forzado a los servicios secretos a investigar el asunto, destapando una documentación que creo deben conocer de inmediato.

Cormack echó un vistazo a la sala, exigiendo silencio.

—En las carpetas que se les acaba de facilitar —prosiguió—, encontrarán documentos que ruego examinen con detalle. Han sido reproducidos por primera y única vez para este consejo. Estaban depositados en la cámara acorazada del *Archivio Segreto,* y confío que los manejarán con la mayor discreción.

Los archivadores a los que se refería monseñor Joseph Cormack, de cubierta plastificada y con la bandera blanca y amarilla de los Estados Pontificios, fueron abiertos por todos con curiosidad.

—Atiendan, por favor, al primer documento —prosiguió el anfitrión—. Verán una tabla cronológica donde se enumeran algunas de las principales apariciones de la Virgen. Si se fijan, se darán cuenta de que antes del siglo XI, la única consignada es la visita que Nuestra Señora la Virgen María le hizo al apóstol Santiago, junto al río Ebro, en España, en el año cuarenta.

—Eminencia…

Monseñor Sebastiano Balducci, prefecto del Consejo para los Asuntos Públicos de la Iglesia y el *purpurado* más anciano de los convocados, se levantó de su silla esgrimiendo aquellos folios de forma amenazadora.

—…Supongo que no se nos habrá citado a una reunión de máxima prioridad para discutir viejas apariciones —dijo.

—¡Siéntese, padre Balducci! —chilló Cormack con los ojos rojos—. Ustedes saben lo mucho que aprecia Su Santidad el culto a la Madre de Dios, y lo mucho que ha trabajado en su consolidación…

Nadie replicó.

—Pues bien, alguien quiere poner en evidencia los métodos que hemos utilizado para promover ese culto, y desprestigiar a nuestra institución.

—La situación es desconcertante, eminencias —Stanislaw Zsidiv, el secretario del Papa, y el último hombre que viera a Baldi en Roma, tomó la palabra, mirando a cada uno de los reunidos con su gélido rictus de leñador polaco—. De alguna manera, se ha filtrado fuera de los muros vaticanos la técnica que hemos utilizado para provocar ciertas apariciones de Nuestra Señora.

—¿Métodos? ¿Técnica? ¿Se puede saber de qué están ustedes hablando…? —el anciano Balducci volvió a la carga, con el rictus más irritado.

—Monseñor Balducci: usted es el único en esta sala que no ha sido informado del objeto de discusión de esta noche —lo atajó Cormack de nuevo—. Sin embargo, va a jugar un papel fundamental para tratar de controlar la tormenta que se nos viene encima.

—¿Tormenta? Aclárese, por favor.

—Si mira otra vez el listado, le explicaré algo que nuestra institución ha mantenido en secreto durante siglos.

Joseph Cormack, que a pesar de sus treinta años en Roma nunca había logrado pulir sus modales de cura de barrio conflictivo, aguardó paciente a que Balducci terminara de estudiarse el primer documento.

—Lo que está leyendo, padre, es la historia de la primera aparición de la Virgen. Se la resumiré: se cree que María, preocupada por los escasos avances de la evangelización en Hispania, se presentó en cuerpo y alma a Santiago el Mayor junto al río Ebro, en la ciudad de Caesar Augusta.

—Es la leyenda que dio pie a la construcción de la basílica del Pilar, en Zaragoza —puntualizó monseñor Torres, el único español de la reunión y declarado devoto de Nuestra Señora del Pilar.

—El caso es, eminencias, que esa «visita» se produjo en vida de la Virgen, antes de su ascensión a los cielos. Pero también sirvió para que dejara en Zaragoza un recuerdo físico de su visita: una columna de piedra que aún se venera en nuestros días.

Balducci miró a Cormack de reojo y balbuceó algo.

—¡Fábulas! —protestó—. El apóstol Santiago jamás estuvo en España. Eso es un mito medieval.

—Puede que Santiago no, padre, pero la Virgen sí. De

hecho, se discutió mucho sobre aquel prodigio en los primeros años de nuestra institución, y se concluyó que fue un milagro de bilocación. Nuestra Señora se desdobló por la Gracia de Dios hasta las orillas del río Ebro y se llevó consigo una piedra de Tierra Santa que aún está allí.

—¿Y bien?

Cormack insistió:

—Si mira el listado, las siguientes apariciones históricas datan del siglo XI. ¡Mil años después!

Monseñor Balducci no se dio por enterado. Contemplaba incrédulo aquella enumeración de nombres, fechas y lugares. Todavía no sabía adónde quería ir a parar el prefecto.

—A partir del año mil, las nuevas visiones de la Virgen se extendieron como una epidemia por toda Europa. Nadie sabía lo que estaba sucediendo —y la Iglesia aún menos—, hasta que el papa Inocencio III encargó una investigación a fondo que desveló algo sorprendente. Algo que decidió mantener en secreto dadas sus consecuencias históricas.

—Prosiga, padre Cormack.

—Está bien —respiró hondo—. Quizá ustedes no lo recuerden, pero Europa estuvo cerca del colapso en el año 999. Todo el mundo, incluso el Papa, estaba seguro de que el mundo se acabaría el 31 de diciembre de aquel año, pero nada sucedió. Y aquello, lejos de desanimar a los creyentes, produjo una revitalización de nuestra fe sin parangón. La feligresía multiplicó su esperanza en la redención y las órdenes monásticas vieron crecer sus reclutamientos hasta cotas impensables. Muchos de esos nuevos clérigos y religiosas accedieron de repente a un mundo reglado, donde fueron sometidos a toda clase de estímulos nuevos, y comenzaron a proliferar los místicos. La comisión del papa Inocencio estableció un claro paralelismo entre las apariciones de la Virgen y los fenómenos místicos vividos por algunas religiosas. Por lo general se trataba de mujeres que, además, padecían éxtasis intensos en los que irradiaban luz, levitaban o entraban en estados epilépticos severos.

—¿Y por qué se ocultó aquello? —los reunidos sonrieron ante la ingenuidad del padre Balducci.

—¡Hombre de Dios! Aquellas confusiones de monjas bilocadas con la Virgen no nos perjudicaron. La creciente fe medieval en Nuestra Señora sirvió para enterrar muchos cultos anteriores al cristianismo, especialmente a diosas paganas, y justificó la construcción de catedrales y ermitas por toda Europa. Allá donde peligraba la fe, se «inventaba» una advocación mariana. Sin embargo, no fue hasta un tiempo después que se pudo controlar el fenómeno del desdoblamiento de algunas místicas, y se crearon advocaciones de la Virgen a voluntad. A aquellas místicas empezamos a controlarlas férreamente.

—¿A voluntad? —Balducci ya no daba crédito a lo que oía—. ¿Qué quiere decir? ¿Qué la Iglesia creó sus propias apariciones de la Virgen?

—Sí, eminencia. Se descubrió que si esas mujeres se sometían a frecuencias musicales determinadas, se favorecían éxtasis que después evolucionaban hasta sus bilocaciones. El juego era peligroso, ya que aquellas monjas envejecían rápidamente, su salud mental se deterioraba en pocos años y quedaban casi inservibles para nuevos servicios.

Monseñor Balducci echó un vistazo a otro listado incluido en el dossier que la secretaría del Santo Oficio les había facilitado. En él figuraban nombres de religiosas desde el siglo XI al XIX, que participaron en aquel programa. Aquello era un escándalo. Monjas como la cisterciense Aleydis de Schaerbeck,

quien hacia 1250 se hizo célebre porque su celda se llenaba de
una luz fulgurante mientras su cuerpo se «aparecía» en Tou-
louse y otras regiones del sudeste francés; la reformadora cla-
risa Colette de Corbie, santa, que hasta su muerte en 1447 se
dejó ver en los alrededores de Lyon, dando pie a varias advocaciones de Nuestra Señora de la Luz, por la intensidad con
que su imagen fue vista por aquellos pagos; sor Catalina de
Cristo, en la España de 1590, sor Magdalena de San José, en el
París de un siglo después, María Magdalena de Pazzi en 1607,
en Italia... y así hasta más de cien monjas.

—Pero esto requería de una organización que coordinara
a mucha gente —arguyó Balducci cada vez más atónito.

—La organización existió, y era una pequeña división dentro del Santo Oficio —le respondió amablemente Giancarlo
Orlandi, director general del IOE y que hasta ese momento
había permanecido callado.

—¿Y ha actuado impune durante tantos siglos, sin ser des-
cubierta?

—Impune, más o menos, padre —fue Cormack quien matizó su respuesta con cierto pesar—. Ésa es, precisamente, la
razón que ha motivado esta reunión. De hecho, en otra parte
de esa documentación encontrará datos sobre la única grave
indiscreción que cometió este proyecto en ocho siglos de
existencia. Sucedió en 1631, después de que el Santo Oficio
culminara con éxito un programa de «evangelización» a
distancia, proyectando a una monja de clausura española a
Nuevo México.

—¿La dama azul?

—Vaya, ¿conoce el caso? —la respuesta de Balducci sorprendió a los reunidos.

—¿Y quién no? Hasta las ratas en Roma saben que han

estado desapareciendo documentos históricos de bibliotecas y archivos públicos relativos a ese incidente, en estos últimos meses.

—A ese tema iba, padre.

El padre Cormack inclinó la cabeza, permitiendo a monseñor Torres que explicara algo más:

—El asunto de los documentos desaparecidos —arrancó Torres— es un misterio. Han sido robados de la Biblioteca Nacional de Madrid y hasta del *Archivio Segreto Vaticano*. Los ladrones seleccionaron sólo aquellos textos que ponían de relieve la existencia de este programa de creación de «apariciones» marianas, y han intentado filtrarlos a la opinión pública.

—Luego los ladrones están al corriente de todo… —murmuró el secretario Zsidiv.

—Ése es el problema. No cabe duda de que una organización muy poderosa se ha infiltrado entre nosotros, y busca nuestra ruina. Existe una quinta columna que está tratando de echar por tierra una labor de siglos.

—¡Padre! ¿No estará acusando a nadie de esta mesa? —Giancarlo Orlandi sobresaltó a todo el «concilio».

—No se exalte. La columna de la que hablo actúa a espaldas de la Madre Iglesia. De momento ha conseguido hacerse con un documento que todos considerábamos bajo control, casi olvidado, y en el que se explican las técnicas para crear falsas apariciones de la Virgen y otros prodigios como las voces de Dios, mediante el uso de vibraciones acústicas.

—¡Dios! ¿Es eso posible?

Balducci miró horrorizado al padre Cormack, contemplando cómo éste asentía.

—Así es.

—¿Y qué ocurriría si se descubre el engaño?

—Que caeríamos en un tremendo desprestigio. Imagínese: apareceríamos como los creadores de apariciones mediante «efectos especiales». La feligresía se sentiría traicionada y se apartaría de la tutela de la Santa Madre Iglesia...

—Ya entiendo por qué me han convocado —murmuró Balducci—. Quieren que convenza a la cristiandad de la autenticidad de esas apariciones en mi calidad de prefecto del Consejo para los Asuntos Públicos de la Iglesia, ¿no es eso?

—No exactamente. El daño es irreparable, y la potencia hostil que se ha hecho con la documentación ha tomado ya medidas para dar a conocer la terrible verdad.

—¿Y entonces?

—Su misión será dosificar esa información al mundo para que no resulte tan traumática, cuando nuestros enemigos la den a conocer. Tememos seriamente que el asunto esté ya fuera de control.

—¿Y cómo lo haré?

—Eso es lo que debemos acordar. Pero tengo varias ideas. Pida, por ejemplo, que alguien escriba una novela, que filmen una serie de televisión, que se ruede una película... ¡qué sé yo! Utilice la propaganda. Ya sabe, cuando las verdades se disfrazan de ficción, por alguna razón terminan perdiendo verosimilitud.

Monseñor Zsidiv se levantó de su silla con gesto triunfal:

—Tengo una propuesta. Baldi, antes de desaparecer, habló con un periodista al que le filtró ciertos detalles de la Cronovisión que más tarde publicó en España.

—Lo recordamos —lo interrumpió Cormack.

—¿Y por qué no invitar a ese periodista a escribir la novela que usted propone? A fin de cuentas, él ya posee ciertos elementos con los que comenzar a hilar su historia. Podría titularla algo así como *La dama azul*...

El prefecto del Santo Oficio esbozó una sonrisa de oreja a oreja:

—Ése es un buen punto de partida. Piensa usted como los ángeles —espetó.

Zsidiv sonrió para sus adentros. Era, en efecto, la primera vez en la historia que un ángel llegaba a ocupar una posición tan alta en el Vaticano, y conseguía imponer su criterio. Pero ni Cormack ni el resto del consejo lo sabían. Recordó el amargo desconcierto en el que debía nadar a aquellas horas el padre Baldi en su refugio segoviano. Lamentaba haber engañado a aquel hombre, obligándolo a perseguir unos documentos que llevaban largo tiempo bajo su control. Pero no podía dejar que otros en la Iglesia se aprovecharan de sus conocimientos. Su intención era liberarlo aquella misma noche, enviarlo de vuelta a su celda veneciana y dado que a esas horas ya debía conocer todos los detalles de su estirpe angélica, le propondría que se uniera a su causa y rindiera sus conocimientos técnicos al servicio de la verdad.

En cuanto a Carlos Albert, le divertía pensar en las muchas sincronicidades que en adelante lo iban a asaltar. Estaba seguro de que el periodista que un día llamó la atención de su *Ordo Sanctae Imaginis* haciendo incómodas preguntas sobre la Cronovisión, volvería a creer. Al menos en los ángeles. Y otro tanto sucedería con Jennifer Narody. Pero ninguna de sus alegrías era tan grande como la de saber que, a partir de ese día, nadie volvería a utilizar a uno de sus hermanos para engañar a un semejante.

—¿Ángeles, dice? —le susurró a Cormack burlón—. Sí. Rebeldes.

FIN

POST SCRIPTUM

ALGUNAS PISTAS PARA
LECTORES DESPREVENIDOS

*T*odavía no se ha escrito la última palabra sobre la historia de la dama azul. En los manuales de historia, los arrebatos y bilocaciones de sor María Jesús de Ágreda, así como los de otras religiosas de su tiempo como sor María Luisa de la Ascensión —«la monja de Carrión»—, llevan tres siglos pasando desapercibidos. Los cronistas han preferido subrayar los otros méritos de la monja de Ágreda: la verdadera dama azul desarrolló una vida intensa, dedicada a la literatura y a su rica correspondencia con los principales personajes políticos de su época, entre ellos el rey Felipe IV de España.

De entre todos sus escritos de madurez, uno la convertiría en inmortal: una voluminosa obra, en ocho volúmenes, que tituló *Mística Ciudad de Dios*, y que confeccionó —o eso dijo entonces— por expreso deseo de la Virgen. En ella dio cuenta de la vida de Nuestra Señora con tal lujo de detalles que, incluso, en tiempos recientes, su obra inspiró largometrajes como *La Pasión de Cristo*, de Mel Gibson. En ese libro sor María Jesús invirtió siete años de su vida, durante los cuales se sucedieron nuevas visiones y encuentros con ángeles de carne y hueso. Intrigado por aquellas historias, y poco después de los interrogatorios del padre Benavides, Felipe IV escribió por primera vez a la monja. Fue en octubre de 1631.

El monarca, en la línea de sus predecesores, decidió confiar los secretos de su alma a tan inspirada mujer, cuyos consejos lo ayudaron incluso en la toma de importantes decisiones políticas. Sor María Jesús consoló al rey en varias ocasiones, ofreciéndose como una suerte de «médium» entre él y su esposa Isabel de Borbón una vez fallecida, o entre el rey y su difunto hijo el príncipe Baltasar Carlos, «destinado», según la monja, al purgatorio.

Sor María Jesús quemó el manuscrito original de la *Mística Ciudad de Dios* en 1643, y reemprendió su reconstrucción en 1655. En vida, inceneró muchos otros escritos, especialmente los redactados alrededor de su período de bilocaciones en Nuevo México, por lo que los investigadores perdimos pistas preciosas para llegar al fondo de aquellas vivencias. No obstante, algunos se salvaron: como un texto conservado en la Biblioteca Nacional de Madrid (con signatura Mss. 9354) titulado *Tratado de la redondez de la Tierra*, en el que daba cuenta de cómo vio ella nuestro planeta desde los cielos.

De todos los documentos que hacen alusión a su aventura, el más importante es, sin duda, el *Memorial de Benavides*. El primero de ellos, impreso en 1630, es de gran valor: se trata del primer texto histórico que describió las tierras de Nuevo México, y su estudio es hoy obligado en las universidades de ese estado.

En cuanto a los otros frentes abiertos en la obra, debo decir que, efectivamente, el gobierno de Estados Unidos instituyó en Fort Meade un laboratorio para crear «espías psíquicos», muchos de los cuales llevan años refiriendo públicamente, y en primera persona, algunas de sus vivencias dentro del INSCOM. La mayoría de sus testimonios han servido como base para confeccionar partes esenciales de esta trama. Como también los estudios de Robert Monroe, un ingeniero fallecido en 1995 y que logró aportar una visión esclarecedora del fenómeno del viaje astral en sus libros *Journeys Out of the Body*, *Far Journeys* y *Ultimate journey*.

También real fue el proyecto de la Cronovisión. De hecho, a principios de la década de los noventa me entrevisté en Venecia con un sacerdote benedictino que participó en ciertos experimentos para «ver», e incluso «fotografiar», el pasado. Aquel buen religioso —experto en prepolifonía— se llamaba Pellegrino Ernetti, y falleció en 1994. En la fugaz entrevista que mantuve con él en el monasterio de San Giorgio Maggiore, en Venecia, sólo me explicó que Pío XII había clasificado aquellas investigaciones como *riservattisimas*. Al parecer, el papa creyó que su masiva divulgación habría cambiado el curso de nuestra historia. Y Ernetti, fiel al pontífice, se llevó aquel secreto a la tumba.

Esta novela es, pues, el fruto de los cabos sueltos con los que he tropezado en el curso de mis investigaciones sobre la leyenda de la dama azul, muy conocida hoy en el suroeste de los Estados Unidos pero prácticamente ignorada en España. Y también de mi obsesión por el enigma de los «saltos» espacio-temporales y de las sincronicidades. Unos cabos que, debidamente atados, me han permitido alcanzar, al menos, una certeza íntima: la de saber que en este universo nada se debe al azar. Ni siquiera que este libro haya caído en sus manos, lector.

AGRADECIMIENTOS

*E*ste libro es un homenaje a aquellos hombres que en 1629 se entregaron a la exploración de los inhóspitos territorios de Nuevo México, llevando hasta ellos los primeros valores del Viejo Mundo. Aquella expedición la integraron doce soldados, diecinueve sacerdotes y doce hermanos legos. Encabezados por fray Esteban de Perea, los nombres de aquellos aventureros de la fe no han pasado a la posteridad. Y quisiera reparar tan colosal injusticia. Por eso, creo que ha llegado el momento de recordar a Antonio de Arteaga, Francisco de Acebedo, Cristóbal de la Concepción, Agustín de Cuellar, Roque de Figueredo, Diego de la Fuente, Martínez González, Andrés Gutiérrez, Francisco de la Madre de Dios, Tomás Manso, Francisco Muñoz, Francisco de Porras, Juan Ramírez, Bartolomé Romero, Francisco de San Buenaventura, García de San Francisco o Diego de San Lucas. Sus nombres figuran en documentos dispersos y crónicas que nadie consulta, pero sin su valor jamás se hubiera escrito esta novela. Ojalá sepa reivindicar ahora su memoria.

Por supuesto, la musa de este libro no es otra que la propia dama azul, en cuyo camino caí un 14 de abril de 1991, en medio de la copiosa nevada que refieren estas páginas. Sé que ella, de algún modo, ha sido la responsable de conducirlo hasta las sabias manos de Carolyn Reidy, Judith Curr y de mi editora favorita, Johanna Castillo, en Atria Books. Gracias a esta última me sumergí en la dolorosa tarea de revisar un manuscrito como éste, que llevaba casi una década esperando su gran oportunidad.

Hay muchos más nombres propios detrás de esta obra. Por ejemplo, los de Tom y Elaine Colchie, mis agentes en Estados Unidos, que repasaron con atención cada página y propusieron soluciones ingeniosas a trampas en las que había caído yo solo. O el de Antonia Kerrigan y su equipo de mi agencia literaria en Barcelona, a los que la «fuerza azul» de estas páginas alimentó su entusiasmo y buen hacer. Ambos equipos, en América y Europa, han obrado el milagro de reunirme casi con el mismo equipo que lanzó *La cena secreta* en los Estados Unidos, en particular con los muy creativos Michael Selleck, Sue Fleming, Karen Louis-Joyce y Christine Duplessis de marketing y Kathleen Schimdt y David Brown del impagable departamento de publicidad. También estoy en deuda con Nancy Clements, Gary Urda y Dina d'Alessandro. Y con la producción de Isolde Sauer y Nancy Inglis, que fue en especial meticulosa en esta ocasión. A todas ellas, gracias. Y vaya también mi gratitud a los muy detallistas Amy Tannenbaum en Nueva York y David Gombau, mi webmaster en Madrid.

Durante los siete años de investigación de este libro, fueron de especial ayuda Vicente París, que persiguió conmigo las huellas de la dama azul en América; el comandante de aviación Juan Sol, siempre presto a comprobar pequeños matices y tecnicismos para mí o Raquel Menes, de la Biblioteca Nacional de Madrid, que rescató de sus fondos textos que jamás soñé ver. Al profesor Clark Colahan, de la Walla-Walla University de Washington, al padre Antonio María Artola, profesor de Sagrada Escritura de la Facultad de Teología de la Universidad de Deusto y a Antonio Piñero, catedrático de Filología del Nuevo Testamento de la Universidad Complutense de Madrid, les debo inspiración y afecto. Lo mismo que a la periodista Paloma Gómez Borrero, con treinta años de corresponsalía en Roma y Ciudad del Vaticano a sus espaldas, que se entusiasmó con esta dama desde el día en el que me oyó hablar de ella.

A muchos otros que no cito aquí, permítame el lector guardarlos en el anonimato. Han sido como ángeles para este escritor, y ya se sabe que a los ángeles hay que dejarlos volar en paz.

DRAMATIS PERSONAE

ALGUNOS PROTAGONISTAS DE ESTA NOVELA QUE EXISTIERON REALMENTE

Son muchos los personajes históricos reales que tienen un papel destacado en esta obra. He aquí la biografía sucinta de los más importantes, en la certeza de que estimularán la curiosidad de aquellos lectores que ya intuyen que *La dama azul* es mucho más que una novela.

Cuando una fecha viene precedida de una «c.» (abreviatura del latín *circa*) quiere decir que se trata de una datación aproximada. En algunos casos, no se dispone siquiera de una información provisional sobre las fechas de nacimiento y muerte.

Ágreda, sor María Jesús de (1602–1665). Su nombre secular fue María Coronel y Arana. Desde muy niña mostró una personalidad llena de misterio, introvertida e inteligente. A no pocos de sus biógrafos les pareció que gozó de la llamada «ciencia infusa». Es decir, que tuvo conocimientos sobre materias que no había estudiado jamás. Cuando contaba sólo trece años de edad, sus padres convirtieron el hogar familiar en un convento. Su madre la animó a hacerse religiosa, y ella aceptó ese destino al cumplir diecisiete. En 1625, a los veintitrés años, empezaron sus experiencias místicas. Se bilocó, levitó ante los ojos de sus hermanas, y protagonizó toda clase de «exterioridades» o fenómenos sobrenaturales; es la época de su misteriosa evangelización americana. Poco después, tras ser elegida abadesa a la temprana edad de veinticinco años y gracias a una dispensa especial del Papa, escribió una vida de la Virgen, la *Mística Ciudad de Dios*, y comenzó una intensa correspondencia con el rey Felipe IV. Fue, sin duda, uno de los personajes más carismáticos del llamado Siglo de Oro español, aunque su historia sigue sin ser muy conocida.

Albert, Carlos. En realidad, este personaje fue creado para describir al lector algunas de las increíbles situaciones que me ocurrieron durante el proceso de documentación de *La dama azul*. De algún modo es mi *alter ego*. La forma «casual» con la que Carlos se tropezó con el pueblo de María Jesús de Ágreda y que se narra en la primera parte del libro, fue algo que viví en primera persona y que me marcó profundamente.

Baldi, Giusseppe. Aunque se trata de un personaje de ficción, está inspirado en el sacerdote y exorcista benedictino **Pellegrino Ernetti (1925–1994)**, profesor de prepolifonía en Venecia. En mayo de 1972, Ernetti concedió una polémica entrevista al suplemento italiano del *Corriere della Sera*, el *Domenica del Corriere*, en la que admitía haber trabajado en la construcción de una máquina capaz de fotografiar el pasado. La llamó «Cronovisor». De hecho, pude entrevistarme con él en el monasterio de San Giorgio Maggiore, Venecia, un año antes de su muerte. Lo que entonces me contó inspiró parte de esta novela.

Benavides, fray Alonso de (c. 1580–1636). Nació en una fecha indeterminada en la isla de San Miguel de las Azores, ordenándose sacerdote en México en 1598. En octubre de 1623 fue nombrado responsable de la región de Nuevo México a la que llamaban Custodia de San Pablo y hacia 1629, cuando fue relevado por fray Esteban de Perea, había logrado ya la conversión de ochenta mil indios. Tras escribir su célebre *Memorial* para el rey Felipe IV, visitó Ágreda para entrevistarse con sor María Jesús y aclarar su implicación en las apariciones americanas de la dama azul. Aquel 30 de abril de 1631 marcó el inicio de una serie de encuentros entre ambos que se prolongaron durante dos semanas. Con el tiempo, fray Alonso llegó a ser nombrado obispo auxiliar de Goa en las entonces indias portuguesas, pero murió durante el viaje que lo llevaría hasta allá.

Felipe IV, rey de España (1605–1665). Fue bajo el gobierno de este monarca que se produjeron las bilocaciones de sor María Jesús de Ágreda a América. En julio de 1643, el propio Felipe IV visitó su convento junto a la Sierra del Moncayo, en Soria, y se entrevistó con la dama azul por primera vez. Seis días más tarde ambos iniciaron una correspondencia que se extendería hasta 1665. No se tiene constancia exacta del hecho, pero probablemente fue por mediación del Rey que los franciscanos terminaron identificando a la dama azul descrita por los indios de Nuevo México con la monja de Ágreda. También fue por orden suya que el *Memorial* del padre Benavides se imprimió en la imprenta real de Madrid en 1630. Felipe IV tuvo en gran aprecio a sor María Jesús de Ágreda y sus cartas con ella revelan mucho más sobre la personalidad del monarca que ningún otro documento de la época.

Manso y Zúñiga, Francisco (1587-1656). Fue arzobispo de México entre 1629 y 1634, y el hombre que encomendó a fray Esteban de Perea que investigara la naturaleza de las apariciones de la dama azul en Nuevo México.

Marcilla, Sebastián (c. 1570-c. 1640). Lector de Teología del Convento de San Francisco de Pamplona y provincial de la orden en Burgos, fue el primer religioso que interrogó a sor María Jesús de Ágreda acerca de sus «viajes sobrenaturales» al suroeste de los actuales Estados Unidos. Fruto de esas conversaciones escribió una carta al arzobispo de México, hacia 1627, informándole de esas visiones.

Monroe, Robert (1915-1995). Este ingeniero de sonido comenzó a interesarse por las llamadas *Out of Body Experiences* (OBE) o experiencias extracorpóreas cuando él mismo tuvo un «desdoblamiento astral» en 1958. Tras descartar que padeciera un tumor cerebral, sufriera alucinaciones o se tratara del aviso de una inminente enfermedad mental, comenzó a estudiar su propio caso. Llegó a la conclusión de que esa experiencia, y otras que vendrían después, se producían cuando su cerebro «sintetizaba» una determinada frecuencia de sonido. En 1974 fundó el Instituto Monroe, en Virginia, para centralizar aquellas primeras investigaciones y desarrollar la tecnología *Hemy-Sync*, que le permitió la estimulación cerebral mediante sonidos para provocar «viajes astrales» a voluntad.

Perea, fray Esteban de (c. 1585-1638). Religioso franciscano nacido en Villanueva del Fresno (Badajoz), en la frontera con Portugal. Fue hijo de una familia distinguida, y ello le valió un rápido ascenso en la jerarquía eclesiástica. A principios del siglo XVII fue el responsable de implantar la

Inquisición en Nuevo México, tierra de la que llegó a ser padre custodio en 1629.

Porras, fray Francisco de (–1633). Misionero franciscano que fundó en agosto de 1629 la misión de San Bernardino, en territorio hopi. En aquel viaje lo acompañaron los frailes Andrés Gutiérrez, Cristóbal de la Concepción y Francisco de San Buenaventura. Murió envenenado por los «hombres medicina» de la misión de Awatovi, el 28 de junio de 1633.

Salas, fray Juan de (–c. 1650). Misionero franciscano de origen salmantino. En 1622 fundó la misión de San Antonio, en la localidad de Nuevo México hoy llamada Isleta Pueblo. Él mismo la administró hasta la llegada en julio de 1629 del padre Esteban de Perea, que lo ordenó viajar a la Gran Quivira para investigar las apariciones de la dama azul.

Torre, fray Andrés de la (–1647). Natural de Burgos, durante 24 años fue, «con grande trabajo suyo» según sus palabras, el primer confesor de sor María de Ágreda. Felipe IV quiso nombrarlo obispo, pero él renunció a ese privilegio para atender de cerca a la religiosa. Pasó sus últimos años de vida en el monasterio de San Julián de Ágreda.

MEMORIAL DE BENAVIDES
(1630)

Extracto del *Memorial* escrito por fray Alonso de Benavides para Felipe IV, y publicado por la Imprenta Real de Madrid en 1630, en el que se da cuenta de la intervención de la dama azul. Se trata del primer documento histórico que recogió la sorprendente intervención de una «mujer joven y hermosa» en la evangelización de Nuevo México.

Conuerfion milagrofa de la nacion Xumana.

DExando pues toda efta parte Occidental, y faliendo de la villa de Santa Fè,
centro del nueuo Mexico, que eftà en 37. grados, atrauefando por la nacion Apache de los
Vaqueros por mas de ciento y doze leguas al
Oriente, fe va a dar en la naciõ Xumana, que
por fer fu conuerfion tan milagrofa, es jufto
dezir como fue. Años atras, andando vn Re-
ligiofo llamado fray Iuan de Salas, ocupado
en la conuerfion de los Indios Tompiras y
Salineros, adonde ay las mayores falinas del
mundo, que confinan por aquella parte con
eftos Xumanas: huuo guerra entre ellos, y
boluiendo el Padre fray Iuan de Salas por los
Salineros, dixeron los Xumanas, Que gente
que boluia por los pobres, era buena, y afsi
quedaron aficionados al Padre, y le rogauan
fueffe a viuir entre ellos, y cada año le venian
a bufcar, y como eftaua tambien ocupado con

L 2 los

los Chriftianos , por fer lengua , y muy buen
Miniftro , y no tener Religiofos baftantes,
fui entreteniendo a los Xumanas, que le pe-
dian , hafta que Dios embiaffe mas obreros,
como los embiò el año paffado de 29. infpi-
rando a V. Mageftad , mandaffe al Virrey de
la Nueua-Efpaña , q̃ nos embiaffe treinta Religiofos, los quales lleuò,fiẽdo fu Cuftodio el
P.F.Efteuã de Perea, y afsi defpachamos luego al dicho Padre cõ otro compañero,q̃ es el
P.F.Diego Lopez , a los quales ivan guiando
los mifmos Indios ; y antes que fueffen , pre-
guntãdo a los Indios,que nos dixeffen la cau-
fa por que con tanto afecto nos pediã el Bau-
tifmo,y Religiofos que los fueffen a dotrinar?
✠ Refpondieron, que vna muger como aquella
que alli teniamos pintada(que era vn retrato
de la Madre Luifa de Carrion) les predicaua
a cada vno dellos en fu lengua , que vinieffen
a llamar a los Padres , para que los enfeñaffen
y bautizaffen , y que no fueffen pereçofos ; y
que la muger que les predicaua , eftaua vefti-
da , ni mas , ni menos,como la que alli eftaua
pintada , pero q̃ el roftro no era como aquel,

                                      fino

ſino que era moça y hermoſa: y ſiempre q̃ venian Indios de nueuo de aquellas naciones,
mirando el retrato, y confiriendolo entreſi,
dezian,que el veſtido era el miſmo, pero que
el roſtro no, porque el de la muger que les
predicaua era de moça y hermoſa.

BREVE CRONOLOGÍA DE UNA HISTORIA REAL

2 de abril de 1602. Nace María Coronel y Arana en la villa de Ágreda. Pasará a la historia con el sobrenombre de la «dama azul» gracias a su misteriosa evangelización del suroeste de los modernos Estados Unidos. Sin embargo, jamás abandonó *físicamente* su pueblo natal.

22 de julio de 1629. Un grupo de indios jumanos venidos de los confines de Nuevo México, llegan a la misión de San Antonio, en Isleta, para pedir que los franciscanos lleven el Evangelio a su pueblo. En ese momento, una expedición de veintinueve de ellos repone fuerzas allí. Les narran cómo una joven y misteriosa dama azul anunció a su tribu la llegada de *padres* a la región, y estos acceden a sus peticiones.

Julio de 1629. Pocos días después. Los frailes Juan de Salas y Diego López parten, junto a un grupo de indios jumanos, en dirección al poblado de Cueloce, en la Gran Quivira, a más de 300 kilómetros de Isleta. Allí predicarán y bautizarán a la primera de las tribus visitadas por la dama azul.

Agosto de 1630. Fray Alonso de Benavides llega a Madrid, sede del gobierno del rey Felipe IV, para rendir cuentas de su tarea como padre custodio de la provincia de Nuevo México y de las milagrosas conversiones que ha presenciado. Ese mismo verano comenzará la redacción de su célebre *Memorial*, que publicará la imprenta real de Madrid.

Abril de 1631. El padre Benavides se entrevista cara a cara con sor María Jesús de Ágreda. El encuentro tiene lugar en el monasterio de la religiosa, en la villa castellana de Ágreda. Allí se convencerá de que esa monja es, en realidad, su perseguida dama azul. Sor María le entregará incluso el hábito con el que se *desplazó* a América.

Mayo de 1631. El padre Benavides escribe una carta a los misioneros franciscanos que trabajan en Nuevo México, revelándoles sus descubrimientos sobre la dama azul. Su comunicación terminaría siendo impresa en Ciudad de México, en 1730, bajo el largo título de *Tanto que se sacó de una carta que el reverendo padre fray Alonso de Benavides, custodio que fue del Nuevo México, envió a los religiosos de la Santa Custodia de la Conversión de San Pablo de dicho reino, desde Madrid, el año de 1631*.

12 de febrero de 1634. El papa Urbano VIII recibe una versión del *Memorial* de Benavides ampliado por el propio franciscano, en el que incluyó el resultado de sus conversaciones con sor María Jesús de Ágreda y la conclusión de que ella fue la única responsable de las apariciones de la dama azul en América.

2 de abril de 1634. Fray Alonso de Benavides presenta en Roma, por orden del Papa, un nuevo informe sobre las apariciones de la dama azul a la Sagrada Congregación para la Propaganda de la Fe.

15 de abril de 1635. Comienzan los primeros interrogatorios de la Inquisición a sor María Jesús de Ágreda. El material recogido se archivará sin que se abra expediente alguno contra la monja.

18 de enero de 1650. Los inquisidores fray Antonio González del Moral y el notario Juan Rubio llegan al convente de Ágreda para interrogar a la dama azul, que ya es madre superior. Durante varios días, la monja cooperará por segunda vez con el Santo Oficio, describiendo algunos de los fenómenos místicos que la acompañaron en vida, entre ellos sus bilocaciones a América. Jamás la condenaron.

24 de mayo de 1665. Muere a los 63 años de edad sor María Jesús de Ágreda en su monasterio. Tras sus exequias, sus notas, cartas y manuscritos son encerrados en un arca con tres cerraduras para asegurarse que se hará un recto uso de su legado. Los apuntes de sus visitas a América no están allí. Ella misma las quemó años atrás, cuando trataba de borrar aquellas «exterioridades» de su memoria. Con su destrucción, la Historia pierde un material de incalculable valor científico y cultural.

Visite la página web de este libro en www.ladamaazul.com.